# 整形科

萌梗笔记 / 著

贵州出版集团
贵州人民出版社

图书在版编目（CIP）数据

整形科/萌梗笔记著． -- 贵阳：贵州人民出版社，2020.5
 ISBN 978-7-221-15833-8

Ⅰ．①整… Ⅱ．①萌… Ⅲ．①短篇小说—中国—当代 Ⅳ．① I247.7

中国版本图书馆 CIP 数据核字（2019）第 298717 号

# 整形科
ZHENG XING KE

萌梗笔记／著

| | |
|---|---|
| 出版统筹 | 陈继光 |
| 责任编辑 | 胡　洋 |
| 装帧设计 | 谢安东 |
| 封面设计 | 源画设计 |
| 出版发行 | 贵州人民出版社有限公司（贵阳市观山湖区会展东路SOHO办公区A座） |
| 印　　刷 | 长沙鸿发印务实业有限公司 |
| 开　　本 | 710mm×1000mm　1/16 |
| 印　　张 | 24 |
| 字　　数 | 340千字 |
| 版　　次 | 2020年5月第1版 |
| 印　　次 | 2020年5月第1次 |
| 书　　号 | ISBN978-7-221-15833-8 |
| 定　　价 | 49.00元 |

# 目录

| | | |
|---|---|---|
| 001 | 第一章 | 劫持 |
| 009 | 第二章 | 拆弹专家的最后一秒秀 |
| 015 | 第三章 | 死神来了 |
| 023 | 第四章 | 逃亡 |
| 029 | 第五章 | 最安全的国家 |
| 035 | 第六章 | 我要整她的样子 |
| 042 | 第七章 | 宋玲的人生 |
| 048 | 第八章 | 这女人背后有人 |
| 055 | 第九章 | 半面美人1 |
| 061 | 第十章 | 半面美人2 |
| 067 | 第十一章 | 半面美人3 |
| 074 | 第十二章 | 半面美人4 |
| 080 | 第十三章 | 半面美人5 |
| 086 | 第十四章 | 不是女朋友！ |
| 093 | 第十五章 | 崩毁的半面人生 |
| 100 | 第十六章 | 女儿和面子哪个重要？ |
| 106 | 第十七章 | 第一次合作 |
| 112 | 第十八章 | 哥这款还会"注孤生"？ |
| 119 | 第十九章 | 手术前的意外 |
| 125 | 第二十章 | 累，但很开心 |
| 132 | 第二十一章 | 不能得罪的女强人 |
| 138 | 第二十二章 | 你是魔鬼吗？老大！ |
| 144 | 第二十三章 | 女强人的焦虑 |
| 150 | 第二十四章 | 女强人的假想敌 |
| 156 | 第二十五章 | 熟人？ |
| 161 | 第二十六章 | 这是放我鸽子的代价 |
| 168 | 第二十七章 | 惊险时分 |
| 173 | 第二十八章 | 女强人的竞争者 |
| 178 | 第二十九章 | 都是叫不醒的人 |
| 185 | 第三十章 | 女强人的男"朋友" |
| 192 | 第三十一章 | 他偷了我的演讲稿 |

| | | |
|---|---|---|
| 197 | 第三十二章 | 我要投诉你！ |
| 203 | 第三十三章 | 谢主任大概失恋了 |
| 209 | 第三十四章 | 崩溃的女强人 |
| 215 | 第三十五章 | 又要放我鸽子吗？！ |
| 221 | 第三十六章 | 真香 |
| 227 | 第三十七章 | 一个有故事的女人 |
| 233 | 第三十八章 | 血案残骨 |
| 239 | 第三十九章 | 你要修仙吗？ |
| 245 | 第四十章 | 谢辕的"特异功能" |
| 251 | 第四十一章 | 隆胸就能拯救婚姻吗？ |
| 257 | 第四十二章 | 你加他等于完美男人 |
| 263 | 第四十三章 | 老王和老邢的少年恩怨 |
| 270 | 第四十四章 | 这个人我认识 |
| 275 | 第四十五章 | 总有些病人令我们放心不下 |
| 280 | 第四十六章 | 你竟然是这样对我的！ |
| 285 | 第四十七章 | 那个男人不值得 |
| 291 | 第四十八章 | 英雄救美 |
| 297 | 第四十九章 | 王昱枫的"真面目" |
| 302 | 第五十章 | 警察叔叔，就是这个人！ |
| 308 | 第五十一章 | 金蝉脱壳 |
| 314 | 第五十二章 | 这个女人不能留了 |
| 320 | 第五十三章 | 失而复得的旅行箱 |
| 325 | 第五十四章 | 落跑的单眼皮女孩 |
| 331 | 第五十五章 | 这毕竟是个看脸的世界 |
| 337 | 第五十六章 | 转角会有惊喜 |
| 343 | 第五十七章 | 当惊吓变成惊喜 |
| 349 | 第五十八章 | 我喜欢你 |
| 355 | 第五十九章 | 得陇望蜀 |
| 361 | 第六十章 | 不是还有你吗？ |
| 367 | 第六十一章 | 诱敌 |
| 372 | 第六十二章 | 你好，我是项珺 |

# 第一章
# 劫持

2016 年 2 月 20 日 · 中国

"不行。"

"为什么？！这个案子我跟了四年，凭什么我不能参加行动？！"

"这次行动在 G 国，我们有 G 国的同事配合当地执法部门，你去算怎么一回事？！"

"我……我算总部派遣协助的总可以吧？我熟悉他们的手法！了解他们的行事逻辑！"

"这次行动，骷髅那边没有派安德烈。"

"我管他们有没有派安德烈，不是，卢队，你难道以为我跟着你干这行这么多年就是为了找安德烈吗？"

"难道不是？"

"……好吧，是，但……你告诉我，你难道不想替连长报仇吗？！"

"我想，但这不是你去涉险的理由，现在时机还不成熟。"

"你总说时机不成熟，那什么时候才算成熟，你告诉我？是等到他们把毒品贩进中国市场，全民流通的时候吗？！"

"王昱枫！"

"到！"

"你……不要感情用事。"

"我没有感情用事！"

"你这个……行吧，有个在 G 国召开的国际综合医学交流会，我们中国代表团犯罪心理学研讨代表还有一个名额，你去吧。"

"耶！卢队，我就知道你有办法！"

"到了那儿，我会联系威尔斯探员去接你。记住你的身份是犯罪心理学专家，是去做犯罪行为分析的，不是去打架的。"

"……行行行，你说了算。"

2016 年 2 月 21 日 · 中国飞往 G 国的班机

"哥们儿，让一下，我坐里面。"

谢辕抬头看了一眼说话的人。嚯，可真够高的！目测能有一米九吧？他往旁边让了让，高壮的男人挤了进来，坐到了靠窗的位置。

这趟航班上有一小半人都是这次参加国际综合医学交流会的中国代表团成员，谢辕前后几排都是之前在代表团见面会上见过的算是眼熟的专家和领导。然而身旁这男人，虽然谢辕也觉得眼熟，但却并不是在见面会上见过的那位……

"你好，你也是去参加医学交流会的吗？"谢辕问道，还有 20 多个小时的飞行路程，多认识个朋友没什么不好。

男人看了他一眼，似乎不太情愿地嗯了一声。

"哦！幸会幸会，我是 SH 市丁香医院的，是这次整形代表组的成员之一，我叫谢辕，不知道你是哪家医院的代表？"谢辕自来熟地递了张名片过去，笑着问道，对于男人有些无措甚至有些不耐烦的神情并不在意。

"王昱枫，犯罪心理学。"男人简短地回答道。

"哦……"谢辕打量了他一眼。搞犯罪心理学的啊……看着是有点瘆人！

# 第一章 劫持

2016年2月23日19:45·G国D市黑桃大街休斯曼医疗中心六楼

项珺正在慢慢将桌上的东西收拾进纸盒内。今天是她最后一天在这里工作，她要离开这个工作了四年的地方，虽然非常舍不得，但却不得不离开。

"珺，你不再考虑一下吗？"格雷特先生靠坐在诊室的病床边沿问道。他是这家医院的院长，他清楚这个年轻女医生的离开会给自己的医院带来怎样的影响，毕竟撇开私下的好关系不谈，这姑娘可是G国整形协会年轻一代整形医生里最优秀的一个。

"不，谢谢，格雷特先生，我必须回去，爸爸的诊所需要人去管理。"项珺努力笑了一下，想要表现得更轻松一些，"你放心，我不会有事的。"

"你爸爸把你宠坏了。"格雷特忧心地摇摇头。这是老友项的女儿，项是一位勤奋的学者、严谨的医生、认真的管理者，但在格雷特眼里他就只是个宠溺女儿的傻爸爸。

"如果他真的希望你回去继承诊所，应该在查出病情的第一时间就告诉你了。"格雷特叹气，"他一直瞒着你，可见他希望你能按照自己的心意，成为一个优秀的整形医生，就像你自己希望的那样。"

"可我希望他健康地活着！"项珺摇头，"我当初就不应该离开他……"

"孩子，不要自责，你爸爸并不想看到你这样。"老人站起来拍拍她的肩说，"你其实可以把M城的诊所交给代理公司去运营，自己继续在这里工作，我可以每个月给你多两天假期回去照看一下。"

"不，谢谢。我已经让爸爸为我做太多了，现在该我为他做些什么了，那是他的心血，我不能随便交给别人去管理。"项珺深吸了口气，说道。

"好吧，如果有需要，随时可以联系我。"老人有些失望，但也能理解，他再次拍了拍项珺的肩，转身离开了。

"珺，哦！到处找不到你，我还以为你已经走了！"办公室的门再次被推开，金发的娜莎进来向她伸出双手。

"我怎么可能不告而别，不过也快到时间了。我会想你的，娜莎。"项珺拥抱来人。娜莎是她大学同学，毕业后又一起在休斯曼医疗中心工作，关系一直非常好,所以此刻更加不舍。

"我也会想你的,一切都会好起来的!"娜莎安慰好友。

"谢谢……但我还不知道能不能管理好爸爸的诊所……"她叹了口气,"你知道的,我……"

"珺,你可以的!"娜莎再次紧紧地拥抱好友,拍了拍她的肩背说,"从大学到现在,没有你做不成的事,不是吗?"

项珺明白好友的安慰,她红着眼眶,目光落到好友身后的桌面上,那里孤零零地放着一个相框。

这是最后一样了,她轻叹一口气,拿过这个获得博士学位时和父亲的合影,放进纸盒,盖上盖子。

"我送你吧。"娜莎说。

项珺点点头,两人一起走进过道,等待电梯的到来。

突然轰的一声巨响从楼下传来,两个人都吓了一跳,惊恐地看向对方:"发生了什么?!"

"不……不知道啊……"

5分钟前,距离休斯曼医疗中心400米的红方街……

王昱枫一把揪着威尔斯上了车:"我说了不要开枪,你们为什么不听?!"

威尔斯探员满腹委屈:"他们是国家安全局的人,他们不归我们管!"

王昱枫狠狠瞪了他一眼,转动方向盘,脚踩油门,紧紧跟着前方不远处横冲直撞的一辆印有联邦安保公司标志的运钞车。

"王,你不能这样,我们的行动中不包括……"威尔斯战战兢兢地说道。

"闭嘴!"王昱枫紧盯着前方的运钞车,恶狠狠地叫道。

威尔斯安静了下来。

此时,几辆拉着警哨声的警车呼啸着跟了上来,威尔斯脸上露出喜色:"他们跑不掉了!这个街区的路都封锁了!"

王昱枫瞪了他一眼:"你们是在激怒他们……"

## 第一章 劫持

"他们无路可逃了！"威尔斯莫名地说道，"你看！"他拿出手机，指着上面地图里显示的光点得意地朝王昱枫眨眨眼，"这是最先进的追踪系统，我们自主研发的，他们的一举一动尽在掌握。"

"……"王昱枫无语地看着这位G国同事，想到了一个国内常见的网络词汇：傻白甜。

前方的运钞车已经驶入了一条繁华街道，不正常的行驶速度逼停了几辆家用轿车之后，迎面遇到了夹击而来的警车。

"看！我就说他们无路可逃了！"威尔斯欢叫道。

而在他的欢叫声中，运钞车方向一转，笔直地一头冲进了一幢高楼建筑……

一片无措和绝望的骚乱声中，十多个身穿黑色西装手握半自动步枪的彪形大汉下了车，而唯一没有穿西装的男人，四下打量了一眼，抓住了接待前台的一名女人的头发。

"各位亲爱的纳税人，不用惊慌。"他诡异地笑着，完全不理会手里被他抓着的女人痛苦惊恐的尖叫，悠哉地说道，"我并不喜欢杀人，所以，如果你们都乖乖地听话，那么，很快就会恢复自由。当然，这要也看警察先生们的诚意。"他在说话的时候，身旁持枪的西装男们开始四散上楼……

"先生，我是这家医院的院长，请你放开那位女士，我愿意代替她……您知道，我或许可以帮您跟警方对话。"被赶到一楼大厅内的人群中，一名五十多岁的中年人站出来哆嗦着说道。

男人打量了他一眼，目光在老人洁白的大褂上胸前的名牌停留了一秒，笑得露出森森白牙："格雷特先生，您可真是位可敬的绅士。"他冲身旁的持枪者点了点下巴，后者上前将老人拖到了男人面前，而男人则松了手，惊恐的女人呜咽着看了格雷特先生一眼之后，被持枪的男人推到了一旁与其他被劫持的人质一起控制起来。

"来吧，格雷特先生，告诉警察，现在医院里有多少人。"男人拿起接待台前的电话，递给老人。

医院外，威尔斯惊慌地拉着王昱枫不肯放手："王，你冷静点，陆战队已经准备好了，他们会解决问题的！"

王昱枫不看他，兀自穿上防弹背心，挂好枪盒，在脸上抹上黑乎乎的油彩……

"听着，你如果不想干，趁早打辞职报告。我不管陆战队什么队，我要抓犯人，就这么简单！"他向威尔斯伸出手，"拿来！"

威尔斯在对方凶狠的目光下不情不愿地将一张照片递给他。

"这就是马尔夫·寇森，很好，谢谢合作。"王昱枫将照片塞进裤兜里，转身朝正在向医院外围靠近的陆战队成员走去，很快一身黑色的他融入了同样是一身黑的陆战队成员中。

随着第一颗催泪弹被投入，医院大厅内一阵混乱，特种兵蜂拥而入，枪声不断响起，人质在迷烟的掩护下被带领着撤离……

没有人注意的楼道拐角，王昱枫一拳砸在一个黑西装男人的脸上："说！马尔夫·寇森上哪儿去了？！"

男人捧着流着鼻血的脸哭着叫道："6楼！他们在6楼！"

"多少人？"

"两个……不！三个，三个！不要打我！"

王昱枫扬手在男人的后颈敲下，后者哼了一声之后昏迷过去。王昱枫捡起男人掉落的半自动步枪，挎在身上，转身上了楼。

六楼，是整形科手术室和办公区。王昱枫没有坐电梯而是从楼梯上来，从逃生出口进入，以门为掩体，很容易就能看到一个黑西装男人正拿着枪指着蹲了一地的护士和医生。王昱枫悄悄掩上去，在男人身后不远住的一个流动药品车后藏身。等那男人走开些，他才继续潜进，然后突然出手，几乎是近距离爆头，男人的手还扣着枪，倒下时那枪落在地上，吓得近前的几个护士尖叫起来。

王昱枫示意他们安静后，向他们展示了照片："见过这个人吗？"

"他在里面！"一个护士小心地指着手术区说道。

"谢谢！"王昱枫道了谢，用对讲机通知威尔斯叫人上楼来带人质出

去，自己则往手术区走去。

手术区的几间手术室都关着灯，王昱枫一一推门进去，却并没有看到任何人。

只有最深处的一间，露出光亮。

王昱枫小心地进入，为了防止里面的人偷袭，他整个人处于紧绷的状态，猛地推开了手术室的大门！

"啊——"手术室里的人被他的闯入吓得不轻，一名女护士当场叫了起来。

"对不起……对不起。"王昱枫用没有握枪的手安抚手术室的人们。

"先生，我们在做手术。"穿着手术服戴着口罩的女医生冷冷地看着闯入的男人，"麻烦把门关上，我不希望我的病人感染。"她口中说着，手里的手术刀却丝毫没有颤动。

一旁的女护士也从惊恐中恢复过来，她看了一眼医生，低下了头，仿佛在愧疚自己方才的失态。

"抱歉！"王昱枫说道，"我在找这个人，你们有没有……"他拿出马尔夫的照片，但看了一眼正在手术中根本无暇理会他的医生，有点无奈。这几个人忙着做手术，可能连整幢大楼都被劫持了的事都不知道。

"吉米，一号手术刀。"女医生突然说道。

站在她右侧的男护士似乎还没从惊吓中缓过来，呆了一秒之后才慌张地伸出一只手在手术器具盒里翻找起来，却不知道是因为紧张还是如何，始终找不到女医生所说的一号手术刀……一旁的女护士似乎看不下去了，伸手拈起一柄手术刀递给女医生。

王昱枫有些无奈，外面的人说马尔夫在里面，然而目前来看，根本就不在。是外面那人在说假话，还是他们从别的途径逃跑了？！王昱枫心思飞转着，突然，他听到女医生用字正腔圆的中文说了一句话："先生请你从哪儿来的，再从哪儿出去。"

这个女医生竟然是个中国人？或者说华裔？王昱枫怔了一下，退出了手术室。

手术在继续着,项珺脸上的口罩已经被汗水浸透,在王昱枫看不到的地方,那名被叫作"吉米"的男护士手里握一把半自动步枪,枪口直顶着她的腰腹……

"你对他说了什么?!"男人低声质问道。

"没什么,我告诉他我们是同乡,请他快离开!"项珺平静地说道,"他离开了不是吗?"

"你最好不要耍什么花样。"男人看了一眼还在昏迷中的病人,问道,"他还有多久能醒来?"

"15分钟。"项珺用纱布将病人的脸一层层仔细地包起来,"接下来的一周,不要沾水,三个月内不要咀嚼硬的东西……还有,放了我的朋友。"

男人耸耸肩:"你得等他醒过来。"

女护士娜莎轻轻抽泣着,她的白大褂里绑着一颗炸弹……

## 第二章
### 拆弹专家的最后一秒秀

马尔夫·寇森是个彻彻底底的疯子！至少项珺是这样认为的，一个能在被警察包围的环境下，淡定地绑架护士胁迫医生为自己整形的人怎么看都绝对不正常。项珺知道手术中自己有无数个机会弄死这个疯子，然而她没有这么做，她不敢赌。如果被劫持的人只有自己，或者她还会尝试反抗一下，可是被胁持的人是娜莎，是她从大学时期以来就最要好的朋友！

她不敢……

楼下的兵荒马乱似乎跟这间手术室一点关系也没有，等待马尔夫醒来的十多分钟对项珺和娜莎来说漫长得可怕。

当马尔夫从麻醉中醒来，睁开眼的瞬间，项珺松了一口气，对一旁的持枪男子说道："他醒了！把我朋友身上的炸弹取掉！你们答应了的！"

躺在病床上的男人动了动脖子，似乎在确认还没有从麻醉中苏醒的脸部肌肉是否存在，然后他伸手抓起了一旁的镜子，看着镜子里映出的包得仿佛木乃伊一样的头部不置可否。他看到了一旁的手术器械架上的不锈钢盘里盛放着的一小堆骨屑，发出了一声含混不清的笑声。

"谢谢，让小姐……"他开口，但口齿不清，显然麻醉效果还在持续，但这似乎并不影响他的疯狂，他笑着向他的同伙说道："维尔，给我们的医生一点奖励。"

那男人从手术台下被遮掩的背包里取出一大包黑色的东西，然后走到项珺身前，粗鲁地将她按在一旁的操作台上……

"你要干什么？！不！"项珺惊恐地叫道，她知道那是什么……但她没想到对方会如此丧心病狂。不，也许不是她想到的，项珺还抱着一丝希望，然而，今天她并不走运。

男人推动手术台，往外走。

"好运，女士们。"躺在床上的人笑着说完这句话，甚至还举起手来晃了晃。

项珺看着胸前的计时器，再看了一眼早已经哭成了泪人的娜莎胸前同款的计时器，陷入了绝望，她愤怒地朝他们叫道："杂种！你们说过放了我们的！"她挣扎着，但却挣脱不开双手和双脚上紧紧缠绕的电线……

"所以，你们还活着。"马尔夫毫无愧色地说完，被同伙推出了手术室。在门自动关上的瞬间，马尔夫按下了手里的遥控开关，然后将那开关丢出了窗外，"晚安，美丽的姑娘们！"

王昱枫没有找到自己要找的目标，心里窝着一堆火。无奈获救的一众医护人员都跟看救星一样看着他的眼睛，令他无法一走了之，于是带着一群人下了楼，途中还顺手收拾了几个歹徒，等到了一楼大厅，发现这边的战场也已经到了尾声。十几名歹徒，除了被击毙的和被捕的，其他都已经逃出了大厦，警方正在驱车追赶中……

"王！"威尔斯看着从一群人中走来的男人叫道，"你这样不对！我们没有权力……"

"他不在。"王昱枫将照片重重地拍在车盖上。

"什么？"威尔斯一脸迷茫地看着他。

"他不在，马尔夫·寇森！这不可能，他一定躲在什么地方……"王昱枫没有理会威尔斯，兀自踱步思索，"他们看着他进了手术区，但是

那里没有人……"

几乎是同时，医院几个重症病人被连床带人推了出来，他们正被附近医院派来的急救车接走，其中一个推着病床的男护士紧张得声音发抖，拉着一名警察说："还……还有人在里面……两个医生被绑了定时炸弹！"

这句话立刻令准备收队撤退的警察和特种兵们都绷紧了神经，楼内还未来得及撤出的特种兵也迅速接到了查找炸弹的新任务。他们没有注意那名报警的男护士推着手里的病床上了一辆急救车后，悄悄消失在夜晚纷乱的车海中，因为此时在楼内搜索救援的警员已经发来了确认找到受害人及炸弹的消息。

"快！找拆弹专家！"
"来不及了……还有 4 分 16 秒……"
"撤离！迅速撤离！所有人尽快疏散！"

王昱枫对于一旁的喧嚣充耳不闻，依旧在脑内反复思索着自己进大楼这一路上所发生的事，从刚刚开始就总觉得哪里不对……

"王！王！哦！王，你听我说……"威尔斯连叫几声，终于将同事的注意力拉了过来，"听说他们找到了两枚定时炸弹，我得去帮忙！"

"嗯？"王昱枫有些意外地看着从一开始看起来就有点二的同事，"你能帮什么忙？我们得尽快找到马尔夫抓住他。"

威尔斯一边穿防弹衣，一边说："他们需要拆弹专家，而我在国安局的拆弹组待过 7 年。"

王昱枫挑了挑眉，拦住他："解救人质是他们的事，抓罪犯才是我们的事。"

威尔斯瞪眼看他，个子不高也没什么气势的男人终于爆发了："住口！别碰我，你不听指挥，不接受建议，你一点也不懂得什么是团队。你只想当英雄，我可不！别给我增加麻烦，我要去拆炸弹！"停了一秒之后，他补了一句，"那两个女的是目前唯一知道马尔夫长相的人了。"

"你说什么？"

"他逼着她们给他整了容！现在全世界只有这两个女人知道马尔夫·寇森的长相了。如果她们死了，那么就再也没有人能指证那家伙了！"

王昱枫愣住了，脑子里电光石火般闪过了自己在整形科手术室看到的那一幕。一瞬间他几乎有种想要掐死自己的冲动，他竟然让那家伙在自己眼皮子底下逃跑了！这简直是奇耻大辱，王昱枫狠狠咬了一下牙，转身跟到了威尔斯身后。

"别跟着我。"威尔斯不耐烦地说。

王昱枫动了动眉头，好吧，能进他们这个组织的有几个是真的好脾气，也不算意外了。他耸耸肩："我为我之前的莽撞道歉，但是现在我只是想帮你，毕竟你刚刚说了，有两颗炸弹。"

威尔斯狐疑地看了他一眼："卢给我的资料上说你只是个犯罪心理学专家。"看样子也知道这个抬头明显名不副实。

王昱枫拍了拍身上的枪匣："他说谎。"说完一手搂住威尔斯的脖子往楼里走，"相信我，我拆过的炸弹不会比你少。"

"不可能，我可是专业的！"

"好吧，你是专业的……"

两个人就这么进了大楼。

倒计时3分42秒

项珺和娜莎互相看着对方，发现彼此的神情都有些木然。惊吓之后是恐惧，恐惧之后是绝望，绝望中等来了救援，然而却又被告知他们身上的炸弹是某种特制的极难拆除的类型。整个过程走完一遍之后，两个人都已经连哭都哭不出来了。

"珺，我们会死吗？"娜莎的声音因为哭了太久而沙哑。

项珺摇了摇头说："我不知道……"时间在一秒一秒地流逝，警察口中说的拆弹专家还没有来。

"我不想死，杰森前天刚跟我求婚，我……我该答应他的。"娜莎说。

"我们快死了，就不要想这些臭男人了。"项珺翻了个白眼说道。

倒计时 3 分 15 秒

"来了来了！嘿！快来，她们在这儿！"守护在手术室外的黑人大兵喊道。

威尔斯和王昱枫快步走进手术室。

项珺看着进来的两个男人，一个白人男子和之前来过的那个脸上涂满油彩，但是从脖子的肤色来看应该是个黄种人的男人。

王昱枫和威尔斯对看一眼，两人默契地分了工，威尔斯在娜莎身旁蹲下开始检查定时装置的线路；王昱枫则来到项珺这边……

王昱枫小心地拆除了计时器的外壳，眼前的复杂的线路令他的心沉入谷底。是绿线还是黄线，还是红线还是……蓝线？！做这个装置的家伙是个疯子吧！

"黄线。"一旁威尔斯淡定地说道，"典型的寇森炸弹模式。"他看了一眼远道而来的同事，"寇森家族兄弟俩是骷髅组织里有名的恐怖主义狂人，你该庆幸这是小寇森的炸弹，如果是他哥哥安德烈布置的，我可能会放弃任务。"

王昱枫排摸线路的手顿了一秒，项珺感觉到身前的男人全身似乎都绷紧了，仿佛自身就要化成一颗炸弹即将爆炸一般，吓得她将口中的埋怨又吞了回去。所幸很快，男人又恢复了镇定，继续检查着线路……

威尔斯掏出线钳，毫不犹豫地夹断了娜莎身上的定时装置内的黄线，那枚计时器顿时无声无息地暗了下去，屋内传来一片欢呼声。而娜莎则在紧张过度之后彻底晕了过去……

"嘿！伙计，你还在犹豫什么？！"威尔斯接受了两个特种兵庆祝式的拥抱之后，回过头来看向王昱枫，发现他还在盯着四根线路发呆，不由得奇怪地问道。

"不，如果是我，我不会把两个定时装置的消引做在同一根线上，所以这颗炸弹的消引一定不是黄线。"王昱枫沉声说，"红线，绿线，蓝线，这三根线中的某一根才是消引！"或许是他太沉浸于自己的思维中，他自己也没有注意到自己说的是中文。

威尔斯以及周边的大兵们一脸蒙："他说什么？！"

然而项珺却在发现对方竟然是个中国人之后，突然飞快地对他说道："你……你跟他们都出去吧。反正我在这个世界上已经没有亲人了，你们刚刚也已经救了我最好的朋友，我很感谢你们。走吧，不用再冒险……"

此时，倒计时仅剩 1 分 15 秒。

"闭嘴。"王昱枫低声制止了女人的絮叨，随即再次沉浸于红线、绿线以及蓝线的整理中，大脑则在飞速运转着，"红线直接连接了炸弹和电池，但没有着火点，即使直接剪开也可能与定时器没有直接关系，一旦时间到，炸弹依然会引爆；那么是绿线还是蓝线……"

威尔斯似乎也发现了问题，凑过来看着他的动作，建议："蓝线！寇森家的炸弹模式我遇到过很多次！相信我！"

"……"王昱枫没有回头，威尔斯的话他听进去了，他瞪着蓝线屏息了一秒……

计时器的屏幕上已经只剩下最后 15 秒了……

"王！快点！！！蓝线！"

14 秒，13 秒，12 秒……

项珺闭上了眼睛……

"蓝色！王！"威尔斯吼道，他的额头上开始渗出了汗水，他觉得自己都快疯了。这可不是拍好莱坞电影，最后一秒秀一点也不酷好吗？！

"你……你听见了吗？"项珺颤抖着对着眼前还在犹豫不决的男人叫道，实在是……被吼得太尴尬了，她不得不说点什么。

倒数进入第 10 秒的时候，威尔斯扭头对着身旁的人大吼："出去！都出去！！！"顿时室内留守的特种兵和医护救援都飞快地撤出了这间手术室……

咔嚓！一声轻响。

"老天！我说的是蓝色！"威尔斯的一声惨叫划破了原本就已嘈杂不堪的楼道另一端……

## 第三章
**死神来了**

然而——倒计时在第5秒的时候，停止了。

王昱枫站起来，舒展了一下刚才紧张得绷住的筋骨，瞧着威尔斯有些促狭地眨了眨眼："你说得没错，最后一秒秀一点也不酷，我提前了5秒。"

威尔斯张了张嘴，末了竟然真的开始回忆自己刚刚到底有没有把自己心里的吐槽说出来，好像……大概……可能是说了吧……

"我说的是蓝线，你，你……你为什么剪了绿线……"回过神来之后威尔斯叫道，"我刚刚以为自己要给你陪葬了……"

王昱枫看了他一眼，然后想了想决定不告诉对方自己是瞎蒙的，于是说："这是功夫。"

威尔斯给了这个看起来不怎么靠谱但还不算讨厌的异国同事一个大大的白眼，但到底还是向对方竖起了大拇指。

此时，外面的救援人员已经重新回来，将惊魂未定的项珺扶了出去……

"她们可够呛的。"王昱枫看着女人瑟缩的背影，唏嘘道。

"放心吧，警方会派人24小时保护她们。她们可是现在唯一知道马尔夫真面目的目击证人。"威尔斯说道,"去喝一杯?"

"不了,代表团后天就要回国,还有一天时间,我想看看你们过去几年对骷髅组织的调查档案。"王昱枫正色说道。没有抓到马尔夫·寇森已经亏了,总不能就这样两手空空地回去,这边的资料不管怎样也得摸透了才不算丢人吧。

"能给你看的档案可不多。"威尔斯说。

"能给多少看多少,我不挑。"王昱枫淡淡地说道。

"好吧……"

项珺被送到了附近的一家医院接受检查以及必要的笔录,接到可以回家的通知时已经是凌晨4点。

在医院门口,她见到了好友娜莎,两个人互相看了一眼之后紧紧地抱在了一起,为劫后余生的庆幸,也为即将到来的分别。

"亲爱的,要来看我!"项珺说。

娜莎点点头说:"我会的,我会和杰森一起去看你。"她有点羞涩地笑了一下,"我刚刚答应他了,过一会儿他就来接我。"

项珺笑着再度拥抱了她一下:"我们国家有句话叫'大难不死,必有后福',你们会幸福的。"

"谢谢!"娜莎说道。

"小姐们,晚上……哦不,早上好……"一名中年男子走了过来,身后跟着两名彪形大汉,"我们是D市警局的,我是警长罗杰·格林,这两位是我的同事。"他们一边说,一边亮出了证件。

项珺和娜莎互相看了一眼,在彼此眼中看到了同样的迷茫,她们一同向这位警长先生点了点头之后,项珺说道:"刚才在病房里我们已经做过笔录了。"

"是这样的,两位小姐,你们的笔录的确已经做好,而从你们的叙述来看,你们替马尔夫·寇森做了面部整形,所以目前你们是唯一能够从容貌上指证马尔夫·寇森的证人。"他伸手止住了想要说话的娜莎,"我

知道你们留下了画像，但是你们要知道，法庭上证人比画像的指证力度更大，所以我们有理由相信二位接下来的时间，你们可能受到马尔夫以及他同党的追杀。为了保证二位的安全，我们将从现在起对你们进行 24 小时的保护。"罗杰警长正色说道。

娜莎脸色一白，之前的经历令她吓破了胆，如果再经历一遍……她十分配合地点了点头："好的！不过……我男朋友一会儿会来接我……"

罗杰笑了笑："放心，我们的人只是在你周围保护你，并不会影响你的生活。"

得到这样的保证，娜莎恢复了一些，不再说话。

项珺却没有立刻表达意见，她打量了一眼罗杰身后的两个男人，老实说，她现在对体形高大的白人男子都有心理阴影，但她并不想承认："呃……我，预订了今天早上的火车票去 M 城，我父亲的诊所在那里。"

罗杰怔了怔，回头看了一眼身后的同事说："约翰，你得出差了。"

约翰警官耸耸肩有些无奈地说："M 城那边可以安排人接手吗？我女儿快过生日了……"

项珺撇了撇嘴，说："你们安排吧，我尽量配合，但是，希望不要影响我的生活和工作。"

罗杰朝她笑了一下保证道："当然。"

"对了，之前帮我们拆除炸弹的人……那个中国人还在吗？"项珺突然想到什么，向罗杰问道，"我想向他道谢，他救了我们俩的命。"

罗杰皱眉回想了几秒后不怎么耐烦地回答："哦，他们应该是……国安局那边的人，不归我们管，我们也不清楚，拆弹结束后他们就离开了。"

项珺有些怅然地说了句："谢谢，那就……算了。"在远离故乡的异国被一个同胞救了一命是种什么感觉？很复杂……

凌晨 4 点 40 分时，罗杰警长让两名同事留守之后，自己收工下班了。很快，娜莎被匆匆赶来的男友接走，项珺看着他们的车驶离医院大厅，负责保护她的警察开着车跟在后面渐渐驶远，然后在一个转角没了踪影。

长叹了一口气，项珺才想到自己，左右看了看，发现自己之前被马尔夫胁持之后一片混乱，收拾好的东西都不知道丢在了哪里。

别的也就算了，至少和爸爸的合影得找回来吧，那可是她和忙碌的父亲为数不多且是成年后唯一的合影……于是项珺招了出租车，准备回医院再找找。

"你要去哪儿？"约翰警官跟过来问道。

项珺看了他一眼说："我要回医院去拿回我的东西……"

约翰有些为难地看了一眼手表，似乎想说什么，项珺识趣的接着说："警官先生，如果您有什么事，不如我们分开行动吧，我回医院拿东西，您去办您的事，反正……"她看了一眼腕上的手表，"去M城的火车要到八点半才开。"

"那太好了！"约翰如释重负地笑道，"我答应我女儿今天送她去学校的，我得回去准备准备……那么，我们八点半，火车站见？"

"没问题。"项珺看着这位有点"女儿奴"的父亲心情稍稍好了些，她笑着点点头，上车赶往医院。

约翰警官看着项珺叫的出租车开远，心情愉快地吹着口哨上了自己的警车，伸了个懒腰，准备回家……

刚坐下，车载的内线电话就响了起来，他接起来，就听到同事带着笑的声音："嘿！约翰，你在哪儿？"

约翰听出了这是跟着娜莎的那位同事的声音，放松地笑道："我？我准备回家。"

对方似乎愣了一下，问："嘿，你把那位小姐单独放走了？"

"没事，他们不会这么快就动手的。倒是你，瞧那姑娘和男朋友走的时候那热火劲儿，你可真够可怜的。"约翰笑着打趣道。

对方夸张地叫了一声："别提了，那你就这么不管你那边的那位了？要是罗杰知道了，可不是小事儿。"

约翰摇摇头："当然不会，我们约好了火车站见，八点半的火车，早着呢！她家在M城开诊所，可真有钱。"

## 第三章 死神来了

"可不是吗,听说还是个不错的整形诊所……约翰,不如咱们换换,我去跟着她,你来跟着这个恋爱中的姑娘怎么样?你看,这样你就不用出差了,而我……还是单身,这对我们都有好处不是吗?"

"哈哈哈哈,你这个坏小子!行,那我去跟罗杰说。"

"太好了,把那姑娘的资料发给我先!"

"好的,我到家后发你邮件,还有……5分钟。"

"谢谢你老兄!"对面乐呵呵地收了线。

休斯曼医院在度过了一个惊心动魄的夜晚之后,正在逐渐恢复平静。

医院内,在混乱中被砸坏的东西都被收拾走,留着弹孔的墙壁也被用白色的木板暂时挡住了。虽然医护人员大都还有些心神不宁,但毕竟一切都过去了,彼此互相鼓励着,安慰着也都还过得去。

老院长格雷特先生站在重新被打扫干净的大厅里,心有余悸地长舒了一口气。他彻夜未眠,直到看到医院没有受到太多损失后,才放下心。

"格雷特先生。"项珺走进来,向他打了招呼。

"哦,珺,你没事吧?"格雷特转过身,朝她招了招手,轻轻抱了抱她之后问道。

"我很好,您放心。"项珺回答,"我回来拿一些东西,刚才太忙乱,我不知道现在还能不能找到。"

"去吧!你没事就太好了,否则你父亲一定会责怪我!"老人叹道。

"别这么说,我不是好好的吗。"项珺安慰道。格雷特先生和她的父亲曾是老同事,虽然后来各自发展,但关系一直不错。她在这家医院工作也得到了格雷特先生的很多照顾,这令她对这位老人有着更多工作关系以外的感情,就像自己的长辈那样。

辞别了老院长,项珺上楼,四处寻找自己的那只纸箱,但却并没有顺利地找到……时间却悄悄地流逝了。

早上8点,医院基本恢复了正常运营。

格雷特回到自己的办公室,煮了一壶咖啡,平复了一夜的疲惫,迎来了一位来自远方的客人。

谢辕走进休斯曼医院时，目之所及除了匆忙的医生和护士以及不时来往的病人之外，完全没有想到这里几小时前的狼狈不堪。他是替自己的导师来看望一位老朋友的。

"格雷特先生，您好，我是映香·丁的学生，我叫谢辕。"走进院长办公室，谢辕朝坐在沙发里沐浴着晨光的老人恭敬地说道。

"欢迎，请坐，我刚煮了咖啡，来一杯吗？"格雷特笑眯眯地招呼着老友的学生。

"谢谢，很高兴您能抽时间见我，这是老师让我给您带的茶。"说着，谢辕将手里拎的一盒碧螺春放在了桌上。

"哦！太谢谢了！这么多年了，她还记得我喜欢这个！"老人笑着收下了礼物，"她还好吗？"

"是的，非常好。她现在也是一家医院的院长，我在她的医院里做整形科主任，一直受她的照顾，她是个非常好的人。"

"没错，丁一直是个非常好的人……"谈到老友，格雷特打开了话匣子，开始跟面前的青年滔滔不绝地说起了年轻时与老友一同求学，一同行医时的旧事……

半小时很快过去了，老人终于从久远的回忆中收回了思绪，看了一眼面前依旧耐心倾听着的年轻人，赞许地点了点头："我听说你是来参加国际医学交流会的？我有几个老友是发起人，你有时间的话，我可以介绍你们认识一下。"

谢辕眼底里闪过一丝微光，但很快谦逊地笑着说道："太谢谢您了。"

"不用跟我客气，那么今天晚上，你有时间吗？"老人爽朗地问道。

"当然，晚上任何时间，您都可以安排。"谢辕也不再客气，大方地回应。

"那就晚上7点吧，地点，我稍后通知你。"

"好的，真是麻烦您了。"

"说了不用跟我客气。"老人停了一下，若有所思，又有些遗憾地说，

## 第三章 死神来了

"可惜，原本想介绍一个你的同行给你认识的，但是她现在可能已经走了。"

谢辕挑了挑眉："整形科医生？"

"对，我这里最好的，不，是我见过的最好的整形科医生。"

"那真是……太遗憾了，希望有机会能见见这位前辈。"

"她比你也大不了几岁，应该算是同学吧，她的父亲和我还有丁也都是老朋友。"格雷特说。

这时，谢辕看了一眼手表，老人会意地笑了一下："时候不早了，你要去参加会议了吧？去吧，晚上再聊。"

谢辕感激地点了一下头，深深为老人的情商所折服："好的，再次谢谢您，那咱们晚上再见。"

道别后，他走出了院长办公室，下楼，准备离开休斯曼医院。走到门口时，身后一阵风似的奔来一个身影，飞快地从他身边穿过，只来得及留下一句余音："不好意思！借过！"谢辕只看到一头波浪般的长发带着一阵香风从自己身旁一闪而过。怔了怔之后，谢辕挠了挠头，心里暗暗赞了一下那个漂亮的背影，打车赶往交流会。

项珺终于在堆放杂物的储物室里找到了自己的小纸箱，万幸东西都还在，尤其是和父亲的合影！然而再一看时间，竟然已经八点半了！天哪，她的火车！

抱着纸箱冲出医院，招了辆出租车坐上去的时候，项珺已经放弃了，火车肯定晚点了，看来只能改签下一班车了，毕竟她还得回家拿行李。虽然之前就已经打包好了，但总是要花费时间的……

好吧，改签了下午的车，虽然到M城会晚些，但多出来的时间，还能补个觉，倒也不错。

到了家，项珺洗了个澡，吹干了头发，定好闹钟，一头倒在床上，呼呼大睡，这一夜的折腾，可把她累坏了。睡着之前她隐约觉得似乎忘了什么……噢！管他呢！没有什么比睡觉更重要了！

另一边，娜莎和杰森倒是并没有太多睡意，他们刚刚决定结婚，经过

21

了这次惊险的事件之后，娜莎只恨不得立刻结婚，人生才算没有遗憾。于是拉着杰森开始讨论婚纱、婚礼乃至日后生活的一切事宜，两人完全没有注意到他们的爱巢外面已经停了一辆不起眼的面包车。

砰，一声响，似乎有什么东西砸碎了窗户玻璃。

两个人愣了一下，下一秒，一切湮灭于一声轰然巨响……

# 第四章
## 逃亡

　　王昱枫喝着咖啡，从昨晚到现在，他只眯了大约40分钟的盹儿。G国作为骷髅集团的犯罪主场，多年来警方收集的资料即使只能给他看个六七成，也是极其庞大的卷宗了。他花了近4小时在威尔斯给他的数据库里搜索着自己需要的信息，尽可能的记在脑子里，作为内部资料，这些是不可能让他带走的。

　　8点24分，威尔斯脸色难看的快步走过来，递给他一份传真文件，沉声说："两名证人之一，娜莎·斯坦弗刚刚被证实被炸死在自己家中，和她在一起的还有一个人，目前在调查身份。"

　　王昱枫腾地站了起来："另外那个呢？现在在哪里？"

　　威尔斯揉了一把通宵未眠的脸，瞪着满是血丝的眼说："M城，珺·项昨天从休斯曼离职，今早八点半的火车回去继承她父亲的诊所，现在……应该在火车上。"他看了一眼手表，"5小时后到达。"

　　"准备直升机，我们要在她到达之前赶到她家的诊所！"

　　"警方给她配备了24小时的监守保护。"威尔斯说到一半，声音却不自觉地小了许多。

王昱枫沉声:"那个娜莎也是被保护着的。"

"我去准备直升机。"威尔斯闷闷地说着,转身走开。

对项珺来说,这似乎是一场做不完的噩梦。一觉醒来,是下午一点,原本洗漱完准备离开公寓去赶火车的她,只是那么随手打开了电视,就看到一则令她心碎的新闻。屏幕里被炸掉了大半的小别墅依稀还能看到墙上的涂鸦,那是杰森和娜莎一起画的……

娜莎和杰森都死了,大难之后……是更大的灾难!

项珺瞪着电视机,眼眶里涌出的泪水已经令她看不清里面的任何画面。数十秒之后,她突然烦乱地抹掉了脸上的泪水,拎起行李箱飞快地走出了公寓,拦下了一辆出租车。

"去火车站。"她说。

刚坐上车,就感觉到口袋里的手机振动了起来。

她看着陌生的号码,犹豫了一秒之后接了起来:"哈啰?"

"项小姐,你和约翰约好了八点半的火车到 M 城,为什么现在还没到?"电话里陌生男人的声音质问道。

"你是谁?"项珺警惕地问道。

"我是 J 警官,早上我们在医院见过。"

"我知道你,你负责娜莎的安全。"

"对,没错。听着,娜莎出事了,现在我们要全力保护你!你为什么要脱离我们的视线?你这样出了事,怎么办?"男人焦急又关切地说着,"快告诉我,你在哪儿,我立刻赶过来。"

"我……我在去火车站的路上,我……早上误了车,所以改签了……"

"好的,也就是说你会坐下午 1 点半的那班车是吗?"

"是……是的……"

"好的,好的,我知道了。听着,你到了之后马上给我打电话,OK?"

"可是约翰警官……"

"他在我身边,你要跟他说话吗?"

## 第四章 逃亡

"不……不用了……"

项珺刚挂断了电话,又一通电话打了进来,这回倒是有提示,是警局的罗杰警长。

"嗨,珺,你还好吗?"罗杰警长的声音传过来,有些紧张,更多的是担忧。

"我……我还好……"

"娜莎的事我很遗憾,但我保证我们一定会保护好你。J 说你没有按你告诉我们的时间到达 M 城……能告诉我你现在在哪儿吗?"罗杰问道,他似乎正在警局里,身边都是各种吵闹声。

项珺深吸了一口气,将刚才告诉 J 的话又说了一遍:"……我会尽快赶到 M……"忽然,她停下来,对方的背景音里,一个高亢的女人大叫着:"约翰警官,麻烦您过来一下!"

罗杰发现项珺的声音戛然而止时吓了一跳:"珺?珺!你怎么了?"

"不……不,没什么事。请问,约翰,他还好吗?"项珺心神不宁地问道,"哦,我是说保护我的那位约翰警官。"

"哦,我知道你说的是哪个,我们警局就一个叫约翰的。他在,娜莎死了,他得为这事担不小的责任……算了不说他了,有什么事尽早跟我联系,OK?"罗杰唉声叹气地说道,语气中透露着并不想多谈的意思。

"好的,再见罗杰警官。"项珺说着挂掉了电话。数秒后,她对出租车司机说,"先生,麻烦您送我去机场。"

G 国机场

"我要去 SH 市,请给我安排最近的航班,谢谢!"

"您好,最近飞往中国的航班……您能接受在大阪机场转机吗?"

"OK,没有问题。"

"请问您的姓名……"

"项珺,Xiang Jun……对,没错,是这样拼写的。"

"那么,请拿好您的机票,祝您旅途愉快。"

"谢谢。"

拿到机票，走进海关，找了个僻静的角落坐下来。

项珺的心却无法平静，这几小时发生的事几乎毁掉了她前半生的一切……她从一个事业有成的整形外科医生，突然就成了一个逃亡者，只能逃回祖国寻求庇护。

但要去哪儿呢？

她从小在 G 国长大，妈妈去世得早，她跟着爸爸相依为命。逢年过节，会跟爸爸回 SH 市与祖父母团聚，但自从几年前祖父母去世，爸爸就清理变卖了老宅。对于他来说，祖国是故乡，同时也是伤心地。爸爸大概也没有预料到，女儿有逃亡无落脚处的时候。连她自己都没有预料到，短短一周内发生的这些变故。父亲突发急病意外离世，医生说半年前就提醒了父亲身体上的隐患，让他停下诊所的工作休息。但他每次在电话里，都只问自己在医院的工作情况，还辅导她的论文。从没提过超负荷带病工作的他需要女儿回来……

她还为放弃这边的事业回去接管诊所而犹豫过，但现在，连回去继承父亲的诊所都成为奢望。

而娜莎……昨天还在憧憬结婚的娜莎……

项珺痛苦地抱头落泪，身边的亲人朋友，竟然一周内先后离世。而熟悉的环境，在逼迫她离开。

别无选择。

但逃回国，然后呢？

项珺完全没有思路，她只是顺着本能的第一反应，想到了有着曾经老宅味道的 SH 市。而且那是世界上打击毒贩力度最大的国家，回国至少是更安全的。

先躲躲，等马尔夫·寇森那帮人落网，她大概就能回 G 国了。到时候，她再去看好友，然后再回 M 市，好好打理爸爸的诊所……

"……不，爸，你听我说，我现在在 G 国，没办法替你还钱。"一个中国男人抱着手机走到这个僻静的角落，"不行，爸你不能这样……妈

呢？你让妈听电话……妈？妈？你还好吧？现在家里怎么个情况？他们砸门了？为什么不报警？什么，他到底欠了多少？！不是，妈，这不是我能不能还的问题……就算要还，可我现在人在G国，整形学会这边刚刚开完会……我本来还有一个特别重要的约会。妈，你根本不知道我现在回去损失有多大！不是，我没有说我不管你们，我已经在机场了，但是飞回去怎么也要明天了！什么那就明天还？不是这个问题！妈，你还不明白吗？爸爸不戒赌这事完不了！你报警吧！求你了！"男人语速极快地说着，心情激动，连眼睛都红了……他完全没有注意到项珺的存在。

终于讲完电话，男人从口袋里掏出手帕来用力按了按方才激动得几乎要流出泪来的眼睛，然后深吸了一口气，再慢慢吐出。如此反复了几次之后，确定自己的气息不再那么急促了，他抬腿往外走去，白色的西装衬着他匀称的身材，显得儒雅精神。如果没有看到他刚才紧张失态的模样，没有人会相信，这个男人正被一个嗜赌成性并且债台高筑的父亲困扰着。

"先生！谢辕先生！"女人的声音令他停下了脚步。

"你是？"谢辕疑惑地看向女人，但目光很快注意到了女人手里的名片夹，显然是刚才掏手帕的时候将它带了出来被对方捡到了，他连忙道谢，"啊，太谢谢了！"

项珺朝他笑了笑："不客气。"

谢辕接过名片夹放回西装口袋，再次感激地点了一下头，转身离开。

项珺低头，翻看着藏在另一只手里的一张名片——

谢辕，整形美容科，主任医师

SH市私营诊所地址：芙蓉路74号602室

电话：1374455XXXX

脑子里有一线灵光闪过，但随即她自嘲地笑了一下，毒贩用整容逃避警察的追捕，自己难道也要整个容来逃避毒贩？项珺摇了摇头，准备将手里的名片丢掉，但又犹豫了一下，还是收了起来。

此时距离 M 城不远的天空，直升机轰然的声音中，王昱枫看着从警方调来的最新消息……

"她没有回 M 城？"他扯着嗓子与飞机的轰鸣声对抗。

威尔斯点头，大声说："对，警方传来的消息，她刚刚才上火车……"

"她知道了娜莎的事了？"

"对，他们告诉她了。"

"去飞机场！"

"什么？"

"去机场！"王昱枫大吼道，"顺便查一下她最近的消费记录！立刻，马上！"

## 第五章
**最安全的国家**

10 分钟后,威尔斯和王昱枫站在 M 城机场特勤区。

威尔斯用看妖怪似的眼神看着这位来自中国的同事:"你是怎么猜到的?!"

王昱枫高深莫测地看了他一眼说,"娜莎在警方的保护下死了,如果是我,我也会以最快的速度离开这个不安全的地方,最好是离开这个国家!"

"可……可是,娜莎是个意外!G 国是我见过最安全的国家!"威尔斯挺起胸,誓为祖国争光彩。

"她选择了去中国,确切地说,她回国了。"王昱枫说。

"好吧,当我什么都没说过。"

王昱枫掏出手机,拨了一串号码,数秒后接通,他说:"卢队,我在 M 城……事情有点复杂,我回来后跟您汇报!我不是……我没有……好吧,我稍后上直飞 SH 市的飞机,我们的证人可能比我晚一小时到达……不,不用,我直接在机场等着接她。放心,她是中国人,说中文。"

大阪机场，项珺按照机票上的指示转乘飞往SH市的航班。刚刚坐下，一只手就搭上了她的肩，把高度戒备状态中的项珺吓了一个激灵。

"你好！请问这里是12B座吗？"一个女孩笑着问道。

项珺看了一眼座位牌号，点头示意，然后下意识把身体转向了窗口。

女孩坐定之后，又看了她好几眼，忍不住搭讪："嗨！你是第一次坐飞机吗？"

项珺简短道："不。"她并不想交谈。

"我是第一次坐飞机……啊不对，我来的时候也是坐飞机的，那这是我第二次坐飞机了！"女孩自顾自地说了起来，"我是来日本旅游的，姐姐你呢？"没等项珺回答，她兴致勃勃接着说，"我今年刚毕业，这次旅游，是为我的学生生涯画个圆满的句号！"

项珺垂下眼睛，心隐隐作痛，眼前朝气蓬勃的女孩像极了娜莎。

"抱歉，我这人一兴奋就控制不住……"女孩看着面色不佳的邻座，不好意思道。

"没事。"

"谢谢姐姐！我叫宋玲，姐姐你贵姓？"女孩笑着问道。

项珺干脆侧过脸。

换作平时，说不定能和这个可爱的女孩交个朋友，可是眼下的情况，接触的人越少，对她来说才越安全。

"唉？姐姐，你有没有发现我们俩长得很像？"安静几分钟后，沉浸在自己快乐旅程中的宋玲忍不住又开始找项珺攀谈。

项珺皱了一下眉，还没反应过来就被宋玲拉过去自拍了一张。

"有哇！你看，我们俩……"宋玲拿着手机，将脸凑到项珺脸旁，"你看，眼角……还有鼻子，是不是很像？！"

"把它删掉！"项珺带着怒气轻叱。

"嗯？"宋玲感受到身边突然骤降的低气压，一时有些蒙。

"删掉它，你刚刚拍的照片。"项珺冷声道。

"哦……对不起，唔……我现在就删掉它。"宋玲小声地应了一声，掏出手机来操作。

## 第五章 最安全的国家

项珺盯着她删掉照片，不得不说，照片上的两人确实有几分相似，乍一看会让人误以为有血缘关系，但分开看又完全联想不到一起。

但她目前没有与人分享这份"找到世界上另一个自己"的快乐，陌生人突然拍下自己的照片，足以令她心惊。这女孩为什么要拍自己？她想干什么？有什么意图？！

宋玲把手机给项珺看，"我删掉了，不好意思。"

看着项珺缓和的脸色，她小心翼翼找话题攀谈，"对了，姐姐是去SH吗？我也是去那儿的，我要在那儿当护士……"

项珺不紧不慢地翻包找东西。宋玲一边说一边看着身边高冷的姐姐从包里摸出耳机戴上，然后将脸转向窗口，闭目听歌。她尴尬地张了张嘴，到底还是闭上了。

飞机降落，项珺拖着行李箱出关，按着指示牌走到地下停车场，看着不远处宋玲正站在出租车接驳点，项珺无所适从地四下张望。下了飞机后才是真正的问题，她要去哪儿呢？

"小姐，打车吗？200元到市区，比出租车快。"一个男人走了过来。

项珺怔了怔，几年没回国了，现在国内的出租车都这样上前揽客吗？

男人见项珺没有拒绝，便凑得更近了些，笑道："小姐放心，我的车很稳的，送到你家门口。来，行李这么多，我帮你搬过去。"说着，便伸手不着痕迹地把项珺挤开了些，抓住了行李箱的把手往前走。

"哎！你干什么？！"项珺下意识抓紧了行李箱惊叫道。

男人冷不防她突然叫起来，吓了一跳，说："我帮你搬行李呀！小姐你不要吓人好不啦！吓出人命来你负责啊？"

"谁让你搬我的箱子了？"项珺一把夺过自己的箱子，紧张道。

"姐！不是说好在门口等吗，怎么跑出来了？害我找半天，我们订的车就要到了，快来！"宋玲不知何时凑了过来，一把挽住项珺的手臂，嗔怪中透着亲昵，拉着她就往边上走。

那男人见有人过来了，狠狠瞪了宋玲一眼但也没多说，默默退到一旁阴影的角落里去了。

"那种是黑车司机，专门宰人的，会绕路多收钱，有些甚至还会抢钱！"宋玲同她解释。

项珺莫名地看了看自己："我看起来很有钱？"

"姐姐，你这一身行头一看就是从国外回来的！"宋玲好笑地看着她，似乎没想到这位姐姐竟然还挺"天真"，摇摇头，还真有点放心不下，于是她说："这样吧，我住在市郊的单身公寓，你要不要跟我拼车？"

项珺看着她，想到之前自己在飞机上的冷淡，终究是有些过意不去，她点了点头："好……谢谢。"她停了一下，又补充说，"飞机上……不好意思。"

宋玲笑嘻嘻地摇头说："没事，出门在外多长个心眼儿是对的！是我太粗心了，没有考虑到你。"

说话间出租车来了，项珺和宋玲一起上了车。看着渐渐远去直至消失的飞机场，项珺忽然发现这片名为故乡的土地，几年变化下来竟然如此陌生……

此刻竟令她有种四顾茫然的感觉，走一步算一步吧……

SH机场接机大厅，王昱枫已经等了许久，不时看看手机。那上面有威尔斯发给他的珺·项，也就是项珺的正面及侧面照片，东方女性的精致五官上有着欧美女性的恣意风情。侧面照里，右颈部有一条大约一指宽两厘米长的白色疤痕，总的来说是个美人。不过王昱枫对照片里的女人印象并不深，毕竟忙着拆弹的时候根本没时间去注意其他，现在看着从海关出来的一张张脸孔，却一个都没对上。

"怎么回事，不可能接不到人……"王昱枫再次看了一遍航班，突然拍了一下脑袋，"他们在大阪转机！！！"

日本航空的出关口不在这边！此时已经全部下客完毕，王昱枫无奈只得跑到机场安保中心，拿出工作证来请求调取监控，好在很快在人群中找到了项珺的身影。

"她好像是跟人拼车走的。"机场警察指着监控里的项珺和宋玲一起

## 第五章 最安全的国家

上车的身影说道。

王昱枫点点头，向对方道了谢，转身给交管所的朋友打了电话："老江，我昱枫啊！拜托你个事，我这儿要找个人……女的……不是，你别瞎想，是工作上的。对，有照片……我这就发给你，你帮我查查她现在所在位置……对，她刚下飞机……好，我……40分钟后到你那儿。"交代完之后，他看了一眼腕上的手表，再往出关口看了一眼，确定没有自己要找的人，便转身出机场，招了辆出租车。

往市区方向开了一段，刚进外环，前面堵车了。出租车司机看着血红一片的导航，给乘客先生打预防针说："先生，这个有得堵了。"

王昱枫叹了口气，给交管的哥们儿打电话："老江，我这儿堵车了，可能40分钟到不了了。"

交管所里老江的声音听起来不太耐烦："兄弟我这会儿忙死了，你堵着就堵着吧！不是，等一下，你堵哪儿了？"

"刚出外环……"

"嗷，就是那儿！土方车侧翻，把一辆出租车压下面了！大事故，你别等了，没两小时通不了，改道吧！"

"我去！死人了？"

"嗯，出租车司机当场死亡，乘车的是俩女的，都送医院了。我这会儿头皮都快炸了，就这样，先挂了啊！"江瑾说完就挂了电话。

王昱枫想了想，打开手机点开了朋友圈，果然已经被事故现场的照片刷了屏。翻了几页终于在一个相熟的记者的朋友圈里看到了比较清晰的视频……被救护车匆匆送医的两名女乘客因为头部受到撞击都是满脸的血迹，并不能看清五官，但王昱枫还是眼尖地注意到了其中一人的右侧脖子上一道白痕……对照自己手机里的照片，王昱枫立即向司机说："师傅，我们改道，去这边最近的医院……呃……我看看，东江医院，快！"

项珺的意识在看到迎面撞来的土方车时断了片儿，等再次清醒过来时，发现自己躺在医院的病房里。此刻房间里并没有人，她试着动了动，头被猛撞之后的闷痛令她皱紧了眉头。值得庆幸的是，她还活着。

项珺想坐起来，但没能成功，这时病房的门开了，年轻护士走了进来，见她醒了感叹道："醒了？你可真幸运，被土方车压到还能活下来，命大！"

"另……另外一个姑娘呢？"她想到那个充满活力的姑娘，问道。

"死了……你们是姐妹吗？"护士端详着她问道。

项珺没有开口，她完全呆住了，一条鲜活的生命，就这样消逝了。就在几小时前，那个女孩还在憧憬着工作后的生活，如今却已经是一具没有未来的尸体……突然泪流如注，她低头捂着嘴，压抑着悲声。

"你……你别难过了……过一会儿医生会过来给你检查。哦，你们的东西在那边……"护士轻声安慰着，说了半天也觉无力，最终也只能说，"你放心，肇事司机已经在做笔录了，会有赔偿的……"虽然赔偿什么也换不回人命，可是有总比没有好。

护士出去后，项珺坐在床边静默了几秒，总有种不安挥之不去。车祸……是意外吗？为什么这么巧？如果不是……那就代表自己连累了那个可怜的女孩！

她撑着下床，走到病房的门前。透过玻璃，她看到两名民警对一个正在痛哭的男人询问着什么，男人也受了些伤，左胳膊上绑着纱布，右手则不停地抹着眼睛，一脸的惶恐。那大概就是肇事司机吧……项珺看着那男人，隔着窗，那男人的面目看不太清，但因为他侧着身，又低头抹泪的动作，项珺清楚地看到了男人耳后的一个文身——黑骨白眼骷髅！

项珺的心几乎吓得停止了跳动，这不可能是巧合！！他们追到中国来了！太可怕了！她突然意识到即使是在这个枪支管制的国家，对方也只需要制造一起交通意外就可以轻易弄死自己，这意味着，无论哪里都不可能绝对安全！包括……她看了一眼正在对男人进行询问的警察，咬了咬牙，左右看了看，拔掉了手背上的输液针头。

## 第六章
### 我要整她的样子

　　王昱枫赶到医院时正遇到来处理事故的交管局老友江瑾，劈头就问："怎么样？人呢？！"

　　江瑾摇了摇头："死了。"

　　王昱枫感觉胸口一闷，别提多憋屈："尸体呢？我得看一眼。"

　　"在太平间，你跟我过去吧。"江瑾叹了口气，带着好友坐电梯往地下室去，"当时车上加司机一共三个人，司机当场就没了，两个女的送过来的时候，一个只有些轻伤，另一个颅脑破损，没救过来……受轻伤的那个，刚刚听护士说跑了，唉！这年头啊……"他兀自感慨着，没留意王昱枫皱起的眉头。

　　"轻伤的那个跑了？"王昱枫跟着江瑾下到太平间，看着停尸床上被白布遮掩的尸体问。

　　"嗯，跑了，医药费还得我们给垫付。你真的要看啊，死相可有点……"江瑾忍不住劝了一句。

　　王昱枫横了他一眼："咱们看得还少吗？"

　　江瑾无奈地笑了一下，点点头，轻轻掀开了白布。纵是见惯了生死的男人，在看到这可怜的尸体瞬间还是闭了一下眼。再睁开后，仔细看了看，然而实在无法辨认生前的模样，只能叹了口气，问好友："怎么确定她是……项珺？"

"留下的行李箱里有证件。"江瑾将装有护照、身份证等物品的塑封袋交给王昱枫，"都在这里了。"

王昱枫接过来，透过塑料袋，看着身份证上的女人，再看了一眼尸体，叹了一口气。

忽然他皱了皱眉，扭头又仔细看了一眼尸体，然后掏出手机看了一眼相册里存的那张照片……

"那个……另外一个女的呢？轻伤的那个叫什么？"他随意地问。

"轻伤的那女的叫宋玲，是个刚毕业的学生。刚刚医院的人说她跑了，大概是怕没钱付医药费吧，是个孤儿，又还没工作。"江瑾叹道。

"好，知道了。"王昱枫拿起塑封袋，转身走了出去。

走出医院大门，看着明媚的阳光，王昱枫深吸了一口气，有点烦恼，又有些庆幸，看了一眼手机相册里的女人，又环顾了一下四周……

项珺，这女人意外地机灵啊……这会儿跑哪儿去了呢？

此时的项珺正在一家连锁旅店的前台发呆。

走得匆忙的她直到这时才发现自己拿错了行李。说来也是巧得不行，她和宋玲的行李箱虽然品牌不同，但颜色都是银灰色，款式还相近，放在一起乍眼一看还真分不清彼此。正是因此，项珺慌张之下竟拿走了宋玲的行李。

现在怎么办？

拿着宋玲的身份证，当然不可能去住旅馆，最糟糕的是，项珺发现自己所有的证件，包括信用卡和现金都放在自己的行李箱内，而行李箱在医院……

现在回去换？她不敢。

"小姐，您还要不要开房啊？"前台的服务员不失礼貌但却有些不耐

## 第六章 我要整她的样子

烦地问道。

"呃……算了，不好意思。"项珺拉着行李匆匆走出了旅馆。

怎么办呢？找了个公共厕所，进了隔间，项珺打开了宋玲的行李箱。就如女孩在飞机上说的那样，毕业后准备到SH市工作，所以这次旅行是直接从家乡出发，以SH市为终点，也因此，所有的资料证件都在行李箱中。

除此以外是一部手机以及一张记有女孩说的提前在网上租好了的单身公寓地址的纸……

还有一张银行卡以及两千元左右的现金。

"姐姐，这次是我学生时代的圆满句号……姐姐，我就要当护士啦………"飞机上的话还像在耳边，项珺的眼眶瞬间红了，她把脸埋在膝间深吸一口气。

咬咬牙，现在不是落泪的时候。

她得活下去。

但什么都没有了，难道去住宋玲的单身公寓？

她低下头看着手里宋玲的身份证……

"姐姐，我们长得好像哦……"女孩活泼开朗的声音似乎还在耳边。

好像……

项珺突然下意识地摸了摸自己的脸 ……像马尔夫·寇森一样，让人再也找不到自己？可是，哪里有钱去整容？浑身上下只有2000元的现金，宋玲的银行卡密码她也不知道。她又不是马尔夫，干不出拿着枪去逼人给自己做整形的事。

忽然，她愣了愣，从外套口袋里摸出了那张在机场没扔的名片！

芙蓉路74号602室

谢辕摘下口罩，脱掉塑胶手套，对面前的老客户露出亲切的笑容："徐姐，下次注射还是直接去医院吧，我这儿没医院那边设备齐全……"

徐丽娜一手扶着冰敷包一手拿着镜子左右照着，笑道："知道啦知道啦！要不是临时有活动要出席，我也不会在这休息天的来麻烦你呀！"她说着话，眉眼弯弯的看着镜子里映着的正低头为她记录病历的年轻大夫。温柔体贴，长得还儒雅端方，比起她在圈子里看到的那些个小鲜肉也是不遑多让。

"知道啦，我这小诊室也就是为了给你们这些老客户应应急的，也是谢谢你一直这么信任我……"谢辕手里记着笔记，嘴上不忘奉承道。

"你跟姐这么客气干吗？"徐丽娜佯嗔着，忽然想起什么，放下镜子说："哎，小谢，上周我闺密去 H 国，给我带了一支瑞尔 4 号，下次你给我打这个呗！"

谢辕握笔的手停了下来，抬头看向徐丽娜："瑞尔 4？不行啊，国内没批文的，别了吧。"

"哎哟，私下打打，药还是我提供的，你担心什么呀！"徐丽娜干脆坐起来，从自己的挎包里拿出一个盒子放在桌上，"喏，我都带来了，放你这儿存着，下回直接上你这儿来打。放心，姐姐按医院的注射价付你钱。"

"不是……徐姐，这不太好吧……"

"没事儿！你啊！胆子怎么这么小？好了，就这么说定了！药我可放你这儿了。乖，姐下次请你吃大餐！"徐丽娜说完，看了一眼墙上的时钟，"哎哟，时间差不多了，我先走了啊！"说罢，背着包站起来，整了整身上的小礼服，风风火火地走了。

"哎！徐姐！徐姐！！"谢辕叫了几声，却没能留住客户的脚步，看着自家诊所的门轻轻合上，他忍不住叹了口气。

门铃再次响起，谢辕愣了一下，自己的这个小诊所平时只接一些在医院来不及处理的熟客的单子，几乎全部都是有预约的，而今天所有的预约都已经看完了……

大概是快递吧？谢辕一边走去开门一边回想自己最近买过些什么。

当他打开门看到站在门口的女人时是相当惊讶的："是你？"前天在 G 国机场有过一面之缘的女人，她是怎么找过来的？她来干什么？

"谢大夫还记得我？"女人似乎也有些惊讶地问。

谢辕习惯性地温和笑道："是啊，我记性不错。之前的名片夹谢谢你

## 第六章 我要整她的样子

了。不过……"他打量了一眼女人，衣服还是在机场见面时那一身，手里拉着行李箱，怎么看都好像是刚下飞机的样子。

"我……想整形。抱歉我在机场留了一张你的名片，就直接找过来了。"项珺轻轻地说。

谢辕怔了怔，随即又笑了："哦，这样啊！没事没事，你先进来坐。"原来是客户，谢辕的笑容瞬间又真诚了几分。

进屋坐下，谢辕打量了女人一眼说："不知道，小姐怎么称呼？想做哪方面的整形？"

"我……"项珺犹豫了一秒，深吸了一口气说，"我姓项，项珺，我想做个面部整形手术。"她将宋玲的身份证放在桌上，推到年轻的大夫面前，"整成这个人的样子。"

身份证上的女人与眼前的人五官上有着微妙的相似，要说整倒是真的不难，然而……

"项小姐，你……这是……为什么？"见过普通人想把自己整成明星的，但却没见过要整成另一个普通人的，如果有，那这里头弯弯道道可就说不清了。谢辕不得不问明白，他并不想因为一个手术牵扯到什么复杂的事件中去，毕竟他身边糟心的事已经够多了。

"这……抱歉，这是我的隐私，不能告诉你。"项珺叹气，但又保证道，"但我可以保证，我不是坏人，我这么做也不会危害到任何人的利益！"

谢辕沉默了半晌，说："如果是这样……你明天到丁香医院整形科挂我的专家号来做整形吧，这样对大家都好。"

项珺沉默两秒，开口道："对不起，我不能去医院做这个手术，因为……我眼下有些困难，可能付不出整形的钱……但是……我希望你能帮帮我！我在机场一看你就知道你是个好人！"

谢辕脸皮抽了抽："项小姐，好人……也是要吃饭的。"

"我知道……可是……"

"抱歉，项小姐，我帮不了你……"谢辕站了起来，示意谈话已经结束。

项珺极不情愿地站起身，突然她眼睛一亮……

"等一下！"项珺声音突然有了底气，"谢大夫，我觉得你还是能帮我的。"

"你……说什么？"谢辕有些意外地皱眉，然后看着女人飞快地伸手从自己的办公桌上拿起了一个盒子晃了晃，心里一沉。

"如果我没有记错，在中国有批文的玻尿酸不多，这个……瑞尔4号，没有批文吧？谢大夫，使用无批文的药物，要是被举报的……在中国是什么样的处罚来着？"项珺看向谢辕。

"那是客户留在这里的，而且我也没有给人注射这个……"谢辕吓出一身冷汗，沉声反驳道。

项珺没说话，拿起手机来直接拿着药盒对着谢辕拍了一张照："网络那么大，你去一个个解释吧！"

"我艹！小姐无冤无仇的，你为什么要这样搞我？！"谢辕伸手要去抢她的手机。

项珺退后一步，避开了他伸过来的手，正色："只要你给我整了容我就删了照片，OK？"

"不是，小姐，我这里设备不齐全啊！还有，我……我不擅长手术，我是个注射整形医师啊！"他苦恼地叫道。

"别忽悠了，身为一个整形医生能不会做手术？你要是不擅长，那就听我的，我擅长。"项珺晃了晃手机。

"你擅长？你擅长什么？"

"整形手术！"

"你是整形医师？"

"对，拿G国整形医师注册资格的整形外科专家。你好，同行。"项珺朝已经目瞪口呆的男人微笑示意。

"可是……"

"别可是了，想想你的未来吧，经营黑诊所，使用无批文药物给人进行注射……"

"好了，好了不要说了，说吧，你要怎么整。"

"谢大夫！你真是个好人！"

## 第六章 我要整她的样子

"呵呵……"

躺在手术台上，项珺还不忘提醒："谢大夫，这手机上的照片有云共享功能的。"

谢辕咬牙："知道了！"

"你……不会杀我灭口吧？"

"哼！我可以直接报警告你勒索。"

"可是这样的话，你的诊所……"

"……闭嘴。"

"你爸爸一定欠了很多钱。"麻醉起效前，项珺又说，"谢大夫，你帮我这个忙，以后我一定会报答你的！"

"……"谢辕看着昏睡过去的女人，犹豫了半晌，还是按照女人写下的微整部位和剂量开始了手术。

项珺与宋玲的五官接近，项珺也并不想一辈子顶着宋玲的脸，所以她的整形方案都是可逆的，鼻尖垫入了一小块假体，注射了苹果肌，以及微微提拉了一下眼角……

手术后，项珺醒来，看着镜子里的自己。脸有些浮肿，但基本上可以看到跟宋玲的容貌已经非常接近了，从专业角度来看，消肿后，她的脸将与宋玲几乎一模一样。

对不起了，暂时借用你的身份和脸。

## 第七章
**宋玲的人生**

谢辕看着令他头疼的女客户,皱眉道:"都按你说的做了,你放心,消肿后几乎完全一样。"

"谢谢,手术做得不错。"

"……"谢辕冷面提醒,"把手机上的照片删了。"

"没问题。"项珺拿起手机,脸部识别镜头在自己脸上停留了片刻后,手机解锁了。

谢辕看着她这样做了一套,才后知后觉地发现了什么,忍不住咬牙:"这手机不是你的?!"

"是啊,要是不整形,我连这手机怎么解锁都搞不定。"项珺说。

谢辕突然醒悟,这说明之前这女人根本不可能用这部手机把照片晒出去!

"你……骗我!"谢辕觉得自己快要冒烟了。

"我没骗你。"项珺一边打开相册,一边说道,"好吧,我道歉,这是真的没有办法才找上你的,但是我真的不是坏人。"

"呵呵!"

## 第七章 宋玲的人生

"你不信我也没办法……这样吧……"她拿起一张纸写了一张欠条，"给，整形的费用我以后一定会还给你的。"

"你以为这是钱的问题？"

"不然呢？"

谢辕发现自己竟然无言以对……还真就是钱的问题。

"那么……谢大夫，谢谢你，再见。"麻药作用彻底过去后，项珺展示了一下已经删除了照片的手机，拖着行李离开了谢辕的私人诊所。

早已气得七窍生烟的谢大夫隔了半晌才反应过来，恨恨地摘下手套咬着牙，喃喃回了句："不用谢，再也不见！"

按着地址，项珺找到了宋玲租的那个位于市郊的单身公寓。女孩的安全意识还挺强，虽然位置有些偏，但公寓有门卫，各角落也有监控，楼道里也收拾得十分干净，相当安静。

门卫大叔验看了她的电子租赁合同，又对照了一下身份证之后，从桌肚里取出了房卡递给项珺："喏，房卡，还有大门的门禁卡。收好了，掉了补办要五十元。"

项珺道了声谢，接过房卡和门禁卡以及证件，走进了一旁的电梯间。

宋玲租的是三号楼的一个15平方米的单间，里面配有一套整体卫浴、一张单人床、一个简易衣柜、一张书桌、一张木椅、一个电磁炉以及一口配套的锅。这些东西将本就不大的空间塞得满满当当，项珺站在门口发了半天呆，才叹了口气无奈地接受了这有生以来最小的生活空间。

天已经黑了，然而因为时差的关系，项珺丝毫没有睡意，躺在床上看着天花板，想着接下来该怎么办。

前半生顺风顺水，虽然从小没了妈妈，但也在父亲庇护下长大，以优异成绩从医学院毕业，顺利拿到工作；往后的人生，哪怕是回家继承诊所，也是只给自己原来的整形事业上，多增添了一份压力而已。27岁不到，就已经在周围人羡慕的眼光中，仿佛享有了所有的运气。

所以现在才跌落谷底?

虽然逃脱了追杀。没有性命之忧。但要在这15平方米的空间里生存,没有工作,没有收入,没有高学历,没有亲人后盾……

以后的人生该怎么过?如果马尔夫·寇森永远不落网,自己就永远不能找回身份回到正轨吗?

未来就像是,黑幽幽的无底洞。

"这是宋玲的资料。"调查科的同事将两张薄薄的纸递给王昱枫说。

"就这么点?"王昱枫一边接,一边有些惊讶地问道。

"就这么点。"对于这种完全没有挑战性的资料调查感到兴致缺缺的同事瞪了他一眼,"这世上这样的人一抓一大把,不是每个人都能有丰富的人生经历的,特别是这种刚出学校的小女生。"

王昱枫看着手里的资料……

宋玲,22岁,出生于西南地区的一个县级小城,一出生就被遗弃在医院门口,父母不详。医院护士在捡到她之后,将她送到了县社会福利院,之后转到当地一所民办孤儿院,在那里长大……护校毕业后在当地医院和福利院做了一年护士和义工,在网上求职,收到了SH市某医院的护士职位offer(录取信)。

王昱枫抖了抖手里的资料,又掏出手机,翻出之前保存在手机里的项珺的资料——G国整形协会注册医师,擅长面部整形手术……

"啧!你猜我猜不猜得到你在哪儿呢?"王昱枫晃了晃手里的资料,扯了扯嘴角轻轻自语道。

稍后,他拿起了手机拨打了一个号码:"丁院长您好,我是……我想尽快预约见您,有个案件希望能得到贵院的协助……"

项珺几乎一夜无眠,连日来受到的惊吓令她一闭眼就噩梦连连。早晨醒来时眼下浮着浓浓的黑晕,看着镜子里憔悴的脸,项珺叹了口气。小心洗漱之后,忍不住又倒回床上想再补个眠,却发现手机屏幕亮了起来,提示有一封邮件。

## 第七章 宋玲的人生

项珺随手解锁，点开了邮件，竟发现是一封 Offer！

Offer 来自一家叫丁香的私立综合医院，宋玲之前通过了医院护士的招聘面试，对方希望她能在一周内入职。Offer 邮件的接收时间是一周之前，而今天会再次亮起来是因为医院发出了一份入职提醒的追加邮件，内容则主要是提醒入职新人需要带齐哪些证件。

难怪女孩说回国后就要当护士，原来已经有了 Offer，没有就业压力，所以才会如此淡定地出国旅游吧。

丁香私立综合医院……有点眼熟，但项珺却想不起来自己在哪里听说过。摇了摇头，也就不再纠结，目前第一步，在拿回原来身份前，必须在这里活下去。

先入职，有工作就代表有收入，代表未来不会饿肚子……

项珺看了一眼镜子里还是有些浮肿的脸，微微皱眉，这个样子怎么去入职？

可是，入职时间就在明天，一天之内脸上的浮肿能消下去多少呢？项珺叹了口气，只能听天由命了。

喝水，吃消炎药，所有的办法都用上。终于，在第二天清晨，收获了一张稍有改善的脸，项珺满意地对着镜子点了点头，这已经是她当前条件能达到的最佳效果了。

宋玲护校毕业，学的是专业护理，入职的也是护士岗位，项珺却是 G 国麦吉医学院毕业的外科医生，两者风马牛不相及，因此项珺对于入职后该怎么接手工作心里直打鼓。不过，想想虽然没当过护士，但工作中接触得可是不少，项珺便给自己打气，不管怎样，有份工作已经不错了！

于是带好证件，项珺出门前往丁香医院入职。

宋玲，谢谢你给我带来的希望。从今天开始，我将带着你的身份一起，开始新的人生。

丁香私立综合医院在城市的西端，从宋玲租住的单身公寓到达那儿，要换两次地铁，全程将近一个半小时。项珺被早高峰的人流吓得好半天都没敢往前走，好在入职时间并不早，她足足等了四趟车才终于看到人少了些，勉强挤进那铁皮罐头里。

到达医院后的入职还算顺利，人事主管看到她的脸时还好心地问了句："脸有些肿啊，不舒服吗？"

"可能是没睡好吧，第一天上班，有些紧张。"项珺苦笑着说。

"不要紧张，岗位安排你在整形科做护士，平时工作量也不大，挺适合你这样刚刚从学校出来的孩子。"人事主管笑着说。

"嗯……"项珺点着头，听说要在整形科做护士，心里没来由地一阵高兴，好歹离自己熟悉的领域近了一步！

"走吧，我带你去科室。今天谢主任正好有空，让护士长给你介绍一下，以后好配合工作。"人事主管站起来，带着项珺往门诊区域走去。

"我们院是个综合医院，整形科是咱们院比较受关注的科室，开展的项目丰富，客源也一直很稳定。"人事主管一边走一边介绍道，"整形科的主任可是个帅哥。"人事主管看着脸上还略显稚嫩的小护士，笑得别有深意，"人也特别好相处，很受你们这些小姑娘的欢迎呢！"

项珺的心仍旧悬着无法落地，生怕自己露出马脚而暴露身份，全然没有听懂人事主管的"深意"，却被当成青涩单纯，笑吟吟地不再多说。

整形科在医院的4楼，与其他科室分开，有电梯直达，与普通科室相比格外安静，人也不多。

走出电梯时正遇上一名中年护士经过，人事主管立即叫住了她："老姚，这是新来的小宋——宋玲，今天刚入职，你给安排一下工作吧。"然后又对项珺说，"小宋，这是姚淑梅，整形科的护士长。你以后归她管，她在这科室里做了六七年了，多学学。"

"好。"项珺点头，轻轻地应了声。

姚淑梅笑着说："知道啦，我正缺人手！"

人事主管拍了拍项珺的肩："行，那这孩子就交给你了。小宋，那我先走了，接下来的工作你听老姚的安排吧。"说完，按开电梯门，走了。

姚淑梅打量了新来的小姑娘一眼，微微皱了皱眉头："脸怎么了？"

## 第七章 宋玲的人生

项珺小声说:"前两天吃海鲜过敏了……"

姚淑梅点点头:"以后注意,做整形科的护士自身的仪容也是有规定的,上班前要化淡妆,头发要梳起来。一会儿你跟我去领制服还有包头夹,今天下午正好有仪容训练课,你跟大家一起听……"

项珺听了一路,发现一点直接与护理工作相关的内容都没有,不禁有些奇怪:"呃,姚……姐,我的工作内容,是什么呀?"

姚淑梅淡淡地看了她一眼:"谢主任原来的助理护士上个月辞职了,你的工作就是接替她。"

姚淑梅的态度冷淡,项珺也不愿多嘴,跟着她到了医护工作休息室。领了制服,换好,出来后,一路上遇到四五个护士,看着她的眼神都有些微妙……

项珺不明所以,但也没多想,跟着姚淑梅来到了主任办公室。

## 第八章
### 这女人背后有人

谢辕一早做了两个注射整形的小手术,这会儿正在办公室里喝咖啡提神。

无奈,前两天那个莫名其妙的女人把他搞得心神不宁,只怕再来点什么幺蛾子,晚上连睡也睡不好。助理小季离职快一周了,临时顶替的几个小护士手生就算了,还老爱走神,搞得肝火直冒,嘴角都起疱了。听说今天要来新助理,谢辕总算打起了些精神。

办公室门响了两下,姚淑梅推门进来说:"谢主任,这是我们新来的护士,叫宋玲,今后直接安排在你这里做助理,小季的工作内容稍后我会交接给她。"说完扭头对跟着她进门的小护士说:"小宋,这就是谢辕谢主任,他是我们整形科的主任,今后你的工作由他来布置。"

"哦。"项珺应了一声,却在看到办公桌前的谢辕后彻底石化,嘴巴张了几次,愣是没憋出一句话来,后者更是一脸见了鬼的表情瞪着她。

姚淑梅并没察觉到两人的异常,说了句:"那我去把之前小季交接的工作拿过来给你,你先在这里跟谢主任谈谈。"然后转身出去了。

有那么一瞬间,谢辕甚至怀疑自己工作太疲劳,眼睛花了,然而,

## 第八章 这女人背后有人

无论他再怎么用力眨眼，眼前这张还有几分浮肿、鼻翼还有些瘀青的脸，毫无疑问就是前不久那个逼着自己给她整形的女人！这女人怎么跑到这儿了？新入职的助理？难道是有预谋的？可这女人图什么？

项珺先一步反应过来，鬼鬼祟祟地探出头，确认走廊上没有其他人后，转身把门一关，朝谢辕走来："不好意思啊，又见面了。"

"你别过来！"谢辕几乎叫了起来，但立刻又压低了声音，"你怎么会到这里来？你到底想干什么？我已经给你整了形了，你还要怎样？"

项珺有些无奈地苦笑："谢大夫，你先冷静一下OK？这绝对是个意外！我也没想到会这么巧，但这份工作对我来说非常重要，我是一定要留下来的。眼下的情况，你只要把我当一个普通的新进员工就好了，我保证会好好配合你工作！来，重新认识一下，我现在姓宋，叫宋玲。"

然而此刻，谢辕的内心是崩溃的。

"你不是叫项珺吗？"谢辕没好气地问。

"真名叫项珺，但是这张脸的名字叫宋玲。"项珺叹了口气，"这事一时半会儿讲不清楚，牵扯复杂，我以后可以慢慢跟你解释。"

"不用了，"谢辕断然拒绝，"宋……不，项小姐，我不想知道你的私事，也希望你不要再出现在我周围。我一会儿让姚姐带你去办离职手续，以你的个人条件去别家医院应该也没问题。"

"谢主任，"项珺上前一步急道，"我现在真的很需要这份工作，请你相信我，我有我的苦衷，而且我的行为并没有触及法律。"

捕捉到对方真诚目光中一闪而过的苦涩，谢辕原本要说的话卡在了嘴边。

这时办公室门被敲了两声，姚淑梅拿着三个文件夹进来，见屋里的气氛有些尴尬，没有多说，放下文件夹之后便走了出去。

"行了，你不是说有苦衷吗？现在你可以说了。"谢辕确认办公室门关紧，姚淑梅已经走开之后，低声对桌前有些面色绷紧的女人说道。

项珺有所犹豫，但直觉告诉她，眼前的这个人，应该可以信任。"我从G国坐飞机回国的路上，认识了宋玲。"项珺说，"我们聊得很开心，她是个……非常好的女孩子，如果她本人来做你的助理，你一定会喜欢她的。"项珺有些伤感地说道。

"那她本人怎么了？"谢辕皱眉问。

"死了。"

谢辕愣住，没想到会听到这样的答案。

项珺深吸一口气，继续说道："我们下飞机后一起拼车回家的路上，发生了车祸，司机当场死亡，她……没抢救过来。"项珺难过地说，"后来，我们俩的身份被搞混了，现在我是宋玲，而项珺已经从这个世界上彻底消失了。"

谢辕疑惑："那就回去跟警察说清楚啊，现在科技这么发达，指纹、DNA 都能确认身份，犯不着因为这个整形吧？"

项珺眼睛虽然看着窗外，回忆却不可避免地回到了 G 国发生的事，摇了摇头，没有再说什么。

谢辕见问不出什么，把话题转移到自己身上，"我也太倒霉了吧，这种概率的事儿也能让我撞上……"

"抱歉，我当时只有你一个人的名片，我对国内的整形医生不了解，而且我也没有多少钱，只能试着求你帮忙。"

"你那叫求？你那叫恐吓！叫威胁！"谢辕说着就来气，几天来压抑在心里的不安终于爆炸，语调也提了起来。

"抱歉抱歉，那不是正好你桌上有把柄吗？"

"我说了那不是我的！"谢辕被这女人搞得火往上冒，"你不要欺人太甚！你又是威胁我帮你整形代替一个死人，又跑到这里来打扰我正常工作，信不信我立刻报警……"

项珺看着男人气得发白的脸，心里懊恼得不行，可又无奈，谁知道竟然会这么巧呢？！可现在怎么办……

叮——

一阵电话铃声打破了两人的僵持，谢辕桌上的内线电话响了。

谢辕的怒火突然被打断，看了一眼电话，好不尴尬，转而又狠狠地瞪

## 第八章 这女人背后有人

向项珺。后者朝他露出一个讨好的笑容，示意他接电话。

铃声不停地响着，似乎在催促着人快点接起来。谢辕无奈，只能愤愤地拿起电话，口气也没缓过来直接凶巴巴地说了句："喂？！"

电话那头的人似乎愣了一下，停了半秒才说："小谢啊，怎么啦？"

谢辕一听这声音，火气瞬间消了大半，声音也软了八度："老师……啊不，院长……您找我？"

说到丁香医院的丁映香院长，正是谢辕大学时期的导师。当初正是她把这个得意门生拉来做了自家整形科的招牌，知道他家是非多，也没嫌弃，一直帮着他。对谢辕来说，丁院长对他有着师生之谊、知遇之恩，是他决心永远敬爱尊重的人物。

所以一听是丁院长，谢辕的态度立刻转变。而丁院长则在那边的声音有些过分的平静："哦，是这么个事，今天入职了一个小姑娘到你科室，叫宋玲的，你见到了吧？"

谢辕惊讶得一时说不出话来。

"喂？小谢？"那边听他没有反应，催促着叫了一声。

"哦，我在。院长，人我见到了，但是她……"谢辕一醒神，刚想说这人有问题，那边丁院长却已经利落地打断了他的话头。

"你已经见到了呀？那就好，我现在跟你说的话，你只要听着。我刚刚接到警方的通报，这个宋玲，原名项珺，是一个重大案件的涉案证人。警方现在要对她进行监控和保护，我们院方要予以配合。这段时间，要拜托你多照顾一下。"丁院长严肃地嘱咐道。

"什么？可是院长，她……"谢辕完全没想到会从院长那里来上这么一出。

"另外，这件事务必保密，包括对她本人，因为警方目前还不确定她与案件本身是否有联系。好了，就这样，你忙吧。"说完，丁院长挂了电话。

再度看向项珺的时候，他冷冷地说道："不要以为我是因为怕了你，如果不是……科室实在缺人，我是绝对不可能让你留在医院的。"

项珺一脸茫然，就……就这样过关了？

谢辕看着她脸上快要开出花来的模样，凉凉地说："你在这里最好不要给我惹什么麻烦,否则我立刻报警!"

"好好好,没问题。你放心,我一定认真工作,决不给你添一丁儿麻烦!"项珺心中大呼 lucky!

另一边的院长办公室,年迈的丁院长放下电话,脸上的笑容收敛了起来,转头看向办公桌对面的男人。后者站得笔直的身躯微微欠了一下身:"谢谢您的配合。"

丁院长正色:"配合警方工作是我们的义务,也是荣幸。只是,王警官,我希望这件事不会危及我们医院医护人员的人身安全……"

王昱枫向她敬了一个礼:"我会尽一切力量保证大家的安全。"

"那最好。"丁院长点点头,目送男人迅速地离开了办公室。没有人注意到他的离去,正如没有人注意到他的到来。

此时谢辕看着面前的女人,一肚子憋屈到底还是发不出来,想了想只得挥挥手:"好了,你的办公桌在隔壁,电脑是我原来助理用的,你就接着用吧。资料拿去,先把最近半年的病历都看一遍,一个月内的预约表格准备好——"停了一下,看着项珺,"你会做吧?"

项珺眨眨眼:"不会。"

"你……"

"我在 G 国开私人整形诊所的,主刀,这些杂事是助理干的。"说到助理,项珺不免又想到了可怜的娜莎,心里难过不想多谈,便转移了话题,"不过,中国不是有句话叫……没吃过猪肉也见过猪跑吗,我试试看吧。"

谢辕叹了口气,他知道眼前这女人在整形方面肯定有丰富的经验,就看她为自己确定的整形方案就知道,然而他想要的是助理啊……

"好吧好吧,你去那边慢慢看。我下午还有个手术,你刚入职不会让你上来就搭手,今天的助理护士还是姚姐,你在一边看着就好。"

"哦,好的。"项珺应了声,抱着文件夹进到助理的办公室,开始翻看。

作为这家私立医院的主任医师,谢辕差不多担下了 80% 的营业额。

## 第八章 这女人背后有人

项珺看着密集的手术量，不禁赞叹了一句："国内整形业可真是发达啊！"

隔着墙那边传来了一声苦笑。

"中午……医院管饭吗？"项珺突然问道。

谢辕看了一眼电脑右下角的时间，原来已经 11 点 50 分了，说："二楼有食堂，姚姐给你饭卡了吧？"

"给了。"项珺站起来，走到门旁，回头又问，"你不吃食堂？"

"我叫了外卖。"谢辕看着电脑回答道。

"那我自己去了。"

"去吧。"谢主任不耐烦地回应道。

食堂里人还不多，项珺点了一份蒸蛋，端着饭菜找了个不显眼的位置坐了下来。不远处的拐角，有一桌已经坐了四个护士，也不知道是不是同科室的，项珺考虑到自己的处境，没有上前打招呼。

结果刚吃了两口饭，就听那边聊天的情绪高涨，声音也响了几分……

"新来的那个，你们看到了吧？"

"啧啧，那女的，脸肿得跟猪头一样！"

"唉，你们说这是不是故意的啊？挑个难看的，防止办公室恋情啊？"

"得了吧，小季那么漂亮，你看谢主任动心了没？"

"谁知道呢？反正至少现在大家都可以放心了，咱们的院草暂时还是安全的。"

"我说你们不觉得，谢主任那样的男人……万花丛中一点绿，还不拈花不惹草的，莫不是个断背啊……"

"噫！腐女退散！"

"得了吧，谢主任肯定有女朋友的，不过是藏得牢，说不定私底下管得多紧呢！"

"你又知道了？"

"我注意过，他经常接个电话就跑到角落里，一聊聊半天，不是女朋友哪来那么大的兴致扯？还有，有一次我们一起叫外卖，他居然银行卡没钱付不起账还是我给垫的，虽然第二天就还给我了……但是你们想，他一个主任收入多少，能花到饭都吃不上的地步？说不定钱都给女朋友搜刮干净了！"

"嗯，有可能，想想谢主任那脾气，要是找个厉害点儿的媳妇儿，还真能工资全上交……"

"哎哟你们别说了，我还想保留一点他是个黄金单身汉的幻想呢！"

# 第九章
## 半面美人 1

项珺听了一耳朵的八卦，撇撇嘴，这个谢辕人缘还挺好啊！

正想着，一旁有人坐了下来："小宋，怎么样？跟主任相处得还好吧？"

项珺抬眼一看，见姚淑梅端着餐盘坐在她边上，似笑非笑地说着。声音不大不小，正好让那边听得清楚，瞬间没了声音。

"嗯……还好，我在看之前的案例记录还有最近一个月的预约安排。"项珺回答道。

姚淑梅点点头："我都整理过的，你就对一下就好了。对了，下午有个注射手术，你在一边看着，顺便搭把手。"

"好的，谢主任跟我说了。"项珺中规中矩地应着。

"你刚毕业吧？"姚淑梅随意地问道。

"嗯？啊……对！才……才毕业。"突然被问到宋玲的事，项珺一时还有点反应不过来，好在姚淑梅并没在意她的回答。

"刚从学校出来，经验不足，要多学多看，别像那些整天只知道混日子嚼舌根的，浪费时间。"

"哦，我明白。"项珺说完，多看了姚淑梅一眼。这神色平静的中年护士冷淡的态度下，其实藏了许多善意。项珺于是笑了笑，点头说："谢谢姚姐。"

姚淑梅大约也没想到这小姑娘会谢自己，愣了一下，眼底终于露出一丝笑意来："好好干。"

忙碌的一天结束，项珺还要参加下班后的礼仪培训，等到彻底结束，回到办公室，谢辕早已经走了。看着空无一人的办公室，项珺苦笑了一下，关灯，回家。

夜幕已经降临。

另一边，王昱枫正拿着从交管局调出来的所有资料，还有项珺的行李，搬上自己的大吉普，趁着傍晚的夕阳开车回家。

"叮——"手机铃声响起，王昱枫瞄了一眼手机，按了接听。

"卢队，什么事？"

"人都安顿好了？"

"嗯，丁院长同意全力配合我们。另外她好像认识项珺……不，没有威胁……好，我稍后调查一下她们之间的关系。"王昱枫说道。

"行，打报告，把你这次出勤的情况汇报一下。另外，尽快通知项珺做好配合工作。"

"呃，卢队，我觉得咱们暂时不要跟项珺接触比较好。"

"为什么？这是正常工作流程。"

"你想啊，项珺回到中国的事其实并不能算是个秘密，毕竟只要查一下她的消费记录就能知道她买过回国的机票，所以，骷髅那边肯定会派人过来，对不对。"

"对，所以才要立刻做好保护工作啊！"

"可是项珺整了容，换了身份，也就是说现在除了我们和丁院长以及那个给她整容的医生，再也没有人知道项珺去了哪里！所以，现在我们只要不主动跟她接触，骷髅要找到她恐怕是不可能的。"王昱枫分析道。

"你说得有点道理，但是，完全放手不管是不行的，得想办法在她身边安置一个人，以防万一。"

## 第九章 半面美人 1

"卢队，就我来吧。"

"你？你不是说不主动跟她接触吗？"

"不让她知道我是警察不就行了吗？况且，连长对我多重要你心里是清楚的，这个女人的安全容不得一点马虎，我必须亲自盯着她！我奶奶留下那屋装修好了，准备挂牌出租，正好就在丁香医院附近，我觉得我有机会的。"王昱枫信心十足地说。

"你别想得这么美，凭什么人家就看上你奶奶那屋了？你不是说她在郊区的单身公寓租了房了吗？"

"那地方到丁香医院坐地铁都得要一个半钟头，她一个国外回来的女医生，吃得消上下班高峰才怪！你看着不出半个月，她肯定得找医院附近的房子住。"

"行吧，你自己看着办。总之一句话，保证她的人身安全为第一要务。"

"是！"

每一个挤地铁的上班族前世都是折翼的天使……

正式上班的第一天清晨，项珺在早高峰的地铁里被挤得前胸贴肚皮的时候，第N次翻着白眼，这简直是沙丁鱼罐头！最可怕的是每到一站还有人死死扒着地铁门，拼命地往里怼！没错，就是往里怼！每个人在清晨，时间都是比黄金更珍贵的存在！

对于项珺来说，这样的生活模式是极度陌生的。地铁上为什么有那么多人？他们为什么不开车上班？我要怎么上车？我要怎么下车？这些问题在她脑海里高速运转着却得不到答案，人生中绝大部分时间在地广人稀的G国度过的她，感觉自己的大脑完全跟不上SH市的这个早晨的节奏。

等到她晕头转向地挤下了车，赶到医院打卡，已经9点10分了。

姚护士长皱着眉看着被挤得头发都乱成一团的新人，摇头叹气："去梳理一下，下次早点出门。"

项珺不无尴尬地向她歉然一笑，匆匆跑进更衣室，火速换好制服，梳好头发，补了一点唇彩。已经消肿但还有些瘀青的皮肤不敢扑粉化妆，只能抹些润肤乳补点水，左右看着终于不那么别扭了。

走进办公室，谢辕已经在接待病人了。是个术后复查的，多是谈话，问问术后情况如何，之后又要注意什么之类，这些原本应该是助理的工作。看到项珺走进来，谢辕也没在意，只点了个头，继续跟病人交谈起来。聊了有五六分钟，那姑娘终于心满意足地离开，临走的时候羞答答地留下了一包手工饼干……

项珺过来取复诊资料，看着桌上的手工饼干又看看谢辕"怎么处理？"

"放着。"谢辕冷淡地说，说完又看了一眼准备回隔间的女人，"迟到15分钟以上算旷工半天，你有点时间观念行吗？"

项珺皱眉："我也不想啊，我家离这儿太远了。"翻看了一下资料，不得不说，姚淑梅的工作做得非常仔细，每一个病人的每一次咨询到预约，到安排手术都做了记录。

上午谢辕没有手术，接诊了几个客户的咨询，都还只是初步咨询阶段。项珺没有事，只能继续待在小隔间里翻看过去的资料。

往前翻了几个文件夹之后，项珺被一张诡异的脸吸引住了。

身为整形医师，不完美的脸见过很多，有先天的，也有后天的，但这张脸却意外地令人有种莫名的惋惜。

案例最前面是一张病人的照片，一个十八九岁的女孩，如果只看左侧脸，会觉得是个真正的美女，眉目清朗，肤白唇红……然而她的右侧脸如同缩水的桃子一样，扭曲不堪。

病历上记录着病人叫简玦，咨询时间是三年前。女孩的右脸在7岁时停止了发育，随着年龄的增长，无论是骨骼还是皮肤都与左脸发生了完全不同的变化，以至于左右脸差异太大，甚至影响到生活。

"你在看这个？"谢辕不知何时送走了一个客户，走了过来，见项珺正看着的资料，忍不住搭了一句。

"她，这个人后来怎么样了？没有做手术吗？"项珺问。

"只是来咨询了一下价格，她这个手术要做好的价格太高了。一个普

通家庭的女孩子承受不起的，就放弃了。"

"可惜。"

"嗯，可是也没办法，毕竟难度太大。"

"对了，有什么事？"项珺抬头问道。

"哦，到点了，一起去吃饭吧。"谢辕有些不自在地说。

"这么好心？"

"请新入职的同事吃饭，是咱们科室的传统，走吧。"谢辕没好气地说完，转身出去了。

项珺跟在他身后，有些好奇，"你请客啊？"

"嗯。"谢辕淡淡说着，并没回头。

"……"项珺看着男人的背影，有点头疼。看来之前那件事把这位主任大人给得罪惨了，有什么办法能找回点好感度啊？

食堂的角落有一张十人圆桌，这会儿已经坐了姚淑梅和四五个护士。项珺虽不能都叫出名字但已经眼熟，知道都是整形科的姐妹，不过这几个姐妹显然并没有在等他们，几个头凑在一起看着手机叽叽喳喳聊得正欢。

"我要试试她这个眼妆的画法！眼睛显得好水灵啊！"

"啊！啊！这款腮红我也有！买了就后悔了，根本用不好！她是怎么用得这么漂亮的！"

"哈哈哈哈，我知道！上次娟娟在寝室里用过，整个一猴子屁股！"

"黑历史不要提啊！"

项珺走过去便发现她们在看一个化妆教学视频，想到工作要求化妆，所以也凑过去看。走在她前边的谢辕已经先一步笑着问："在看什么呀？"

几个姑娘抬头一见他，立即将视频关了，一迭声地说："没看什么！女孩子的视频男人不要问。"

谢辕笑着摇头："我还不知道你们？！化妆视频嘛，好啦好啦，想吃什么自己去拿，刷我的饭卡。"说着递上自己的饭卡。

女孩子们欢呼一声，接过饭卡跑去窗口点菜去了。项珺有些无所适从地待在原地，还是姚淑梅笑着对她挥挥手："去，别给主任省钱，他平时老吃外卖，卡里有的是钱！"

项珺看了谢辕一眼，想到之前听到的八卦里说的这人穷得连外卖都吃不起，不禁有些迟疑。

谢辕也看着她，只当她不好意思，就说："去吧，请你吃的，也不是什么高级的东西，不用客气。"

见他这样说，项珺也不再犹豫，跟上前面的同事几个，女孩子之间的交情要建立起来也是相当容易，无非是美食、美妆、衣服、鞋子和包包，因此项珺很容易便得到了女孩们的友谊。

有人请客，姑娘们点起餐来自然也不像平时那样算计，每人手里的托盘都放得满满当当。往回走时，项珺手中托着两碗排骨汤，走得小心翼翼，不料身后正有个护工领了食盒走过，项珺背对着看不见，谢辕却看到护工走得匆忙，眼看要撞在项珺身上，连忙叫："项珺！小心！"

项珺听这一声叫，下意识地往前多走了一步，险险避开了护工的身形。护工也是此时才反应过来差点撞到人，小青年脸涨得通红，连忙跟她道歉。

"没事没事！你先去忙。"项珺笑着安抚了对方，端着托盘坐回桌旁，却发现一桌同事的表情都有些微妙。

"那个……刚刚主任叫小宋什么来着？"

# 第十章
## 半面美人 2

"湘君？是这个吧？"

"咳，是她的小名。"谢辕干巴巴地解释道。

项珺这才反应过来，谢辕一时情急竟叫了她的本名，听他这么解释立刻接着编："是啊，我小名叫湘君，我爷爷给起的，说文雅好听！"

"才入职第二天，正式上班第一天，主任就知道你小名了？！"小姐妹们一个个眼瞪得贼大，满脸不信。

"这是说其实，主任和小宋以前是认识的吧？"姚护士长抓住了重点。

谢辕看了看项珺，就见后者正对着他咬牙切齿。叹了口气，天知道刚刚脱口而出之后，他就特别想抽自己一耳光。

"呃……是……是啊！她小时候住我家隔壁……"他硬着头皮编。

"小宋……不是孤儿……哎哟！"一个快嘴的姑娘刚说了半句，被一旁的小伙伴拽了一下头发，闭了嘴。

诡异的沉默中，大家已经脑补了许多……

青梅竹马的男女，女孩家破人亡成为孤儿，长大后阴错阳差再次相遇……妥妥的言情小说的桥段啊！

于是乎,大家看项珺的眼神中又多了一层新的意味,整形科男神终于迎来生命中的那名女子了吗?!

正说着话,谢辕的手机响了,他掏出来看了一眼,歉然地朝大家苦笑了一下:"抱歉,我去接个电话。"说完匆匆走了出去。

看着谢辕走出去的背影,一桌人都莫名地安静了下来,大家突然想起,谢主任好像还有这么一个疑似金屋藏娇的对象……于是大家看项珺的眼神又莫名多了一层同情。

项珺对于谢辕接起电话那个无奈又懊恼的表情很是眼熟,心里猜他多半又是被那好赌的父亲催着要钱了,不过回头一看其他人的目光,忍不住以为自己身上哪里沾了脏东西,愣了半天,只好问:"怎么了?"

姑娘们互相推搡了一番,都露出了善(lian)意(min)的笑容,一致回答:"没事,没事,来,咱们吃菜!"

大约是看谢辕不在,又想转移项珺的注意力,前先看视频的姑娘又掏出了手机,点开了一个直播视频:"来来,边吃边看!我要把这次的淡妆直播看完!"

项珺跟着看过去,就见屏幕里的主播正在做无痕淡妆教学直播,不停地有人在刷鲜花礼物,还有人表白"半面大大,请收下我的膝盖"等等。

这个主播的 ID 叫半面妆师,非常形象,因为主播本人在镜头前右半脸化着浓重得看不出原型的鬼脸造型,而左半脸则是姣好的美女妆容。

"这个人的脸很独特啊。"项珺忍不住说。

"是啊!半面大大就是因为她总是把右半脸画成浓彩鬼脸,左半脸做彩妆教学才出名的!"

"她的右半脸应该是化了电影特效化妆的那种妆吧,特别逼真,刚开始觉得好可怕,不过后来看习惯了,又觉得这种反差萌很有味道。"

"是的是的!我就是因为这个关注她的!"

女孩们开始细数这位半面妆师的各种神奇的化妆技巧,实用的、花哨的种种……

## 第十章 半面美人 2

项珺微笑着听,眼睛看着视频里的女孩,如此独特的一张脸,她绝对不会认错,这位 UP 主正是上午她看到的那位面部萎缩造成半面瘫痪的病人:简玦。

没想到虽然没有整形,却另辟蹊径成了一位如此有特色的彩妆视频主播,也算是天无绝人之路吧……

下午跟着谢辕和姚淑梅做了两个双眼皮的手术,项珺打下手,倒也并不觉得累,甚至还有工夫想自己的事。

上班路这么远,交通又是那么挤,想要好受一些……

买车是不可能的了,打车……开销也大,对于眼下只有两千来块钱的自己实在奢侈,看来只有想办法申请医院的宿舍了。

"谢主任,我想申请宿舍。现在这样,我很难保证不迟到……"下班前,项珺趁空向谢辕提出了自己的要求。

谢辕皱眉看了她一眼:"宿舍是可以申请,不过有没有空出来的房间就不知道了。这样吧,我给你签报告,你自己去行政那边问问吧。"

"行,谢谢啦!"项珺笑眯眯地接过了谢辕签字的宿舍申请报告,转身跑去行政部提交去了。

"哎……"谢辕看着她走远,还想说即使申请了,多半也是要排队的,然而看着女人兴冲冲地背影,又闭了嘴,心里有那么一点儿小恶意。让她失望一下吧!

果然项珺很快就失望了,宿舍申请是提上去了,行政姑娘看了一眼申请记录,公事化地说了句:"行了,等吧,宿舍有限,现在还有十来个在排队等着的,你也别急。"

"什么?还得排队?得等多久?"项珺瞠目。

"这个说不定,有人离职退房了就有房子空出来了,没有就只能等着,之前有人等个宿舍等了半年。"

项珺感到自己受到了打击,蔫巴巴地回到办公室,收拾东西回家。一路上又是一通挤车,感觉比上了一天班还累。

看来只有想办法在医院附近租房子了……

然而租房子还是得要钱!

项珺苦着脸,看着手机上"爱存不存"银行的APP,脸部解锁能打开手机,可这银行APP有另设密码,她根本打不开啊!工资卡还是她临时去银行办的新卡,而且不管里面有钱没钱,她都不打算动,毕竟那是宋玲的遗产,她不能占了别人的身份还想要人家的钱!最重要的一点是——宋玲这样的小姑娘怎么可能比她这个G国的医学专家有钱?!

可以说从来没穷过的项大医生此刻的心情也是崩溃的。

等吧,熬到第一个月发工资,就能找房了。

就这样硬是熬到了每月15号的领薪日,看着手机上显示到账信息后,项珺当天下班便直接在医院周边找起了租房信息,找了几处房源预约看房,所幸第二天就是她的轮休,便约了时间,准备一家家慢慢看过来。

隔天,起了个大早,项珺带着钱出了门。

预约的房源有两处,距离医院都不远,骑共享单车15分钟就能到的距离,这是项珺很满意的。然而真实看起来,一处竟然是群租,考虑到自身的安全,项珺立刻拒绝了,转往下一家。

这处房源是老式公房,一层楼里面有六户人家,楼道里堆满了杂物。房东是个老太太,看着挺泼辣厉害的样子,虽然满面堆笑地把自家的房夸得天花乱坠,可看着脏乱的单间,和窗外紧邻的餐馆排风,项珺实在没兴趣整天住在油烟气里生活,想了想还是婉言拒绝了。

"阿姨,不好意思,我对油烟气过敏,这房……我租不了。"她说。

老太太脸上的笑容凝固了一秒,随即化成一片冷淡的蔑视:"没关系的。哎呀,我这房租不租随缘的,也不是什么人都租得到的。"

一旁中介的帅哥连忙打圆场:"是啊,这房其实挺好,生活气息浓厚。宋小姐,你再考虑考虑……"

项珺摇摇头:"对不起,我想再看看……"

"行啊,再看看嘛,我们这块比这更好的房,有的,哼,可就不是这个价了。"老太太气哼哼地说。

原本就对房子不满意,听这老太太的口气也不是个好相处的房东,项珺便果断拒绝了租房,和中介小哥一起准备转身下楼。身后传来老太太不高兴的絮叨,先是说自家的房子好,又说嫌脏乱自己打扫一下就好了,如今的小年轻太懒惰云云,最后竟然话锋一转,说邻居把自家的风水带坏了……

老太太这户房子在一梯6户的朝东顶头,说邻居也就一家,这相当于指着鼻子骂人的行为,令项珺深深皱了眉头。

"……真是作孽哦!自己家衰就算了,还要连累人家不得好过,生了张鬼脸还到处吓人,把我的房客吓跑了,风水都给你搞脏了!"老太太的话越说越难听。

楼道里充斥着老妇人尖刻的咒骂声,项珺不由庆幸还好没租下这房子。看了一眼中介小哥,这位脸色也是相当的一言难尽,见她在看自己,只得苦笑着打招呼:"对不住啊,要不是你的预期价位实在太低,我也不会带你来看这家的房子。老太太平时还好,就是脾气实在……唉!"

项珺摇摇头:"没事,我又没租她的房……不过,她这样骂邻居,也不怕人家生气吗?毕竟一个老太太……"

中介小哥答说:"这倒不会,她邻居家就是个小姑娘,蛮可怜的,脸上破了相,大概也是受了刺激平时都不出门,整天在家玩电脑,一切吃用都是网上买。"

项珺因为那位半面妆师的缘故,近来对破相之类的词特别敏感,听这一说,走出楼来下意识回头看了一眼楼上。也是极巧不过,正看到邻居那户拉开窗帘,隐约看到半边姣好的脸,正是那位叫简瑛的半面妆师。

原来住得离医院这么近啊……

也难怪,大约就是因为住得近才来这丁香医院咨询,想来这姑娘也不敢离家太远,也是可怜。

回到中介公司,项珺对没找到中意的房子很是失落,但也知道这事急不来,毕竟她能出的钱不多,低价房不是合租就是房子有各种问题的,并不好找。

跟中介小哥告别,项珺想了想,决定再走远些,到离医院一站路的公交站附近找找。

　　于是，随意等了一辆车便上去，刷了交通卡。已经过了上下班高峰的车上虽然没有座位，但人已不算多，项珺随便找了个位置站稳，等着下车。车内空间不大，这站是个大站，项珺身后又跟着上来好几个乘客，顿时便显得有些挤。已经经历过上下班高峰的项珺对此已经适应，站稳之后就拿着手机翻看着租房APP里的信息，并没注意有人将手伸进了她手臂上挽着的挎包……

# 第十一章
## 半面美人 3

"哎！"

身后突然一声大叫，把项珺吓了一跳，扭头看过去，就见一个高大的男人正紧紧地抓着另一个瘦小的青年怒目相对。

"你干什么？你……"小青年尖叫的声音惊动了车厢里的人们。

"你刚刚把手伸到她包里去想做什么？"男人呵斥道。

"我没有！你别冤枉好人！我根本没……"小青年挣扎着叫道。

男人冷笑一声："司机那里的视频有监控的，你敢不敢跟我坐到终点去调监控看？"

小青年不敢吱声。恰在这时，汽车到站了，车门一开，小青年猛地往项珺身上撞过去，项珺没站稳，又站在车门边，被这一撞差点栽下去。男人一见，顾不得那小青年，伸手一挡，拦腰把项珺给抱住，这才让她没有直接摔下车去。然而这么一来，那有嫌疑的小青年却趁机跑下了车，一路狂奔逃跑了。

项珺软倒在一个陌生男人的怀里，惊魂未定，竟然忘记该怎么行动，直到一个低沉但却温和的声音从头顶传来："小姐，你没事吧？"

"啊？啊！我没事！没事！"项珺站直了身躯，觉得声音有些熟悉，却一时想不起来在哪里听过，抬眼看向面前的男人。

帅！

以项珺从事整形事业多年的经验来看，这个男人的脸几乎堪称完美。浓眉深目，悬鼻丹唇，明明是一张颇具书生气的脸，却不知为何隐约有几分戾气，虽然还不到凶狠的地步，却格外的令人惊心。更不要说这人高挑的身材以及那诱人的大长腿……嗯，这条件可以做人体整形讲座的范例体型了。

"还有没有要下车的？"司机有些不耐烦地问道。

"哦，我要下车的！"项珺说完，匆忙对男人说了声："谢谢！"然后飞快地下了车。

下车之后，项珺才惊魂未定地看着那青年跑走的方向，突然想起什么，翻看了一下挎包里的东西。幸运的是并没有丢失什么，她这才松了一口气。

"小姐，你丢了什么东西了吗？"男人的声音在她身旁响起。

项珺这才发现，刚才抓了小偷还顺便救了她一把的男人也下了车，连忙一迭声地道谢："不，还好没丢东西，刚刚真是太谢谢你了！"

男人笑了笑："应该的。"先前在车上对小偷凶神恶煞般的人，这会儿笑起来竟也意外地阳光。

项珺有些尴尬，男人打量她的眼神让她有些不大好意思，匆忙再点了一下头，转身朝事先看好的一家中介公司走去。

走着走着，项珺发现那个男人似乎走的与自己是同一条路，一直远远地跟着她。这让项珺不安起来，他为什么要跟着自己？！又走了两步，中介公司就要到了，项珺觉得不能再继续装作不知道，便停了脚步，转身朝男人再次走了过去。

"先生，你一直跟着我是想做什么？"项珺看了一眼四周，嗯，商铺都开着，人也挺多，如果出事的话，应该能脱得了身。

然而，男人却一脸莫名地看着她："嗯？我跟着你做什么？这路我不能走？"

项珺一愣，好吧，行人同路确实是再正常不过的事……可她为什么就觉得这男人明明是冲着自己来的呢？然而此刻男人不承认，她也毫无办法。

男人轻笑了一声，好像是觉得她自作多情一般，从旁边绕过她，自己先一步走进了那家房产中介公司。

项珺一愣，随即觉得脸上发烧。原来对方也是来这中介公司的，错怪了人总是不好，想想又不好意思说自己搞错了，只能跟在他身后进去。

里面出来接待的小姐一见进来两人，一男一女自然以为是一起的，于是上前笑着说："两位需要什么帮助吗？是想租房还是买房？"

项珺开口说："我想租房。"

男人也开口："我想租房。"

小姐一听是租房的，油水不大，脸上的笑意便绷不太住，但还是礼貌地说："哦，请问你们想租几室的房，有孩子吗？"

"？"项珺一脸蒙，"什么？"

男人倒是反应得快些："我们不是一起的，我在这后面的小区有个房想出租。"

"我是想租个房……"项珺也明白了，连忙解释。

接待小姐一听，总算明白了，拿了本子出来给男人登记："来，这个表格填一下，房型、面积，整租还是合租，出租价位，还有你的个人信息也填一下，带房产证、身份证了吗？复印一下……"男人接过来，坐一旁填写起来。

项珺被晾在一边，好不尴尬，这时旁边总算过来了另一个男接待员问她："小姐，你想租多大的房？心理价位是多少？"

项珺下意识地看了看中介门口贴的租房信息，犹豫了一下之后说："我单人住，房间不用太大，价格便宜些比较好，2000元……左右的吧。"她手头上一共也就八千来块钱，两千已经是她能接受的最高价位。

"2000元左右……在我们这地段不好找啊！这边最低价格的也要2500元了。"男接待无奈地说。

项珺有些沮丧地点点头，叹了口气准备离开。忽然听一旁那接待小姐说：“先生，你这房子这么大，只租 1500 元吗？”

"哦，没事，这房子朝向不好，我怕开高了价不好租……"男人笑着回答。

项珺心里一亮，走过去说："先生，能问一下你这房子在哪里吗？真的 1500 元就能租？我想看看！"她一激动，声音也响。

男人抬头看了她一眼，似乎有些意外："你？"随即又看了一眼一旁的接待小姐，填了一半的表格，笔却放下了，"我家那房子朝向不太好，而且在小区最里面，走进去有点远。"

项珺笑着说："就在附近吗？我能去看看吗？"无论如何，1500 元的租金简直便宜得连她都心疼了！再远能远到自己现在住的那个地方去吗？

男人大约是终于确定她是真心要看房了，于是索性站了起来，也不管中介妹子一脸纠结的模样，对项珺说："那你跟我过来看好了。"

说完，带着项珺走出了那家中介公司……

"王先生，我听那个中介小哥说，这附近的出租价都挺高的，你这房为什么这么便宜啊？"

互通了姓名之后，项珺问王昱枫。

"哦，这房是我奶奶留下的老房子，我最近因为工作关系搬过来住。房子大，我一个住也浪费，就想把另外一间卧室租出去。"王昱枫边走边说。

"啊……是合租啊？"项珺停下了脚步，有些纠结。

王昱枫见她停了脚步，也停了下来："要不……你再考虑一下？我有正经工作的，绝对不是坏人。不过你要是介意男女合租的话，我也不强求的。"他说得平静，目光却紧紧地盯着项珺，捕捉她脸上的每一丝情绪。

项珺低头想了想，1500 元确实很便宜，这男人就从刚刚抓小偷的举动来看也不是个坏人，可是如果是合租，而且还是男女合租，她就有些犹豫了。事实上经历了之前的事之后，项珺对男性的警惕心已经提升到了一个绝对高度，不敢轻信，所以她皱起眉来低头不语。

似乎是看出了她的犹豫，王昱枫说："没关系，你再考虑一下好了。

这房我给你保留三天，三天内你要是想租，我随时欢迎。如果不想租了，我就回中介那边挂牌出租好了。"

项珺有些抱歉地看了他一眼："不好意思，我确实需要考虑考虑，毕竟你知道的……我们不熟，虽然我很感谢你……但是……"

"我懂我懂，没关系的。这样好了，我的手机号你留一下，你考虑好了给我打过来就好。"他从口袋里掏出名片递过去，特意体贴地没有问项珺要号码。

项珺接过名片来看了一眼，名片上除了王昱枫的名字和一串电话，并没有其他，连个工作抬头都没有，也不知道具体是做什么工作的。她道了谢，转身离开，心里想着再找找吧，也许下一家就会有满意的房子了。

然而事与愿违，之后又走了几家房屋中介，却终究没有找到适合的房源，最后只能沮丧地回到公寓。

既然找不到离得近的住所就只能早起，提前出门。于是隔天，项珺起了个大早，天蒙蒙亮就出了门。坐车到医院，却只见铁将军把门，门卫值班的大叔都还没来上班呢！无奈只能在附近找了家早餐铺子坐下来，点了碗咸豆浆配油条，边吃边打盹。等到天亮医院开门，她便第一个进门打卡，上楼在更衣室里的长椅上继续打盹……

原本只是想眯一下的，结果却好像睡了过去，直到更衣室里有了同事们的聊天声才惊醒。

"嗯……"项珺揉着眼睛坐起身来。

"小宋？你这么早就来了呀？"同事张喜，也就是特别粉半面妆师的那位姑娘，见项珺醒来了，笑嘻嘻地向她招呼道。

"嗯，家离得太远，所以早出门，结果就来早了。"项珺苦笑着说。

"小宋你这样不是办法呀，要么踩着点来，要么来得这么早，累也累死了。"姚淑梅一边换着制服，一边说，"早点在附近租个房子的好。"

"姚姐，道理我知道的呀，可是找不到房源，我也没办法，便宜的不是破烂房就是合租。"项珺叹气，这一个月来，大家看着她整天忙着找房，也都在替她急了。

"合租其实也还好啦,只要室友能合得来就行。"张喜对着镜子将头发包进发卡里,说道,"我刚来上海那年,工作收入不高也是跟人合租的,其实关上门也就互不相干了,也挺好。"

"你有合租经验吗?"项珺朝张喜晃了晃手,"快告诉我!要是室友是个男的,你能接受吗?"

张喜一愣:"男室友?那还是算了,毕竟孤男寡女的不方便,不过……"她笑嘻嘻地伸手托住项珺的下巴,"要是帅哥,可以考虑哟!"

"去去去!别误导人家!"姚淑梅把张喜推开,认真对项珺说,"小宋啊,合租这事你得考虑清楚,尤其是和男性合租,最好还是不要,毕竟女孩子,安全最重要。"

"嗯,我知道,所以在犹豫嘛……"项珺说。

这时值夜的护士杨柳过来交班,准备换衣服下班,见到张喜连忙拉了拉她的袖子:"唉唉!小喜!你昨天有没有看贴吧?半面妆师吧爆吧了!"

"什么?我昨晚有事没上网,发生什么事了?"作为半面妆师的铁杆粉丝,张喜立刻来了精神。

"就是昨天有人在半面妆师吧里发了个帖子,说半面大大其实真的只有半张脸!她另外半张脸其实是毁容的!听说是当小三,被原配捉奸在床,直接泼了浓硫酸……"

"我的天哪!不可能!我不信!半面大大人那么好!"

"可是那帖里有半面妆师的素颜照哦!真的……"

"我不信!"张喜掏出手机,准备看,却被姚淑梅打断。

"上班了,休息的时候再看吧。"护士长说。

张喜抿着嘴,一脸不快地收了手机,整了整制服走了出去。

项珺也跟着出了更衣室,进自己办公室整理谢辕最近的预约手术资料。然而脑海里全是简玦那张脸,原以为做主播能让她的人生有另一番风景,谁知却要遭受另一种伤害,如此不堪!

想到之前在楼道里听到的咒骂,隔着窗看到的那半张美丽但却死寂的脸,项珺的内心无法平静。这个女孩因为这张脸,要承受比旁人多那么多的生活压力,甚至承受这些恶毒的猜疑和咒骂,何其无辜?项珺自问不是

圣人，然而自从经历了娜莎和宋玲的死之后，她觉得自己在心理上受到了很大的刺激，看到别人面临绝境的时候，她竟也会感同身受……这也令她对简玦多了许多同情。

下载了直播 APP，点进半面妆师的频道里，此时并没有直播，而是由主播设置了前几期直播的重播，项珺索性慢慢看了起来……

半面妆师是个很有个人特色的直播主播，不太爱说话，也基本不对化妆品做推销，只针对不同的肤质、肤色等做处理，这也就是她往往能化腐朽为神奇的一点。而对于粉丝们提出的各种问题，她都会认真解答，不撒娇、不卖萌，相当稳重的风格让粉丝也对她特别尊重。

不过，一旦打开弹幕，铺天盖地的弹幕便挡住了画面，以往是各种撒花表白，而今天却是满屏的咒骂和质疑……

"臭 x 子，偷别人的男人遭报应了吧？！"

"半张脸都没了，还在这里丢人现眼，信不信人家把你另外半张脸也泼一脸盆硫酸？！"

"什么半面妆师？鬼脸妆师才对！"

"脸都不要了，还在这里装什么白莲花？"

以上等等……

粉丝们自然也是奋力反驳，然而即使如此，整个视频依然被弹幕搞得一团糟。

项珺看了一眼，只觉得实在不堪入目，便关掉了弹幕，继续看半面妆师的化妆教学……

"项小姐，医院请你来不是让你来这里看视频的。"一个声音冷冷从头顶传来。

## 第十二章
### 半面美人 4

项珺一惊,抬头就见谢辕一脸恼怒地看着自己,顿时有些心虚:"对不起,是我的错,以后不会了。"

谢辕打鼻孔里哼了一声,眼睛往视频上瞄了一眼,有些惊诧地说:"简玦?这个主播是她吧?"

"没错。"项珺说。

"你还在关注她,不要想了,她付不起面部矫正术的手术费的。"谢辕淡淡地说完,转身往自己的办公桌前走去。

项珺脑海中突然灵光一闪,说:"主任,我们院里不是有公开手术志愿者的项目吗?咱们替简玦申请一个吧!"

谢辕停下脚步来,拧身看向她,神色有些古怪。半晌嗤地一声冷笑:"首先,公开手术志愿者是自愿报名,而不是由我们主动去找的;其次,面部矫正手术不是什么普通的小手术,万一不成功,医院要承担责任的;最后,你以为你是什么人?刚入职一个月的新人,你有什么资格提这种申请?"

项珺被谢辕说得一愣一愣的,却是越听越不是味道:"这手术是比较难,而且时间长比较累,但是如果能帮助一个人,又有什么不好呢?再说,即使从营销的角度来看，如果医院免费为她做了公开手术，她是网红主播，粉丝几百万，不正是很好的宣传吗？"

"呵，你想得简单，可万一失败了呢？谁来承担责任？医院的名誉怎么办？"

"我有九成把握！只要……"项珺自信地昂起头，正想将自己心里的手术方案说出来，却被谢辕打断。

"呵！说得轻巧，你现在不是整形医生了，你不叫项珺，你叫宋玲，只是个助理护士！一个连身份都不真实，连个固定安身之所都没有的人！万一出了事，你大可以拍拍屁股走人，你厉害，换一张脸，天大地大，我上哪儿找你去？！"谢辕有些搞不懂眼前的女人，明明自己都自身难保了，怎么还有这么大闲心替别人考虑，真是够愚蠢的。

"你！！"项珺被他说得气得话也说不出来，瞪着他，眼泪在眼眶里直打转，死忍着才没有掉下来。猛地站起来推开他，项珺冲了出去。

"……"谢辕气头上说完这番话，看着项珺泛着水光的眼睛，忽然觉得自己说得有些过分。看着项珺冲出去的背影，他跟了两步，却又停了下来，心里有些恼——这……这女人冲动起来哪里像个医生？

项珺跑到楼道尽头的卫生间，拧开了水龙头，扑了些水在脸上。然而冰冷的水却无法平息她胸口的怒火，这该死的谢辕……可是她却不得不承认，谢辕的担心不无道理……好吧，她确实是个居无定所，连自己的生活都无法稳定的人，有什么资格去帮助别人啊……

捂了捂脸，她长叹了一口气，开始检讨自己还总将自己当成过去那个家底丰厚、收入不菲的整形医生，一切都不一样了啊！

可是那个男人有什么资格来嘲讽她的人生？居无定所难道是她愿意的吗？想想就生气！

项珺看着镜子里的自己，一个月了，这张脸已经完全恢复了，与宋玲已经一模一样。有着这样的脸的自己还怕什么呢？没有人能认出她来了！合租吧，好歹有个稳定的住处，不会再被谢辕嘲笑！

她掏出王昱枫的名片，拨通了他的手机……

王昱枫几乎是立刻就接起了电话："喂？"

"王先生，是我，宋……宋玲。对，昨天我们谈过租房的事。"

"哦，我记得你，怎么样，考虑好了吗？"王昱枫的声音听起来带着几分笑意，大约是在为自家的房子能租出去而开心吧，项珺想。

"是的，方便的话，我想傍晚下班后去你那里看看房，如果合适的话，我就租下来。"项珺回答道。

"好的，没问题。那我下午在昨天那个车站等你。"

"嗯，谢谢，麻烦了。"

"不用客气！"王昱枫心情大好，语声更是轻快起来。

回到办公室，项珺故意不看谢辕，默默走进自己的隔间，坐下，开始整理文件。

谢辕自觉说得过了，有心道个歉，又拉不下脸，纠结了半天，叫了她一声："宋……咳！项珺。"

项珺想装作没听到，但两人毕竟离得太近，只好冷声问："什么事。"

"那个……我刚刚说重了，对不起。"

"呵呵。"

"我的意思就是，简玦这样的手术，对医院来说，成本太高，院长不会批准的。"

"呵呵。"

"你不要呵了，我都道歉了……"

"哦，你道歉了我就必须原谅吗？你知道简玦的人生是怎样的吗？你又知道我的人生是怎样的吗？跟我解释这么多，不就是你只看重医院的成本和你自己的利润吗？"项珺冷冷地说道。

"你这是什么话？作为医生，难道我不该为医院打算吗？"谢辕觉得面前这女人简直不可理喻。

"作为医生，难道不应该优先为病人打算吗？你连问都没问，就断定院长不会批准，我觉得你只是怂！"项珺走近他，冷冷地说道。

"喂！你……"谢辕气得差点儿蹦起来，这女人这是给个梯子就要上天的节奏啊！

"我告诉你！谢辕！老娘找到住处了！以后再说我居无定所，别怪我对你不客气！"项珺说完，将一沓整理好的资料往谢辕桌上用力一拍，转身走了出去。

谢辕被这一拍，吓得整个人往后弹了一下，看着项珺怒气冲冲的背影，谢主任觉得很头疼。

傍晚，项珺如约来到之前与王昱枫相遇的车站，下了公交车就看到王昱枫穿着一身轻便的T恤衫站在车站边，一手插在牛仔裤的口袋里，一手拿着手机看得认真。

"嗨！"项珺上前向他打招呼，"等很久了吗？"

王昱枫笑笑摇头："不久，我从家里走过来要不了多少时间。"打量了她一眼之后，带着她往小区里走，随意地问，"怎么改变主意了？"

"能节省一个多小时的路程，而且你这边的价格也确实很便宜……"项珺说，"只要房子没问题，我就租了。"

"房子就是朝向不太好，你要是不介意这个，那就没别的问题了。"王昱枫说道，笑容中透出几分自信和笃定。

这个小区比之前看的那一处要新一些，是一梯两户的楼型，楼下有铁门密码锁，项珺心里先有了三分意向。

王昱枫带她来到的是二楼的一户，一开门便能看到，两室一厅的套房内部做了隔门，也就是说，进了门之后，两室分割了厅，朝南的卧室大些，厅分得小些，朝北的卧室小些，厅则分得大些。但可以说两边其实是独立开来的，互不干扰。

"怎么样？"王昱枫问道。

项珺看着微微皱眉："这……以前就是出租的吗？"这房型一看就不是临时起意要租房的样子，正常人家哪里会这样分割房型？

王昱枫一愣，但立刻点头回答说："是啊，以前就我奶奶一个人住用不了这么多空间，就把另一边租出去赚点钱改善生活，她过世以后这里空了很久。"

项珺跟着点点头表示明白。走进去后，突然警觉地回头看了一眼，却发现王昱枫并没有关门，也没有跟进来，只是站在门边示意她自己看，这让她稍稍有些安心。

"你看一下，我要租的是朝北的那边，里面前不久刚打扫过，家具也是年前才换的八成新，消过毒的，厨房和卫生间得共用，卫生间有内锁……水电煤等费用我们平摊，如果你要上网的话，网络费用也平摊。"王昱枫说道。

项珺看了一眼卧室，空间不大，但相比现在住的单身公寓要好了许多，考虑到离公司近，价格又这么便宜，再看看站在门口的男人，项珺觉得自己完全没有不租这房的理由！

"好的，我租了，租金怎么付？"项珺爽快地问道。

"付……付二押一吧，你要是愿意，我这就去房间里打印合同。"王昱枫立刻开心地说。

"好的。"项珺笑着点头。

十几分钟之后，两人在合同上签了字，各持一份，正式成为房客与房东的关系，项珺决定第二天上班时把行李带到医院，下班后直接拎包入住。

项珺收好合同，主动伸手与王昱枫握了一下，笑说："那么，明天以后就是室友了，请多关照。"

王昱枫愣了一下，笑着点了点头："请多关照。对了，你的行李，需要我帮你拿吗？"

项珺摇摇头："不必了，今天能找到地方我已经很满足了，先回去结账，明天上班的时候顺便把行李带过来。"

"那行，钥匙你先拿着。你留一下我的微信号，有需要帮忙的叫我就是。"王昱枫说。

"嗯,好的,那我先走了。"项珺接过钥匙,转身下楼离开了。

走出小区,深吸了一口气,心情极好。住房解决了,上班问题也解决了,简直不能更好!接下来只要去单身公寓那边解约,明天就能住进新房了!

"一步步来,我能好好活的!"她对自己说。

# 第十三章
## 半面美人 5

隔天项珺又起了个大早，带着行李到医院也是早得不行。大约是因为心情兴奋，并不像昨天那样睡意蒙眬的，精神大好地抱着手机蹭着医院的Wi-Fi看视频。半面妆师的频道下依然充斥着各种骂战，粉丝们力挺，黑子们狂喷，一时间腥风血雨地闹得不可开交。然而半面妆师本人却并没有露面，从粉丝们提到的内容来看，简玦从被人曝出真容照之后，两天来一直没有现身，说好的直播也没有如期进行，个人动态也没有任何更新。

粉丝们心里也急，在简玦的微博下请求她出面澄清，而黑子们则说简玦的表现正是做贼心虚……

项珺皱着眉，想了想之后，给半面妆师发了一条长长的私信："你好，我是丁香医院的一名员工，虽然关注你的时间不长，但是非常喜欢你的化妆直播。如果你还记得，大约两年前你在丁香医院咨询过面部修复整形，请不要误会我是趁此机会向你推销。我想问一下，你是否愿意应征我们医院的公开整形志愿者项目？成为公开整形志愿者的话，你的整形过程将会被全程拍摄，并在未来作为案例公开，但医院会免除你的所有医疗费用，请问你是否愿意考虑一下？如果可以，请回复我的手机……"写好，发送

之后，项珺心里沉甸甸的，莫名又有些后悔。如果真像谢辕说的，无法手术，自己要怎么向这个姑娘交代？

随即又自嘲地笑了一下，说不定人家根本不看私信呢……可是除此以外还有什么办法呢？当然她是有简玦的信息资料的，也可以打电话去直接问，然而，这样是不是会令那个姑娘更惊慌？项珺回想起过去接诊过的一些案例，这类患者往往内心都相当敏感，对于陌生信息的闯入是非常抵触的，所以，能缓和必须尽量缓和，只有得到患者的完全信任之后，其他的环节才能正常进行下去。

而现在她能做的只有等待，以及做好必要的准备……

谢辕来上班的时候就看到项珺正埋头在写着什么，走近一看，发现她正在对着简玦的照片画模拟骨骼，似乎想将简玦脸上萎缩缺失的骨骼填充出来，不禁挑了挑眉。

"医院有 3D 成像仪，可以直接做模拟修复。"看了半晌之后，他终于忍不住说道。

项珺突然听到谢辕的声音，愣了一下，却并没有把手里的画稿收起来，只是抬头看了他一眼说："早，我知道，但是那是医院的设备，我没权限使用。"

谢辕点点头，突然指着画纸上的骨骼部位说道："这里往下填 5 毫米，效果会更好。"

"不需要，填在这里对肌肉的拉扯力度是最小的，修复手术不是美容，首先要考虑的是患者的术后恢复，第一次手术把肌肉和皮肤撑起来就行。"

"你预计全部修复完成要做几次手术？"

"五次，而且她右边的面部肌肉萎缩得厉害，要复健，这个时间短不了。"项珺说完，终于觉出些味儿来，抬头看向谢辕，"你是单纯地跟我讨论，还是……"

谢辕挠了挠头，有几分羞赧："我后来想了想，你的想法可以尝试，如果简玦愿意做志愿者，我会去和院长沟通这件事。"

"哟，转性了啊？"

"哎！"

"好好好，谢谢谢主任支持我的工作！"项珺笑着说道，今天果然是个好日子！

"这是什么？"谢辕突然指着一旁的行李箱问。

项珺看了一眼，回答："行李箱，我说了，我在附近找了新住处，今天搬过去。"

谢辕怔了怔："我以为你说的是气话……"

项珺耸耸肩："气话又不是假话。"

谢辕想了想又说："这附近的房价挺高的，别为了赌气租高价房……"

"放心，合租的，也不是很贵。"项珺说完，看了他一眼，笑了，"怎么，想到关心下属了？"

谢辕嫌弃地喷了一声，末了挠了挠头说："我平时很少对女生说重话的，昨天是我过分了，对不起。"

项珺哼了一声，眉眼里笑意柔和了些。

谢辕看看她，说："好了，算我跟你赔理，下班我帮你搬东西吧，一个女孩子搬家也不方便。"

项珺看了一眼自己那硕大的行李箱，回味了一下早上把它拖上车的窘境，连声答应："好好好！那可真是求之不得！"

这个整形科里，谢辕是主任，科室里还有两个整形医师，一个姓陈，一个姓梁。陈医生已经年过60，原来是公立医院的整形医生，退休后被丁香医院返聘来的，年纪比较大，体力有限，手术不太做，主要负责注射这块儿，经验丰富，谢辕对他也挺敬重；梁医生是个女的，35岁，据说去年刚评上主任医师，业务上与谢辕几乎是一样的，能手术，能注射，关键还有一手植发的本事，所以也算是谢辕的竞争对手，但是看起来跟谢辕关系不错，平时见面也总是笑眯眯的。

一般来说，谢辕的客户主要是他这些年来自己积累的人际关系和临时来院咨询的散客，而梁医生的客户主要来自医院咨询科为她推广介绍来的客源，因此她手里活不多的时候，谢辕会将自己这边的散客带到梁医生那儿去。

这时候项珺就要负责将客人的病历资料整理出来，移交给梁医生。工作了一个多月，项珺知道这样的情况还是挺多的，谢辕在这家医院的口碑相当不错，所以有时候是真的忙不过来。比如今天，注射手术六个，割双眼皮四个，一个抽脂，一个祛斑，谢辕不说，项珺也主动把注射给划出去两个。

"425和426这两个注射手术是挂号散客，我划给梁医生了啊！你这边安排不过来了。"项珺将整理出来的病历在谢辕的面前晃了晃说道。

"安排不过来了？我只要休息一下就……"谢辕刚做完了抽脂手术出来，靠在沙发里闭目养神，一听这话有些舍不得地说。

"双眼皮一个埋线30分钟，三个切开2小时，一个抽脂有四个部位，2.5小时，你午饭吃了吗？你眼睛还好吗？谢医生，你不是超人。"项珺站在沙发边，从上往下地俯视他，"你最好眯一下，然后把饭吃了，我还指望你下了班有力气帮我搬家呢！"

谢辕皱着眉发出一声嫌弃的"啧"声，但还是点点头，虽然不开口，心里却忍不住想道：这女人管得真宽。

项珺皱眉看着他。一个月下来了，医院里同事们对谢辕的评价，那就是个拼命三郎，只要他还能接得下，想从他手里拿活那是难上加难。有人说他是热爱工作——比如姚护士长；可也有人说他是掉进钱眼儿里出不来，因为整形医生的收入主要来自整形手术费用的提成，转给别人一个案子就可能意味着转掉了一个稳定客户，甚至这个客户带来的整个人脉，因此，一般整形医生是不愿意将客户转给别人来做的。

这是项珺不能理解的，毕竟在她过去的从医生涯中，从来不会有需要转诊这种事，诊所是她家开的，父亲的客户也就是她的客户，他们从来不会整天忙到累趴下，一切都是预约安排好的，即使是旺季，也是每天安排好客户的时间，难得加班。

中国的医疗效率之快，医生的工作量之大，令项珺直到现在都还无法适应。然而这还只是整形科，想一想普通科室的病人，项珺觉得中国的医生或许真的都是超人也不一定。

这边梁医生接过项珺递过来的病历很有些惊喜的模样："哟,谢主任这是转了性子了?舍得把客户往我这儿引?行吧,放这儿,回头我去谢谢他。"

项珺笑笑,放下病历回到主任办公室,发现谢辕已经睡着了,桌上放着半包饼干。叹了口气,轻手轻脚回到自己座位上拿了包速溶咖啡出来泡了一杯,放在谢辕桌上。

过了十来分钟,谢辕猛地自己就醒了,一睁眼就叫:"哎哟!几点了?项珺你怎么不叫我!"

项珺瞪他一眼:"你就睡了不到半小时,一惊一乍的干吗?"

谢辕一愣,松了口气,再看桌上的咖啡,更不好意思了:"哦哦……对不住啊,我怕我睡过头,误了病人的手术。"

项珺并不在意,指了指桌上的咖啡:"提提神,下午的活比较轻松,四个注射而已,应该能准时下班。"

谢辕点点头,端起咖啡来几口喝掉,转头就见项珺盯着手机看,就问:"又在看那个简玦的视频呀?是直播?"

项珺看了他一眼,回答说:"嗯……不是直播……她已经很久没有开直播了。平台解释说是她有些私事临时请假,我猜……是网上这些事……"

"那你给她的留言,她回了吗?"谢辕已经知道项珺给简玦的微博发私信的事。

"没有。"项珺摇头,轻叹,"再等等吧……要是不行,过两天我直接打电话过去问。"

"你这人有点偏执狂吧?"

"这叫侠义心肠!懂吗?"

"好好好,项女侠,你先把人拉来了再说吧!"

"我当然会!"

谢辕笑着摇摇头,此时他觉得自己之前的担心完全多余,项珺不过是一头热,简玦完全不回应或者接受邀请,一切都是空谈。然而这未尝不好,

让这女人自己沉浸在当女侠的满足感里好了。

果然按时下班,项珺换好衣服,拖着行李下楼,到医院门口,就见谢辕已经叫好了出租车,在门口等着。

"谢了!"项珺说,以她现在的收入,还真舍不得叫出租。

"行了,上车。"谢辕说完坐到前排副驾驶。

项珺上车,报了新家的地址,司机便往那方向开出了医院。车停在小区楼下,谢辕帮项珺把行李从后备厢拎下来,往楼上看了一眼:"几楼?"内心有些担心,要是要搬个五六楼,自己只怕还真有些吃不消。

"二楼。"项珺的回答让谢辕放心了。

两手拎起行李箱艰难地挪到门口,项珺用感应锁开了一楼的铁门,拉开:"你先进。"

谢辕点点头,憋了一口气,把那一只大箱子挪进了楼里……项珺皱眉看着他千辛万苦地搬着箱子一阶一阶往上提,叹气摇头,上前拍拍他:"算了,我来吧。"

谢主任隐约感受到了来自下属的轻视,涨红着脸摇头:"没事没事,我能行!"

项珺有些尴尬:"还是……算了,我看你搬得比我还辛苦……"

"我说了我能行!"谢辕咬牙叫道。

这时,铁门一响,又进来一位,项珺一回头,就见王昱枫站在门口有些惊讶地看着自己这边:"哟,你来了呀!我还想去小区门口接你来着。"

## 第十四章
**不是女朋友！**

项珺顿时不好意思起来："我和同事一起来了，他……嗯……他说帮我搬家。"她指了指正在用力搬着行李箱的谢辕说。

王昱枫一眼就认出了谢辕，他就是给项珺整形的那个人。说起来两人还曾经在去G国的飞机上有过一面之缘，王昱枫没犹豫，直接自然地走过去向谢辕伸手一握："谢医生，真巧。"

谢辕也认出了王昱枫，这让他有些蒙，他不知道项珺是怎么认识这位犯罪心理学专家的，同时也对王昱枫突如其来的友好态度有点无所适从："王……先生，你好，真是……好巧……"

项珺有些意外地看看两人："原来你们认识啊？"

王昱枫不等谢辕开口，先说道："是啊，之前我们在去参加G国的国际医学交流大会的时候认识的。"

谢辕跟着点头："是啊……唔……"感觉到跟王昱枫交握的手隐约传来压力，他心里莫名地有种危机感……这人好像不太对劲……

"这么说，你也是医生？"项珺更意外了，看着王昱枫问道，毕竟这人的体魄和气质怎么看都不太像是当医生的人。

## 第十四章 不是女朋友!

"王先生是研究犯罪心理学的。"谢辕说,"是法医吧?"

王昱枫看了谢辕一眼,心说对方多嘴,嘴上却只能顺着对方笑说:"不是法医,不过工作有些接近。"说完,也不等面前两人再说话,上前一步,说着:"你东西还挺多啊,我来帮你搬上去。"接着自然而然地走到谢辕身边,一手轻拍谢辕握着行李箱把手的手,谢辕不知为什么觉得手指突然一震就松开了,然后就见这高大壮实的男人轻松拎起那个巨大的行李箱,快步上了台阶……

一瞬间,谢主任仿佛听到了自尊心破碎的声音,他挣扎着又跟上前几步说:"哎,谢谢……我能行……"

王昱枫上下打量了他一眼,笑了笑:"挺沉的,我来就好了。"说完几步已经到了二楼,打开了门。

"Xi……小宋,他也是你叫来帮忙搬家的?"他想叫项珺,突然想起现在她对外叫宋玲了,只怕这王先生并不知道,连忙换了称呼,同时又觉得有几分不快,既然已经叫了别人,那为什么还要让自己来帮忙?

项珺见他误会了,笑着解释说:"这是我房东,也是合租人。"

"房东?!"谢辕皱眉打量着将行李箱搬进屋的男人,有些忧心,悄声说,"你跟男的合租啊?安全吗?我觉得要是出点什么事,你可不是他的对手。"

项珺心里一动,又紧张了起来低声问说:"你不是认识他吗?有了解吗?不过,之前他在公车上帮我捉了想偷我钱包的小偷!"

"呃……我跟他只在飞机上见过一次面,后来因为我们会属的科目不同,也没在会场见过,其实没什么了解……就……给你提个醒。"谢辕解释道,一转念连忙又解释,"我可不是担心你,不过是怕你又惹出什么事来,我现在是你上司,万一牵连起来,我嫌烦!"

项珺笑吟吟地看他,点头:"知道知道!不会给你添麻烦的!"

"进来吧。"屋里的王昱枫仿佛没听到两人在外面的悄悄话,将行李箱搬进项珺租的房里,向他们招呼道。

项珺应了一声,转向谢辕说:"先进来看看吧?"说完进了屋。

谢辕想了想，跟着走了进去。

王昱枫站在项珺的房间门口说："我白天把这屋又打扫了一下，你看看，缺什么我回头再置办。"

项珺进去看了一遍，床板上已经放了席梦思，书桌上擦得干干净净，放了盏简易台灯，衣柜旁边还增加了一个衣帽架，挺满意，连声说："谢谢！现在这样挺好的。"

王昱枫又说："宽带路由器在我房间，你这边的信号可能不太好，我正打算接根线到你这屋来，刚刚就是出去买数据线了。"他从腰包里掏出一卷数据线来晃了晃，"还想着让你一个姑娘帮我拉线不合适，正好你带了伴儿。哎，谢医生帮个忙吧！"他向谢辕打招呼。

谢辕没料到他会叫自己，惊了一下，回过神来也只好说："好，没问题。"总之是自尊心作祟，想要找回点场子的感觉，拉个线而已嘛，简单！

跟着王昱枫走进他那屋，谢辕忍不住问了一句："王先生，你以前去过丁香医院吗？"

王昱枫不看他，直接把数据线插进路由器的接口，然后弯腰排线……"我身体一向挺好，有年头不去医院了，怎么？"

谢辕连忙说："哦，没什么，在飞机上的时候就觉得你有些面熟，好像在哪儿见过。"

王昱枫停下手里的活，扭头看了他一眼："是吗？这儿离丁香医院挺近，偶尔路过，说不定你遇上过我。"

谢辕笑笑："哦……也是……"之后两人便再不搭话。

好不容易把线布好，天都全黑了，项珺很有些过意不去地说要请两位男士吃饭，王昱枫摆摆手说："我最近胃不太舒服，晚饭吃得早，你们去吧。"

项珺听这话也就没坚持，和谢辕下楼出小区找地方吃饭。

走了一路，项珺发现谢辕一脸若有所思的样子，不禁问他："怎么了？想什么呢？"

"我在想那个王昱枫……"谢辕说。

## 第十四章 不是女朋友！

"哎哟，你可别告诉我你真的是断背啊！这可是科室重大新闻！"项珺笑着调侃道。

"瞎扯什么呢？！"谢辕瞪她一眼，"我是说，这个王昱枫我看着眼熟，我这人记性特别好，见过的人基本不会忘，就总想不起来是在哪儿见过。"

"能在公共汽车上帮我抓小偷，人品我觉得还是信得过的，你从小到大看过的人那么多，你还真能一个个都记住啊？再说这世界上长得相像的人也多的是！行了，别想了，吃饭去！"项珺了了一桩大事，心情正好，领会不到谢先生的憋屈，轻推了一下他的背，笑着说道。

谢辕张了张口，又闭上了嘴，发出一声不服气的轻哼，不再说什么了。

这个小区已经建成有十来年，附近的社区建设也已经相当成熟，吃喝玩乐几乎都不愁。项珺虽然对这周边也不算熟悉，但走不了几步就看到不少小饭馆，掂量了一下自己剩下的财产，项珺指着一家东北饺子店说："吃吗？"

谢辕看了一眼那被油烟熏得蜡黄的招牌，皱眉："吃这个？"

"人家手工包的！好吃！"

"手上细菌有多少，你不知道吗？"谢辕摇头，"行了，跟我走吧，我请你。"

"那怎么好意思……"项珺哂笑着跟在他身后说。

谢辕回头看她一眼，忽然哼了一声，低低地说了句："反正今天我也没帮上什么忙，就改请吃饭算赔礼了。"

项珺一愣，随即想到他之前手不能提肩不能挑的模样，忍不住扑哧一声笑出来。

"再笑不请你了啊！"谢辕气哼哼地说。

"没有，没有！我没有笑！"项珺收了笑容板着脸说。

然后就看谢辕掏出手机直接在美食APP上找了家附近还算口碑不错的饭店。

"港式茶点吃得了吧？"

"吃，我不忌口。"

"嗯,那去这家吧,口碑不错。"

项珺自然是没有意见的,跟着谢辕到饭店。刚落座,就听一旁有人叫:"谢辕?你怎么在这儿?"紧接着就见打一旁闪出一位大高个儿,虎背熊腰的看起来跟王昱枫有一拼的男人走过来对谢辕笑着说道。

谢辕抬头一看,也笑了:"哟!邢哥!你这是……"他忽然谨慎地看了一眼四周。

这叫邢哥的男人哈哈一笑:"没事没事,我和同事过来吃饭,没任务,你别紧张兮兮的!"说罢眼一转看到项珺,啧啧了两声,"哎呀,原来你在这儿约会呢,那哥不打扰了啊!"说完转身就要走。

谢辕连忙解释"不是!邢哥,这不是约会,这我同事,新来的助理护士,今天搬家我来帮忙,顺便请她吃个饭。"说完给两人介绍,"这是我发小,邢涛,你叫他邢哥好了。这是 Xi……宋玲,我的助理护士。"

邢涛笑眯眯地又打量了一眼项珺:"小宋妹子好啊!谢辕这人特别直,你多担待啊!"

项珺眨眨眼,想说:可不是吗……可到底还是没说出口,只礼貌地笑着说:"邢……先生好。"

邢涛哈哈笑道:"叫我邢哥就好啦。那什么,小辕儿,哥这就过去了,你们慢慢聊啊。"一边说一边笑着走开了,显然完全没把谢辕的解释听进去,顺便还把人小名给叫出来了。

谢辕还想说什么,邢涛已经走远了。他苦着一张脸,纠结了半天,最后只好坐下看着项珺苦笑着解释:"邢哥跟我家是邻居,我和他打小一块儿长大。我小时候跟在他屁股后面跑,他把我当亲弟弟一样,说话太自在了,你别往心里去。"

项珺笑笑:"我没事,你别往心里去才是。"

谢辕一怔,忽然心里不太舒服,这话听着怎么就这么难受呢?

吃完饭,两人在饭店门口道别,项珺直接回家,谢辕则准备打个车回自己的住处。正拦下一辆出租准备上去,就听身后传来邢涛的声音:"辕

## 第十四章 不是女朋友！

子辕子，捎哥一程！"

回头一看，邢涛笑眯眯的一脸求八卦的表情小跑着过来，谢辕点了点头，带着发小一块儿上了车。

邢涛笑着说："怎么没送人妹子回家啊？"

"都说不是那什么了！"谢辕一脸无奈，又警告，"我可警告你啊，别跟我妈说什么！"

见他这么说，邢涛也不好再继续调侃自家兄弟，干咳了两声说："嗨！你看哥是这种人？！"停了一下见谢辕没接茬，叹了口气说，"你也老大不小了，真的不找啊？"

谢辕苦笑："找什么找，就我家那样，找个姑娘来跟我一起背债吗？"

邢涛怔了怔，又叹了一口气，邢谢两家从祖父辈就是邻居，关系一直很好。谢家几代经商，到了谢辕父亲那辈上，家产也算得上是过亿的身家。然而真是沾什么不好，偏偏沾上了赌博，短短几年间将家产全部败光不算，还背了一屁股的高利贷。谢辕的妈妈心软，不舍得报警，家里的东西能变卖就变卖，一心想把丈夫这个无底洞给填满。两个儿子也跟着苦，老大谢辕当年学医，梦想着有一天能当法医，结果为了赚钱养活这一家子，当了个整形医生；老二谢辙，这会儿大学还没毕业，虽然孩子懂事，各种打工赚学费，可也吃不消家里被追债的各种骚扰，要不是邢涛手里还有关系罩着小孩儿，只怕早就出事了。

"谢叔现在还……吗？"邢涛问。

谢辕摇摇头："上次闹过之后，我妈把他所有的卡还有现金全没收了，家门钥匙都收了。上回小辙打电话跟我说，最近老实些了。"

"唉……"邢涛摇摇头，"阿姨不报警，我也帮不上太多忙。谢叔这样不是个事，还有多少债啊？要不我给想想办法？"

谢辕苦笑："六百多万，这是欠银行的，高利贷那边我是没力气还了，什么时候再找上门来，我就直接报警了，他进去待几年，咱家才能清静。"

邢涛一噎，不好开口了，六百多万对他来说还真不是说帮忙就能拿得出的。

"没事儿，我这工作收入还不错，银行那边我也去谈过了，他们愿意让我分期还款，我已经很感激了，慢慢还总会好起来的。"他强作乐观的朝发小笑笑，尽力做出不在意的样子。

邢涛想说什么，还是没有说出来。这会儿车已经停了，邢涛下了车，回头嘱咐："有事跟哥说，哥会尽力帮你们！"

谢辕朝他挥挥手，关上了车门。

车继续往谢辕的住处开着，谢辕闭目养神，脑子里则翻涌着邢涛提及的家事，心头烦乱。忽然忆起一件事，他终于想起在哪里见过那个王昱枫！邢涛18岁参军，后来在特种部队服役，转业回来后，谢辕去邢家玩，看到过他和战友的集体照，其中就有王昱枫的身影。虽然照片里的王昱枫晒得黝黑，更年轻些，但从脸部的轮廓来说确实是此人无疑。

想到王昱枫原来是邢涛的战友，谢辕对项珺的安全问题终于稍稍放了点心，转念又一想，自己那么关心这个项珺干吗？不想了！

## 第十五章
**崩毁的半面人生**

这边，项珺并没有直接回家，而是就近找了家网吧，在僻静的角落里打开了半面妆师的直播频道。

频道里依然轮播着过往的视频，吵架的人少了些，粉丝们也因为几天来的骂战和主播的不出现而有些疲倦，所以公屏上弹幕不多。偶尔有一两个则是在疑问主播还会不会回来，也有难过地指责黑子们掐走了一个很好的主播，等等。

项珺叹了口气，转而打开了微博，一个私信回复提示弹了出来。

项珺心头一振，点开来，果然是简玦的回复，然而内容却并非项珺所想的那样……

"你们够了吧？调查我很好玩吗？我是丑，是残疾，可我心理比你们这群人中任何一个都健康得多！滚吧！"简玦的怒火几乎隔着屏幕都能感受到。

对于这样的回复，项珺不是没想到，然而真正看到的时候还是难过了一下。想了想之后，她拿出手机来拨打了简玦留下的那个联系电话。

那是个座机电话号码，显然当时简玦并没有足够的隐私保护意识。

电话铃声响了几下，没有人接听，项珺有些泄气，总不能直接找上门去吧……正准备挂断，突然对面接起了电话。

项珺心头一振，就听那边一边接一边似乎在责怪什么："怎么不接电话？你这样子怎么让人放心你自己生活？"这是一个中年女人的声音，听口气应该是简玦的长辈。

简玦独居已经两年多了，母亲偶尔来看看她，父亲则是连电话都不愿意接起的存在。他们不会再念叨着希望她去残联安排的单位工作了，亲情被世俗的目光消磨得所剩无几。即使是来看女儿的母亲，那神情中的木然也令简玦清楚地明白，自己是这个家庭的负担，是耻辱，是不可说又甩不掉的悲剧。

母亲来的时候，简玦没有开电脑。网络上的纷纷扰扰，父母不知道，她也不想说，只是在考虑换一个平台重新开始之类的。母亲默默地打量着这套并不宽敞的房，当年女儿去咨询修复整形手术的情况，回来后再也没提做修复整形的事，后来孩子就自己租房住了出去，再也不肯回家。

简玦坐在电脑桌前，看着母亲默默地这里摸摸那里擦擦，却并不说话，她想开口说些什么，又不知道要说什么，最终只能陷入尴尬的沉默中。

"你也不要一直待在房间里，出去走走锻炼一下身体，不要闷出毛病来……"实在找不到什么可收拾的母亲，最终只得干巴巴地说了这么一句话。

简玦笑了笑，侧过头去，将那萎缩得如同鬼脸一般的右脸对着母亲："好的。"

做母亲的一看到那脸上枯皱的皮肤，脸色顿时不好看，也明白女儿是故意让自己难堪，然而她却又说不出责备的话。当初生下这个孩子的时候，看着孩子长得粉雕玉琢一般时心里有多得意，后来发现孩子7岁之后半张脸再也无法发育以至于一天天枯萎丑陋时就有多屈辱。曾几何时，她和丈夫都将这屈辱怪在孩子身上，他们冷落她，和旁人一样咒骂她，直到这个孩子彻底离开，她才发现自己错了，错得离谱，然而现在一切却已经于事无补。

"我……我带了一些菜过来,晚饭烧给你吃好不好?"母亲假作并不在意地朝女儿笑笑,讨好地问道。

简玦却并没有多少触动,摇了摇头:"不用,我订过外卖了。"

"可……可是菜都买来了……"

"那放在冰箱里吧,明天我自己弄。"

"那……好……好吧。"

一来一往,冰冷的问答,却令母亲的内心有如火灼般痛苦。简玦低下头将思绪藏在暗影里,她不敢对这样的母亲抱太大幻想,因为曾经她也在被辱骂欺负时哭着找妈妈,得到的却是冷冷的斥责:"知道自己长成这样还出去给我惹事!你就是欠的!"

离群索居非所愿,但是除此以外,她没有办法让自己远离来自他人异样的眼光和来自父母的鄙夷。

熬过了高中,她抱着最后一线希望去到家附近的丁香医院咨询修复整形手术的事。当那位男医生遗憾地说了一个她和她的家庭根本不可能承担得起的价格时,她几乎崩溃了。她哭着对医生说:"我不需要变得多漂亮!我只想让这半边脸看起来有个人样!就这么简单!"

然而医生却只能为难地摇了摇头告诉她:"这个手术难度太大了,在国内这个价格已经是我能给出的最实惠的报价,如果去国外修复,价格可能会翻番。"

简玦离开了医院,读了一所美容化妆专业学校,从基础化妆到特效妆容一步步学上来,顶着同学异样的目光,最后成为老师的得意门生,她几乎以为自己终于能摆脱被人嘲笑的命运。然而三年后,随着毕业季的到来,这场美梦便也醒了。

当同学中一个个被各时尚影视美容机构聘用的消息传来,又有某个同学收到了某大型礼仪公司的录取信,等等。虽然以年级第一的成绩毕业,却总是在第一次面试就被拒绝的简玦显得无比可怜又可笑。

"切!成绩好有屁用,就她那个脸,还想找工作?!更何况还是当妆师!"

"对不起,你的造型确实做得非常好,可是我们公司的妆师是要跟艺人的,对妆师本身的形象还是有一定要求的,实在是很遗憾……"

"对不起……很遗憾……"

"抱歉……"

在这一句句话语的背后,有怜悯、有恐惧、有鄙夷,唯独没有认可。

当一切道路都行不通的时候,简玦便放任了自己。她用在学校参加妆师比赛获得的奖金租了现在的房子,彻底离开了家,沉迷于网络游戏和各种视频网站。

在游戏里,没有人在意电脑那头的人长成什么模样,而简玦的化妆水准令她的人物捏脸总是独具特色,渐渐地,她发现了一条财路——卖脸型。她设计出一个个漂亮的妆容在网络上贩卖,倒也真的很受欢迎,久而久之,她的名字也被玩家们记住了,半面妆师这个ID渐渐为人所知,甚至有了自己的粉丝群。

人或许总是在被逼不得已的时候才能爆发自己最大的能量。卖脸型的收入并不丰厚,很快当简玦发现房租快要交不出的时候,终于不再沉迷于被人叫着大神,却得不到多少好处的虚荣中,她需要更实在的!能带来利益可以维持生存的营生。

简玦是聪明的,她早就在关注视频网站上的美妆大号,学习如何做直播。于是不久之后,她对自己的粉丝们说自己要开直播,教化妆,很快得到了支持……于是美妆主播半面妆师就这样起家,一点点走出了属于自己的道路。

两年下来,简玦在网络上的人气越来越旺,随之而来的除了丰厚的收益之外,自然也有各种是是非非。简玦也不是没有遇到过黑,然而这一次被搞得这么惨,还是第一次。素颜是简玦永远不想提的一个话题,不知道对方是什么人,竟然搞到了她在学校时的照片,并晒到了网上,没有哪一次的打击比这更大!

在看到照片后的当天,她就关闭了所有对外的联系方式。网络上的热浪似乎就这样被关在门外,然而简玦心里却明白,除非自己永远离开网络,

## 第十五章 崩毁的半面人生

否则她终究还是要回去的，那是她生存的唯一支柱。

"素颜事件"闹了几天后，简玦才鼓起勇气打开自己的微博看一眼，满满的私信，辱骂的、问候的、支持的什么都有。网络上人们总是戾气冲天，将自己放在道德的制高点俯视人生，简玦被那一句"明明丑还要出来吓人"气得几乎失去理智。这时，她看到了一条与众不同的私信，对方甚至提到了自己曾经到医院咨询过修复整形的事，后面的她甚至都没有细看，整个人就被一种隐私完全曝光的恐惧感紧紧抓住，她再也忍不住，怀着最坏打算的揣测，打了一大段斥责回复了过去……

"小玦，小玦？"母亲的声音将简玦从思绪中拉了出来。

"嗯？"

"你的电话。"母亲有些无奈地递电话听筒给她，"说是医院的。"

"医院？什么医院？"简玦犹疑地接过听筒，喂了一声。

电话那边应了一声，是一个陌生女人的声音。简玦下意识地觉得是广告推销准备挂电话，就听那女人似乎猜到她的举动般焦急地叫道："简玦是吗？别急着挂电话！我真的是医院的，我在网上给你发了私信，可是你不相信我，所以我才擅自给你打电话的。我不是骗子！也不是黑！"

简玦愣了一下，沉默了片刻后，到底还是没挂电话，"你有什么事？"

项珺在电话那头也愣了一秒，随即便猜到简玦大约没有看完自己的私信内容，连忙解释："是这样，我叫……宋玲，是丁香医院的一名助理护士。你三年前来医院进行过咨询，我们留有你的病情档案，我知道，修复整形的费用一般家庭负担不起，所以……"

简玦冷笑了一下，打断她："所以，你觉得我现在是个网络红人了，肯定很有钱，就想找我做手术？"

"不是的！"项珺叹了口气，"你真的没有把我的私信看完吗？我想说的是，我们医院有征集公开手术志愿者的项目，我想请你来参加，志愿者接受手术的费用全免。只不过，手术过程会作为医院的公开案例，在对外推广时使用，你要不要考虑一下？"

简玦没有出声，她怕自己一开口就会哭出来。三年过去了，在她对自己的脸早已彻底绝望的时候，竟然还有人记得自己。此刻有人告诉自己这张脸还有希望，对于她来说，就如同溺水者眼前的一根救命稻草，实在太有诱惑力了！

然而，很快简玦又冷静了下来，怎么会这么巧？！

"我怎么相信你的话？"简玦问道。

项珺松了一口气，含笑说："丁香医院，挂整形科专家门诊谢辕医生的号，明天我在医院等你！"

挂掉电话，项珺开心地结账离开网吧，回到家——嗯，现在暂且可以称之为家了。

推开门，公共区域的灯还亮着，房东那边的门还开着，见她进来，王昱枫向她点了点头，说："这顿晚饭吃得可够久的。"

项珺看了一眼墙上的挂钟，已经晚上十点半了，有些不好意思："抱歉，我去网吧了。"

王昱枫一怔，状似无意地说："你没有电脑啊……需要吗？我这边正好还有台旧电脑，去年刚换了新的，旧的就放在这边一直没用过。"

项珺思忖自己眼下这收入想要台新电脑还需要存一段时间的钱，有网络的情况下，她和G国那边的联系至少能恢复。便点头道谢："那真是太谢谢了！"

王昱枫笑笑："谢什么，我是房东嘛，服务要到位。"

话虽这么说，但真的要大半夜的搬电脑也实在有些为难，两人便约定了隔天再搬。

项珺进了自己那半套房间，进门后毫不迟疑地将门上了锁，项珺然后轻舒了一口气，却皱了皱眉。她知道，自己其实还是有些应激反应的，对于单独面对男性，她始终还是有些心理压力。

门外,王昱枫听到门上锁的声音,很有几分赞许地扯了扯嘴角。转身回了自己房间,躺到床上打开手机,点开一个红色的 APP,一个好似地图导航一样的界面出现,只是地图上有一个黄色的光点停留在某处闪动,几秒之后黄点变成绿色,手机中传出语音:"GPS 定位成功!目标当前位置……"

王昱枫一惊,连忙将手机音量调成静音,仔细确认了一下,隔壁并没有动静之后,才接上耳机,将音量调大些。

这时,微信里跳出一个消息提示。

## 第十六章
### 女儿和面子哪个重要?

卢队:昱枫,小娟问你这礼拜来不来咱家吃饭?

老王:不去了,我刚把目标安顿下来,得盯紧些。

卢队:也是个理。不过小娟难得回国一趟,就待五六个小时马上又得飞回去,下一回再聚可就不知道是什么时候了。

老王:她回来总得回办公室汇报工作的吧?明儿我到办公室不就见着了吗?到时候我请她喝奶茶!

卢队:你!你这人怎么就不开窍呢?

卢队:人呢?吱一声!

老王:吱。

卢队:别贫!回答我话!

老王:怎么回啊?我跟娟子……真不合适!

卢队:因为我是她哥?

老王:不是,她在我眼里就跟她在你眼里是一样的,明白不?

卢队:……

老王:卢队,我真不是……

卢队：行，我知道了，你们的事以后我不管了。

老王：好老大，我能睡觉了吗？

卢队：……

卢队：你睡吧。

王昱枫关了微信，叹了口气，按掉了手机，扭头回到电脑前，开始整理资料。

相比王昱枫，项珺则是早早地洗漱上床。床单被褥枕头都是新的，可以说是准备得非常周到了，心想别看房东先生那么大个块头，看起来五大三粗的，没想到做事这么细心到位！可以点个赞！

一夜好眠。也许是小区真的很清静，项珺发现自己一觉睡到天亮，没有做噩梦，也没有半夜惊醒，而且因为不用早起赶路，比以前能多睡一小时，醒来时不仅精神倍儿棒，连心情也特别好，看来这里真的适合自己！想到今天简玦会来医院，项珺更打起了十二分的精神。起床洗漱时发现房东的门还关着，大约还没起，想到自己是第一次跟陌生男性合住在一个屋檐下，项珺原以为自己会害怕，但又想起王昱枫抓小偷时的模样，项珺实在竖不起心防……唉，谁叫房东先生长得帅呢？

虽然离医院只有一站路的距离，但见识过早高峰的项珺打死也不想挤车，于是直接扫了一辆共享单车决定骑行上班。跟着早晨上班的车流感受城市苏醒的脉搏，项珺终于有点爱上这座城市的感觉。

到医院时也不再是平时那种紧赶慢赶，又或是早得鬼都能吓死的时间，在路口甚至还遇到了好几个同事，大家打着招呼，一起走进医院大楼，再各自走向自己所属的科室也是种新鲜的体验，项珺甚至有种连工作都焕然一新的感觉。

换好衣服，开始上班，项珺坐在办公室里，却十分不安稳，不时看一眼挂号后台，动作多得谢辕都看不下去……

"你在干吗？"谢主任皱眉问她。

"我让简玦今天来挂你的号！这都10点了！"项珺看了一眼电脑右

下角的时间，有点焦虑。

"你还真跟她联系上了？她肯来？"谢辕听她这么说，还真有几分意外。三年前那女孩绝望的神情仿佛还在眼前，女孩的家庭承担不了巨额的整形费用，他也爱莫能助。如今要是真有机会能帮她一把，何乐而不为呢？当医生不就是为了救死扶伤吗？

"嗯，不过她肯不肯来，我也不确定，她其实没有给我正面答复。"项珺想了想，很有些惴惴不安起来。如果简玦不来，她也没有办法，作为医生，她能帮到对方的也只有这些了，一切还是要看简玦自己的决定。

上午过去了，简玦没有来，项珺有些失望，午饭也没什么心思吃，端着餐盘有一口没一口地吃在嘴里如同嚼蜡。

"小宋！你看了今天半面大大的微博了吗？半面大大更新微博了！"张喜端着餐盘凑过来，因为同样关注半面妆师，她同项珺共同语言特别多。

项珺眨眨眼："我今天还没开微博呢……半面大大发了什么？"她一边说，一边掏出手机来看。

@半面妆师：虽然希望不大，我还是想再试试。

"你说，半面大大这是什么意思啊？是要无视黑子，恢复直播了吗？"张喜猜道。

项珺看着那段话，笑着："嗯，一定会恢复直播的！"不管今天简玦来不来，就这个微博来看，迟早是会过来的吧？项珺焦虑了一上午的心终于平静了下来。

下午一点，开始上班，项珺打开挂号后台看，果然看到谢辕的专家挂号栏里出现了简玦的名字，她立刻站了起来。

"她来了！"项珺对谢辕说。

谢辕看着她一脸兴奋的模样，忍不住笑话她："搞得好像你才是要做修复整形的那个一样，淡定点啊！"

过了一会儿，办公室的门被叩响，项珺开门，就见简玦戴着个大口罩

## 第十六章 女儿和面子哪个重要？

站在门口，手里拿着病历卡，身后跟着一位中年女性，想来大约是昨天接电话的那位长辈。

"请进！"项珺笑着将简玦迎进办公室，让她坐在沙发上，并为她和那位中年女性倒了两杯茶水。

简玦显然认出了项珺的声音，眼里的警惕和防备瞬间少了许多，向她点了点头，轻声问道："你……是不是一页君子……微博上那个？"

项珺笑笑，点点头："是的！很高兴你能来！"

"谢谢。"简玦想到自己当时回复了那么多不客气的话，有些不好意思地说。

"哪里，是我该谢谢你的信任才对！"项珺微笑着宽慰道。

"我听说你们是免费给小玦做修复？"刚落座，中年女人神色有些警惕地首先发问。

项珺看了她一眼，对方言语中透露出的不友好实在太明显，这令项珺忍不住向简玦投去征询的目光。

项珺的目光令简玦感觉到万分尴尬，然而看了一眼母亲，却只能苦笑一下介绍："这是我妈妈，她非要陪我来。"

项珺哦了一声，向简玦的母亲点了点头："阿姨，我请简玦来主要是因为之前她来我们院做过咨询，当时因为条件原因没能给她进行修复，现在我们医院正好在征集志愿者，志愿者接受治疗和接受手术都是免费的，只是整个治疗和手术的过程会被作为案例拍成视频供医院科研及推广使用。"她语速不快，尽可能让对方听得明白。

"什么？拍视频？"女人的脸色顿时更难看了，"小玦，这个我们不能做，拍成视频像什么样子？"

简玦看着母亲皱眉："拍成视频怎么了？我的脸能恢复不好吗？你们不是一直都想看我脸恢复正常吗？"

"可是，你的脸会被公开！被拿去做广告！"

"如果他们能治好我的脸，那这个广告我愿意给他们做啊！"简玦有些激动地说。

项珺看着这对母女，心中暗暗叹气，轻轻拍了简玦一下："你先跟我进去，和主任谈一下，有什么要求跟他提，他会给你建议的。"

这句话令母女俩的争执打断，女人脸色还是不好看，但不知是不敢还是不愿在公开场合和女儿争吵，闭了嘴，默默地坐下，一脸不赞同地瞪着项珺。

项珺将简玦带到谢辕的办公室，谢辕已经在等着她。再次看到这个病人，谢辕心里也有些复杂。三年前他才刚刚在丁香医院就职，那时候他还不是主任，这个病人是被当时的主任推给他的，因为知道这样的病人难治，而且多半没钱，丢给新人，美其名曰练练手。

当时的谢辕还是个愣头青，觉得自己从医就该治病救人，然而他可以不要钱，医院却不行，手术的费用之高，以谢辕一个新人也是谈不下来多少钱的。最终简玦放弃了修复治疗，谢辕心里不能说是不遗憾的。

简玦也记得谢辕，她对当年这个苦口婆心劝自己做手术的帅哥医生印象深刻，也因此朝他笑了笑："谢医生，好久不见。"她披着长发，右脸用头发尽可能地挡住些，露出的左脸在不化妆的情况下看，也微微有些变形，笑起来整个脸上看起来特别诡异，普通人看到说不定会吓一跳。

但在整形医生的眼中，这就没什么值得大惊小怪的了，谢辕自然地微笑着回应她："是啊，好久不见。"看了一下她的面部情况，神色收了收，"希望这次能帮到你。"

方才外面的谈话声他也听到了，此时这句话令简玦微微脸红，有些尴尬，但最终还是说："我希望能有一张正常的脸，如果可以，我会尽一切努力配合你们的工作。"

谢辕轻笑说："谢谢，这样吧，你先坐，我跟你详细谈一下我们的修复计划……"

项珺见谢辕和简玦的交谈进行得顺利，便悄悄退出了办公室。

门外的休息区，简玦的母亲还坐在沙发里，一脸的不耐烦。看到项珺出来，立刻站起身迎了上去："医生，我女儿的事情怎么样？我不同意她拍这种视频的，你们不能强迫她为你们做广告！你让她出来！"越说越激动，她甚至伸手想要拉项珺的衣袖。

## 第十六章 女儿和面子哪个重要？

项珺被一把抓个正着，这令她吓了一跳，连忙甩手想挣脱，没想到简玦的母亲却拉得更紧了："你们不要想骗我女儿拍什么视频！"

项珺挣扎了一下，又不敢推对方，只能说："你放开我！"

这边的喧哗声很快引来了护士长姚淑梅，她见状连忙过来拉住简玦的母亲，问道："怎么了？怎么了？有什么不周到的地方我们跟你道歉，你不要动手！"

女人被拉开，似乎才觉得自己做得有些过，但又不想认错，便硬着声说："我又没打她！就拉了一下！你们把我女儿骗来这里搞什么乱七八糟的，我告诉你们，我可以报警去告你们的！"

姚淑梅听得一头雾水，看了一眼项珺："她在说什么？"

项珺叹了口气，将简玦的事简单说了一下，然后看着这位做母亲的说："简玦是成年人，她有权力决定自己要不要做手术。作为父母，你们难道不想看着自己女儿恢复正常的容貌，去过正常的生活吗？"

"她给我们丢人还丢得少吗？现在还要丢到电视上去！这样就算治好了又怎么样？人人都知道她以前是什么鬼样子，她以后怎么嫁人？怎么生活？"做母亲的叫道。

"可是她不做修复，以后也是现在这个样子，依然可能无法嫁人，无法正常生活不是吗？"项珺不解地看着这位母亲，"我不知道您为什么这么反感孩子做这个手术。我们说过了，志愿者的手术费用是全免的啊！"

"你懂什么？你知道家里有这样一个人多叫人操心？你们一个个都是正常人，不怕被人说闲话，你知道我们一家人因为她被人指着鼻梁嘲笑的难处吗？以前还好一个小区，一个街道也算了，现在要拍视频，好了，全世界都知道了！我们家的脸往哪搁？"女人激动地说着，突然表情有些不对劲，只可惜最后一句话还是完完整整地说了出来。

项珺发现对方的神色有变，立刻回头，就见简玦脸色格外难看地站在自己身后，目光盯着这边，眼神中的气愤与悲伤令项珺突然觉得怒气升腾起来。项珺回过头对着简玦的母亲说："所以，您觉得您的脸面比女儿的未来更重要吗？"

## 第十七章
### 第一次合作

看着女儿的脸,做母亲的张了张嘴,她想解释,然而却知道自己再一次将这孩子推得离自己更远……

是啊,女儿的未来和一家人的脸面哪个重要?她不知道。或许都重要,可是周遭人的目光却总是令她如芒在背,孩子长得不好可以少出门,比如像现在这样……现在这样……不是挺好吗?

项珺转身走到简玦身边,轻声问道:"谈得怎么样?"

简玦朝她点点头,却没有回答,而是直接走到了母亲的面前:"妈,这个手术我要做的,合同我已经签了,你回去吧。"

她说得平静,甚至还带了一丝笑意,仿佛方才没有听到母亲的话,仅仅是告诉母亲这样一件事。

"我不同意!你怎么能这样?你有没有把我和你爸爸放在心上?还有你弟弟,你让他在学校怎么抬得起头?你就这么想让我们陪你一起丢脸吗?"母亲的脸在一瞬间的呆滞之后,扭曲起来,她愤怒地质问着女儿。

简玦看着她,静静的,没有开口,然后突然跪下来,朝面前的女人叩

## 第十七章 第一次合作

了一个头，额头撞击在楼层地板上发出一声并不响亮，但却疼感十足的，沉闷的声音——砰！

"小玦！"

"我知道我的存在给你们丢脸，那就麻烦你们把我忘了吧。你们还有弟弟，不用管我了，拜托。"简玦直起身来，额头上染着灰尘和些许的瘀青，神情却异常的坚定。

"你瞎说什么？"女人有些慌乱，退了两步后强笑了一下之后说，"你……你要做就做吧。我们是管不了你了，我不就是怕你被人骗吗……万一他们做到一半让你交钱……"

"这位女士，我们丁香医院开在这里不是一天两天了，合同在这里，你可以拿复印件回去慢慢研究，半路交钱这种事，我们不可能做，也完全不用做。"跟在简玦身后出来的谢辕皱眉抢白道，转头不再理她，而是对简玦说："简小姐，稍后跟我到会议室去签一个公证协议，当然，是要拍视频的，你需要现在修整一下吗？"

简玦素颜过来，并没有化妆。

"不了，就这样，让人们看清楚这张脸，挺好。"简玦笑着回答。

签约和公证其实是摆拍，事先都已经签好了，所以事情并不多，只是拍个照片而已，然而在拍完之后，简玦忽然说："一页，我可以在这里开直播吗？"

项珺一愣，看了一眼谢辕，谢辕也很意外："你要在这里开直播？直播什么？"

简玦笑笑："既然你们敢和我签这个合同，我相信你们一定能治好我的脸，那我直播自己的治疗过程，不是也能为你们提升知名度吗？"

项珺有些担忧："这……对你现在，不会有影响吗？"她指的是这次的风波。

简玦摇摇头："不，只要是在往好的方向走，我就不怕！网络上的事，哪能什么都往心里去？那样会抑郁的！"

这天半面妆师在停播了一周之后恢复了直播。只是这一次直播的不是化妆，也不是在她自己的家中，而是在一家名为丁香的医院，一向在右脸上画脸谱油彩的人，此刻露出了因为停止发育而显得枯萎扭曲的真容。

弹幕中一片哗然，简玦拿着手机，对着镜头笑了一下："大家好，这几天忙着准备一些事，一直没有开直播，让大家担心了，不好意思！"

弹幕里有表白祝福和膜拜的——

"半面大大回来就好，我们一直等着你！"

"还以为你被黑子喷伤心了，现在总算放心了！要继续努力啊！"

"半面大大，你今天的这个右妆是烧伤妆吗？好逼真！"

……

……

也有不依不饶的黑——

"哟，还敢露脸？丑成这样又出来吓人！"

"我就想知道你骗了大家这么多年，不觉得亏心吗？"

"半面丑鬼我就问你什么时候死啊？原配怎么没把你另外半边脸也毁掉？！"

……

……

如此种种。

项珺都觉得看不过眼，简玦却只是平静地说："一直以来我对自己的脸既骄傲又怨恨，因为一些我也不知道的原因，右脸从七岁开始停止了发育，逐渐就变成了现在的样子，所以，以这个样子想要去'三'别人……我觉得挺难的，毕竟连我自己的爸爸妈妈都无法接受，更不要说普通的男人了。"她说着，特意将右脸露出来，"这张脸困扰了我这么多年，我做梦都想治好它，现在终于有机会放在我面前，今天我在这里签约成为丁香医院整形科志愿者，从现在起直到这张脸恢复正常，整个过程医院方面会拍摄视频，我也想借这机会让大家和我一起期待我未来全新的面貌，所以从今天起，我会对这次的治疗做全程直播，希望大家继续支持我！"

弹幕上诡异地平静了几秒，随后开始被大片的祝福刷屏，直播间里的

人数也越来越多,随着祝福,各种打赏礼物也刷了起来,简玦原本有些紧张的神色,终于有些松动,之后反而有些羞涩和不安地解释道:"这次的治疗是丁香医院免费提供的,所以大家不要担心我的经济状况,我很好,今后会更好。"

项珺看着对着手机屏幕眼里含泪直播的女孩,心里不经意想起了宋玲,都是对生活充满期望的年纪啊!宋玲是个遗憾,但是简玦一定不会!

简玦显然是个十分有主张也很会掌握时机的人。她在之后的几次检查和评估时都开着直播,有时还会拍一拍科室里医疗人员的工作。谢辕是出境率最高的,毕竟是主治医生,项珺也被她强拉着出过几次镜,活跃气氛。

然而简玦不在的时候,谢辕与项珺则针对她的右脸骨骼的修复方案做进一步的探讨……

"用硅胶代替软骨组织将面部肌肤撑起来,这是第一步。"谢辕指着电脑屏幕上3D成像的面部骨骼,"需要通过自体脂肪来填充,让皮下组织重新活起来。"

"这得放在第二步,我不确定她的脸部神经是否还正常,这要看明天的检查报告出来。"项珺翻看着之前做的手术方案会议的笔记。

"手术时间定在什么时候?"谢辕问她。

"一周后,26号。"项珺头也不抬地回答,"手术时间可能会比较长,我建议你从现在开始保持充足的休息和饮食,保证手术当天有足够的体力。"

谢辕笑了:"这个还真不用你提醒。"

项珺抬头看他,忽然一眯眼:"哦?看来谢大主任对这类大手术还挺熟练的啊?"

"那当然,我……"谢辕突然收住话头。

"你不是说,你不会做手术的吗?"项珺调侃地朝他眨眨眼。

"呃……"谢主任略感尴尬,看了一眼手表,"哎哟,都八点半了,天都黑了。"

项珺哼了一声:"是啊,您现在才发现,可真是不容易啊!"

谢辕这才想起是自己拉着项珺下班后开小会讨论手术方案的。按理说，项珺只是个助理护士，根本不用参与手术方案的讨论，然而谢辕作为一个"明白人"自然是想借重一下项珺本身的特长……没想到两人讨论着就忘了时间，此刻已经八点半，然而他们连晚饭都没吃！

"我的锅！我的锅！"谢辕赔笑，"请你吃晚饭？"

项珺斜眼看他："你有钱吗？"

谢辕一怔，皱眉："你说话能不能不要这么直接？"

项珺耸肩："那好吧，去哪吃？"

谢辕脱下白大褂，从门后的更衣箱里取出自己的休闲西装套上说："走着看吧，这一带吃的挺多，边走边找。"

项珺点点头："那我先去换衣服。"说着，转身去了更衣室。

谢辕看着项珺走远的背影，温和的灯光下，装修精美的整形科长廊看起来有种暖暖的颜色晕染在那个娉婷的白色身影上，不知为什么谢辕看得有些出神。

过了一小会儿，项珺从更衣室出来，换的是一身米色的休闲套装，盘起来的头发放下来，卷曲了一整天，定了型还有点大波浪一般的感觉披散在肩上。她就这么款款走到谢辕面前微微一笑："走吧。"

谢辕一醒神，回她笑说："走。"

两人走出医院，在夜幕中走着。20点，夜市才刚刚开始。沿着医院不远有一条步行街，此刻正摆满了路边小吃摊，烧烤海鲜不一而足。

谢辕原本想好歹这是请个姑娘吃饭，得找个有点气氛的馆子，可很快他就发现项珺不停地往烧烤摊上张望，一脸垂涎欲滴的样子，忍不住问："想吃烧烤？"

"没吃过……好吃吗？"项珺好奇地问。

"你没吃过烧烤？"谢辕有些不可思议，"你是不是中国人啊？！"

项珺一怔，有些难过地低下头："我很小就和我爸爸去G国了，中间很少回来，我爸爸也是医生，不许我吃这些。"

谢辕顿时觉得自己莫名地有些内疚："好吧，那我请你吃这个。"

## 第十七章 第一次合作

项珺抬头看了他一眼，露出一抹笑来："谢谢！"

说完，人已经跑到烧烤摊前去了。

接下来，谢辕拿着塑料小篮子接着项珺挑的各种串，看着她在那挑挑拣拣地忙碌，有些恍惚。突然肩上一震，身后传来个耳熟的声音："哟，谢大夫，你在这儿啊！"

## 第十八章
### 哥这款还会"注孤生"?

谢辕觉得自己半边身子都快麻了,扭头一看,就见王昱枫站在自己身后,一脸自来熟的笑容……

"啊……王先生,我……我和小宋刚下班,准备一起吃点东西。"想到对方其实是发小的战友,谢辕的态度好了许多。

王昱枫听他说完,挑了挑眉,长腿一跨步就到了项珺身边:"哟,吃烧烤呢?"

项珺一看是王昱枫,也笑了:"哟,老王!你也来吃烧烤的吗?"

"嗯,下午就吃了个泡面,这会儿饿了,出来找东西吃。一起?"

"好呀!一起!"

"哎,我跟你说这家的鸡心特别嫩……"

"哎好!"

"你晚饭没吃吧?来来,这儿烤馒头不错,垫垫肚子!"

"哥行……"

这边两人挑了一大堆,一旁的谢先生突然觉得自己有点不开心。

烧烤配啤酒,三个人一张桌。

## 第十八章 哥这款还会"注孤生"？

项珺觉得故乡的食物真是美味得匪夷所思，虽然不管是烤鸡心还是烤韭菜一开始都非常挑战她的接受度，可一旦接受了这种设定，简直就跟新世界的大门打开了似的，欲罢不能！

"啊！！！鸡心我还要两串！"项珺晃着手里光秃秃的竹签叫道。回头一看，谢辕正看着她，手里拿着串烤馒头一脸纠结，便奇怪地问："怎么了？"

谢辕苦笑："没什么，我……就是平时也不太吃这些……"并不想承认自己在这方面有点小洁癖。

项珺看了看他面前的碟子："你都没吃什么嘛，是不是不喜欢吃啊……"想想有点不好意思，"哎呀，你早说，我就不来吃了！"

"没有没有，我其实挺喜欢吃的，不过是现在口有点干，喝点先……"说着抓起面前的啤酒喝了一大口。

"哦！那你自己看着吃啊！可别客气，这可是你花钱请的呢！"项珺笑眯眯地回头对王昱枫笑说，"这鸡心真的超嫩！"

王昱枫呵呵笑说："那是，哥能骗你吗？来来，这个你尝尝！蘸这个辣粉！"

"咳咳！"

"哈哈哈哈，辣着了吧，忘了叫你少蘸点了！怎么样？来来，喝口水就好了。"

"你是故意的！绝对是故意的！"

"我没啊，这个这样吃真的很好吃啊！"

"你……"

谢辕看着这边两个人有说有笑的模样，又喝了口啤酒，冰的，冰得心都有点凉。

"哎，说起来，老谢！"项珺突然朝谢辕叫了一声。

"老谢？"26岁的谢先生觉得自己可能幻听了。

"对啊，现在又不上班，我难道还要叫你谢主任吗？"项珺上下打量他一眼，"你这样子，我叫你小谢也不好意思吧……你看起来比我大啊！"

说着笑笑，虽然按实际年龄来说，自己比这男人还大两岁……不过，她可以仗着宋玲的脸嫩不是吗？

"呃……随你便吧。"谢辕苦笑接受了。

"你家的事处理得怎么样了？"项珺问道。

谢辕一愣，低头看着手里的酒杯晃了晃，问："问这个干什么？"

项珺两腮漾起红晕，竟然有几分醉意，笑着说："等我拿回我的行李了，可以还给你一大笔钱。"

谢辕看了一眼一旁的王昱枫，发现他正扭头在跟一旁的烧烤摊老板续啤酒，莫名地松了一口气，对项珺摇摇头："杯水车薪，别想了，不提这个，喝酒。"

项珺笑笑，没有追问，又啃起面前的烤串来。

项珺酒量不大，两瓶啤酒下肚就迷糊了，吃完起身回家时脚步都有些趔趄。王昱枫扶着她往车站走，走了没两步，发现谢辕跟在身后，由着他跟到车站，王昱枫忍不住问了："谢大夫这是准备跟咱们一起回家？"

谢辕皱眉对于"咱们"这个说法很不认同："她一个女的，又醉了，你一个人带她回家我不放心。"

王昱枫嘿嘿笑了一声："你干脆就直说怕我欺负她嘛！"

"对，我确实担心你会欺负她。"

"我看起来这么不像好人呐？"

"你看起来哪里像好人？"

"谢大夫，坏人从来不会把坏写在脸上。就像当初给你爸爸设局的那些人一样，我要是想对她做点什么，一定会更温柔体贴一点，顺便还会让你跟我一起回家然后想办法嫁祸给你，不是更妙？"王昱枫扶了扶有些要倒的项珺，看着谢辕，先前那自来熟的模样不知是因为灯光的原因还是其他，变成莫名地具有压迫力。

"你到底是什么人？"谢辕在听到他的话前半段的时候便感觉到浑身起了一层鸡皮疙瘩，突然被人说透根底的感觉令他战栗不已。

"你惹不起的人。回去吧，她，我会照看好的。"王昱枫招了招手，

## 第十八章 哥这款还会"注孤生"？

不远处的一辆出租车慢慢靠了过来。

"你停下！她和我家的债务没关系！你不要胡来！"

"得了吧，我才懒得管你家的事，我意思就是你——离她远点儿！"王昱枫拍开他拉着车门的手，咣的一声关门。

出租车开走了，谢辕站在站台上，瞪着远去的汽车尾灯汇入夜晚的车流中，有种恐惧在滋生，这男人到底是什么人？他为什么会知道自己家里的事？

谢辕大三以前，家里还算殷实富有，供他读重点医科大学的同时供他弟弟谢辙读昂贵的私立中学也是毫无压力的。一切变故都出在大三那年暑假，谢父看上了一个医疗器械领域的投资项目，为了这个花了许多心血去开拓人脉，那时候整天在外应酬，家人对此本来也是习以为常。没想到谢父被生意场上的人拉去玩牌，起初也只是小有输赢，后来却是越玩越大，没多久谢父输光了家里所有的财产，甚至连房产都抵了出去，还被人逼着借了几十万的高利贷，家人直到高利贷上门来讨房子的时候才发现，而谢父已经深陷其中不能自拔。

从此生活一落千丈，谢父靠最后一点老婆本开了家五金店，然而还是沉迷赌博，赚的钱还不够还的，谢母拼死保着店面，没被丈夫抵出去，辛苦营生支撑着两个儿子的抚养和教育，谢辕那时便决定找个能赚钱的工作，减轻母亲的负担。虽然他很清楚，家里最大的负担就是谢父，但母亲不愿意离婚，也不愿意报警，他作为儿子也迈不出那一步。后来从一些父亲过去的朋友口中，他们才得知当年谢父其实是被那招标的竞争对手做局害了的，也因此，他们总觉得谢父也是受害人，总希望他能清醒过来，然而却这样蹉跎到如今……

这些事谢辕对外人从来不提，知道他根底的除了发小邢涛，也就只有一直待他如亲儿子一般的丁院长了……丁院长不用去猜疑，难道是邢涛跟他说的？谢辕心里猜疑，却又不愿相信自己最信任的发小会是那种背后拿兄弟当谈资的人。

思来想去，他还是拨了邢涛家的电话。铃声响了两三下就被接起，那边传来一阵兵荒马乱的喧哗，然后是邢涛喘着粗气的声音："哎！来了！喂？哪位？"

谢辕听着这声忍不住想笑："邢哥，我啊！谢辕。"

"哎，小辕儿，怎么想到来电话？有事？"停了一下语气严肃了几分，"那帮人又去你家闹了？"

"不，没有，不是。邢哥，我就打听一个人，王昱枫你知道吧？"谢辕问。

电话那头突然安静了下来。半响，邢涛的声音再响起时，语声中多了一丝冷淡："你怎么突然问起这人？"

"呃……你们不熟啊？我记得在你家的照片上见过……"

"嗯，算是战友，不过其实关系不怎么地。他后来受伤提前退役，我们就再没见过。"邢涛平淡地说，"怎么？你认识这人？"

谢辕再傻也听出发小跟王昱枫之间的不对付，连忙说："啊，见过几面，不熟，就是想起来你那照片，问一下。"

"哦，其实也没什么，我都转业这么多年了……"邢涛说着话，突然大叫一声，"哎哟！祖宗！你别湿答答地往你爸床上跑！快下来！！好了，小辕儿，哥不跟你扯了，你大侄子要上天！我去收拾收拾！"说完便挂了电话。

谢辕看着已经被挂断的手机，心知邢涛说的多半是真话，那么，王昱枫又是怎么知道他家的情况的？这个男人到底是干什么的呢？他想不出来，心绪纷乱。

另一边，项珺在出租车上已经睡熟，靠在王昱枫身旁的座位上，头一点一点的，随时就要磕到前面的椅背的模样……王昱枫看着她几次险险要磕上去了，心里跟吊着什么似的，格外难受，想想伸手去托一把，又怕把项珺惊醒了引起误会，犹豫再三，终于伸手，扯住了项珺后脖领……

开车的司机是个大叔，等红灯的时候打后视镜看了这么一眼，扑哧一声笑出来了，说："小伙子，你这么拉你女朋友，不怕她醒过来打你耳光啊？"

王昱枫被说得一愣，看着因为脖子被勒得难受而皱起了眉头就要醒过

来的女人，再看看司机一脸好笑又不认同的摇头模样，浅浅地吸了口气，松开了项珺的衣领，同时伸手垫住了她往后倒下来的后脑勺，就这么一直垫到了家门口……

项珺是累坏了，接连几天通宵做手术方案，和谢辕讨论最稳妥的手术方式，日常还有工作，这样强度的工作是她过去从来没有体会过的。直到今天终于把最终方案定下来，项珺的心情是极好的，喝了酒之后整个人更放松下来，一眨眼便睡了过去。

等她醒过来的时候，人在家中，睡在床上，衣服都没脱，妆也没卸，就这么睡到第二天闹钟响起……

腾地从床上坐起来，项珺蒙着脸，看了看身上，思绪是断片儿的，最后的记忆好像是王昱枫扶着她离开烧烤摊。

看来是他把自己带回来的，所以……这当中孤男寡女的，他们是不是发生了什么？项珺一点儿印象都没有，抚着宿醉后还疼痛的额头走进卫生间，看着镜子里被睡得皱巴巴的衣服、一脸隔夜的妆容以及睡得乱成一团的头发，项珺却忍不住想笑，房东先生还真的是位难得的君子，可转念又有些郁闷……

这事吧……

到底是那人太君子，还是自己太没吸引力？

洗漱完出来，迎面见王昱枫那边的门开了，就见王昱枫探头出来看着她说："醒啦？"

项珺朝他笑笑："嗯，昨天多谢了。"

王昱枫挠挠头，有点无措："哦，顺手而已，你睡得太沉了，怎么叫也叫不醒。"

项珺被他说得不好意思，解释说："我酒量其实还行，就是昨天太累了……"

王昱枫连忙点头："我想也是，你们做医生的都特别累！我知道。"

项珺一愣，笑说："我是护士。"

王昱枫眨眨眼，一脸无辜："哦……护士，护士也累！"

项珺看着他，忽然有些调皮的想法在脑子里跳动。她走过去，倚在他门旁，笑着说："没想到你这么君子，是我太没有吸引力吗？"

王昱枫看了她一眼，脸上的神情沉静了一秒，然后憨憨地一笑："大概是没什么吸引力吧。"

项珺一怔，眼眯成柳丝，咬牙切齿："老王，你多大了来着？"

"29，怎么？"

"难怪你到现在还没女朋友，'注孤生'吧你！"项珺说完，扭身回房，砰的一声甩上了门。

王昱枫瞪着那门，半响，张了张嘴，憋出一句："我做个君子还做错了啊？！"

项珺回房换了衣服，准备出门上班。走到公共门厅的时候，正见王昱枫从冲淋房出来，身上还有刚刚沐浴后没擦干的水迹，他只穿着件贴身的背心，下摆束在运动裤里，这一身普通得再普通不过的装束穿在这位身上，硬是穿出了健美先生的感觉。项珺忍不住停下脚步看他一眼，啧啧了两声。

"帅吧，哥这款的还能注孤生？"房东先生表示不在意什么！

项珺上上下下把这具美好的躯体欣赏了个够之后，歪着头朝她的房东先生一笑："老王，去找个受吧。"

"嗯？什么意思？"

"呵呵！"

"喂！你说清楚嘿！老子才不是基佬！"

项珺耸耸肩，笑着下楼去上班，把房东先生落在屋子里兀自跳脚。

## 第十九章
### 手术前的意外

到医院，更衣上班。一进办公室就见谢辕已经坐在办公桌旁，项珺向他招呼："早啊，主任。"

谢辕打量她一眼，有点犹豫地问："你……还好吧？"

"嗯？挺好，怎么了？"

"昨天……"

"哦，昨天我喝多了，话说我没给你们添什么麻烦吧？"

"没……没有，我本来想和王先生一起送你回去的，但是……"

"没事，我这不挺好的吗？"项珺笑着一边说一边坐到自己的办公桌旁，一墙之隔的另一边，男人握紧了拳头。

"他……没对你……怎么样吧？"

"嗯？"项珺一怔，"他能对我怎么样？"

谢辕没说话，办公室的气氛莫名有些尴尬。半晌，他听到那边项珺一声轻笑："别啊，这问题我可怎么回答，说发生了点什么，好像我不检点，说没发生什么又好像我没人要似的，多伤人哪！"

谢辕舒了口气，左右看看，终于找到了别的话题说："嗯……那来看看简玦的面部肌电图吧,刚刚报告出来了。"

项珺应声打开电脑,接收他发送过来的肌电图报告,皱眉:"神经损坏 60%,看来修复后的复健才是最难的啊……"

"那姑娘应该行的,再不然,做个高冷美人也比现在好啊。"谢辕叹道。

"也是,好吧,我和简玦联系,通知她手术时间。"项珺停了一下,看向谢辕,"你主刀,没问题吧?这手术强度可不小,以往不太有这么高难度的手术吧?"

谢辕看了她一眼,要是放在以前被人质疑自己的主刀能力,谢辕绝对立刻就能翻脸,可是此刻感觉到对方的担忧时,谢辕却莫名有点开心,然而嘴上则只是故作平静地说:"我没问题!"

手术定在 26 日,简玦则提前一天住进了医院,顺便还直播医院的住院设施,搞得项珺忍不住调侃她:"到时候要是咱们付不起你的广告费可怎么办?"

惹来弹幕上一阵关于护士小姐姐好萌的刷屏。

将简玦安顿好,想了想,项珺问她:"你家人……还反对吗?"

简玦沉默了一下,抬眼看了看项珺,笑了笑:"放心吧,他们不会再干扰我的。"

项珺有些不明白,简玦见状笑着解释:"我直播的收入有一半是给家里的。"

"那……你的脸治好以后,还是继续做直播吗?"

"还会做吧。不过,我更想找个能发挥我特长的工作,把直播当成一个爱好。"简玦畅想着,说,"我会做各种妆容造型,所以我想做影视剧定妆师,给大明星化妆!"

项珺看着女孩充满希冀的神情,微笑:"会有机会的!我们会尽最大的努力帮你!"

回到办公室,项珺发现谢辕并不在,想了想这个时间段,谢辕并没有其他的诊疗预约,有点奇怪,谢辕平时并不是个喜欢到处溜达的人……不

## 第十九章 手术前的意外

过,好像也没什么,于是项珺回到自己的办公桌前做最后的准备工作。

而此时,谢辕却心神不宁地握着电话在楼梯间的角落里低声追问:"谢辙,你给我冷静一下,怎么回事?慢慢说!"

电话那头,谢辙的声音带着哭腔:"他们又来了,把铺子砸了,爸被他们带走了!妈刚刚给我电话……怎么办哥!"

谢辕皱眉:"妈为什么不打我电话?"

谢辙说:"妈说打你电话你不接……"

"我哪里不接……"谢辕说完,突然想起这段时间因为要准备大手术,怕家里的事烦心,所以把和父母联系的手机关了……顿时有几分心虚,他的工作电话只告诉了弟弟,没告诉父母,实在是怕他们在自己正工作的时候来事,结果偏偏还真来事了!

"你现在在哪儿?"谢辕听到从弟弟的手机里传来地铁报站的背景音问道。

"我在回家路上!"

"你搞什么?回去上课!我马上回去,你不许缺课!"

"我跟老师请过假了!"

"你……"

"哥,你也快回家看看,我担心妈妈!"谢辙说着,又带上了鼻音。

"知道了!对了,给你邢哥打电话,我现在去科室里交代一下,马上回来。"谢辕吩咐完兄弟,收了电话快步回到办公室。

项珺看着谢辕进来,脸色异常苍白,吓了一跳:"你怎么了?"

谢辕朝她勉强笑了一下:"家里临时出了点事,我下午得请假……"说完看着项珺一脸意外的表情,补充道,"放心,我明天会按时来做手术的!"

项珺看他模样,与初识那日在机场见到的差不多,便也猜到是什么事,于是问:"有什么我能帮忙的吗?"

谢辕似乎没想到项珺会这么说,愣了一下之后却也只能苦笑:"这事,谁也帮不了。"说完抓起外套出了门。

此时王昱枫坐在监听设备前，紧锁眉头。他面前是一份关于谢辕的资料，其中谢父——谢守良的资料被用粗线记号笔标记出来。几张照片放在一旁，这些都是与谢父有过接触的高利贷债权人。其中有一张正起冲突的照片，谢父似乎情绪失控，抓住了一个男人的衣服，拉扯间，男人的上衣被拉开，露出大片后腰部的皮肉，那里有一个令王昱枫十分眼熟的文身——黑眼白底骷髅。

项珺藏身的医院竟然也有人与骷髅组织的人有着拐弯抹角的牵连，这是王昱枫没想到的，尽管知道谢辕甚至谢父都并不知道这个骷髅文身的意义，也并没有涉毒行为，但王昱枫依然在谢辕的资料上画了一个大大的叉。如果可以，他希望项珺能离这个谢辕越远越好。

谢辕匆匆请假，往家里的五金小铺子赶。

那铺面在一处居民区外，远近就这么一家卖五金杂货的，哪家哪户换个电路板、水龙头什么的在这里采买都极方便，所以生意还不错，然而要还谢父欠下的债务却是远远不够的。谢辕赶到时，闹事的人已经走了，被砸得满地狼藉的铺子里，母亲正瘫在先一步赶到的弟弟谢辙怀里默默抽泣。

"小辕！你爸爸！你爸爸他……"谢母看到长子回来，在幼子面前还忍着的哭声顿时再也压抑不住，哭着说，"他那个棺材啊！又背着我去打牌！这次人家要他的命啊！这可怎么办！"

谢辕扶了母亲一把，却没有回答母亲的话，而是转头问弟弟："报警了吗？"

谢辙为难地看了母亲一眼："妈妈不让……"随即见当哥的脸一沉，连忙补了一句，"不过我已经打电话给邢哥了！"

"小辕！不能报警，他……他毕竟是你爸爸！这个家……得靠着他！"母亲袁文静哭着拉了拉儿子的衣袖说道。

谢辕皱眉："妈，你醒醒吧，他好不了了！说什么这个家得靠他？自从他沾上了赌，这个家还靠过他吗？这铺子是谁开的？谁进货？谁看铺子，

## 第十九章 手术前的意外

谁算账？不都是你自己吗？他干了什么？除了整天喝酒骂人，他还做过什么？！你早就不需要靠他了！"

袁文静愣了愣，有些反应不过来："可……可是……小辕他是你爸爸啊！"

"他是我爸爸，可也是他亲手毁了我们这个家啊！"谢辕痛心疾首地说，"你不想离婚，也不想他坐牢，可你想过你自己想过我和小辙吗？"

"可是我……"做母亲的瞪着一双布满血丝的泪眼看着儿子，满脸无奈。这不是长子第一次求她离开丈夫了，事实上袁文静对这样的生活也感到无比的痛苦，可是她却无法接受自己变成一个抛弃丈夫的"无情无义"的女人……毕竟，曾经那个男人也是对她好过的啊！在最痛苦的时候，她总会这样想。

"我不会管了，报警吧，妈！在牢里，他至少还有条命！"谢辕说。

"小辕儿！我来了！怎么回事？！哎哟，这是……"邢涛这时已经赶到，挤过围观的人群走了进来，看着这一室破败直皱眉头，沉声问道，"报警了吗？"

谢辕看了母亲一眼，对邢涛摇了摇头："还没有。"

邢涛跺脚："袁阿姨！报警吧，我帮您！谢叔被他们带走往哪个方向走了？"

"小邢……我们不……"袁文静皱着眉却努力挤出笑来想象往常一样拒绝这个和儿子一起长大、如今已经是市局刑侦大队队长的男人，但她的话被谢辕打断。

"报警吧，这样下去我们一家都不得安宁。"谢辕说。

"哥……"谢辙看着母亲快要昏倒的模样有些担心，看着大哥铁青的脸色小心翼翼地叫了一声。

谢辕没有回头，他不敢看母亲的模样，也不想看弟弟可怜巴巴的样子。每一次都是在这样的情况下无奈地妥协，他受够了！

邢涛看了谢辕身后的母子俩一眼，抿了抿唇，拍了拍发小的肩："嗯！"

报了警,一家人到派出所做了笔录。邢涛安排人查找谢父的下落,所幸对方只是债主找来的一帮混混,没胆子真的做出绑架的大事,只是将谢父带到了债主那儿,逼着他卖店还钱。谢父仅存的一点理智让他没把老婆的最后一点心血卖掉,这么僵持着,倒是给了警方侦查的时间,上门来一举端掉了这个地下赌场不算,顺便将他老人家解救了出来。这一切事情做完已经是晚上 11 点,完事之后,谢辕将母亲和弟弟带到了自己的公寓。

谢辕并没有和父母住在一起,工作后他在丁香医院和父母家两点之间折中的区域租了一套房子方便来回跑。而谢家父母为了还债将原本的别墅和几处房产都变卖还债之后,就住在自家的五金铺子里,小儿子谢辙则住在大学宿舍。

如今这一闹,铺子里是肯定没办法住人了,谢辕便将母亲和弟弟接回自己住处暂时休息。

谢辕租的公寓并不大,一室一厅。让母亲在卧室里休息,谢辕和弟弟两人在客厅里打地铺,硬硬的地板本来就硌得人不舒服,谢辙睡相还特别不老实,即使是谢辕一夜担惊受怕又累又愁,也无法安然入睡。迷迷糊糊辗转到天亮,醒来时感觉整个身体都不是自己的了,哪儿哪儿都疼,然而今天他有一台至关重要的手术!

## 第二十章
### 累,但很开心

项珺比平时提前了一些到医院,换好制服之后就直接进了办公室。

今天是简玦的第一次修复手术,这次手术的质量决定了之后几次手术的最终效果,绝对不能出任何差错。项珺将整个手术的准备流程再在心中过了一遍,轻轻舒了一口气,起身去病房看简玦。走到门口看了看腕上的手表,有些意外,谢辕居然迟到了……

简玦在病房开着直播,因为要准备手术,她没有化妆,素颜加上病服整个人看起来都有些病弱的感觉,好在精神还不错。看到项珺走进病房,便用手机对着项珺笑着说:"哎呀,是一页来了,今天是我的第一次修复手术……"

有粉丝关心的问候,也有人调侃说:"半面大大,手术之前还直播,你不怕吗?"

简玦笑笑:"我怕呀!但是怕又不能修复我的脸。"

项珺朝她笑道:"不用怕,就当睡一觉,醒来一切都会比现在好一些的。"

简玦点点头,对着镜头笑说:"大家听到啦!一页说的,我一定会变漂亮的!"

项珺抿唇:"是是是,会漂亮起来的!"说完又轻轻嘱咐,"休息一下,要准备手术了。"

简玦应了一声,在镜头里向粉丝们道别后关了直播,离开镜头之后的她到底还是显出了几分紧张:"一页,我还是有些怕。"

项珺原本准备转身出病房的,听她这么说,有些心疼。自从简玦决定做这志愿者之后,简家父母只带着她的弟弟来看过她一次,却也并不是什么善意的探望,而是来问她要钱……

简家父母以怕女儿的钱被医院骗光为由,要求简玦拿出二十万来做弟弟的所谓教育金……拿到钱之后,便匆匆离去,之后再也没出现过。这段时间,照顾简玦最多的,反而是项珺这个相识并不久的网友兼护士。简玦平时一向表现得乐观又坚强,也只有对项珺才会表示出自己内心深处的难过和恐惧。

项珺走回床边,拉起简玦的手柔声说:"我们对未知的事总是有些害怕的。不过,你再想想,其实对于未来你并不是一无所知,手术方案你看过了,修复后的容貌你知道,手术确实会带来一定的疼痛,甚至是有一定风险的,但是你一定要相信我们会尽力帮你,让这一切对未来来说都是值得的!"

简玦尚完好的左脸上浮起一抹微红,低头颔首:"我明白的,只是……"
项珺笑笑:"我也明白的,正常的,别怕。"说着轻轻拥抱了她一下。
简玦接受了这个亲昵的安抚,平静了许多。

走出病房,项珺面上的笑容收敛了几分,病人的期待对医生来说是千钧重担,她可以尽力安抚简玦,自己却不敢有丝毫放松。

回到办公室,就见谢辕已经来了,但是脸色却非常不好。项珺想到前一天谢辕请假离开时的状态,不由得担心地问道:"怎么了?我看你状态不太好。"

## 第二十章 累，但很开心

谢辕揉了揉有些酸疼的眼眶，苦笑："别提了，家里出了点事，搞得我一宿没睡好。"

项珺正色上前仔细端详了他一番，皱起了眉头说："还行吗？一会儿的手术你撑得住吗？"

谢辕笑笑："帮我泡杯咖啡，我先眯一下。"

项珺点点头，转身去泡了杯咖啡过来，便看到谢辕已经趴在办公桌上睡着了。项珺将咖啡放在谢辕桌上，看着他睡着的侧脸，眼下微微的暗青，有些担忧。回到自己的办公桌前，项珺将整个手术的设计方案再看了一遍，尤其是主刀需要注意的方方面面……

10点，手术室准备好了。因为是大手术，护士长姚淑梅这次也参加协助。项珺接到姚护士长打来的内线电话后，便去叫谢辕，看他神色恍惚的模样更担心了。

"还能行吗？"项珺看了一眼桌上的咖啡，并没有动过的痕迹。

谢辕看了一眼有些尴尬："刚刚睡过去了，没喝……"接着用力揉了揉脸，长出了一口气说，"不过我可以的。"

项珺看着他，半晌轻轻拍了拍他的肩说："不要硬撑，实在不行，还有我。"

谢辕怔了怔，勉强露出一丝笑容，点了点头。

两人来到手术室，做无菌准备，谢辕这时好像缓过来了些，项珺略略放下了心。

简玦已经躺在手术台上，正在做麻醉准备，药效还没起来，她看起来还清醒，看到项珺和谢辕进来，朝他们笑了笑说："拜托了！"

一旁医院宣发部的摄影团队也做好了无菌准备，开始录制视频……

项珺上前握住简玦的手说："我们一定尽力，你相信我。"

简玦点点头，看了一眼摄像机，有点不好意思："能不能跟摄像大哥说，不要拍得太血腥啊？"

项珺一愣，扑哧一声笑出来点头应承："好，我跟摄像大哥说。"

简珙完好的那半边脸上浮起一丝红晕，然后眼睛渐渐半闭了起来。药效上来了。

"开始吧。"谢辕低声说了一句。

手术刀从简珙耳后划开了一道切口，微操导管从这里深入，谢辕将从这里开始进入微创神经接驳，这是整个手术最困难也是最消耗医生精神的一个步骤，面部神经的修复关系到简珙未来的面部表情的恢复，所以谢辕格外认真仔细，眼睛紧盯着微创显示屏幕，不敢有丝毫懈怠。

时间在这种场合变得特别快，项珺在一旁一边仔细盯着谢辕的一举一动，一边从旁辅助……

人在精神高度集中的时候往往注意不到自己的消耗，谢辕一点点完成半个面部神经接驳，当这整个过程完成之后他才从兴奋点上陡然放松下来，整个人晃了晃，险些晕过去。

"主任！"

"谢主任！"

姚护士长和摄像组的同事都没想到谢辕会出状况，不约而同地惊叫出声，而项珺则立刻接过谢辕手中即将掉落的仪器，口中冷静地命令："姚老师，麻烦把主任扶过去，他需要休息。"她示意了一下一旁放着原本是给摄影师用来放设备的折凳。

"可……可是……"姚淑梅惊得张口结舌，这个时候主刀医生晕倒，病人怎么办？

项珺看了摄像师一眼，然后说："接下来，只要拍手部的镜头就好。"戴着无菌手套的手看起来都差不多，只要不拍脸，到后期进行一下视频剪辑，人们就不会知道手术中途换过了人。至于其他在场的人，项珺已经顾不上这些了，手术才是此刻最重要的事。

说完，她站到谢辕的位置，将手术继续了下去。之前准备好的取自简珙身体其他部位的多余软骨组织辅以硅胶填入皮下塑形，然后，将因为缺少肌肉支撑的右半脸皮肤拉伸开来，以左脸为参照将五官逐一分布……

## 第二十章 累，但很开心

谢辕昏睡了大约两小时，醒来时，手术还没有结束。他回到手术台旁边，站在项珺身旁，在旁人惊异的目光中自然地做起了助理的工作……

时间一点一滴地过去，医院外已是夜幕降临，人声渐疏。终于，项珺一声轻微的："好了。"手术结束了。

简玦被推回了病房，手术室里项珺看着谢辕，谢辕也看着项珺，两个人相视一笑，不约而同地举起手来，击掌。

"辛苦了！"

"辛苦了。"

"合作愉快。"

"合作愉快。"

不知道什么时候已经有了这样的默契。

收拾好，走出医院，马路上连汽车都不多了，谢辕看着项珺想了想说："我送你回去吧，这么晚了……"

项珺看了他一眼，虽然昏睡了两小时，但那并没有令谢辕的状态看起来有什么改善，项珺有些担心地摇摇头："谢谢，不过我觉得你应该尽早回去好好休息。"

谢辕笑笑说："是这样没错，只是咱们正好顺路，捎你一程没问题。"

项珺有些意外，她还没有注意过谢辕的家在哪个方向。

"我租的公寓在柏青路附近。"谢辕说道。

他说的路离自己租房的小区只有两站路的距离，果然是顺路。项珺便也不再客气："那就谢谢了。"

然而站在路边半天也没拦到一辆出租车，谢辕有点气馁："再……等等……"

项珺笑说："那边有共享单车，我们骑车吧。"

谢辕一愣，点点头，跟着项珺到一旁的车站边，开了两辆共享单车，两人骑上了路。

夜风凉飕飕的，谢辕看着骑在前边的项珺，看着她的背影，思绪被风吹得乱成一团，摇了摇头，他用力蹬了两脚赶上去与她并骑："累吧？"

项珺迎着风,眯着眼似乎在享受着什么。半晌回答说:"累,但是很开心!"

谢辕自然是明白她的,笑着点点头:"我也是。"

成为医生本身就是为了解除病人的痛苦,无论是身体上的还是心灵上的。做整形医生或许不能救人一命,但也一样能让人重新看到人生的希望,这大概就是他做医生的初心。

王昱枫坐在自己卧室的电脑前,屏幕上接通着小区安保监控视频,看着小区外的路灯下那两人骑着共享单车并肩过来,皱了皱眉头。虽然今天有手术,项珺是告诉过他的,只是为什么会被那个人送回来呢?早知道就去接她了,嗯……不爽。王先生转身进厨房,煮了碗泡面,想了想,又煎了个荷包蛋。

项珺进门微微吸气:"哟,煮夜宵呢?给我来点啊!我还没吃晚饭呢!"

王昱枫将碗递给她:"那你拿去吃。"

项珺没客气,接过碗来笑着说:"那就谢啦!"

数天后,简玦脸上厚厚的包扎终于彻底解开。

"要看吗?"项珺自己也有些紧张,"第一次手术只是做基础的修复,现在看的话五官还不太对称。"她说。

"看!"简玦迫不及待地说,"等一下,我开直播!让大家跟我一起看!"

直播中,简玦的直播间里常驻着不少关注她的粉丝,收到她上线的提示便纷纷出现开始刷鲜花:

"半面大大今天变漂亮了吗?"

"半面大大的手术成功了吗?好期待啊!"

"半面大大不管你变成什么模样,我们都支持你!"

……

……

## 第二十章 累，但很开心

简玦对着镜头晃了晃手，脸上的浮肿还没有消除，表情也做不好，但是右脸与之前那枯萎干缩成一团的样子已经完全不同。

"大家好，这是第一次手术的成果，现在还没有消肿，不过我觉得我已经获得新生了！谢谢你们不嫌弃我！谢谢大家！"女孩笑着说，眼睛里盛着晶莹的光芒。

"医生说下一次手术要在一个月之后才能进行，这期间我不能继续做化妆视频啦，大家不要忘记我呀！"简玦转而说了之后的安排。

整个治疗过程有三次手术，期间还有多次复诊，全部完成要三到四个月的时间，简玦不心急，她已经看到了希望。

"你今后还会继续做直播？"抽空的时候项珺到病房来陪简玦聊天时询问。

以后如果容貌顺利地恢复正常，那么简玦其实可以从事很多正常的工作，直播她还会继续做吗？这是项珺的疑问，也是众多半面妆师的粉丝们的疑问。

简玦眨眨眼，笑道："我申请了一家影视公司的专职化妆师的工作，已经拿到录取通知了。"

项珺应了一声，不知为什么有些失落。而简玦接着又说："但是直播还是会做下去，毕竟，还有那么多人在等着我呢！"说完看着项珺的脸，笑意中带了一丝狡黠，"一页，你的五官很周正，以后你愿意做我的化妆模特吗？"她摸了摸自己的脸，"这张脸今后不能接触太多化妆品了，我得找个搭档才行，你愿意业余时做我的搭档吗？"

项珺一愣："我？"看着简玦一脸期待的神色，忽然心头一暖，"行，如果有时间的话。"

送了简玦出院，回到办公室，谢辕正在接待新的客户，和往常一样的暖男式询问指导，令项珺站在门口不得不暗叹一句："不愧是丁香医院的男神啊……就是这么招女客户喜欢！"

再看那女客户，项珺怔了一下，微微皱起了眉头。

## 第二十一章
### 不能得罪的女强人

徐丽娜笑盈盈地看着面前的男人。谢辕做她的主治医师有三年时间了，这个小伙儿长得帅，脾气好，会说话，重要的是技术也过硬，从她第一次来就认定了谢辕，之后的每一次微整注射都会上丁香医院来，指定谢辕为她注射。

"徐姐，您又要注射啊？再等两周吧，我看你这鼻尖形状还挺好的呀！"谢辕有些为难地说道，"徐姐？徐姐？"

"嗯？"徐丽娜醒了一下神，对于自己看小鲜肉看入迷的状态也不避讳，笑嘻嘻地说："我看你都看迷了呀！对了，前阵子约你吃饭你都说没空，今天我可是亲自来了，你别又说没空啊！"

谢辕见她不接自己的话，苦笑了一下，但也只能委婉迂回的说："徐姐你这么客气，我怎么好意思跟你见外呢！只是要让你破费就太不好意思了……"

正巧护士长内线叫项珺去服务台帮忙，项珺应着声，拿了资料就出了办公室。

## 第二十一章 不能得罪的女强人

"唉唉！又来了！"刚一出门就被凑过来的同事张喜拉住，神秘兮兮地朝办公室努了努嘴，悄声八卦起来，"谢主任又要开始陪聊了！"

项珺眨眨眼："陪聊？"

"嘘！"张喜朝她挤眼，"去服务台？"

"嗯，梅姐叫我。"

"正好，一起，刚刚也叫我了。"张喜笑嘻嘻地跟项珺走了个并肩，左右看看没什么闲人，才又压低了声音说，"你才刚来，不知道。这个徐丽娜呀，每个月都要来好几次，每次来谢主任这一天基本就被她给占满了。"

项珺惊讶地说："不能呀，我看主任的工作计划里，没有一天只看一个病人的，以前也没有。"

张喜呵呵了一声，说："那当然，谢主任那拼命三郎工作狂，怎么可能光陪她一整天，但是，架不住人家绕指柔呀！主任去手术了，她就在贵宾室里待着，等到主任忙完出来了，她就继续拉着主任聊天……"

"哦……她这是……喜欢咱们主任？"项珺终于回过味来了。

"这不明摆的吗？女强人嘛，咱们主任是吧，小鲜肉一个，可不就被看上了吗？"张喜说着拿肩顶了顶项珺，"我说你呀！可要把主任看紧了！咱们的科草可不能便宜了那个老女人去！"

项珺一愣，皱眉："你这话说的，他们之间要是私下有什么交往那也是他们的事，跟我有啥关系呀！"

"你跟主任不是……吗？你舍得看着他就这么被勾搭走了呀？"张喜一副你别以为我不知道的表情，看得项珺哭笑不得，想来解释起来更麻烦，索性便也不多说了。

只是，回头看了一眼身后的办公室，项珺再次微微皱了眉头，那位徐小姐的状态可真不怎么样啊……

徐丽娜是一家婚庆礼仪公司的高级主管，30岁，未婚。作为一个标准的女强人，徐丽娜对于自己喜欢的事物都难免有些独占欲，比如她喜欢眼前的小大夫……虽然不能独占，但只要有她的预约，谢辕这大半天基本上就全是她一个人的了。因为她舍得花钱，医院工作不忙的时候，谢辕也乐得陪聊给医院增加收入。

徐丽娜长相中等，论天资在六七分左右，鼻尖有点扁，两腮削得有点厉害，皮肤也不太吃水色。如果是完全素颜的状态下看，虽说也不算难看，但总给人种刻薄难相处的感觉。原本这也并没什么，然而对于做婚庆礼仪这一行的徐丽娜来说就有些尴尬了，人嘛，都是爱以貌取人的，在这个行业里长相有亲和力才能吃得开。

所以，每隔一段时间徐丽娜就会花大把的钱在微整形上，注射隆鼻、丰腮、肌肤提亮美白……偶尔若是有大型活动对仪容有特殊要求的时候，还会专门有针对性地做，反正她的收入是足够她这样消费的，能让自己变得美美的，顺便还能来看看小鲜肉大夫，甚至有可能勾搭一下……徐丽娜觉得这钱花得很值。

今天徐丽娜来医院的目的是注射玻尿酸填补苹果肌的，不过谢辕却并不打算给她进行注射："徐姐，你上次注射是一个月之前啊，而且半个月前你还在我那边补了半支，太频繁了，代谢负担大，对身体不好。"

"没事儿，我又不是第一天打这个针了，要注意什么还能不知道？"徐丽娜不在意地笑道。

"徐姐，这是为你自己的身体着想，上次体检的结果你忘啦？体内有炎症啊，你得给身体休息和恢复的时间，不然这样下去总是不好。"谢辕说着将徐丽娜的病历往她面前推了推，"这样，我给你把挂号退了，周六你来做个体检，看看炎症下去点没有，炎症好了我再给你注射。"

徐丽娜有些不高兴："哎哟，小谢，我这可是给你做生意，你还把我往外推？这点小炎症我自己吃两天头孢就好了，不要紧的啦！"

谢辕看徐丽娜，低头想了想，再抬头时眼里的关怀之情更加浓郁了些："徐姐，我要是真的那么在乎生意，又何必来做医生呢？要是你连身体都垮了，美丽又能维持多久？徐姐一看就是个聪明人，可不能在这种事情上犯糊涂啊。"

徐丽娜愣了愣，莫名地有些感动，半晌没说出话来。好半天才幽幽叹了口气："你这个……哎呀！"她幽怨地看着谢辕，"你是知道你姐我那个工作性质的，就明天，有个婚礼，江氏药业集团太子爷的，我要不准备

## 第二十一章 不能得罪的女强人

充分点,丢了公司的脸不说,你让我以后怎么在这行混呀!我们这行做的就是口碑……"

谢辕该说的都说了,一时也不知道怎么再拒绝的好。徐丽娜是老客户,他不想得罪,但是对方的需求过于频繁确实有点超出他的预计了……

项珺从服务台回来的时候,正将这一幕看在眼里,叹了口气。谢辕这人别的都还好,就是太老好人了,不会拒绝别人。

她走过去冷冷地说道:"徐小姐,我们是正规医院,做手术是要对病人的健康负责的。"说着,她上前拿起放在桌上的徐丽娜的病历和术前化验单,皱眉,"白细胞指数这么高,超出正常水准一倍的数值了都,这种情况下再注射,到时候你发烧化脓毁容了,算谁的呀?"

"哎,你这人怎么说话的?"徐丽娜被这番话说得心里直冒火,瞪着项珺便提起了嗓音。

"这是我新来的助理,姓宋。小宋,这是徐姐,她是我们的老客户,一直对我们科室相当照顾。"谢辕瞪着项珺刻意咬重了"老客户"三个字,生怕项珺不明白。

项珺怔了怔,心里不快,但还是低下眉眼来,挤了个职业笑容出来:"哦,徐姐,您好。"

徐丽娜看了项珺一眼,拜宋玲稚气未脱的容貌所赐,项珺低眉顺眼的模样还是有几分欺骗性的温柔的。徐丽娜见她不过是个刚出校门的小孩儿,自认魅力熟女范儿的徐丽娜当然不将这样的小姑娘放在眼里,轻笑了一下:"认识了就好,今后还要小宋多多关照呢!"停了一下,又转向谢辕说:"真的不给姐打针啊?"

谢辕摇摇头,苦笑:"徐姐,你多少在意一下自己身体呀!"

"好吧好吧,真是拿你这个木鱼脑壳没办法,那我回去了。"徐丽娜有些不开心,但看谢辕坚决的神情也知道是不能破例了,走时还有点犹豫的模样,到底还是没有胡搅蛮缠。

待到徐丽娜走了，项珺看看谢辕，谢辕看看项珺。

"你这个人——"

"你这个人——"

异口同声……互相看一眼，一起挑眉头，再一起张嘴……谢辕默契地将嘴又闭上了。

"那位整形成瘾了吧？三个月打四次针，最短的一次间隔不到一个月！你居然也敢给她打？出了问题你担着？"项珺指着徐丽娜的治疗记录册，皱眉问道。

谢辕叹气："人家是老客户，一年在咱们这儿光是VIP充值就是十来万，得罪不起啊。"看看项珺一脸不服气的模样，谢辕皱眉教训，"你呀，不要那么上纲上线，你看我该劝的都劝了，她不听，我也不强求，毕竟咱们医院也是要收益的。"

"那你今天怎么不给她打？"项珺冷笑着问。

谢辕耸耸肩："这个当然还是得有下限的，她体检数据这么差，真打出事情来了，还不是我背锅。"

"也就是说，只要她的身体短时间内不出现问题，你就准备随便她想打多少就打多少？你这跟害人有什么区别？"项珺有些怒。

谢辕看着项珺，略思索了一下之后，伸手往下压了压示意她消消火："小姐，这个我们得说清楚，我从来不想害人。你也看到了，我不是没有劝过她，但是如果一个人不知道自爱，那别人劝也是没有用的，就好像你永远叫不醒一个装睡的人。她自己都不在乎自己，我能怎么办？再说了，就算我把她拒之门外，你就能保证她不会去违规经营的小诊所整形吗？那岂不是更不安全。在这儿，至少我能给她用最好的针剂、制订最适合她自身体质的方案，不是吗？这也叫害人？"

项珺摇摇头："我只知道，做医生的职责是让病人恢复或保持健康，如果明知道会损害健康仍然放纵客户胡闹，那就是害人。"

谢辕眯眼："你还非给我戴这么顶帽子不可了是吧？"

"我在陈述事实。"

"你……"谢辕的火气也被撩了起来，"如果出了事，病人可以投诉，

现在客户没有对我有任何意见,你凭什么指责我?你以为换成你,你会做得更好吗?!"

"Maybe。"

"项珺,你注意一下自己说话的态度!"谢辕喝道。

项珺闭了嘴,恨恨地瞪着面前的男人,转身回到自己的座位上。接下来的半天里,两人再也没说过一句话。

谢辕是真的生气了,整形科作为医院最大的盈利科室,他付出了多少努力去讨好客户,现在居然有人说他这样做是错的,是害人?!呵!

项珺也很生气,之前因为合作了简玦的手术而萌生的那些好感,这会儿全被恼怒的火焰烧成了灰。对项珺来说,从父亲那辈开始给的教育就是:做医生的要对得起病人的这份信任,尽力保证病人的健康是我们的天职;医生这行不怕没钱赚,怕的是没良心。

项珺从小就是在这样的教导下长大的,对于谢辕的所谓医院的利益、病人自己的选择这种说辞,她是无法接受的。病人的错误选择,做医生的怎么能够无底线的支持呢?徐丽娜那张脸光鲜了有什么用?健康毁了就什么都没了呀!

项珺憋着一肚子火,下班直接回家,也没像平时那样跟谢辕说话道别。

经过烧烤排档,眼瞅着油烟火星,鼻子里充斥着孜然和辣粉的香味,项珺决定买一堆烧烤,用吃东西发泄自己郁闷的心情。点了一大堆之后,项珺意识到自己似乎点得有点多,不过反正吃了心情好,也就不去在意了。刚坐下来吃了两串里脊肉,就见王昱枫晃着两条大长腿走了过来,项珺朝他晃了晃手招呼:"老王!"

## 第二十二章
### 你是魔鬼吗？老大！

王昱枫闻声望过来，惊喜地应了一声然后跑了过来："哟！又来吃烧烤啊？"

项珺点点头："你也是？"

王昱枫一怔，犹豫了一秒，点头："是啊！一起？"

"好呀！"项珺说。

"要吃什么？"

"我已经点好了，老板正在做，要不一会儿来了咱们先吃，差不多了再点？我刚刚才点了好多。"项珺说着，心里庆幸，看来不会浪费了。

王昱枫没推辞，就问了句："喝酒吗？"

项珺想了想，点点头："喝！"

于是王昱枫跑到老板那托了半打啤酒过来："来，酒和后面吃的烧烤我来付。"

项珺笑笑："行！"

两人吃着烤串，喝着酒。嘴上没空说话似的沉默了片刻后，王昱枫放下一根空签问项珺："怎么了？心情不好？"

## 第二十二章 你是魔鬼吗？老大！

项珺摇摇头，想了想又点头："嗯，不好。"

"怎么了？"王昱枫问。

项珺看了他一眼，问道："如果……我是说如果你发现你和上司的价值观有冲突，你会怎么办？"

王昱枫想了想说："这我还真没遇上过，干我这工作的，价值观不在一个层面的人不了行。"停了一下，似有所悟地看向项珺，"怎么，跟你上司谢大夫吵架啦？"

项珺眨了眨眼："哼！我跟你说，我本来觉得他人还不错的呢！今天真是彻底颠覆了我对他的认知！你知道吗，整形，尤其是微整形这种事对一些心理防御相对脆弱的人来说是会上瘾的。"

王昱枫点点头："我听说过，虽说跟毒品还是差着些，但是成瘾的话确实不好办，怎么你遇上这种病人了？"

项珺冷笑："今天来了一个客户，整形已经明显上瘾了，谢辕他居然还准备给对方做注射微整。好吧，他口头上劝过对方了，可是那有什么用？针照打，钱照赚！这不是害人吗？！他却好像根本不在乎一样，还说这是为医院创收？！这根本就是赚黑心钱！坏透了！"她说得激动，抓起一串烤茄子来狠狠咬了一口，想象着那是谢辕，舒坦多了。

王昱枫捏着一条秋刀鱼正准备入口，听她一口气说了这么大段话，想想这女人过去在G国的成就和经历，这回怕是气坏了。于是他在对方的目光杀过来之前配合地点头："嗯！是不好。"就着啤酒又继续斯文地吃起其他来，想了想又说，"他收了人家红包？"

"那倒没有……"

"那是他主动向那个客户推销手术了？"

"呃……也没有，他其实也有劝啦……但是那女的都已经上瘾了，怎么可能会听？"

"那就是了，你也说了，那女的都上瘾了呀……"王昱枫说，"所以真正有问题的应该是这女的才对吧。谢大夫作为医生，尽到了劝告的责任，再多还能怎么办？"

"可是……"项珺想说要是在G国自己的诊室，遇到这样的病人，她可以直接拒绝给对方进行手术！然而酒精还没有将她的理智彻底麻醉，她闭了嘴，也意识到丁香医院并不是谢辕开的，谢辕本身并没有这样那样的权力。

王昱枫看着她陷入沉思，笑了笑。他喜欢和聪明的女人聊天，项珺显然是个聪明的女人，一点就透。喝了一口酒，王昱枫说："行了，心情不好就吃点好的散散心，你这人一看就是没担过什么大事。想当年，我们指……领导那叫一个凶，比我们连……老板还凶，我说过什么没？没！根本不敢说！否则就是一顿'二重奏'。谢辕那样的跟我们领导比，那根本就是小菜一碟。唐僧那样的啰唆知道吧？你想象一下，武力值跟孙悟空一样的唐僧……"

项珺听得两眼发直："听起来……感觉你日子也是不好过啊！话说你到底是做什么工作的呀？"

王昱枫刚想作答，突然肩上被人重重拍了一下。他扭头刚想说点啥，就见一个铁塔似的男人站在自己身后，冷冷地从上往下俯视着自己……心里顿时忐忑了起来。

"卢……卢……卢……"他张口结舌的，不知道该怎么叫眼前这位。

"嗯？"低音炮有随时爆炸的嫌疑。

"卢哥！"王昱枫一哆嗦，找着了词儿。

卢尚瑜冷眼看着面前的下属，半晌憋了个呵呵出来："我是唐僧？"

"没有！你不是！"

"武力值跟孙悟空似的？"

"不是，你没有！老大……"

"我看你是三天不打上房揭瓦了是吧？"

"老大我错了！你看在这还有人呢！放过我呗！回头我上你家给大嫂背米！"

"呵呵！"卢尚瑜坐了下来，看了一眼项珺，"女朋友？"

王昱枫一脸生无可恋地瞪了他一眼，开始演戏："不是，我家的房客。"

卢尚瑜朝项珺微微点头："你好，我是卢尚瑜，昱枫的同事。"

"不不，不是同事，是领导……是领导！"王昱枫连忙补充说明道。

## 第二十二章 你是魔鬼吗？老大！

项珺打量着面前的男人。王昱枫已经算高大，卢尚瑜比他还要大上一号的感觉，目测得有近两米的身高，往这桌边一坐，跟头熊一样，格外显眼。

听谢辕说王昱枫是搞犯罪心理学的，谁料看他领导这模样凶得就像罪犯啊！项珺对这样极具压迫感的男人还是有些心有余悸，勉强笑着打了个招呼："你……你好……"

卢尚瑜点点头，然后说："你好，鄙姓卢，是红旗公关公司搞营销的。"说着打上衣口袋里掏出一盒名片夹来抽了一张递了过去。

项珺一愣，接过来看了一眼，心说这公司的名字可真够接地气的。再看，卢尚瑜的头衔是办公室主任……这是什么鬼？她看了一眼王昱枫，有几分疑惑："公关公司？我以为你是在哪个医疗或者政府机构工作的。"

王昱枫愣了一下，随即想起自己那个"犯罪心理学专家"的身份，顿时有点虚，但表面上却是丝毫不乱地笑了笑："哦，我那个专业要找工作还蛮不容易的，所以本职其实是公关公司的营销专员，那个……是，是兼职。"

项珺挑挑眉："兼职都算是个专家了？！"

王昱枫看了卢尚瑜一眼，心说这可怎么圆哪？

卢尚瑜打了个哈哈，大手一挥拍得王昱枫后背咣咣响："他之前是在政府机构做的，我这公司正好刚起步需要人手，正好他工作上遇到点事，就到我这儿来了。算是换换脑子、放松一下，搞心理学的嘛，压力大。"

项珺哦了一声，算是接受了这个说辞，毕竟这公司的抬头相当有政府机构三产的味道。

"所以你们单位也是政府机构下面的三产吗？"她问。

王昱枫抚额："啊……是……是啊……"不想继续这个话题的王先生在项珺问出下一个问题之前，扭头对着自家领导问道："老大，你怎么在这儿啊？"

卢尚瑜说："我特意过来找你的，刚刚去你家，你不在，我猜你就是跑来吃烧烤了。"

王昱枫知道，卢队亲自过来找自己肯定是有要紧的事，于是神色也端正了几分："有什么事？"

卢尚瑜又从上衣口袋里掏出两张票子递给王昱枫："周六有个活动，在国贸会展中心，你去参加一下。我们一直关注的那家公司据说会在那里有线下交易。"

王昱枫伸手接过票子，心里咯噔了一下，卢尚瑜说的话，项珺听来只是简单的工作任务，而王昱枫却明白，这是他们正在调查的国际贩毒组织的活动线报，这消息令他整个人都精神了起来。

"是！"他干净利落地应了一声，就差站个军姿敬礼了。

卢尚瑜连忙咳了两声："具体的活动内容在这个邀请函上有写，你认真看一下。"

王昱枫一愣，怎么觉得卢队有话没说完？低头看了一眼手里的票子：国际婚庆行业会展交流大会，受邀嘉宾请着正装，携伴侣出席……

"什么……"

"咳，这两张票子我可是花了些功夫才搞到的，其他的你自己想办法。"

"老大……"

"别看我，公司就娟子一个女的，而且她出差了你知道的。"

"那我上哪儿找伴侣去？！"

卢老大望了望天："这个你自己解决，我走了，你嫂子还等我回家吃晚饭。"

"哎！老大！卢哥……"卢尚瑜你是魔鬼吗？！王昱枫觉得自己被上司大人摆了一道！

项珺听了一耳朵，却是满头雾水，直到卢尚瑜走得没了影才反应过来，看着王昱枫一脸懊恼的表情，忍不住问："怎么了？"

王昱枫放下手里的邀请函，苦笑一声："你也看到了，就我们领导这样的，凡事往我手里一丢就跑，也不问问我做不做得成。你们谢主任至少不会这样吧？！"

项珺怔了怔，摇头苦笑："好吧，是我社会经验太少。"

王昱枫目光灼灼地看着面前的女人，即便看资料已经知道这女人其实只比自己小两岁，但此刻顶着一张仿佛刚刚踏出校门的稚气未脱的脸，竟然毫无违和感，心理素质真不是普通的好呀！

## 第二十二章 你是魔鬼吗？老大！

"看着我干吗？沾上东西了？"项珺注意到王昱枫直盯着自己，下意识觉得自己脸上沾了什么，连忙抽了桌上的纸巾擦。

"哦，没有，我就是……"王昱枫忽然有种想要冒险试探一下的念头。

## 第二十三章
**女强人的焦虑**

王昱枫指了指自己的脖子说,"我之前就注意到……你脖子这儿有个白色的是文身?"

项珺脸色一变,下意识伸手捂了一下脖子旁的白痕,她虽然整成了宋玲,但却没有办法把身上所有属于项珺的特殊痕迹都掩盖掉。虽然觉得王昱枫可能只是好奇一问,但依然令她紧张了起来:"哦……不,不是文身,是个伤疤,小时候去海边玩弄伤的。"

王昱枫挑眉:"你们福利院还带你们去海边玩?"

宋玲所在的小城并不临海,甚至离海相当遥远。项珺对祖国的地理了解实在不多,但是也知道那个省份的大致位置,被这一问,只能尴尬地圆谎:"是……是啊,很小的时候的事了,我其实记不太清了,也许不是海,只是一条大河边……"

王昱枫看着项珺手足失措的模样,突然又觉得自己这样的举动太恶劣,赶紧打了个哈哈转了话题:"哎,小宋,你这周双休有事不?"

见他没有继续追问,项珺悄悄松了口气,摇头道:"我可不是朝九晚五的白领,在医院工作哪有什么双休?想都不要想。"

## 第二十三章 女强人的焦虑

王昱枫看了一眼邀请函上的时间，又说："就周六晚上，我记得你是下午4点下班吧？帮我个忙呗！"他说着将邀请函其中一张递给项珺，"好不好？"

项珺有些犹豫："我不确定到时候会不会加班啊。周六，上班族都休息，抽空上医院做整形的很多，所以周六一般都是我们最忙的时候……"

"我请你吃一个礼拜烧烤！"王昱枫说。

项珺："……"

"我还知道有家老阿姨做的生煎馒头特别好吃！"

"喂，我看起来这么像个吃货吗？"

"不像。"王先生摇头。

"那你……"

"你就是个吃货啊，哈哈哈哈！"王昱枫指着项珺面前已经堆积如山的烧烤竹签笑道。

"嘿！你还想不想让我帮你了？"

"想啊！拜托拜托！"王昱枫立刻收了笑，双手合十朝着项珺直拜。

"哼！"项珺故作傲娇地斜眼看他，却忍不住自己笑出了声。

"哎哟，大小姐，算我求你了啊！"

"再给我来六串鸡心！"

"好嘞！没问题！"

于是这件事就这么定了。

另一边，徐丽娜看着镜子中的自己，焦躁不安的情绪在心头萦绕着。两颊明显没有昨天饱满了，鼻子也没一周前那么挺翘了……不行，这样不完美的模样怎么能去参加那样重要的公关场合？她可是公司业绩最好的策划——策划部总监，多少人盯着她的一言一行，绝对不能出任何错！她徐丽娜能走到今天这个位置，绝对不是轻松得来的！所以绝不能失败！

她不安地凑近镜面，用手指推了推鼻尖，似乎想将它推得更挺一些，但效果并不明显，这令徐丽娜有些气馁。看了一眼桌上的工作日历，周六的位置用红色记号笔圈了一个大大的圆圈——国际行业会展，她要代表公

145

司出席，并且还有一场行业内的公开演讲！

"徐姐！这次的活动流程策划案，我放在这里了？"团队下属的一个小姑娘走了进来，小心地放下一个文件夹，说道。

徐丽娜放下镜子，看了小姑娘一眼说："知道了，我一会儿就看，下班前给你反馈。"

小姑娘点点头，退了出去。

徐丽娜看着办公区里埋头工作的男男女女们，叹了口气，站起来出了办公室，走到员工休息区。

冲了一杯咖啡，徐丽娜端起来，坐到角落里喝着咖啡试图放松一下自己。高大的绿植挡住了她的身影，偶尔这样隐藏一下自己,可以减轻一些压力……徐丽娜正这样放空自己的时候，就听到两个人朝这边慢慢走了过来。

"……又在照镜子！"这是刚才那个给自己送文件的小姑娘的声音。

"呵！整天就知道照镜子，她除了会拍客户马屁还会什么？具体的事还不是我们这些人在做？说什么全公司业绩最好……照镜子照出来的吗？"这是团队里另一个平时对自己唯唯诺诺的女下属。

"好了好了，不要说了，人家就是靠脸吃饭的，你又做不来。"

"那是，有那个钱还不如存起来买房买股票！可笑的是，做了这么多年花瓶，还不是一样没男人要！"

"哎呀，男人也不是傻子，她那样的女人娶回家，谁管得住啊？花那么多钱，买张假脸看，有意思吗？"

"就是说！哎，你说她脸上还有哪儿是没整过的？"

"不知道，反正我看她那脸，哪都不像真的！"

"哈哈哈哈。"

两个女人一边闲聊一边操作咖啡机。不料，脸色铁青的徐丽娜正好从一旁的绿植后面走出来，顿时两个人都不好了，互相看看，结结巴巴地叫："徐……徐总……"

徐丽娜看着两个女孩，二十出头的青春年纪，本该洋溢着活力和野心的脸上满是讨好而又卑微的扭曲笑容。徐丽娜心里冷笑了一声，走到两人

## 第二十三章 女强人的焦虑

面前:"在公司里不要讨论和工作无关的事。"

"是……"两个女孩小心地应承着,看她慢慢地走出休息区,半晌才敢松下一口气。彼此互相看看,低下头,不敢再说什么了。

徐丽娜回到办公室,忍不住再次照了照镜子,镜中略显憔悴的女人令她心生厌恶。谁愿意看着自己一点点衰老下去?青春不再,红颜易逝,她为了事业放弃了那些风花雪月,错过了谈情说爱的岁月,没有人赞美她的努力、她的成功,人们只看到她的矫情,呵呵!

没有男人要?谁说的?!

徐丽娜想了想,拿起手机来按下了那个名字……

"喂,你好……"谢辕接起电话下意识地开口。

"小谢,我想麻烦你个事……"

谢辕一愣,惊讶地问:"徐姐,你怎么知道我的直线电话号码?"桌上的座机是医院分配给医生的直线电话,一般用于工作中的内线通话,医生通常不会给客户或病人这个电话的号码,以避免打扰工作。

徐丽娜有些尴尬地笑了笑:"之前你不在的时候,我手机恰好没电了,就用你的座机打了个工作电话,顺便就记下了号码……小谢你不会介意吧?"

谢辕皱了皱眉,内心是不快的,但因着对方是重要的客户,只能忍住气,嘴上还要大方地表示:"不,没事,徐姐你工作重要……就是,我这座机平时没外人打进来,我不在办公室的时候又多,要是遇到急事,给耽误了就不好了。"

徐丽娜本来就是个玲珑的人,哪会听不出谢辕的不快,立刻说道:"哪里,是我打扰了。今天实在是有重要的事想请你帮忙,以后我也不会随便打扰你的,放心吧!"

"哦……什么事呀?"谢辕有些莫名,徐丽娜一向做事雷厉风行的,从来不说求字,会有什么事要自己帮忙?

"是这样,这周六,我要代表我们公司去参加一个行业内的会展,非常重要的活动,我缺一位男伴,你愿意赏脸陪我一起去吗?"徐丽娜的语气里饱含期待。

谢辕想也不想回答说:"周六我不放假的,徐姐你也知道……"

"我知道,正式活动在晚间,你下班后赶来也没关系。"徐丽娜急切地说道。

听她说得这么滴水不漏的,谢辕也找不到推辞的理由了,左右想想不过是去走个过场,便答应了下来。"那应该没问题,行啊,你把地址发给我,回头我下了班直接过去。"

项珺跟谢辕已经两天除了工作之外再没说过一句话了。谢辕知道项珺为什么生气,但却并不想去解释什么。他觉得自己的想法说到底没人能理解,就好像当初明明信誓旦旦要成为法医的他,却一毕业就被导师拉来做了整形医生一样,无论是谁,最终都会屈服于现实,不是吗?

在谢辕看来,项珺是个不谙世事的女人,她或许有着不俗的整形技术,心地也格外善良,可是却从来不知道现实有多么残酷,残酷到生生将一个人逼成另一种模样。

也好,就让她保持着这样的心态好了,谢辕苦笑着想。

"今天的预约还有一位,是个开眼角手术,两点钟开始,病人已经到了。"项珺公式化地向谢辕汇报着工作安排,神情刻意地疏离。

"哦,看看准备得怎么样了,我这边现在没有其他的事了,可以随时开始手术。"谢辕回答。

"那我现在去安排她进行术前准备。"项珺说。

"好。"谢辕应了声,听脚步声估计项珺要走出去了,他忽然抬起头来叫住她,"项珺。"

项珺没防他突然叫自己真名,下意识停了脚步回头看向谢辕:"嗯?"

谢辕被她直白得没有丝毫晦涩的目光看得有些无措:"那个……上次的事……咱们能和解了吗?"

"……"项珺低了头。上次王昱枫说的话,她听进去了点,其实也早

## 第二十三章 女强人的焦虑

就不生气了,只不过谢辕不开口,她是不愿意先开口讲和的。两天这么冷战下来,其实她自己也不好受,毕竟一个办公室就她和谢辕两人,一声不吭的低气压其实谁都难受。

"嗯,好。"她说,"但是这不代表我认同你的做法。"

谢辕笑笑说:"求同存异吧。"

项珺看着他,认真地点点头:"对,求同存异。"

开眼角的手术并不复杂,谢辕花了不到一小时就完成了手术。距离下班时间还有二十来分钟,谢辕瞄了一眼腕上的手表,有点不好意思地跟项珺说:"我提前一会儿走,待会儿你帮我打一下卡成不?"

项珺一愣,眯了眼:"哦——原来是有求于我才跟我和解的呀?"

谢辕连忙摆手:"不是不是,我今天是真有事儿,得提前走,你帮个忙呗!"

项珺也并不想真的为难对方,抿唇一笑:"知道了,你去吧。"

谢辕把白大褂一脱,换上了一身白色的西装,这身打扮项珺当初在G国机场第一次遇见谢辕时看他穿过,此刻再看到忍不住笑着说:"哟,这身打扮,是要去参加什么研讨会吗?"

谢辕一怔,有些不好意思地摇摇头:"不是,就是有个朋友请我去参加个活动。"说完,出门走了。

谢辕一走,办公室里没了人,项珺无聊地看着时间一点一点走着。想起自己在G国经历的一切,遭遇不幸的好友,还有那两个至今仍然逍遥法外的恶棍,项珺有些内疚。自己借着宋玲的脸换来这一时的太平真的好吗?值得吗?项珺不知道。

就这么一错神的时间,手机响了起来。

149

## 第二十四章
### 女强人的假想敌

项珺一看，是王昱枫的电话，接起来就听他在电话那头说道："我在医院门口，你下班了直接出来，我等着。"

项珺扫了一眼电脑的右下角，已经到了下班时间了，便回答道："等我5分钟，我换一下衣服就来。"

"好。"王昱枫利落地挂了电话。

项珺换好衣服下了楼，走出医院，就见王昱枫高挑的个子站在医院门口。他穿着一身蓝灰色的西装，鼻梁上戴着一副无边眼镜，与平时那种吊儿郎当的模样简直判若两人。

王昱枫也在看着项珺。项珺的脸嫩，但身材却并不娇小，一米六五的身高说高不高，说矮也不算矮，玲珑的身段包裹在一件水色缎面的旗袍里，显得尤为动人。项珺将包了一整天的头发放下来，看起来像是烫了个大波浪一般的披散在肩头，款款走到王昱枫面前，朝他有些羞涩地一笑："我来啦！这样……可以吗？"

"嗯？哦……啊！可以！非常可以了！"看得有些傻眼的王昱枫张口

## 第二十四章 女强人的假想敌

结舌半天才反应过来，末了还特别认真地点头："嗯，漂亮，特别漂亮。"

项珺一笑，心里却叹了口气。这件旗袍是她在宋玲的行李中找到的唯一一件穿得出台面的衣裳，看做工其实很一般，大概是小姑娘不知道什么时候图新鲜买的量产衣，项珺的身量比宋玲略丰满一些，所以这件旗袍穿在她身上显得格外丰满。

"我们走吧？"项珺笑着说。

王昱枫说："走，我把车停在旁边的小区停车场了。"

"你自己有车？"项珺有些意外。之前从来没见过王昱枫开车，两人相识也是在公共汽车上认识的，她一直以为王昱枫并没有车，也不会开。

"嗯，一直都有的，不过前段时间出了点小事故，车子送厂维修了，今天才刚送回来。"王昱枫边走边解释道。

医院的隔壁是一处高层办公楼，楼下有个收费停车场，这会儿正是下班时间，车子陆续地往外开，项珺一眼望过去，不确定哪辆是王昱枫的车，看了他一眼，后者伸手往前指了指："到了。"

项珺一看，嚯！这车还真的挺配王昱枫这个人的风格的，黝黑的一辆 Jeep 牌越野车趴在那儿。

"上车！"王昱枫动作敏捷地拉开车门钻进驾驶室，对项珺说道。

项珺看了一眼高高的车身……横了一眼坐在车上的男人，穿着旗袍根本迈不开腿好吗？！

王昱枫见项珺半天没动，莫名地探头出去看她一眼，然后说了句："你把裙子撩起来点儿，就撩到膝盖那儿，就能迈开步了！"

项珺目瞪口呆地看着这男人，心里想说这男人怕是能单身到下辈子去吧？！

"你不扶我一把吗？"项珺挑着眉问道。

王昱枫探出身子来看了她一眼，然后脸红地挠了挠头："不好吧？这大街上的，让我撩你裙子？"

项珺翻了个白眼："不要说了！"说完两手抓起旗袍的下摆往上一提，迈上了车的副驾驶。

上车坐定，项珺发现王昱枫没急着开车，而是像爱抚自家宠物一样的，摸着方向盘一脸陶醉……

"之前出了点小事故，车子被送去修了两个月，今天才刚领回来，我可想死它了！"王昱枫心情极好地说道。

"呃……你不开车吗？时间快来不及了吧？"项珺问。

王昱枫回过神来，朝她嘿嘿一笑："没事，来得及。"说着，他发动了汽车，将车开上了马路。

"现在可是下班高峰……路上很堵的。"项珺提醒他。

王昱枫笑笑："放心，国贸中心在市郊，从咱们这儿过去走高架上高速，很快的。"

项珺回国时间并不长，平时也并不太喜欢出门闲逛，所以对于SH这座城市，她还真没什么具体的认识，便由着王昱枫。

果然上了高架后不久王昱枫就转上了外环。此时出城的车不多，相比进城的车道上一片拥挤，出城的车道指示则是一片绿色畅通。王昱枫的车速也越来越快，一辆越野车硬是给项珺坐出了摩托车的幻觉。一路狂飙，看着一旁的车辆像电玩游戏厅里的模拟赛车一样被一一超越，项珺的心都提到了嗓子眼，忍不住叫道："老王！你超速了吧？"

王昱枫看了一眼码表："呃……"然后此人相当舍不得地松了松油门，车速好歹慢了点儿。好久不飙车了，他差点儿忘了车上还有人……

项珺好容易把心放回胸膛里，看着王昱枫的侧脸，有些迷惑。这男人完全不像是会坐在办公桌前给人打电话推荐产品或者业务的人呀！项珺甚至觉得连"犯罪心理学专家"这种头衔都与王昱枫这个人的气质并不相符，就某方面来说他甚至更接近那个差点杀了自己的马尔夫·寇森……虽然两者明明没有相似之处。

车驶进国贸会展中心，两人下车，项珺下意识地放眼望去……果不其然，开越野车来参加这种商业会展的，王昱枫也算是独此一家了。

两人走进会场，查验邀请函的时候，项珺注意到厅里不远处，白色西

装的男人挽着一名眼熟的女子正往里走,不由得咦了一声。

"怎么?"王昱枫问。

"我刚刚看到老谢。"项珺说。

"哦?"王昱枫眉头一挑,思索着谢辕来参加这场活动是偶然还是……

"先生,这是你们的来宾卡,请拿好,稍后凭卡可以参加本次会展上的抽奖活动,请务必保管好。"一旁验票的女孩微笑着将两张卡递给王昱枫说道。

王昱枫接过卡,给了项珺一张:"走,进去吧。"

项珺接过卡,跟着王昱枫走进会展活动区域。

项珺对婚庆公关之类的行业一窍不通,但是,跟着王昱枫漫无目的地逛了半天之后,到底还是察觉到了问题:"你在找什么?"她问。

王昱枫目光不停地在一家家喜气洋洋的婚礼展示台来回搜索,嘴里心不在焉地回答:"没啊,我不找什么……"

项珺皱眉,再问:"你们单位派你来干什么的呀?不会光是到处看看吧?有展位吗?"

王昱枫终于看了她一眼:"哦,我们没有展位……"他说到一半,突然目光在锁定一个方向后陡然锐利了几分,随即他飞快地说,"你别管我,这里花花绿绿蛮好玩的,那边还有自助餐厅,你晚饭不还没吃呢吗?去挑点吃的好了。我去找人,一会儿完事儿了我再来找你。"说完索性撒开长腿往人群中一溜烟地跑没了影儿。

项珺目瞪口呆地看着这男人甩下自己扬长而去,简直不知道自己是该气哭还是气笑,自己竟然就这么被放鸽子了吗?谁来解释一下刚刚到底发生了什么?!

就在项珺整个人都不好了的时候,身后传来谢辕惊讶的声音:"Xi……小宋?你怎么在这里?"

项珺回头,就见谢辕和徐丽娜站在自己身后。徐丽娜穿着一身暗红色的礼服套装,配上她精心粉饰的妆容,看起来别有一番风情。此时正手挽着谢辕的手臂,乍看倒还真有几分璧人一双的感觉,只是她脸上不自然的笑容形成了十足的减分项。

徐丽娜其实早就看到项珺了，见她跟在一个高大英武的男人身旁很有几分小鸟依人的感觉，心里没来由生出几分轻蔑。二十几岁的小丫头跟个看起来有点派头的男人在一起能有什么好事？这世上就是有太多这样的'花瓶'，女人才会被人看轻！

"徐姐……"谢辕叫她的声音打断了她的思绪。

"哎！在这里怎么还叫我姐？叫我丽娜！"徐丽娜佯怒带笑地说道。

谢辕从善如流地改口："好，丽娜，不去你们公司展台那边照应一下吗？"

"不用了，总得给新人一点表现的机会啊。"徐丽娜笑笑，展台那边她负责的区块早已布置好，其他的事，她可就不想多管了，总得让那些小姑娘们知道知道，她徐丽娜能在圈内混得风生水起，可不光只是凭一张脸啊！她转脸看向谢辕，今天谢辕穿的这身白色西装是她介绍的定制裁衣坊做的，想当初，这男人一脸青涩地请她帮忙推荐西装品牌的情形还在眼前……

其实离现在也并不是很久远，也就半年前，谢辕刚刚得知导师推荐他前往 G 国参加一个国际上影响力非常高的医学整形峰会。兴奋之余，他想到自己从出校门到工作至今还没有一件拿得出手的正装，出席国际会议总不能穿得太寒酸，于是便有心买套好点的行头装点一下门面。但是作为一个整天不是埋在书本里就是扎根在手术台的人，谢辕对自己挑选衣服的水准没什么信心，好在他的客户大多是爱美之人，于是，谢辕便找到了徐丽娜。

谢辕一开始听说定制的价格有点犹豫，可徐丽娜说："走出国门，你代表的可就是咱们中国人的颜面。这个价格在国外那些大牌定制面前真的是毛毛雨一样的存在，你放心这家作坊的西装我给我的客户推荐了不下十个了，个个都是非富即贵有身份的，还没有听说有不满意的，质量你绝对放心。"

谢辕想了想，徐丽娜说得也有道理，便咬牙定制了一身。设计师一边给他量尺寸一边夸他体形好，是个衣裳架子，长得还帅，最后在挑颜色的

## 第二十四章 女强人的假想敌

时候，给推荐了纯白色。谢辕平时除了白大褂，日常都是些普通的休闲装，不是灰就是黑，听说要做白色也是犹豫了一下，觉得怕有种穿着白大褂的错觉，不过他是不擅长拒绝的人，便还是听从了设计师的建议。

事实证明，这身白西装真的是格外适合谢辕，他本来皮肤就白，身形瘦长，往那儿一站，明明是西式的正装，竟然能给他穿出一丝仙风道骨的气质来。

徐丽娜看着谢辕有点挪不开眼。这男人足够优秀，性格也好，虽然不知道对方家世如何，但看他举手投足的气质，家教应该是不错的，虽然年纪比自己小了些，但是，这年头女强人配小奶狗不也正好吗？

没错，徐丽娜对谢辕是有企图的，只不过，在没有摸清对方所有的底细之前，她没有捅开这次窗户纸。然而此刻，徐丽娜却明显地感受到了危机。

尽管会场足够大，可是他们还是遇上了项珺，只是这时她身边的那个高大男人已经不知去向。谢辕只看到项珺一脸茫然无助地站在会场一角，几乎是立刻招呼着迎了上去。

## 第二十五章
## 熟人？

项珺听到声音，见是谢辕和徐丽娜，有些尴尬地笑了笑："嗯，老王让我陪他来参加这个……"

谢辕微微一挑眉，抬眼四下看了看："老王？他人呢？"

项珺低头，有点委屈："他说他找人，刚刚走开了。"

"这人怎么这样！"谢辕皱眉，又问，"那你怎么办？就在这里等他？"

项珺苦笑："他让我去自助餐点那边等他，我正在研究怎么走。"

谢辕看向徐丽娜："我们刚刚是不是经过自助餐点？"

徐丽娜看着项珺那低眉顺眼的小媳妇儿模样，心里冷笑，嘴上却是热心地说："是啊！挺远的，这边过去要走两个展区，我们送她过去吧。"

谢辕点点头说："好。"

项珺看了徐丽娜一眼，没有吱声，只是点点头默默主动跟在了两人身后。

"老王是谁？"徐丽娜挽着谢辕的手臂往前边走边问。

"哦，一个……嗯，朋友，小宋的房东。"谢辕对王昱枫所知也不多，只能这样简单地回答道。

## 第二十五章 熟人？

徐丽娜眨眨眼："房东？能来参加这个会展的，应该也是同行吧，说不定我认识，叫什么呀？"

"叫王昱枫，我也不是很熟，不晓得他是哪家公司的，小宋你知道他是哪家公司的代表吧？"谢辕不确定地回头问道。

"啊？哦，我也不是很清楚，我就是来做个陪而已，而且现在他人都不知道跑哪儿去了。"项珺扁扁嘴。王昱枫跑了不算，这个徐丽娜整个人都在往外飘酸雾，谢辕这个傻帽儿居然还跟自己搭腔，果然也是个'注孤生'！

"小谢你这人可真是热心得不得了，看到谁都想帮忙。小宋是吧？你们谢主任人就是特别好！"徐丽娜微微提高了声调，笑眼斜睨着项珺说道。

项珺赔笑："是啊，谢主任对我们这些后辈同事都特别好。"

谢辕听着莫名觉得刺耳，忍不住扭过头去说了句："这话我可记住了，回头看你还老说我欺负你！"

项珺觉得头莫名地疼，这谢辕怕是个傻子吧！

表面上项珺还是只能保持笑："呵呵……"

徐丽娜没有再说话，脸色却是越发难看了。


自助餐点在整个会展区的中间，基本上各展区的来宾无论如何走，只要是向中走就一定能走到就餐区。餐点是采取中西餐混搭型的，一旁还有厨师现场烧烤，食物就放在过道两旁，方便人们经过时随手取餐。这设计是非常人性化了，所以自助餐点的人流也是非常多，除了用餐的，还有路过的，好在来宾都是有些身份的人物，没有大声喧哗的，不过即便低声寒暄，人多了还是有些吵的。

到达目的地，项珺却没什么心思吃喝。看着徐丽娜一脸想要尽快把谢辕拉走的焦躁，她没来由地有些生气，就算谢辕真的是块香饽饽，你也不用猴急成这样啊，大姐！

然而，谢先生是察觉不到女人们的心思的。见项珺站在餐台前不动，想到对方从G国来，这种中西合并的混乱自助大概也是初见，便主动介绍："这种模式也算是中西合璧，在国内挺常见的。你晚饭没吃的话，拿点能饱肚子的吃呗！"

项珺看了他一眼，已经放弃腹诽了。点了点头，正打算取点水果什么的，就听徐丽娜轻笑一声说："哪有劝人在自助餐上吃饱肚子的？她这一身小旗袍，吃太饱肚子都挺出来了，可得丢人。小谢你啊！可真不会做人！"

谢辕瞬间有些尴尬，赶紧说："不是，我不是那个意思……"

项珺到底是忍不住了，看着徐丽娜冷冷地说："说主任人好的是你，说主任不会做人的也是你，徐小姐你跟我们主任是不是有仇啊？这么爱给他拉仇恨？"

徐丽娜一怔，看了一眼不明所以一脸蒙的谢辕，暗暗捏了拳。指甲抠得自己掌心生疼，理智让她平静了些，笑了笑："小宋你这话说的，我也是好意提醒一下，毕竟小谢一个大男人考虑咱们女孩子的事不可能那么周到。我替他多句话，怎么就是给他拉仇恨了？哦对了，你这身旗袍也确实不太合身，包得太紧了，你看看把腰上的肉都勒出形了，也是你们这些小姑娘仗着年轻敢这么穿……"

项珺皱眉，宋玲的旗袍确实有些紧，但是腰上的肉什么，这是嘲讽她胖吗？好气哦！

"小宋这身挺好吧，旗袍嘛，女孩子穿本来就是要勾勒形体美的，丰满点好看。"谢辕突然插了一句，令两个女人之间几乎要迸出的火花给扑灭了。

项珺闭了嘴，朝谢辕投去一眼感激，这种时候男人出来为自己说话实在是倍儿有面子的感觉。至于徐丽娜就不好过了，自己带来的男人居然替别的女人说话，实在是太差劲了！虽然明知是自己先挑的头，徐丽娜还是忍不住心里冒火，然而即便如此，她的职业修养却是不会让她真的在这样的场合发火的，她随即笑了笑顺着谢辕的话说："是啊，我这不就是羡慕小宋这么年轻嘛！毕竟是本钱。"

项珺挑挑眉，看了一眼谢辕，闭了嘴。

谢辕神色未动，只是对项珺说："你就在这里等吗？要不要给老王打个电话？"

## 第二十五章 熟人？

项珺点点头，掏出手机来拨王昱枫的手机号，想说自己吃点东西就趁早走吧。被人放鸽子这种事，她还是第一次遇上，心里没火气是不可能的。

然而，没有人接听，电话铃声响了半天，直到转成忙音也没有接通。

项珺低头不语，已经熟知项珺脾气的谢辕知道她这是已经气到顶点了。想想那王昱枫也是过分，带了女伴过来也不照顾就自己跑了，实在不是个君子所为。

"要不一会儿你跟我们回市区吧。"谢辕说。

项珺抬头看了他一眼，再看了一眼满脸幸灾乐祸的徐丽娜，暗暗咬牙，她摇头："不用，我再等10分钟，10分钟他不来，我就走了，你们去忙你们的吧。"

另一边，王昱枫按掉了在口袋里疯狂振动的手机，叹了口气，目标就在离自己不远的角落。一名穿着会展中心工作人员制服的男人正鬼鬼祟祟地往一处僻静的角落走去，王昱枫紧跟了两步上前，就见那人闪身从应急门出去了。

王昱枫走近应急门，站在门旁等了两秒，确定里面没有声音，推门进入。这扇门后是通往地下车库的楼梯，王昱枫听了听，并没有脚步声，想那人大约已经下去了，立刻也沿台阶下去。

走到转角，就见通往车库的门虚掩着。王昱枫上前刚准备透过玻璃看一眼车库的情况，突然感觉身后一阵风声，他下意识一哈腰一低头，就听头顶呼的一声劲风扫过。身后来人一拳击空，伸手就扣他的肩，另一只手顺势抓住他的手臂往下按，直接就是散打擒拿的架势。

王昱枫一皱眉，这路数怎么这么熟悉？这么一边想着，一边几乎是习惯性地顺着对方的手往后一退，哈下去的腰用力一顶，手臂拧过来直接把对方翻了个背摔。身后那人压低了声音惊呼了一声，王昱枫怕他惊到车库里的人，伸手捂住了对方的嘴，整个人倾山般地压下去，将对方牢牢压制在地板上。

直到这时，王昱枫才总算看清了偷袭自己的人的长相，顿时一愣，手里的劲却没有放松，只是皱眉："邢涛？"

这句话一出，对方本来蓄势准备挣扎的身体突然停了下来，紧接着用力拨开捂着自己嘴的手，惊讶地回应了一句："王昱枫？！怎么是你？！"

此时，车库里传来汽车声，王昱枫伸手止住了邢涛的询问，随即做了个手势。邢涛皱了皱眉，但还是下意识地照他的指示藏身到了阴影中。

一辆白色轿车停下来，车门打开，一个男人从车中下来，然而因为背对，王昱枫和邢涛都看不到对方的面目，不由得都有些遗憾地叹了口气，随即瞪了对方一眼。

接着，王昱枫看到之前那名穿制服的男人提着一只蛇皮袋走了过来，那男人头上戴着鸭舌帽，帽檐压得低低的，同样看不清面目。

制服男走到车前，并没有开口，只是伸手在汽车上拍了四五下，似乎是暗号。那只有个背影的男人隔着车顶，推过去一只手提箱，制服男则将手里的蛇皮袋推了过去……

王昱枫还在看着那边的动作，突然听到一旁邢涛身上传来细小的声音："邢队，我们这边准备好了，你那边怎么样？"

王昱枫一怔，看向邢涛："警察？"

邢涛扭头看了他一眼，没回答，低头对着夹在衣领上的步话机说："他们开始交易了，准备好，直接抓捕！叫大家都提高警惕，对方可能有枪！"

"是！"那边回应道。

邢涛布置完，便准备推门出去，却被王昱枫一把拉住："不行！这些人不过是喽啰！你们这样会打草惊蛇！"

邢涛停下来，眯眼看他："你算老几？"

王昱枫一噎，有点怒："这波人，我们盯了有一年了！别轻举妄动！"

邢涛甩开他："我不知道你是属于哪个部门的，但是我现在是执行抓捕任务，你不要妨碍我们工作！"

步话机对面似乎听到了什么，有些犹豫："邢队，你那边怎么了？"

邢涛瞪了王昱枫一眼，径自回答："没事，准备行动！一组开始，二组三组按计划布控，四组从九点方向跟我会合！好，上！"说完，猛地撞开王昱枫，冲出门去，朝那白色轿车掩进。

# 第二十六章
## 这是放我鸽子的代价

两人身形差不多，王昱枫被他这一撞，没防备还就被撞得一个趔趄，见邢涛已经冲出去了，顿时觉得火往上顶，立刻跟了出去。

一进车库，王昱枫敏锐地发觉这里已经埋伏了好几拨人，看来是邢涛口中的各小组成员，只等一声令下就要上去抓捕犯人。就在这时，邢涛已经完成了与9点方向的小组成员的会合，就听一声哨响，四面窜出数名警察身影，大喝："不许动！"同时向白色轿车呈包围状收紧。

那名穿制服的男人几乎是瞬间将手里的蛇皮袋一扔就开始找路狂奔，一队警察见状立刻紧随其后追了下去。

那车上下来的男人正想上车，车子却突然启动，车门也没关，猛踩油门，朝前方的几名警察撞了过去！那男人被同伙留在了原地，来不及恼火骂娘，转身往后面的应急门跑。

"抓住他！"

"别让他跑了！"

"邢队？！"

几名警察见状立刻追了上去。邢涛眼瞅着那男人逃跑的方向，追赶的速度反而没有加快。

"去个人从右边包抄，其他人跟我追。"他布控道。

"是！"

"邢队，就抄右边？左边呢？"步话机里的小伙伴犹疑地问道。

邢涛啧了一声，暗骂了自己一句，那家伙早已经不是战友了，怎么还把他算进去了？！

"左边也去一个。"他补充道。

"是！"

男人猛奔几步，眼看着应急门离自己越来越近，不禁还生出几分侥幸来——说不定真能逃得掉？！哈！这群傻条子，竟然留了这么大个空子给自己钻！

然而他还没乐呵完，就见眼前的一辆面包车后头猛地蹿出一个人来，照着脸上就飞来一拳！

就听嘭的一声闷响，那男人连叫都来不及，直接仰面朝天倒在地上，竟然隔了两秒才抱着头嗷嗷地叫起来。这时候一旁的干警也已经追了过来，一个上去把地上的铐上手铐，一个向这见义勇为的好市民打招呼："谢啦兄弟！"

被铐上手铐的男人这时候似乎是反应了过来，开始大喊大叫："你们是一伙的！警察打人啦！警察打人……"

话没说话，肚子上就被猛踹一脚，男人吐出一口黄水，蜷在地上没声了。一旁正准备押人的干警吓了一跳："哎！别打了！打出事麻烦！"

这时，邢涛过来了，看了一眼地上的男人，又看了眼正在嫌鞋踢脏了而在原地轻轻跺脚尖的王昱枫，莫名觉得自己肚子也有点疼，暗暗又骂了一句粗口，上前说："好了，把人押走，收队。"

两名干警应了一声，又看了那位见义勇为的哥们儿一眼，想说不带回去录个笔录什么的吗？但看队长那脸色，直觉告诉他们还是不要问得好，半拖半架地押着人走远。

## 第二十六章 这是放我鸽子的代价

"你哪个部门的？"邢涛皱眉打量面前的男人，一身人模狗样的黑西装，完全看不出来是干吗的。

"你审我啊？"王昱枫冷笑。

"我可以直接请你进局子里录笔录。"邢涛挑眉。

王昱枫不耐烦地啧了一声："我跟着卢队混呢。我可告诉你，这案子，你们管不了，这拨人抓了，你们也算立功了，后头的是我们的事，少给我添乱。"

王昱枫心情很糟，追踪了一年的案子突然被市局的人搅和了，而且带头的还是那位，想想就不爽。

回到展会，没有找到项珺，倒是看到谢辕陪着一个衣着时尚的女人在人群中游走。王昱枫想了想，还是没过去，悄悄走到会场门口，将名牌交还给前台后问项珺的去向，前台翻查了一下收回的名牌后回答说："那位小姐应该已经离开了，她的名牌已经归还。"

王昱枫点头离开，开车往家驶去，心里莫名有些忐忑，项珺大概是生气了吧？等会儿怎么道歉好呢？要不请她吃顿自助烧烤吧，如果不行，那就……两顿？

回到家，开门，玄关黑漆漆的，里面没有灯光，项珺的房间门紧闭着，灯倒是亮着。

王昱枫正琢磨要不要主动道个歉，就见房门打开，项珺从里面出来，身上已经换上了宽大的居家服，脸色沉得能滴出水来，瞪着王昱枫："王先生，您回来啦？"

"啊……"王昱枫被唬得往后退了一步，正好把还没关紧的大门给靠得紧闭起来。王昱枫这辈子除了在卢尚瑜面前，还没别的什么人面前这么心虚过，想想不该这样，这不就是个女医生嘛……怕什么？于是他挺了挺胸："回……回来啦！那个，不好意思啊，我……"

"你要找的人找着了？"项珺问。

"找着了……聊了两句，结果就……"王昱枫迅速顺着她的话头接道，"这次算我的错，你想要我怎么跟你赔不是吧……"

项珺怔住，她还真没想过这个。原本被男人放鸽子这种事是挺伤自尊的，但是，在项珺看来其实自己跟王昱枫之间也并没有多深的关系，对方有事要走之前也跟自己打了招呼。生气是一回事，但是赔不是……怎么个赔法？还能打他一顿吗？

打量了一下眼前目测能有近一米九的大块头，项珺叹了口气："话都给你说尽了，我还能怎么样？赔不是？你能赔什么？"

王昱枫笑说："我请你吃一个礼拜烧烤！"

项珺抚额："大哥，我虽然喜欢吃烧烤，但还没打算短期内就把它吃腻，而且，我不想发胖！"

"呃……"

"要不这样吧，你不是有车嘛，你送我上班一个礼拜吧！"

王昱枫立时满口答应："那简单！"

然而并不那么简单。

翌日，被堵在主干道上寸步难行的大越野车委屈得直冒烟。极少在早晚高峰时间出门的王昱枫忍不住吐槽："为什么会这么多车？！"

项珺笑笑："第一，这里是城市主干道之一；第二，现在是上班早高峰。所以——其实我已经提前一小时拉你出门了，反正路近，就这样堵一小时也不怕，实在不行，我就下车，找辆共享单车骑去单位。"

王先生感到胸口闷得慌："你故意整我的吧？"

项珺大笑："是啊！不然呢？"

"居然这么直接就承认了，你心也太大了，我可是会记仇的啊！"

"你觉得我会怕？"项珺侧过头，笑容中带着一丝恶作剧得逞的狡黠得意。

王昱枫没有接口，他觉得自己被这张脸上的笑容蛊惑了，竟然真的在考虑是否会怕这个问题，而答案是——她不怕，毕竟这是个胆大包天到能给毒贩整形而手都不抖的女人。

项珺踩着点上班，面对谢辕一脸质问的表情，也只是心情极好地笑笑：

## 第二十六章 这是放我鸽子的代价

"哎呀，来得有点晚！还好没迟到。"

谢辕自然是拿她没什么办法的，叹了口气说："准备一下，10点钟，徐丽娜的手术，面部六个部位注射塑形。"

项珺走向办公桌的脚步顿了顿："上次不是说不做了吗？"

谢辕看着手里的资料说："她过几天有个演讲，对她……非常重要，就算是帮朋友……"

项珺气笑了："所以你就觉得她应该打扮得美美的去表演一个花瓶？"

"唉，我跟她谈过了，这次的注射剂量减少，并且这次之后至少一年之内不再做注射整形。"

"你觉得她会听？"

"总比她跑去别的医院，甚至可能是黑诊所去盲目注射要好吧？"

"谢主任，你可真是位'暖男'哪！"项珺冷笑，"说到底，还不是为了业绩？可是她对整形的依赖已经达到上瘾的地步了！这样下去最先出问题的是她的心理！我们都知道注射微整是会代谢的，而代谢速度因各人体质不同而异。徐丽娜明显是属于代谢能力相对较好的，这样的体质，没有良好的心理素质，一旦注射效果最佳时期过去，那就等于眼睁睁看着自己变丑！你知道这对她来说意味着什么吗？你到底是想帮她还是想毁她？"项珺逼近谢辕，双眼紧紧地盯着对方的眼睛，严厉地问道。

谢辕被她看得心头莫名地发慌，最终避了开去，甚至难得地没有反驳："你说得有道理，我也都赞同。"他说，然后继续道，"可是，我们是整形医生，不是心理医生，如果我能说服她，早就去这么做了。"

项珺张了张嘴，又闭上了。这是一个医生没有权威性的国度，无论哪种医生，说出来的话都会被莫名其妙地当成是骗钱的借口，人们没来由地相信自己毫无依据的判断，好像他们才是医疗专家，甚至在一些人眼里医生还是服务性行业，严肃认真会被投诉，俏皮懵懂竟然会被认为亲和……项珺看着谢辕，她不知道这个青年初出校门时是否也像现在这样带着微笑讨好病人，但见过手术中眉目冷冽、手法稳定认真的他之后，项珺相信这一定不是他的真面目。然而，大概连这青年自己都已经忘记自己本来的性情，也早已忘记应该如何拒绝别人。就像他自己偶尔笑谈的那样："我们啊，就做佛系医生好了，病人说什么都是'好好好''行行行''您说怎么办就怎么办'……"

谢辕见项珺看自己的眼神有些……迷离，莫名地心虚，手指敲了敲桌面说："行了，她自己的身体自己还不能负责吗？我们做好自己的本分就好，你去准备吧。"

"本分？你真的知道你在做什么吗？"说完这句话，项珺转身走出办公室，去准备手术去了，即便她再不愿意，工作依然还是要做。

谢辕看着项珺的背影忽然苦笑："是啊，我现在在做什么呢？"

徐丽娜来得比较早，项珺带着她做术前准备。

徐丽娜看着这小姑娘在自己身边忙前忙后的，总觉得很不顺眼。想到谢辕身边有这样一个女人，徐丽娜心里颇不是滋味，年轻、漂亮、有活力、一脸的傻白甜，是不是男人都喜欢这样的女人？

"小宋，冰包给我准备厚一点的，我打完针还要去公司，得尽快消肿。"徐丽娜没话找话地轻飘飘来了这么一句。

项珺看了她一眼，挂了一脸职业笑容："嗯，好的。"

"你们这些小姑娘，天生丽质，不晓得我这样的人的难处。"徐丽娜叹着气说道，"这可是个看脸的世界，长相是招牌，像你……"她看了一眼项珺，颇有些不甘心地接着说，"生来好看，做什么都会容易许多。"

项珺垂下目光，轻笑："徐小姐，是人都会老的，虽然爱美之心大家都有，但是，有时候平常心反而更能让人美丽。"

徐丽娜嗤了一声："要是大家都平常心，那你们就没饭吃咯！"

项珺微微皱眉，但还是平静地说："真正需要整形的是那些容貌受到严重损伤的人，为那些人治疗，修复容貌才是我们整形科存在的意义。"

"这话就不对了，整形美容，本身就是为了让人变美才存在的好吧，毕竟毁容的人才多少啊？不都是想要变得好看才来做整形的吗？"

"为了美容而整形当然是好事。可是，任何事做得过了，都是不好的。俗话说，饭吃多了还撑死人呢。任何事都是有两面性的，注射整形确实可以在短时间内让你的外表得到一定的提升，但是，长期频繁注射，身体的

## 第二十六章 这是放我鸽子的代价

代谢负担过重，最终还是会影响健康的。"项珺慢慢地说道。

徐丽娜并没有将一个小助理护士放在眼里，甚至在离开时还对谢辕说了句："你这个新来的小助理管得可真够宽的，我的脾气算好的了，要是换一个人，那可得罪得不轻哪。"

谢辕赔着笑把徐丽娜送出门，回过头来对项珺叹气道："你啊……我知道你是好心。可是这就是整形科的现状，大部分人分不清医疗整形科跟美容院的区别。像徐丽娜这样的病人，说穿了其实就是客户，她不是第一个，也不会是最后一个。今后你会遇到很多这样的人，你难道一个一个地去劝？"

项珺张了张口，想争辩，却发现谢辕说的这些自己竟然无力反驳。这样的人，即使在 G 国时她也是遇到过的，只不过，那时候休斯曼医院的整形科她是最好的专家，只要数据不合格，她就可以拒绝为对方整形。即使如此，她也知道，对方离开了休斯曼依然会去别的医院整形，从根本上来说，她并不能改变人们的看法。

"好了，别多想了。"谢辕看着陷入沉思的项珺内心莫名地有些触动。他突然不愿意看到这个女人迷茫彷徨的表情，就这样坚持下去，本着医者的初心，多好啊！

项珺回过神来，有些沮丧地叹了口气，没再说话，低头继续整理自己的工作文件去了。

这一整天项珺都提不起精神，没精打采的，谢辕知道她心里不舒服，却也找不到更好的话来开解，一直到下班。

王昱枫的工作不需要坐班，从电脑监控中看着属于项珺的绿点停在丁香医院之后，他知道工作时间，项珺基本是不会离开医院的，所以暂时不必盯得太紧，他有更重要的事要处理。

## 第二十七章
### 惊险时分

明景路是一条连接着三所著名大学院校的文化街，但同时也被附近的学生们称之为网吧一条街，只因为这一条路上的网咖会所有七家之多，甚至有几家还供着自己的专业竞技团队，是学生们热衷聚集的地方。

王昱枫是这一带的常客，而且还挺有名。七家网咖的网管基本上都认得他，不过也只当他是个背景很硬的混混，讲义气。网咖里什么人都有，偶尔有些小摩擦，王昱枫只要在，总能从中调停。所以网管是很乐见这样的人来的，更不要说这位玩什么游戏都玩得不错，只要他来，屁股后面都能挂着一串大孩子叫着王哥，求带段位的。

王昱枫进了一家网咖，找了个位置坐下。刚开机，就有认识他的大孩子凑了过来打招呼："王哥！你来啦！"

王昱枫跟这些孩子也早就熟识，指着其中一个笑骂："李济，你不是说你这周要交论文的吗？怎么跑来了？"

那叫李济的大学生脸一红，笑嘻嘻地说："查资料，查资料……"末了又不好意思地承认，"就……顺便玩一会儿！"

王昱枫摇摇头，但也没有说教。到了这个岁数，也都是成年人了，总

## 第二十七章 惊险时分

要为自己的行为负责,他来这里也不是为了教育这帮孩子的。

李济见王昱枫没有对自己多说什么,便放大了胆子,凑到他边上的机子座位坐下,一边开机一边央求:"王哥,我还差 200 分上 13 段,你带带我呗!"

王昱枫看了一眼李济打开的游戏界面,说:"我们不在一个服。"

李济一听,觉得有门儿,立刻说:"不要紧,我有号可以代开!"

王昱枫看了看四周,这个时间点网咖的人还不多,他要找的人还没来,倒也不介意带带小孩子消磨时间。

"那行吧,把账号和密码给我。"他说。

李济立刻掏出手机给号主打电话:"保山!把你账号密码给我一下……我找着大佬带咱们上 13 段啦!"对方似乎犹豫了一下,李济又是一通讨好加保证的终于要到了账号,挂了电话,朝王昱枫笑着解释,"我同学,比我用功,这会儿在图书馆呢……"

王昱枫说:"怎么不找他跟你一起打?"

"他比我乖!就周五和双休才来网吧玩,平时都在学习。"李济并不在意地说,"不过,他的号上装备倒是齐全的,他有一票朋友帮他搞装备。"说完有些羡慕地说,"比我好多了。"

王昱枫登录了李济给的账号,带着李济和他事先约好的队友一起进入了排位等待中……

项珺下班回家通常是骑共享单车的,然而今天似乎老天都跟她作对似的。工作不顺利,下班出医院大门发现门口平时停着的一长排共享单车,今天竟然一辆都没了!无奈只能坐公共汽车回家。

项珺不太爱坐公交车,一来是下班高峰时特别挤,二来是公交车的车站离居住的小区其实还是有些距离的,走路要走个二十来分钟,而且还不是大马路。项珺因为之前的经历,对于可能潜藏危机的夜路很有些排斥,只有像今天这样,实在找不到共享单车的情况下,项珺才会选择坐公交车。

等车的时间里，项珺已经在心里多了许多腹诽牢骚。好容易挤上了车，整个车厢里不论男女老少都挤得密不透风的状态下，项珺觉得自己就像进了一个沙丁鱼罐头，难受，但又无可奈何。

车子启动，行进在拥挤的马路上，车厢里的人们心情都不太好，但也都隐忍着……项珺小心地将自己挪进了一个勉强能容身的空间，身旁一边是个穿着职业小西装的女孩，一边是个背着电脑包戴着耳机听音乐的年轻男子，而她身后则是个中年女人。也许是被后面的人挤得不行，中年女人几次整个人都趴在项珺背上……

车子晃晃荡荡地开了两站路，车厢内的人有增无减。项珺想摸出手机来随便看点什么打发时间，却在低头的瞬间发现一只手穿过拥挤的人墙，探进了女孩的挎包……

"哎！你的包拉链开了！"项珺故作轻松地拍了拍那正在专心看着手机的女孩。

女孩抬头看了她一眼，再看了看自己的包。那只手已经缩了回去，女孩并没有意识到危机，只是将包拉好，然后漠然地朝项珺说了句谢谢，再次低下头去继续看自己的手机去了。

项珺撇了撇嘴，对于这样的冷漠有些无所适从。而此时余光里探到了一抹带着恨意的视线，项珺一愣，竟然是之前在同一趟公交车上想要偷自己东西的那人！看来这厮竟然还是个惯偷！

项珺假装没有看到那人愤恨的模样，车到了站便立刻下车，不想多做纠缠。项珺下车的这一站因为是小区站，下车的人挺多，一窝蜂地都下了车，项珺几乎是被挤下来的。好容易站稳了身形，车站的人也陆续散了，项珺却发现那惯偷也下了车，正四下打量着，似乎在找人。项珺心里咯噔了一下，低头转身就走。

然而今天大概真的是"水逆"日，项珺很快发现那人慢悠悠跟在自己身后，这让项珺紧张极了，该怎么办？！她一边沿着街边的商铺走，尽可能找有人的地方蹭，一边想着该怎么办，现在找谁能帮自己？

幸运的是此刻还在大路上，人还挺多，但是一想到马上要走进小区附

## 第二十七章 惊险时分

近的小巷，项珺心里就直打鼓。她假装要买东西进了一家小超市，那男人没有跟过来，但透过玻璃窗项珺能看到他远远地站在路旁抽起了烟……

项珺想了想，掏出手机给王昱枫拨去了电话。

王昱枫终于等到了线人来上班，这时候他已经被李济的菜折腾得有点上火了，线人的到来正好给了他的退队理由。他下了机，来到前台，对交完班站在收银台前头的年轻男服务员招了招手。

男服务员立刻凑了过来："王哥！"

王昱枫叹了口气，扭了扭盯了一下午电脑的脖子，没好气地说："等你一天了，来杯咖啡。"

"好嘞！"男生扭头折腾了起来。

王昱枫左右看了看没什么人，便也没有做出什么神秘的模样，反而吊儿郎当地直接问道："让你注意的事怎么样了？"

男生熟练地将咖啡放在王昱枫面前，说："听说有人在兜售什么健康饮品，对面两家听说都去过了，不过还没听说有人买，柜台也没给上架。咱们这儿还没动静……"

王昱枫点点头："帮我盯着点儿，回头有消息直接打我电话……"正说着电话，就感觉兜里一阵抖，有来电。

王昱枫一边朝男生示意谈话稍停，一边掏出了手机。一看是项珺的来电，心里莫名紧张了一下，项珺很少主动给他打电话……

电话接通，他刚喂了一声，就听见项珺在电话那端紧张得发抖的声音："你……你在家吗？能不能出来接我一下，我……我被人跟踪……"

王昱枫心顿时一沉，低声问道："你现在在哪里？等我……10分钟……不，5分钟！"说完，他扭头对柜台旁一脸好奇看着他的男生说，"回头再说，有事给我电话，我先走了。"

男生应声的当儿，王昱枫已经大步流星地出了网咖大门。

项珺得到王昱枫会来接自己的回应后，稍稍安了下心，在小超市里来回逛着等人。

然而等待中的时间总是显得格外漫长，项珺转了两圈之后再次来到超市门口，发现那男人身旁不知何时竟然又多了几个人，项珺的心顿时提了起来。这时，就见那男人带着这几个人直接冲进了小超市，走到她面前直接抓住了她胳膊，嘴里嚷嚷道："你有完没完，在家里丢人还不够，还敢跑出来丢人现眼！"

一旁的几个人则吵吵着说："就是，自己家里吵吵就算了，跑出来算怎么回事嘛，害得我们找了半天……"

小店本来不大，这么进来一堆人，便显得拥挤起来。店里的人见不是来买东西的，还一副要吵架的样子，便有些不乐意起来，直说："你们要吵到外面去吵，不要碰坏我们店里的东西！"

项珺急着大叫："我不认识他们！"

然而男人却一把将她往外拉，说道："你不认识我？觉都同我睡过了，结婚证都扯好了，你说你不认识我？快给我出来！别在这里妨碍人家做生意！"

项珺惊恐地发现，店里的人在听到这句话之后，便真的只是看热闹地望着他们将她拉出了店门。

因为这样一番闹腾，店门口已经围了好些看热闹的路人，有人指指点点，也有人看项珺的神情不对上前劝架。

"哎呀，有话好好说，不要动手，你们这么多男人抓着她一个女的，不管怎么都不好的。"

"人家自己小夫妻吵架，少说两句了，回家好好谈嘛，在外面总归不是个事情呀！"

项珺被男人拖着走了两步，反应过来，拉住一旁的栏杆不肯再动步子，嘴里叫道："我根本不认识他们，他们是要抓我！救救我！"

然而那男人冷笑一声："是是是，你不认识我，我认识你就行了。少说两句吧，你不要脸，我还要呢！"

围观的人们窃窃私语声不断，却并没有人将项珺的话放在心上，项珺看着这些路人，内心却是越来越绝望。

这时就听一个声音从人群外面响起来："怎么个意思？你是谁啊？拉着我妹妹不放？"

# 第二十八章
## 女强人的竞争者

这声音一响,男人和他的几个同伙都愣了一下,互相看了一眼,朝那声音的方向叫道:"你妹妹?我老婆可没有什么兄弟,你怕是她的姘头吧?!"

这一下,看热闹的人们哗然。这热闹可有意思了,先是丈夫抓逃家的老婆,转眼姘头都出来了,这是出大戏呀!

然而当看热闹的人们让开一个圈,把王昱枫放进人群之后,喜闻乐见的扯皮并没有发生。这位上来抓住那男人的手一扯一掼,就听咔吧一声,男人好像杀猪一般嚎了一嗓子,把着胳膊满地打起滚来。

一旁的三个同伙一看,立刻冲上前来。有一个甚至不知从哪儿操了木棍朝王昱枫的头部砸了过去,然而他眼前一花,王昱枫的人早就不知哪儿去了。就在他愣神的当口,握着木棍的手被斜里伸出来的一只手扣住,猛地往后一翻,力道之大,将他整个人都翻了过来,摔在地上……

一看打起来了,围观的人们都开始慌乱地大叫起来,有好事的便打电话报了警。不消片刻便有警车呼啸着来了,惯偷和同伙一听到警车的声音脸色都变了,而王昱枫则朝向自己走来的民警晃了晃胳膊,顺势将想要偷偷溜走的一个小贼拽了回来,一脚踹在膝弯里……

民警看着王昱枫动手,眉头一竖刚要训话,就听对讲机里有人叫他。接起来听了几句之后,再抬头,看王昱枫的眼神变得肃然起来,走近之后向他微微点了一下头,直接将后面倒了一地的惯偷和他的同伙们拷上了车。

王昱枫也带着几乎完全蒙住了的项珺上了警车,坐定之后,项珺好半天才缓过劲来。这时候,恐惧后怕才如火山口喷发的熔岩一般奔涌而出,她几乎控制不住地颤抖起来。

王昱枫看着她的模样,想象当初在大洋彼岸,在毒贩眼皮底下,那无助之下只能硬逼着自己自救的生死时刻中,她是不是也如此刻一样害怕颤抖?莫名地心疼……

他忍不住伸手将项珺揽进怀里,笨拙地拍拍她的肩背安慰说:"好了,没事了。"

项珺紧绷的神经被他并不算温柔但却令人心定的安慰安抚了下来,有了依靠的感觉是当初在G国时渴望却无法得到的。这一刻,突然间所有的无助和委屈似乎都找到了出口,她哇的一声哭了出来。

"他们……他们差一点就要把我拉走了……"

"旁边的人都不帮我……"

"我……要吓死了!呜……"

到了派出所,她抽抽咽咽地做完了笔录,一旁记录的女警看得都心疼,给她递了纸巾安慰她:"好了,这不是现在安全了吗?没事了啊!这帮混蛋以前就是这片区域的惯偷,小偷小摸地进去几天又出来了,我们也拿他们没办法。这回可好,当街绑架拐骗妇女,这条坐实了,有他们的苦头吃!你放心,这回他们一定会被绳之以法!"

项珺被女警安慰了一通,终于把情绪给稳定了下来。从问询室出来的时候,已经没了眼泪,她左右看了一眼,就见到坐在一旁的椅子上的男人。

王昱枫心情不是很好。抓住的四个男人经审问,只是那惯偷见之前没偷着项珺的东西,这次又被项珺坏了好事而存心祸害她一下,与骷髅组织

## 第二十八章 女强人的竞争者

却没有一点关系。几个流氓混混而已，这让王昱枫有点泄气。

见项珺出来，王昱枫迎了上去，问她："还好吗？"

项珺想起在警车上时自己在这男人怀里哭得特没形象的模样，很有些不好意思，低头应说："嗯，还好，我……我没事了。今天，太谢谢你了……我……"

王昱枫摆摆手："没事就好，早点回去，睡一觉就好了。"

项珺看着他，内心有些复杂，末了只得点头，跟着王昱枫出了派出所，打车回家。

到家进门，两个人道了别，各自进自己的房间。走到门口，王昱枫忍不住说："要是情绪上有什么影响，不如请假在家好好调整一下，毕竟这事挺伤神的。"他不好明说有心理阴影什么的，但项珺却听出了他的担忧，笑了。

"嗯，好！"她的心情被彻底安抚了。

不知道为什么，徐丽娜对这次的注射总觉得有些不太满意，即便谢辕一再嘱咐她不能再增加剂量，而徐丽娜也明白这位小大夫的好意，毕竟有个男人这样为自己着想是多么难得的一件事啊！可是，即便如此，徐丽娜依然控制不住自己的担心和焦虑……

行业交流会为期 10 天，最后三天是行业精英演讲大会。徐丽娜作为公司代表之一，为这次的演讲已经准备了很久，这种焦虑是不能表现在同事面前的，她很清楚这些平时笑脸相迎的同事背地里是怎么编排自己的，她漂亮，业务能力强，受老板赏识……这一切都仿佛是她的罪过，人们不吝以各种恶毒的思想来猜度她的成功，所以，徐丽娜在公司是没有朋友的。而这些话也同样不能告诉父母，远在中部城市安度晚年的老夫妇对于女儿是骄傲却又自卑的。骄傲于女儿在 SH 市这样国际型大都会有一份稳定并且收入丰厚的工作，然而令人难以理解的是，自卑却也源于此，因为这份工作，女儿至今没有嫁人，甚至连男朋友都没有一个，这让老夫妻俩非常着急。于是但凡电话或者视频总难免会唠叨几句诸如："娜娜呀，空下来还是要多出去走走看看，人不能一辈子孤单的呀！将来老了你要后悔的……"

又或者是："要不然，回家来吧，这边的小伙子老实，你舅舅同事有个侄子啊……"

这样的对话次数多了，徐丽娜对于来自父母的电话都有些害怕。一个人不好吗？不可以吗？一直以来自己努力工作认真生活，明明不比任何人表现得差，甚至比大多数同龄人表现得还要好，可是在人们眼中，30岁还没有结婚的女人似乎生来有罪！这不公平！

徐丽娜想呐喊着反驳，然而却又无力，电话那边的是她的父母啊！

离演讲还有六天，一周的时间对于徐丽娜来说简直是煎熬。公司里并不只派出了她一个代表，而是选取了一男一女两名代表，男代表是业务四组的销售总监王雄。老板在私下曾透露过，这次的演讲关系到公司副总的任命。徐丽娜和王雄最近都拼足了劲，把一切努力都押上！不能输！

徐丽娜回到公司，正遇上王雄从办公室出来看到她时脸上浮出一抹假笑："徐姐！哎哟，又漂亮了嘛！"

徐丽娜回以同样的假笑："小王你这话说的，我哪天不漂亮呢？"

王雄被这话说得一堵，接不上口，只好笑笑让开些，徐丽娜从他面前走过，又听他问道："徐姐，演讲准备得怎么样了呀？到底是代表公司，咱们俩怎么也算搭档，要不我们互相学习一下？"

徐丽娜停下脚步，回过头去，这次是真的笑了："我是策划，你是销售，我们的主题不可能相同，还是各自从自己擅长的领域去着手准备吧。"说完走进了自己的办公室。

打开电脑，徐丽娜从包里拿出工作硬盘连接上主机，从中点开自己准备了近两周的演讲PPT，从头到尾又看了一遍，陈述流程的合理性、趣味性都要有，数据来源真实可靠，表格清晰明确。她轻轻嘘了口气，这份演讲稿针对行业内模板化的婚庆仪式的利弊分析以及产品给客户的实际感受都说到了，不会有比这更好的演讲方案了！

## 第二十八章 女强人的竞争者

徐丽娜满意地叹了口气，思及王雄刚才那句话，冷笑：互相学习？一个靠嘴皮子起家的男人，平时写份工作报告都前言不搭后语的，哪有什么能力写演讲PPT？不过就是嘴上能忽悠，会哄老板开心罢了，到时候拿不出真材实料来，还不是被自己踩在脚下？

正想着，公司内部的交流软件弹出一个窗口，老板叫徐丽娜去他办公室。

徐丽娜立即站起来，向老板的办公室走去。

徐丽娜前脚刚走，王雄拿着一沓文件推门进来："徐姐，这次的公主花嫁套餐定价……"他低头进门，嘴上说着的话在看到室内并没有人的时候停了下来。

徐丽娜不在，电脑却还开着，王雄走过去，看着显示器上的演讲PPT，默默握紧了拳头。

## 第二十九章
### 都是叫不醒的人

另一边项珺和谢辕因为给徐丽娜注射的事,还是存了心结。

午休时,项珺刚吃完饭,谢辕走了过来:"小宋,你过来一下。"

项珺看了他一眼,又看了看一桌子眼神暧昧地看着自己的同事们,满心莫名:"什么事?"这样问着,她人已经站起来跟了过去。

两人回到办公室,谢辕皱眉说:"你最近工作态度有问题。"

项珺一怔,笑了:"哦?我做错什么了?"

谢辕摇摇头:"我没有说你做错了什么,而是你的工作态度,你是不是忘记了你现在是个护士!你对客户的态度决定了客户对医院的服务感受……"

"我知道你想说什么,所以结论是什么?以后不要再挡你的财路了是吗?"项珺冷笑着问。

"你不要火气这么大,一说就炸了!"谢辕无奈地说,"我知道你劝徐丽娜是为她好,但是我还是那句话,你叫不醒装睡的人的。相反,她如果真的生气了,去投诉你,我没办法帮你,明白吗?"

"哦?那真是谢谢你的关心了!"项珺看着他,"可是我就是这样的

人，是对的我会尽力支持，是错的也别指望我闭嘴不说。"

谢辕只能叹气，他发现自己同样也叫不醒沉睡中的项珺。可是看着面沉似水的女人，谢辕知道自己可能根本无法控制住这个女人，然而心里却莫名地再次泛起涟漪……

徐丽娜从老板的办公室出来时心情是极好的。老板告诉她，考虑到王雄的口才主要来自临场发挥和销售时的感染力，但对于专业PPT的演讲并不熟悉，所以公司决定让王雄先进行演讲，而徐丽娜的演讲则在王雄之后，这样既展现了销售精英的即兴口才，又能展现出公司稳重精致，值得信服的策划形象。

这个消息无异于在暗示徐丽娜，老板已经内定了她成为副总！徐丽娜欣然答应，回到办公室之后，关上门，她兴奋地张大嘴，发出无声的欢呼。

但随后，徐丽娜收了笑容，坐到办公桌前，将电脑旁的镜子转到眼前——鼻子不够饱满，两腮削得厉害，这一看就是满面疲惫的脸怎么能给人好印象？不行！还是得想办法打两针……

可是想到谢辕的劝告以及那个小护士冷冰冰的脸，徐丽娜咬住了唇，微微的痛感令她停下了拨打谢辕手机的动作。

谢辕说过，接下来一年都不要注射了……可是，一年啊！她会变成什么样子？！

转念想了想，徐丽娜打开电脑上的QQ，敲了闺密窗口："大雅！在不在呀？"

对面立刻回答："在呀！大忙人儿终于有空敲我啦？上次给你的那支瑞尔4号用过了吗？效果怎么样？"

徐丽娜想了想回复道："还没有用上呢，我的医生胆子小不敢用。哎呀，不提这个，我就问一下呀，你平常注射的那家美容院怎么样？我临时有事想打两支垫垫苹果肌。"

对面沉默了一会儿发过来一大段字："那家美容院我已经不敢再去了，出事情了呀！你不知道吗？就上个礼拜，有个小姑娘在他们家打胶原蛋白，发炎了，半张脸都毁掉了，都上了电视了！哦，你这人不看电视的，反正啊，我是不敢再去了,他们美容院没有行医执照的,把人打出事情了也不负责。还好我以前都是自己带药剂去,哎!还是正规医院放心一点,我以后可不敢图这个便宜了……"

徐丽娜看着好友的这一段话,打消了去美容院打针的念头,去正规医院,术前要体检,到时候大概还是会被拒绝……果然还是太麻烦。

这么想着,徐丽娜忍不住又一次看向镜子里的自己。演讲安排在最后一天,距离现在还有四天,四天里这张脸会变成什么样子?徐丽娜不敢想,心情越来越糟,刚刚从工作得到认可的喜悦仿佛也被这浓重的焦虑驱散了。

周五,简玦来医院做第二次修复手术的复诊,此时她的右脸与左脸的五官看起来更自然了,虽然表情幅度还不能太大,但面无表情的时候已经与正常人非常接近了。

"恢复得很好,下个周可以准备第三次修复了。"谢辕满意地合上复诊报告,对简玦说道。

简玦欣喜地点点头,说:"谢谢,谢主任!一页!"

项珺对于简玦爱叫自己网名的习惯已经不觉得奇怪了,毕竟这女孩的年纪并不大,以前因为生活境遇的原因,看起来内敛沉稳,其实只压抑着真性情,如今倒是有了些同龄人的天真烂漫起来。

送简玦下楼时正遇上徐丽娜,项珺有些惊讶,今天并没有徐丽娜的预约,她来做什么?不过因为简玦在身边也就没有多问,只是朝她礼貌地笑了一下,跟着简玦继续往前走。

"一页,下班后有空不?我准备重开美妆直播!你答应过做我的模特的!"简玦笑嘻嘻地说。

项珺一愣,她知道简玦最近其实已经入职了一家专业造型设计工作室,做的是特型设计,专门为一些特殊角色造型做设计和化妆,工作一直挺忙,但是收入倒是相当丰厚的,原以为她短时间内不会再开美妆直播了。

简玦摇头:"我无聊呀,下班回到家,不开直播说点什么真的好别扭。我那工作,你知道都是为一些电影电视做造型,又不能提前剧透,憋得慌!来嘛,我给你化个美美的妆,顺便开个直播!"

## 第二十九章 都是叫不醒的人

项珺好笑地看着她:"你还真是闲不下来。好吧,我下班去你家找你。"

简玦笑着点点头:"好咧!那我先回去啦!"她朝项珺挥挥手,轻盈地下了医院的台阶,走远。

回到整形科,项珺走进办公室,发现谢辕一个人坐在办公桌前看着病历,有些奇怪:"我刚刚下楼的时候看到了徐丽娜,她来过?"

谢辕看了她一眼,说:"嗯,来过,刚走了。"

"她来干吗?"项珺好奇。

"明天起是她们公司的行业代表演讲,她来请我去做男宾。"

"这还要亲自找一趟?她对你是真爱呀,主任!"项珺朝谢辕挤挤眼,笑道。

谢辕脸微微一红:"瞎说什么?是普通朋友而已。"

"噫!那你脸红什么?不过讲真,徐丽娜要是把整形这个瘾头戒了,配你也算绰绰有余了。"项珺笑着揶揄他。

发现项珺似乎真的要把自己和徐丽娜当成一对时,谢辕莫名有些难过,神情也不由自主地严肃起来:"说了不是就不是,她一来是我的老客户,二来平时对我也挺关照的,所以关系还不错。这次的事也都是她主动找我帮忙,我是看在之前的关系不错才答应的,你别瞎想。"

项珺发现谢辕是真的不高兴了,也就不继续拿这个说笑了,坐回座位上整理资料。

与此同时,王昱枫坐在市局刑侦大队的办公室里,沉着一张脸看着邢涛:"他都说了些什么?"

邢涛皱眉:"不肯说,现在知道的只有他的基本社会信息,X省人,36岁,J国海归。四年前回国,在一家健康食品公司做产品销售……之前没有案底,他现在什么都不承认。"

"不是有赃物吗?人赃并获,他还能不认?"王昱枫说。

"赃物不在他手里,而且他说他只是替人过来送东西,根本不知道东西是什么……"

"我就说这人放在你们这儿什么都问不出。"王昱枫冷笑。

邢涛冷冷看他一眼："我们有专家去审了,你不要急着说风凉话。"

王昱枫耸耸肩,不置可否。

这时电话响起来,王昱枫接起来,就听项珺的声音从电话那边传来："老王,打扰你吗?"

王昱枫看了邢涛一眼,回答道："不打扰,你说。"

项珺说："我今天晚上大概会很晚回家,你不用给我留门。"

王昱枫愣了愣："加班?"

项珺笑说："不是,是去一个朋友家玩儿。"

"哦,行,我知道了。"王昱枫想了想又跟了句,"下周六有空吗?"

"我没有周六周日的哦,大哥。"

"晚上就行,下周六晚上我还要去那个行业展会,你……"

"呵呵,你又想放我鸽子?"

"不不不,这回一定不放你鸽子了!"

"好吧。"项珺叹着气,"再给你一次机会。"

"谢谢哈!"

挂了电话,邢涛看王昱枫的眼神很有些疑惑:"还去那里做什么?"

"我回去看看,那个会展中心内部我怀疑还有猫腻。"

"那我也去!"邢涛立刻接道。

王昱枫斜眼睨他:"这展会,必须带异性伴侣,你有吗?"

邢涛皱眉:"说得好像你有一样!"

王昱枫挑眉一笑:"不好意思,我有。"说完站起来,往门外走,"行吧,等你们这边问出点什么来了,记得告诉我,我先回了。"

邢涛哼了一声:"走好吧你,替我跟卢队问好。"

走到门口的男人没回头,抬起手来晃了晃,出去了。

傍晚时分,项珺来到简玦家,有些忐忑,她还从来没有做过专业妆容设计。因为工作原因,过去做医生的时候,不方便化妆,回国后做护士,

## 第二十九章 都是叫不醒的人

虽然也被要求化妆,但也只是铺一层粉底,然后简单地画一画,并没有多少讲究。

简玦已经在家里等着她了。简玦的家看上去很乱,但又感觉乱中有序,直播设备放在宽大的桌上,化妆台前后左右放了几个摄像头,有射灯,反光板,等等。

"来啦!先吃饭!我叫了比萨,你别嫌弃哟!"简玦笑着将项珺迎进门来,说道。

项珺笑说:"我不挑食,有啥吃啥!"

"那真好!以后我们可以一起出去找好吃的!"简玦开心地说,"以前怕出门,好多地方不敢去,想吃点喜欢吃的东西都难。现在真好,可以随便出门!"她说着,忆起过去的人生,生出无限感慨来,随后一笑,"不说这个了,咱们都要向前看!好好过,好好玩,好好吃!不能辜负了好不容易得来的这张脸!"

"对!"项珺笑应道,突然心中有那么一瞬间的顿悟。是啊,这条命就跟简玦的脸一样,得来不易,一定要好好活才对!

坐在化妆镜前,简玦打开直播,直播间里已经有两千多人在等待了,项珺有些紧张:"哇,已经这么多人了?!"

简玦平静地看了一眼,淡笑:"还好啦。"

项珺苦笑:"我还从来没有在这么多人面前……"

简玦说:"你作为医护人员,我相信你;现在我作为化妆师,你也要相信我呀!"

"好好好,我相信你!"项珺连忙说。

简玦朝着摄像头挥了挥手说:"大家好,我又回来啦!因为修复手术期间我的脸短期内不适合再化妆了,所以今天的美妆直播我请来了我的好朋友一页君子做我的美妆模特!那么大家想看什么妆呢?"

项珺忍不住吐槽:"原来你连画什么妆都没想好吗?"

屏幕上瞬间刷出一堆2333333,大家一齐调侃道——

"半面大大,你连妆容都没想好就把一页叫来这样真的好吗?"

"哈哈哈哈，半面大大你要即兴表演吗？"

"一页此刻的心情大概……嘿嘿！"

也有人提供思路："一页是个大美女呀！很御姐的感觉，半面大大，化个女王妆嘛！"

项珺脸红："哪……哪里御姐……"

简玦仔细看了看项珺的脸："确实蛮适合御姐的。好，那我们今天就化个女王妆！"

项珺没反对，任简玦在自己脸上开始涂涂抹抹……

看着镜子中自己的脸被一点点画成完全不同的另一个模样，项珺觉得化妆与整形还真是有着异曲同工之妙呢！简玦仔细地一边化着妆一边介绍自己使用的化妆品以及化妆手法，同时不忘与直播间里的观众互动。这份自信和成熟，令项珺觉得自己和谢辕的努力是值得的，这不就是整形医生最值得骄傲的事吗？

王昱枫躺在床上，百无聊赖地玩着手机游戏，不时看一眼墙上的挂钟。晚上 10 点了，项珺还没回来。于是他第 N 次打开手机里的追踪定位器，项珺的绿点还在屏幕的某个角落停留着，如果此时简玦看到这个地图上标记的位置就会知道，那正是她的家。

# 第三十章
## 女强人的男"朋友"

这么晚了，一个姑娘家的还不回家，这是要闹哪样？虽说那个小区离这边也就一站路，要是有闲情走走路过去也就十来分钟就到了，但是毕竟已经 10 点了啊！王昱枫有些坐立不安，嗯……万一……是吧！作为一个认真负责的合格保镖，理应去照看一下，是吧！

在手游里的人物第 N 次被 KO 之后，"王·保镖·昱枫"先生顶着被队友举报的风险，关掉了游戏，抓起一旁的外套，出了门。

简玦的直播已经结束了，项珺看着镜子里美艳妖娆得连自己都有些心动的脸，几乎不敢相信这是自己。

"怎么样？是不是特别惊艳？"简玦很有些得意地笑着问她。

"确实！整容都整不出这样的效果！"项珺忍不住感慨道。

简玦突然有些不好意思："这只是一时的效果，怎么能跟整容相比。"

项珺笑说："但是必要的时候，化妆比整容更安全呀！只是可惜不是人人都有你这么好的本事，能化出这么美的妆。"

"我是学这个的嘛！"简玦说着，招呼项珺坐正卸妆。

"别，这妆真漂亮，我舍不得洗掉！"项珺虚捂着脸笑道，"好吧，让我再自拍几张！这脸还从来没这么漂亮过！"

简玦开心地笑着点头："行行，你拍！以后呀，我还可以给你设计更多漂亮的妆容！"

"嗯嗯！"项珺点头，拿着手机给自己左左右右地拍了好几张才心满意足地任简玦帮她卸妆。

"一页，你是不是也整过形呀？"用卸妆水轻轻擦掉浓重的彩妆，简玦随意地问道。

项珺一愣，竟一时不知该不该回答这问题，然而简玦立刻又说："啊，这个，就当我没问！我……我就是听说做过皮下注射微整的人在药物被吸收代谢掉之后，皮肤会有点不一样……"

项珺低垂眼敛轻笑，也是，随着之前整形的药物被吸收，她现在的容貌除了一些垫入了假体的部位，大部分都已经恢复了原来的模样。本来因为这个过程缓慢，所以旁人并不会有太大的感觉，充其量只会觉得宋玲瘦了些而已，但对于熟悉人脸结构和皮肤质地的简玦来说，却能很轻易地发现异样。

"嗯，之前……发生了一些事，我做了整形，不过整的地方不大，所以一般人看不出来。"她回答道，随即便看到简玦流露出心疼难过的神情，连忙笑着安慰道，"不是毁容，别瞎想！我……只是……"项珺不知道应该怎么说下去。

"没关系，反正我认识的一页是个热心帮助过我的好人，是个善良的妹子，这就够啦！谁还没个一两件不想说的事呢？不提了，来，我帮你补个水，画个夜妆，回去洗掉就能睡觉。"简玦笑着将话题轻轻掀过，手指灵巧地在项珺脸上补了个素颜妆。

"呀，这么晚了，我得回去啦！"项珺听她提到夜妆才注意到已经十点多了，不禁有些惊讶。过去的人生里项珺专注的是医学学位和挑战各种不同难度的整形手术，几乎从来没有什么事能将她从这两件事上吸引开，然而，今天她却被简玦精湛的妆容设计迷住了……以至于这么忘形！不过，似乎感觉不错呢！她想。

## 第三十章 女强人的男"朋友"

"好啦，就送到这儿吧！你也忙了一天了，早点休息。"项珺对简玦挥挥手，"早些睡，你还不能太累，注意保养。祝你下周的复修手术成功！"

"嗯！你也是，路上注意安全，到家给我个消息哦！"简玦笑着嘱咐。

"好的，再见！"

"再见。"

项珺转身走出小区大门，不远处就是公共汽车的站台，但这个时间，平时的公共汽车已经停止运营，只有间隔时间超长的夜间车。项珺左右看了看，希望能招一辆出租车回家，然而站在路口等了半天，竟然一辆空车也没有。眼看快十一点了，项珺有些懊恼，要是步行，这会儿早就到家了吧？算了不等了！走回去！

这么想着，她转身沿着已经没有什么人的街道往自家小区方向走去。

虽然并不是很偏僻的街道，但没有行人的时候走起来还是有些瘆人。项珺走了一段路之后又有点后悔，想看看还能不能拦到出租车，然而此时已经走出了大路，更是看不到出租车的影子了，偶尔有过往的车大多是附近居民区的私家车，没有人愿意在夜晚贸然停留。

街灯没有温度地亮着，四周的居民楼里灯火通明，而项珺一个人，拖着长长的影子往前走。之前在简玦那里获得的小小快乐在此时沉淀下来，莫名又有些伤感，就好像这天地繁华其实都与自己无关。想想也是，什么都没有了，妈妈很早就没了，爸爸也过世了，医院的工作辞掉了，莫名其妙地惹上了杀身之祸，甚至连自己的真实容颜都不敢展现在人前，擅长的专业技术不能光明正大地施展，只能做一个小助理打打杂，赚一点勉强能够糊口的收入……眼下的处境让项珺觉得曾经的生活是那么遥远和美好，如今一切都回不去了，她难道真的只能一辈子顶着别人的脸、过别人的人生了吗？项珺从未有哪一刻比此时更加怀念那个从前的自己。

这么想着，项珺忽然鼻子一酸，眼中控制不住地涌出两行泪来。她停下脚步，倚在一个广告灯箱旁捂住了脸。回国以来，她还从来没有时间如此深刻地审视自己的处境和心情，却在这一刻所有的负面情绪突然如同雪崩山塌一般地涌上心头。

"你怎么在这儿？怎么哭了？谁欺负你了？"

熟悉的声音在不远处响起，很快声音的主人来到项珺的面前，伸出手来似乎想替她抹泪，却在半空停了下来。纠结了半天，他收回手，从外套的口袋里掏出一包纸巾来递过去，"擦擦，跟我说怎么了？"

项珺抬眼，意识到自己的情绪爆发在不知情的人眼里也许会有些奇怪，项珺慌忙擦掉脸上的泪水。看着面前一脸焦急、担忧的男人，天知道她此刻多想把自己的遭遇和满肚子委屈一股脑儿都说给他听。可头脑中又浮现出医院里那文着骷髅文身的身影，项珺不动声色地深呼吸，平复了情绪。

"没……不是……我没事，就是……就是……突然心情不太好……"项珺低着头支吾道。

"呃……在朋友家玩得不开心？"王昱枫皱眉，项珺刚刚表情的细微转变被他尽收眼底。王昱枫一路过来，没发现任何骷髅分子的痕迹，排除了危险因素，他稍微松了口气。不是说是去玩了吗？怎么还玩哭了？

项珺摇头："不是，你别问了，说了你也不懂。"她飞快地抽纸巾擦干眼泪，看着王昱枫，"倒是你，怎么会在这里？"

话题突然被转移到自己身上，王昱枫尴尬地挠了挠头，望着天说道："我……呃……我出来夜跑。"

项珺一愣，再看王昱枫的神色忍不住破涕而笑："哦，那真是好巧。"

王昱枫看看她，叹了口气："好吧，其实我是出来接你的。"他也不知道自己怎么就把实话说出来了，好在项珺没太在意。

"我不是说让你不用等门吗？"项珺不解道。

"这么晚了，你一个女的，总不安全，我这不是担心嘛！"

"谢谢啊……"项珺抿唇，轻笑着道了声谢。

王昱枫看了看腕上的手表："打个车？"

项珺苦笑："这不是打不着车吗……"

"你……是为了这个哭的？"王昱枫一脸惊诧。

项珺翻了个白眼："怎么可能！"

"那就是因为工作咯？谢辕又找你麻烦了？"王昱枫皱眉，问道。

"不是啦，你别管了！走吧，早点回家，明天还要上班呢！"项珺匆忙说着，转身往前走去。

## 第三十章 女强人的男"朋友"

"……"王昱枫看着项珺的背影,有一瞬间怔忡。

"走啊!"她转过身来朝还呆立在身后的男人招呼道。

"哦……"

项珺走在前面,王昱枫紧走两步与她并肩,侧头看了她一眼,忍不住问:"你化妆了?"

项珺微微脸红:"嗯……哭花了吗?"说着伸手想擦脸。

"别抹了,没花,挺好……很漂亮。"王昱枫轻声赞道。

项珺一愣,一笑:"谢谢。"

周六,谢辕如约陪徐丽娜再次参加婚庆行业交际会。与上次来时展台林立,游客不息的热闹景象不同,这里已经被布置成了演讲会场,因为与婚庆礼仪相关,所以还是以艳红的幕布以及遍布的鲜花为主调,只不过形式比较封闭,也更严谨。进出的来宾也都更克制一些,场面也不像前一次去时那么喧嚣,人们礼貌地见面微笑,疏离中甚至带着一丝隐约的较劲的意味。

"能被请来参加演讲大会的都是业界的大佬企业,互相之间一直存在着竞争关系,所以大家表面上笑嘻嘻的,背地里其实都有一本账记着呢。"徐丽娜挽着谢辕的手,带着职业化的微笑,口中却是略带嘲讽地叙述着自己所身处的行业背景。

谢辕微笑道:"这么说起来,我其实只知道你们公司这一家礼仪会展公司。"

徐丽娜歪着头朝他也是一笑:"那是因为你成天待在医院手术室里,两耳不闻窗外事。我们公司在业内虽说也算一流企业,但要说称得上大佬级别还有点早,当然,我会努力让公司成为业界龙头的!"

谢辕点头:"会的。"

徐丽娜看着谢辕平静地肯定自己的梦想,不禁心弦为之一动。自己需要的不就是一个能无条件支持自己事业的男人吗?不用为了婚姻放弃事业,退回家庭成为男人的附属品……这不正是自己想要的吗?

谢辕……会是自己一直在期待的人吗?

谢辕看了一眼徐丽娜，注意到她微醺般的目光时，微微皱了眉头。徐丽娜是个好客户，私底下因为她的热情，谢辕又不太会拒绝人，所以渐渐走得近。但平心而论，谢辕不觉得自己是适合徐丽娜的男人，看来有必要找机会把话说明白才好，他想。

"快走吧，演讲要开始了。"徐丽娜轻轻拽了拽谢辕的胳膊，示意他跟自己走。

两人走入会场，徐丽娜挽着谢辕，款款走到放有公司名字的座位区。看了一眼结伴同来的几名同事，徐丽娜神色不动，嘴角却撩起一丝冷笑。周遭的目光有惊诧，也有羡慕，更有嫉妒，徐丽娜沐浴着这些目光，坐下，内心有些自得。

这些说她嫁不出去，没男人要的长舌妇们现在还能说什么呢？谢辕生得英俊儒雅、气质温润，再加上一身定制西装让人一看就不是市井凡夫，站在徐丽娜身旁尤其显得郎才女貌。

"丽娜，这位是……"有个平日表面关系还不错的同事笑着问道。

徐丽娜轻笑："这是我朋友，谢辕，是丁香医院的主任医师。"

谢辕听徐丽娜说"朋友"二字时，内心里那种想要尽快说明白的想法更加强烈了，但已经来了，总不好拂了她的面子，便向一干男女点头微笑："各位幸会。"

一旦搭上话，好奇的人们便凑了过来……

"谢医生是治什么的呀？"

"哦，我是整形科的医生。"

"整形科的？那么说丽娜是你……"

"嗯……是的，丽娜的整形手术都是在我这里做的，所以我们才会这么熟。"

"所以其实她的脸都是你整的吗？"

"大部分都是吧……"

"你们认识多久了？她以前的样子你喜欢吗？"

"我们认识好几年了吧……哈哈，你为什么要这么问？她现在的样子

和以前没什么大区别啊！"

　　谢辕微笑着一一解答着这些陌生人一个又一个的暗藏着不知道多少恶意的问题，同时看着徐丽娜，很有些同情。

　　徐丽娜坐在一旁，两手的手指紧紧绞在一起，心情复杂。谢辕似乎特别善于与人交流，看着他应对着自己那些同事，敏锐如她自然感觉到了谢辕笑容下的那一丝冷意，这令徐丽娜有几分内疚，毕竟自己找谢辕来的初衷就是为了给自己撑这个场面，却没有对谢辕说明白他将会面对的问题。

　　这样的纠结在会场的灯光彻底暗下来时略有收敛，黑暗令徐丽娜平静了下来，演讲会就要开始了，这才是今天的重头戏。

## 第三十一章
### 他偷了我的演讲稿

谢辕对徐丽娜所从事的行业并没有多少了解，原本只以为是专门举办婚庆活动的公司，但这段时间陪着徐丽娜看这些展会，发现其实婚庆只是这些行业的业务之一。事实上一些企业开张，动土乃至合约签订仪式等活动，都是有专业团队进行策划布置的……然而这些就是他所了解的全部了，所以对于台上的演讲，他是有听没有懂。

徐丽娜则不同，她仔细地看着台上演讲者的表述，暗暗在心里对自己之前准备的演讲稿做着修改。她很庆幸自己的演讲被安排在下周，这样她就有充足的时间，结合这次的演讲者所说的内容进行修改和完善。

"丽娜，王雄的演讲在第几个啊？"一旁有同事小声地问道。

徐丽娜看了对方一眼："进门的时候有演讲顺序表，自己看。"

那同事嬉皮笑脸地卖萌："哎呀，刚刚进门的时候忘记拿了。"

另一个同事则过来插嘴："唉！管他第几，就王雄那个大忽悠，死的都能说成活的，说不定就把风投给说动了心，给咱们注资……"

这时又有人说："可别这么说，王雄怎么能跟咱们徐总比，要说动风

## 第三十一章 他偷了我的演讲稿

投那得拿出真材实料,毕竟人家手里动不动就是几个亿的,又不傻,哪会轻松给你?"

徐丽娜没有接口,嘴角却微微翘起来。没错,这次的演讲之所以重要是因为有数家国际以及国内风投公司代表前来听讲。如果演讲方案足够吸引人,就能为公司吸引一笔可观的注资。如果成功,那么副总的位置自然就非成功者莫属了。

王雄的演讲被安排在两家竞争企业的演讲中间进行,主办方似乎是有意让王雄这样的无名小卒来冲淡一下现场的火药味,也没指望他能讲得多精彩,毕竟这次主推的企业并不是徐丽娜他们所在的公司。

不多时,王雄上台了,会场主持人在介绍了演讲者和企业名称之后便退到幕后。王雄站在台上,似乎有些紧张,半晌没说话,直到导播室里的指挥通过耳麦再次提醒时,他才如梦初醒般地按开了手中的投影遥控器。

大屏幕上立刻出现了一幅素雅的画卷,随着画卷的展开,一簇盛放的牡丹花现出身姿,演讲题目也随之出现在屏幕上——《现代女性的自我认知与女性市场解析》

谢辕听之前的演讲听得早已昏昏欲睡,此刻出现一幅动态的PPT开头,令他稍稍一振,但一想到再精彩那也是自己毫无兴趣的东西,又不免泄气。无聊之下扭头看向徐丽娜,却发现她脸上的表情似乎被寒冰笼罩着,眼睛死死地盯着正在台上侃侃而谈的男人,浑身都在微微发抖,谢辕立刻扶住她低声问道:"怎么了?!"

徐丽娜用力咬着牙关才让自己的声音没有发抖,她死死地抓着谢辕扶住自己的手说:"他……他说的是我的演讲稿!他偷了我的演讲稿!"

谢辕一听,眉头顿时皱了起来。徐丽娜为这次演讲投入了多少精力和心血,谢辕虽然没有刻意探究,但看徐丽娜近期的表现来看,他确实是最清楚其中的关联的。现在,她精心准备的演讲稿却被人偷走,并且堂而皇之地公开演讲,其行为是谢辕所无法理解的恶劣。

"现在找你们老板说明情况,让他道歉!"谢辕说。

徐丽娜猛地抬头看他,似乎已经心动,然而随即,她看了一眼坐在不远处的老板，老板的脸上有惊讶，也有欣喜……他显然也没有想到王雄会突然拿出一场这么给力的演讲。徐丽娜闭上眼，摇摇头："不行，别去……"

"为什么？"谢辕不解地问。

"你不懂。这次的演讲关系到风投的注资，只要能吸引注资，就算老板知道他的演讲稿是偷的，也不会责怪他……"徐丽娜苦笑着说。

"他偷了你的演讲稿，那你怎么办？就这么让他去了吗？"谢辕问道。

徐丽娜摇摇头，一双眼瞪着台上的男人，看着他将自己的演讲稿说得天花乱坠却离题千里，心疼得就像看到自己辛苦养出来的孩子被人糟蹋了一样。她多想冲上去大骂对方一顿，多想告诉此刻会场内所有人，这是自己的演讲稿，它原本并不是男人所说的那个样子……

然而职场多年的经验告诉徐丽娜，这样做的结果只会是两败俱伤。可是就这么忍受下去吗？徐丽娜闭上了眼睛。当然不甘心！可是又能怎么办呢？与此同时她还想到自己下周的演讲，这份演讲稿是她花了一个月时间搜寻了大量资料数据做出来的，徐丽娜自问就算重新做一份也不可能比这一份更完美，可是如果重新开议题，那就等于将所有之前的努力都放弃掉，一切重新开始。然而，她只有一周的时间了……

这根本是不可能完成的任务！

"丽娜，你还好吗？"谢辕问道，他担心地看着徐丽娜。

"我……我还好……没事，我很好。我们走吧，陪我出去好吗？"徐丽娜深吸了一口气，努力扯了一丝笑容出来说道。

"好，我们出去吧。"谢辕伸出手，扶她起来，两人从侧门退出了会场。

走出会展中心，外面天色已晚，市郊的空气相对干净些，天穹之上还能看到繁星点缀。徐丽娜没有直接打车，而是慢慢地在会展中心周围的林荫绿化带上一言不发地走着。谢辕默默走在她身后，暗自思量如果徐丽娜哭起来的话自己应该怎么应对……

然而徐丽娜没有哭，甚至连一句埋怨也没有，她只是这样走了许久之后，抬头对谢辕说："别担心，我没事，我就是有点不甘心！嗯……就是

## 第三十一章 他偷了我的演讲稿

不甘心,所以我准备回去重新做一个比这更好的演讲稿!把他比下去!不,应该说,是把过去的我自己比下去!"她说着,甚至笑了出来,眼睛里闪着莹莹的星光,仿佛无所畏惧。

谢辕轻叹了一口气,说:"好,我送你回家。"

徐丽娜点点头,顺从地跟在谢辕身后。看着男人挺拔的身形背影,她重重地咬了一下自己的唇。

不要哭!娜娜不要哭!不要让他看到你软弱的样子……只要你软弱,男人就会以为你好拿捏,所以,永远不要在气势上输给男人!你比他们强!强得多!

谢辕无从了解徐丽娜的所思所想,他只是将徐丽娜送到家然后告辞离开。

徐丽娜在关上门的瞬间泪如雨下,她将自己缩成一团紧紧地抱住自己,拼命地哭着,仿佛想将憋闭在心里的所有委屈化成泪水从身体里全部排挤出去。

"你就这样把她一个人留下然后就走了?!"项珺瞪着眼,难以置信地看着面前的男人。

谢辕一脸莫名:"不然呢?我能做什么?"

项珺抚额:"你是男人吗?!"

"这跟我的性别有什么关系?"

"……"项珺突然觉得说不出话来,"按照小说电视的情节,你难道不应该趁机好好安慰她一下,然后得到她的芳心,最后抱得美人归吗?"

"少看网络上那些无脑小白文!"谢辕哭笑不得地拿手里的病历本敲了敲两人之间的隔墙。沉吟了一会儿后谢辕说,"她当时的表现……好像完全不需要人安慰的样子。嗯,心理素质是真好,非常理智,所以,我也是真的找不到机会去安慰她。"

项珺打了个哈哈:"不是你找不到,是你不愿意找!唉,亏我本来还以为你跟她会在一起呢。原来是落花有意,流水无情啊!可惜可惜!"

"好了,别瞎扯了,干活了。今天可是周一,忙着呢!"谢辕打断她那天南地北的八卦说道。

"哦好，今天的专家预约有六个，嗯，然后是刚刚门诊那边接进来五个散客……"项珺吐了吐舌头，开始汇报一天的工作安排，"下午一点有一台吸脂手术，三点半有一个祛痣手术，四点钟预约了一个注射丰唇，之后还有一个注射苹果肌的。"

谢辕看着记录，应道："知道了，门诊那边过来的散客你接待吧。今天预约的六个里有四个老客户，估计又要有的聊。"他有些无奈地苦笑，不知道为什么，来找他的客户总爱找他聊天……

门诊过来的散客大多是比较年轻的，临时起意想要整形的人群，很多人都是来问个价，真正会决定做的并不多，所以项珺接待工作的目的就是努力将对方说到心动决定整形……项珺自认已经练就了一口三寸不烂之舌，但其实，她能留住的病人还真是不多……

"嗯……手术肯定是有风险的……恢复时间？一到两周吧，术手三天内不能碰水……"

"注射整形？即做即走？这是我们医院的广告吗？哦……那是即做即走没有错啦，绝对不会影响你上班的！不过啊小姐，那只是说不影响你上班，并不是说打完针你的脸立刻就会达到你预期的效果哦。注射整形的效果要充分休息保养两到三天之后才会体现，在那之前，你的脸可能会有些肿……嗯？有多肿？这要看各人的体质情况而定了……"

项珺看着客户离开的背影轻叹了一口气，有点沮丧，自己明明说的都是大实话啊！这些人在准备做整形之前都不对自己需要面对的问题进行一下了解吗？把整形当化妆那真的只是一句广告词而已！怎么可能是真的呀！想想推广部挖空心思打广告，招来的这些人，项珺也是心塞，整形明明是为真正需要它的人而存在的医术呀！

"你就是这么跟客户进行咨询的吗？谢主任知道你是这样跟客户说话的？你这明明就是在劝退嘛！"

好不容易送走了三个病人，项珺听到了徐丽娜那略傲慢的声音。

## 第三十二章
### 我要投诉你！

"徐……姐，你怎么来了？"项珺没理会徐丽娜的问话，主动挂上职业笑容反问。谢辕说了这位是科室的金主、大客户，不能得罪！

徐丽娜此刻的造型与她平时大相径庭，墨镜和口罩占据了她的脸，要不是先听到声音耳熟，项珺乍看人还不一定认得出。

"咦？徐姐，你这是怎么了？这是挂了急诊吗？"项珺忍不住问，随后又一想，"不对啊，咱们整形科没急诊的呀！"

徐丽娜不耐烦地看着她，但转念一想口气又婉转了些："我有急事要找谢主任。小宋，你能不能帮我去打声招呼？我不会占用他太多时间的！"

项珺皱眉："不好意思啊徐姐，主任今天的预约真的都排满了，而且现在正在接待病人，你有什么问题，不妨我先给你看看，怎么样？"

徐丽娜犹豫了几秒后，显然是真的急了，坐了下来，低头摘下眼镜和口罩。

项珺的印象中，徐丽娜一向是个极其注重容貌的女人，然而现在，她却看到徐丽娜的脸浮肿泛红，眼圈发青，额头和鼻尖上甚至爆出了几颗痘痘……

"你……最近在熬夜？吃什么辛辣的了？不，不是吃，你吸烟，而且很厉害？"项珺认真打量了徐丽娜两眼之后，表情严肃了起来，"加班了？"

徐丽娜低头，半晌点了点头："最近要赶一个工作，我就熬了两晚，结果这脸就……"似乎是为了辩解什么，她又补充道，"上次体检时说我身上有炎症，我吃了药的，但是……但是没用……"

项珺看着面前沮丧得快要哭出来的女人摇了摇头："周六你跟主任去参加了那个什么演讲会是吧？今天周一，也就是说你熬了两晚的意思是——你从那时候开始直到现在，没有合过眼？你现在这个样子，最需要的是好好休息，回去睡上一觉，而不是到这里来吧？"

"不行！我不能！小宋，你不懂，我的工作压力有多大，这周六我必须拿出一份足够好的演讲稿，我现在还不能休息！"徐丽娜叫道。

"那……你想让我们帮你做什么呢？"项珺无奈地问。

"我的脸……现在肿得厉害，眼袋也是，能不能给我打两针肉毒，把脸瘦下去就行了……"徐丽娜说。

项珺将手里的咨询表格合了起来，抬眼看着面前的女人："徐姐，且不说肉毒素是不是适用于你现在的脸，你对你自己的健康到底是有多漠视，才会在这种时候还提出这样的要求？你知不知道你现在的状态，应该看的是心理医生？整形已经不会给你的人生带来任何益处了，明白吗？你现在需要的是充足的休息和保养！让你的肌肤恢复天然的活力。"

徐丽娜摇头："不行！我没有时间，小宋，我可是你们医院的VIP用户，医院承诺过对VIP用户优先安排手术的！"

项珺叹气："徐姐，不是我不给你优先安排。第一，您今天没有预约，主任的时间确实已经安排满了；第二，您现在的状态真的不适合再做注射整形术了，即便做了效果也不会好，更有可能引起身体其他的不适，我是对你负责呀！"

"我才不需要你来替我负责，你能替我负什么责？我的工作你能替我做吗？我的演讲你能替我讲吗？我告诉你宋玲，你这样的态度，我可以投诉你！"徐丽娜急了，声音也尖锐了起来。

项珺梗直了脖子，冷冷地说："我对你说的这些都是出于我对自己医学专业的自信，你信不信，是你的事。"

## 第三十二章 我要投诉你!

"呵,你一个小护士,哪来的医学专业的自信?你以为穿着白大褂就是医生啊?"

"你……好,就算我只是个小护士,但是,我相信就算你找谢主任去问,他也会给你一样的回答。"项珺这才想起,自己已经不是原来的自己了,现在的自己只是一个小护士,人微言轻,说出来的话即便是对的也毫无信服力。

"你什么你?我可是来看病的,你们医院难道还要拒收病人吗?"徐丽娜叫道,"喂,你听到没有!你这种态度……算什么意思?谢辕呢?叫他来,我倒要看看他会不会像你一样对我!"说完,她转身走出办公室,但随即又退了回来,戴上口罩和墨镜才再次出门,来到导医台大声说道:"护士长呢?这里还有没有人管了?我要投诉!"

于是,等到谢辕做完手术回到办公室,得知项珺收到了人生中第一次投诉。谢辕不清楚项珺的身份有多少人知道,但他可以确定护士长姚淑梅是肯定知道的,毕竟当初给简珏做手术时,后半场都是由项珺完成的,而事后,作为助理在一旁跟了全程的姚淑梅却完全没有表示过任何疑问甚至神色的异样。

只是既然有人投诉了,医院不可能不给客户一个交代。如今医患关系本来就紧张,医院自然也担心徐丽娜继续闹下去,于是丁院长便将自己这个得意门生叫去商量。

"那姑娘平时工作挺好的,这次是怎么了?"丁院长问爱徒。

谢辕觉得头疼,皱眉摇头:"这……老师,她这人特别认真,对病人一直是一视同仁,也是太一视同仁了,所以就……把徐丽娜给得罪了,这事真的不能怪她。"

丁院长瞅瞅面前的小伙子,忽然笑道:"哎哟,你在老师手底下这么多年,我还是第一次听你替别人求情呢,怎么?这姑娘你喜欢呀?"

谢辕脸一红,随即想到项珺的身份,连忙又摇了摇头:"不是,老师,我……"

老院长一脸我明白的表情,呵呵笑着点了点他额头:"你们呀,年轻人的事我可不管。就是一条，医院到底还是一个集体，每个人都是医院的脸面。这事幸好徐小姐没深究，那姑娘你自己看着办，总要给人家一个说法。"

谢辕一愣，怎么就推到自己身上来了？刚想说什么，就见自家老师挥了挥手："去吧去吧，我这儿一堆事，忙死了，你走吧。"

谢辕回到科室，拿着科室员工手册纠结了半天，最终签了个罚扣工资的条子。

看到人生中第一张工作罚款单，项珺怒了，她一个月不到五千的工资，一口气扣了一千，剩下来的钱去掉房租吃喝，紧张到令人窒息。

"你怎么能扣我钱？！我到底做错了什么？"项珺愤然质问道。

谢辕叹气："我也不愿意啊，可是这是工作，医院有医院的规章制度。"

"可是我根本没有错！"项珺怒道。

谢辕看着她，有点同情，于是说："扣你钱，是为了平息客户的怨气。我知道你没有错，但这世上本来就少有非黑即白的事。这样吧，你是不是扣了钱之后生活上花费不够了？我先借你点好了。"说着拿出手机就要转账。

"我不要！我就想知道，我明明没有错，凭什么扣我钱？"项珺叫道，心里对于被说中了心事反而更加耿耿于怀。

"这就是规则！你自己在 G 国开过诊所，难道你自己的诊所里就没有规章制度吗？"谢辕皱眉质问，停了一下，又放柔了声音，"你要是事先想过后果，还会那样固执地阻止徐丽娜吗？"

"我会。"项珺低声回答道。

"那就是了，其实你早就清楚自己会付出什么代价了，但你还是去做了。"谢辕伸手想拍拍她的肩，突然想到对方是个姑娘，手悬在半空，尴尬地收回，在头上挠了挠，"你是个有原则的人，我很欣赏，可惜很多时候，光是原则和欣赏解决不了问题。"

项珺长叹一口气，沮丧地接过了罚单。

回到家，项珺整个人都沉浸在愤怒之后的郁结中。怨念之大，王昱枫

## 第三十二章 我要投诉你！

远远看她一眼，想了想都没敢过来打招呼。

进了自己的小单间，关上门，项珺翻着钱包里剩下的钱，苦恼。难道真的要被这区区几千块钱难倒吗？想想回国已经四个多月了，每天做着小护士的工作，人生好像就这样成了一个定格，然而这绝对不是自己想要的生活！想到从小父亲的教导，想到自己努力攻读医学院，乃至成为一名口碑不错的整形专家，这一切怎么可能就这样成为过眼云烟？

项珺是绝不允许自己这样沉沦下去，必须做回自己，即便一切重新来过！她想。

然而，宋玲读的是护专，这个学历还不够考执业医师资格证，如果要考，那必须至少拿到一个大专学历。项珺查看了一下大专以及自考等费用，以她目前的收入是不可能供得起的，这就很尴尬了……

想到自己在 G 国银行的户头上那七位数的存款，再想到父亲名下的那家整形诊所……我明明应该是个富婆啊！项珺气恼地甩掉脚上的鞋，瘫倒在床上，心里想道。

那个骷髅贩毒组织似乎从那起事故之后已经确认她的死亡，再也没出现过，项珺觉得现在应该已经算安全了吧？应该算吧……那么，虽然拿不回护照之类的东西，但至少，她可以向 G 国银行挂失补办银行卡，这样至少手头不会再这样拮据了。

想到就做，项珺立刻打开电脑，向 G 国银行客服发送了一份挂失补办的邮件……

G 国此时正是白天，客服的回复很快，对方礼貌地要求项珺提供有效证件号证明自己的身份，项珺在提交了所有认证表格之后，对方随即表示将在 30 天内将补办好的银行卡邮寄给她，需要她留下邮寄地址。

项珺想了想，留下了丁香医院的地址。

此刻，大洋彼岸的某个角落，一个男人咬着一片吐司，看着面前电脑上的邮件文字截图，发出古怪的咕咕笑声："找到了，美丽的女士。"

"马尔夫，那女人在中国，我们的人在那边势力不大，而且……"男人身后一名黑衣下属小心地叙述着任务的难度。

砰！一声轻响，那人彻底闭了嘴，直直地倒在地上，抽搐了两下之后没了动静。

两颊瘦削眉眼冷峻的男人扔掉了手中的无声手枪，一旁有人过来将尸体拖走，神情淡漠的女仆过来将地上的血迹擦干净，一切仿佛没有发生过一般。男人再次咬了一口吐司，笑了笑说："威尔，我想见她。"

他身后的男人点了点头："我会尽快安排。"

## 第三十三章
### 谢主任大概失恋了

"那家伙招了！他们从欧美引进了一种新的配方，制造出的毒品可溶于水，便于吸食，早期服用药物有致幻效果，据说非常刺激。这种药在G国和M国的年轻人中流行了一阵，经常被加在饮料中让人食用。"邢涛扬了扬手中的案件资料，颇有些得意的对面前的男人说道，"我们的专家从来没有失败过。"

王昱枫挑了挑眉："毒品名为'堂吉诃德'，配方不明，可溶于水，摄入后致幻，成瘾后嗜睡，吸毒者会将身边的事物看成怪兽，并对其进行攻击……这些资料我们早就已经掌握了。"

"什么？那你怎么不告诉我？！"邢涛怒道。

"我凭什么要告诉你啊？咱们都不是一个部门的。再说现在是你配合我工作，当然是你向我汇报。"王昱枫扯了个没正形的笑，说道。

"你！"邢涛瞪着王昱枫，一肚子火却无处发。

"怎么，不服啊？不服找卢队去。"王昱枫说。

"你除了说这些没用的还能干吗？"邢涛冷眼看他。

王昱枫耸耸肩："我是不能干什么，因为从你这儿，我到目前为止，我什么有效的信息都没得到。得了，我回去了。"他转身便朝门外走。

"他们在找一个叫珺·项的女人。"

这句话，令王昱枫停下了脚步，他回过头："说下去。"

邢涛对他这样命令式的口气感到相当不适，皱了皱眉，最终还是接着说道："这是我们根据犯人提供的线索清剿的一个制毒窝点时发现的信息。是境外组织以传真的形式发来的消息，他们内部知道的人也不是特别多，要不是我们正巧剿了那里，估计也就错过了这消息。"

"传真？还真是个反侦查的好办法。这年头网络通信太好查了，反而是这种老式通信难查。"

"是的，我们现在在查这个珺·项的下落。虽然不清楚这女人跟这些人有什么关系，但是能让他们想杀的，肯定是与这相关的人，不过他们那边透露的消息太少……"

"这事不需要你们插手。"王昱枫打断他，语声有些沉重。

"嗯？"邢涛不解地看了他一眼，"这你们也已经掌握了？"

"事情比较复杂，我现在不能确定。"王昱枫摆了摆手，"行了，别多问，规矩你知道的。我先走了！"说完他重新转身出门，却在门口再次被叫住。

"哎！"

"怎么？"他问。

"你……的伤，现在怎么样了？"邢涛犹豫着，问道。

王昱枫没回头，沉默了数秒之后淡淡地回答："也就那样，不好不坏，谢谢关心。"说完，迈步走出了市局刑侦大队队长的办公室。

走出市局大门，王昱枫回头抬眼，看着高高挂在门檐下的国徽。胸膛里隐约有种撕裂的疼，他忍不住按了按那里。伤口早已经好了，所以疼也只是幻觉，似乎是在提醒他多年前那场悲惨的战斗真的已经过去了……然而，失去的却再也回不来了。

丁香医院的傍晚，门急诊还有不少人来往，但整形科的工作却已经进入收尾阶段。项珺整理好文件，收拾好桌子准备下班，手机在这时振动了两下，解锁看时，却是王昱枫发来的消息："下班了吗？"

## 第三十三章 谢主任大概失恋了

项珺一愣，看了一眼电脑右下角的时间，回复："还有五分钟。"

帅房东【王昱枫的社交账号备注】："我刚好在这附近办事，顺便带你回去吧。"

项珺笑："好呀！谢谢啦！"

帅房东："我车就停在上次那个停车场，你下来之后直接过来找我。"

项珺刚想回复说好，那边又追加了一条消息过来："算了，我就把车停医院门口等你好了，这样方便些。"

项珺再次愣了一下，想了想回道："老王，你今天心情这么好的吗？"

帅房东："不，恰恰相反。"

项珺："……"

王昱枫叹着气收起了手机，目光落在面前的电脑屏幕，无奈地咬牙："这个笨女人！"

屏幕上有邮件发送内容，以及被银行客服收取同时被另一组木马截获并窃取的记录数据。项珺怎么也没有想到，骷髅组织已经对其所有社会信息进行了监控，只要她向G国发起任何与其社会信息相关的联系，立刻就会被监控找到！

"这……你也不能怪她，毕竟她只是个普通人，对于犯罪分子的手段一无所知。"卢尚瑜拍拍他的肩，安慰道。

"现在怎么办？骷髅那边的案子刚刚有点眉目，她这边就自投罗网，怕别人找不着她是吧？！"王昱枫不耐烦地说。

"骷髅迟早会找上她的，这点你早就心知肚明。"卢尚瑜说。

"卢队，你也知道她就是个普通人，我怕……"

"小王，你也会有怕的一天？"卢尚瑜眯着眼，似笑非笑地看着他。

王昱枫低下头，不说话。

卢尚瑜见状收了调侃的腔调，干咳了一声："别这样，当年的事……都过去了……"

"过去了……"王昱枫点点头，看向卢尚瑜，"不到骷髅落网的那一刻，那件事在我这儿可能永远没法翻篇……那个女人，我一定会毫发无损地送到证人席上。"

"当然,你可是兵王啊!"卢尚瑜轻叹道。

"呵,早已经不是了。"他自嘲地笑笑。

卢尚瑜再度拍拍他的肩:"有情况随时报告。"

王昱枫深吸一口气,缓缓吐出,神情又冷冽了几分:"是!"

下班时间一到,项珺便直奔更衣室,换衣服走人。下楼一看,果然在医院的正门口趴着辆黑黝黝的Jeep牌越野车,王昱枫则杵着两条大长腿倚靠在车头上,一副酷酷的样子吸引着来往年轻女性路人的目光。这样的男人是在等自己——某种女性本能的虚荣心在项珺胸膛里蠢蠢欲动,她迎上去,笑说:"嗨,我来啦!"

王昱枫微微晃了一下头,示意:"上车。"

两人上了车,黑色的车缓缓驶进了下班高峰的车潮中……

"谢主任,小宋跟一个特别帅的男人跑啦!"

谢辕提交完工作报告,收拾下班,走过护士台时,被告知了这个消息。叙述人值班护士杨柳说:"真的哟!我刚刚看到她在楼下跟一个帅哥上了车,走了。"

谢辕一愣,莫名有些心慌。也许是她和毒贩不甚明了的牵扯给项珺这个女人平添了许多神秘感和危险气息,可偏偏生活中的她看起来又是那么无害,让谢辕更加想要了解她,尽可能多地知晓和她有关的消息,尽管他们每天上班都在一起。谢辕假装不在意地问道:"哦?怎么个特别帅法?"

"个子高,大长腿,目测能有一米八米以上……长得……呃……长得特别帅!"杨柳想了半天找不出形容词来描述自己看到的男人,最终也只能干巴巴的给了个"特别帅"的评语。

谢辕皱眉,项珺的圈子可以说是极其小的,而且与自己的交际圈基本重合,也没听说她交男友的消息啊……

然而转念又一想,项珺和谁交往不都是她的自由吗?自己这么担心是何苦来的?这么一想,他苦笑了一声,对杨柳说:"行了,人家小宋长得

那么漂亮,有男朋友不是很正常吗?值得你们这么大惊小怪的……"

说完,他走进了一旁的电梯,心中竟然涌起一股酸涩。

"话说刚刚那男的我也看到了!霸道总裁款的型男啊!完了,谢主任失恋了。"不知道什么时候猫在一旁偷听的张喜探出头来,下结论。

"好可怜哦!暗恋多年的青梅竹马,终究没能抵得过空降型男的猛烈攻势……"杨柳看着关闭起来的电梯门,悠悠叹道。

"行了,你们两个都给我好好点!没事做就去查房,少看点言情小说!"姚淑梅走过来笑骂道。

于是,关于谢主任暗恋青梅竹马未果,宋护士琵琶别抱与霸道总裁牵手的小道消息在丁香医院里传了开去。而这并不是结束,接下来的几天,王昱枫每天接送项珺上下班,几乎做到了定时定点,这波狗粮撒得全医院人尽皆知,所有人都知道医院整形科的小宋护士交了个霸道总裁型的男友,宠溺得不得了。一时间,项珺在自己完全不知情的情况下,成了医院的言情女主角一般的存在……

对于王昱枫突然而来的热情守护,项珺有些意料之外,又有些小小的开心,私底下,她跟简玦讨论过这个问题……

"小玦,你说我房东这是什么意思啊?"

简玦在项珺的脸上涂涂抹抹着,随口说:"还能是什么意思,想追你呗!这年头啊,都是套路……别动!"说着,抽了根化妆棉签过来,蘸着卸妆水把不满意的颜色擦掉……

项珺依言闭了一会儿嘴,等简玦把自己脸上清理好继续往上化妆时才再开口:"你怎么什么都知道呀?"

简玦撇撇嘴:"没吃过猪肉,还没见过猪走路吗?网上这种撩妹的段子多的是!我跟你说,现在是每天接送你上下班,接完你然后就是就顺便带你去吃饭,再接着就是约会看电影啦,拉小手,搂小腰。你只要同意了第一步,后面就会跟着一道一道的菜谱给你上!"

"这……也没什么不好吧?"项珺畅想了一下之后,弱弱地说。

简瑛白了她一眼,恨铁不成钢:"你完了,人家还没开始攻势呢,你已经投降了!你可要知道,无事献殷勤,非奸即盗,等你被他……嗯……明白吧?他就不会珍惜你了!所谓,没到手的都是宝贝,到了手的都是猎物。宝贝是用来呵护的,猎物……你懂。"

"所以呢?我该怎么办啊?每天被这么大个帅哥接送真的很撩啊!"项珺说。

"让他撩呗,你要以不变应万变。敌不动,我不动,他不表白,你死也不要流露出一点点超出友情以外的任何意思。这就是一场战争,谁先表白谁就输……闭眼,我要试试这个眼影。"简瑛一边侃侃而谈,一边试着新设计的彩妆眼影。

"说得好像你已经阅人无数的样子……"项珺嘟囔道。

简瑛笑道:"如果按在网络中来算,我也确实算阅人无数啦。"

"好吧……唉,真麻烦,干脆一点,喜欢就说喜欢多好呀,这么不上不下地吊着好难受。"项珺叹道。

"相信我,你只要淡定自如,保证他比你更难受。等到他受不了了,主动找你表白了,你就赢了。这时候你就可以开始调教他了,好男人都是这么给调教出来的。"

"嗯,那我就按你说的,淡定!淡定!"

"OK,这就对了!好了,这次的妆就这么定了!"简瑛满意地托着项珺的脸,欣赏着刚刚设计出来的新妆容,"好,下次我们就直播这个妆容的画法,嗯……妆容名就叫'闺中语'。"

从简瑛家出来,走出小区,项珺毫无意外地看到等在路边的王昱枫。

## 第三十四章
**崩溃的女强人**

"你又在夜跑？"项珺好笑地看着他。

"不，我特意过来接你的。"王昱枫说着，很随意地接过她手中的包，里面是简玦送给项珺的一大包化妆品体验装。

项珺顺从地将包递到王昱枫手中，嘴里却说："就这么点儿路，我走回去也没多远。"

"路是没几步，但时间不对，已经晚上九点了，大小姐。"王昱枫不是很能理解两个姑娘腻在一起化妆玩儿是种什么趣味。对于简玦一个电话说要试新设计的妆容，就屁颠屁颠跑来试妆的项珺，王昱枫很有些说不出的郁闷，天知道他现在恨不能把这女人关在笼子里保护起来，直到抓住骷髅那票人为止——可是他不能。

项珺低头，微笑不语。

一路无声，人烟已经不多的街道上两人的影子被路灯拉得长长的，像一幅意味深长的摄影作品。

"那什么，周六去展会的事别忘了。"王昱枫没话找话，打破了沉默。

"嗯，我记着的。"项珺说，想了想又说，"这周六手术预约不多，说不定可以提前一点下班，你不用像上次那样飙车过去了。"

王昱枫一挑眉："飙车？"他侧头想了想，"我车速不快吧……载你的时候……"

项珺一噎，觉得怎么有点手痒的感觉，好想打人啊！

周五一早，谢辕准备出门时突然接到了徐丽娜的电话。

谢辕接起电话来问道："丽娜？有事吗？"

电话那边传来徐丽娜哽咽的哭泣声："小谢，我……我不行了……我做不到，我真的做不到……呜——"说到最后，只剩了她的呜咽声。

谢辕不明所以，只能柔声安抚："怎么了？发生什么事了？你先冷静一下，慢慢跟我说，我……尽量帮你。"

徐丽娜哭着说："我的脸……我的脸……小谢，只有你能帮我了，我不能就这样见人！"

谢辕抓着电话，却说不出话来。徐丽娜对微整形上瘾的情况，项珺多次提及过，谢辕也有所感觉，但在此刻之前，谢辕还真没有将它当一回事。毕竟又不是真的吸毒，整形术本身只要保养得当，对身体健康并没有太大的直接影响。现在，徐丽娜的状态却令谢辕深深震撼，这种对于整形依赖到不打针就不敢出去见人，甚至心理状态崩溃的情况，谢辕是第一次遇见，这也令他第一次对自己的工作产生了怀疑，真的对吗？

担心徐丽娜发生什么意外，谢辕匆匆安慰了徐丽娜几句，再三保证自己会帮她之后，挂了电话。谢辕想了想拨打了项珺的电话。

电话一接通，谢辕便直接说："项珺，徐丽娜的精神状态非常不稳定，我去她家看看，你帮我把今天的手术都推迟两小时……"布置完工作，他拦了一辆出租车，前往徐丽娜家。

项珺拿着手机，完全没有插嘴的机会，直到谢辕挂了电话，她都没能开口问是怎么一回事。项珺只能一头雾水地将预约记录翻出来，一个一个地给病人打电话通知手术时间延迟的消息……

## 第三十四章 崩溃的女强人

此时谢辕按着徐丽娜的私人名片上的地址来到一处高档小区。找到徐丽娜家，谢辕却犹豫了，自己不过是个医生，能帮她什么呢？难道真的满足她的要求？那显然是不对的！正在他心烦意乱的时候，就听门内一声脆响，好像什么东西被砸碎了的声音，这令谢辕吓了一跳，连忙猛按门铃。

少时，隔着门传来徐丽娜的声音："谁？！"

"是我，谢辕。丽娜，你开门吧。"谢辕说道。

门内沉默了一下，接着便听到门上开锁的声音。少时，门打开了，徐丽娜一脸憔悴地站在门口，两眼通红，见到谢辕的瞬间，突然捂着脸转身跑回了房内。

谢辕一愣，跟了进去，就见徐丽娜捂着脸蹲在沙发旁，呜呜哭着说："不要看我！不要看……"

谢辕看着她，心中无比纠结，刚刚那一瞬间，他已经看到徐丽娜的面部情况。凭良心说，徐丽娜生得并不丑，只是像千千万万平凡的普通人一样，长相普通而已，事实上之前她事业顺遂时，那种自信高傲的气质其实是给她的神采加了分的。然而自从迷上微整形之后，不知道从什么时候开始，她仿佛将一切都归功于整形了，以至于越来越依赖……

半个多月没有继续补针，加上此前谢辕已经刻意收敛，在注射时减少了剂量，所以降解得也特别快，所以此时徐丽娜的五官已经渐渐恢复到了原始的模样。再加上由于近日来的高强度加班工作，她的肤色质量看起来非常糟糕，脸上甚至还浮出了些红斑，看起来确实远不及她之前的状态……

"丽娜，你……"谢辕蹲下身，轻轻拍着徐丽娜的肩，想让她平静下来，"你先冷静一下，事情并没有你想象中那么糟。"

"不！我已经没救了！"徐丽娜哭着说，"我努力过了！我真的努力过，可是这张脸……我没办法用这张脸去面对客户，面对风投，我不能……我也写不出比之前更好的演讲稿了。我的人生，我的事业都毁了！毁了！"

谢辕叹了口气，坐到徐丽娜身旁的地上，与她一同靠着沙发，缓缓说："丽娜，你先听我说。我们认识多久了，三年多了吧？"

徐丽娜一愣，但没有回答他。

"三年前，你刚来我们医院整形科，是为了一次重要的活动做准备前的微整形术。那是因为那次活动中，你们请了一位明星出席，作为主持，你本身的形象也必须有所提升，所以你来找我。当时我为你做了美白针和丰颊注射，事后你告诉我活动很成功，你的老板为此夸奖了你。"谢辕轻笑着回忆，"其实你告诉我这些的时候，我也特别开心，因为，那是我刚刚踏上工作岗位，第一次为人量身定制整形方案，第一次就成功了，这对我来说是莫大的鼓励，所以，我其实一直欠你一个谢谢。"

徐丽娜抬起头来，看向谢辕："不……"

谢辕伸出手轻轻摆了摆，继续说："可是，你工作的时间远比我长，对吗？我们相识时，你已经是策划部主管了，距离你现在的总监位置只差一步之遥。那么，在认识我之前，你的工作业绩是怎么来的呢？那时的你，没有接触整形，一样也能拿出优秀的成绩一步步向上走，那时的你难道就不美吗？一直以来，我也被自己的骄傲给蒙了眼。我曾经想，你需要微整给你带来业绩，而我需要你做微整来给我的工作带来业绩，我们不过是一个愿打一个愿挨的关系，所以，你之后的每次整形要求我都尽量满足你，即便你其实并没有需要整形来应付的工作……就这样，我一错就错了三年，直到……小宋，她让我意识到你的状态出了问题。一开始我也不想面对，不想承认你真的对整形上了瘾，因为那样就好像是承认自己的错，承认是我将你变成了现在这个样子，可是……现在，我必须向你道歉。丽娜，我错了，不要再这样下去了，整形已经不能为你带来美貌，相反，它已经成为你心里的负担！而这都是我的错，对不起。"

徐丽娜瞪大了眼，看着身旁的男人，他的侧脸还是那么温润英俊，但却突然无比陌生。

"不……我没有……"她想说自己并没有问题，却说不出口，心底深处那种不安与绝望令她毛骨悚然。

"丽娜，你把我当朋友，那我就以朋友的身份来劝你。短期内不要再做注射整形了，让你的脸包括你的心都好好休息一下，必要的话，我可以介绍院里的心理医生给你谈谈。我只想你知道，你的成功，你的业绩从来不是单单凭借整形换来的，你的能力远比你自己所了解的强大得多。过去你能做到的事，未来你也一样能做到。"谢辕认真地说，"为了求胜而失

## 第三十四章 崩溃的女强人

去健康，那是最不聪明的做法，你这么聪明能干，理应不会选择这样的道路才对。"

"可是……明天就要演讲了……不论是这张脸，还是演讲稿……我都……"徐丽娜苦涩地说。一想到被盗取的演讲稿她心中就郁愤难平，无论如何，她也不愿意让那个盗贼拿着本应属于自己的荣耀在自己面前炫耀。

谢辕沉默了一下，小心地说："只是一次演讲，机会总会再有……"

"可是如果没有了呢？"徐丽娜下意识地抢白道。

谢辕一怔，闭了嘴，他也明白自己在这件事上并没有多少发言权。

徐丽娜看着谢辕，突然觉得可笑，凭什么她下意识地就觉得谢辕能解决自己的问题呢？徐丽娜啊！这世上最终能帮自己解决问题的人不是只有自己吗？！你怎么都忘记了呢？

"谢辕，我喜欢你呢。"她忽然轻声低喃道。

突如其来的告白令谢辕瞪圆了眼，不知该如何回应。所幸徐丽娜也没有等他的回应，接着笑了笑说："不用回答我，我刚刚发现，你也只是我的瘾罢了，你说得对，我会努力戒掉微整，也会戒掉你。也许很难，毕竟你和你的整形一样，那么温柔，令人着迷，但我会努力的！"

谢辕一头雾水地看着似乎渐渐拾回了自信的徐丽娜。自己这是刚刚被表白就失恋了的节奏吗？事情发生太快，我反应不过来啊！

"不管怎样，谢谢你今天能来，你是个好人，也是一位好医生。可惜，你解决不了我的问题。"徐丽娜轻轻说，"我自己的问题，自己解决。"

"不是……"谢辕不知道徐丽娜又想到哪儿去了，想要再说什么，却被徐丽娜抢先说道："抱歉，要害你迟到了，快去吧！我也还要努力把新的演讲稿做好，明天……不管怎样总是要努力一把，不战而退，不是我的风格。"她笑着说，仿佛一名即将上阵厮杀的女将。

于是谢辕心急火燎地来，准备了一肚子的鸡汤，刚灌了两口，就被莫名其妙地请了出去……

直到回到医院，谢辕还在一脸蒙逼的状态，他不明白徐丽娜算是想通了还是没想通，思来想去，不明白，于是便去问项珺："你说她到底是什么意思呢？"

项珺听完他的叙述，笑了笑说："徐丽娜倒真是个女强人呢，理智得惊人。放心吧，她会好起来的。倒是你，谢大圣母，你这算是怎么回事，难道人家没有对你感恩戴德让你这么不舒服吗？"

"瞎说什么？我哪里想让她感恩戴德，我都说了是我对不起她！"谢辕没好气地说。

"可是，你在挽救她啊，不是吗？你心里难道不希望是你的话令她顿悟，然后对你奉如神明般的崇拜吗？"

"并没有，这次是你想多了。"

"哦……好吧，那就行了。你别多想，她这样的女人，无论怎样都不会服输也不会被任何人、任何事打垮的，放心！她可比大多数男人还厉害着呢，就像那个，你说的偷她演讲稿的垃圾，不会得逞的！"项珺说。

"但是……她的气色是真的不太好，而且她的演讲稿也……"谢辕有些担忧地说。

项珺想了想，忽然一笑："演讲稿咱们是帮不上忙了，但是，气色什么的，我倒是有些办法的！"

"哦？什么办法？说好不给她再打注射针了，而且现在打也来不及了。"

"嘿嘿，山人自有妙计！"项珺笑看着谢辕，"你忘记简玦了吗？"

"哦——"

## 第三十五章
## 又要放我鸽子吗？！

周六，国际会展中心。

徐丽娜站在会展中心的休息室里双手紧张地握着一杯浓浓的咖啡，神情淡漠，她看了一眼墙上的钟，还有三小时演讲就要开始了。今天的她只淡淡地化了个妆，她已经很久没有在不做微整的状态下面对这么多人了，心底里其实还是有些紧张的。可是一想到，自己以前不也就是这样一步步走过来的吗？那时候可以，现在当然也可以啊！

今天，她还是和谢辕一起来的，只是不知道是不是因为两人把话都说开了，反而相顾无言，谢辕甚至是送她进了休息室之后就消失不见，这会儿也不知道跑哪儿去了。徐丽娜撇了撇唇，男人啊……果然都是靠不住的。

休息室内十分安静，主办方体贴地给了演讲者一个不错的环境做准备。

徐丽娜正在心里复习着自己的演讲内容。突然门轻轻一响，一个人探头进来，徐丽娜一惊，回头竟见是谢辕。刚想问他刚才去了哪里，就见谢辕转过头去，对着门外招呼："在这里，来来！快过来！"

然后就见他敞开大门，随着他的动作，宋玲带着一个陌生的女子以及一个高大英武的男人走了进来。

"你们……你们这是干什么？谢辕，你怎么回事，这里不是随便什么人都能进来的……"

"嘘！"项珺朝她竖起手指，"知道不能随便进人，你还叫这么大声！"说完，一指身边的冷面美女，"快，坐好，让小玦帮你打理一下！"

"什么？你们……"徐丽娜满腹狐疑地问着话，却随着她的指挥坐了下来。

"你的面形挺适合化妆的呢。"冷面女子简玦说着话，手里已经飞快地将徐丽娜的头发用护发罩包起来，只露出面部。

"小玦，上次那个闺中语，我觉得挺适合她的。"项珺笑着说。

简玦点点头："嗯，确实。"嘴里说着，她朝英武男子王昱枫招了招手，"王哥，麻烦帮我把箱子打开。"

王昱枫喷了一声，有点嫌弃这个称呼，但也没多说什么，打开了手里拎着的简玦的化妆箱，放到简玦面前。

简玦看了一眼之后，取了几款彩妆产品出来预备。这时，项珺插嘴："咦？你上次给我用的不是这个色号的底霜。"

简玦故作嫌弃地看了她一眼答说："人家徐小姐的肤色比你白，换一个色号更合适。"

项珺朝她咬了咬牙，佯怒地挥了挥拳头，跑到旁边去继续帮她准备化妆时的工具去了。

"你们……这是要给我化妆？"徐丽娜这时终于反应过来了，小心地问道。

"对呀，你才发现吗？"项珺笑嘻嘻地说。

"可是……我已经化过妆来的……你们这是要……搞什么？演讲快开始了。"徐丽娜急道。

谢辕看了一眼手表说："还有一个半小时，时间来得及吧？"

"一小时就够了。"简玦平静地回答道。

谢辕合掌一击："那好，你还有半小时休息。"他朝徐丽娜笑道。

"小谢……"徐丽娜突然不知道应该说什么好。

## 第三十五章 又要放我鸽子吗？！

"我说过，我会想办法帮你的。"谢辕说。

"喂，不要煽情了，她要是哭出来就麻烦了！"简玦说。

"好好，我不说话。"谢辕高举双手，闭了嘴。

屋内一时又恢复了安静，几人都屏息看着简玦仿佛一位画家又或者是雕塑家一样在徐丽娜的脸上一点点创造出奇迹……

眉毛修得微微上扬，眼线将眼角轻轻提起，鼻影，腮影，鲜艳欲滴的红唇，在柔润如玉的肤色映衬下，宛如入画。长发绾髻，垂了几绺碎发在额前……带着几分古意的妆容正配徐丽娜今天穿着的带有汉服元素的小西装，仿佛量身定制一般。

"怎么样？"项珺举着镜子问道。

徐丽娜看着镜中的女子，是自己的模样，但又好像哪里不同了……自己的脸原来可以这样温婉吗？她看了一眼站在自己身旁的女子，她已经注意到这女子的面部左右有些微妙的不同，而且女子表情很少，明明不时地说些有趣的句子，脸上却没什么表情……不论怎样，她应该是专业化妆师吧，徐丽娜想，要是凭自己的那点化妆水准实在无法令自己的脸如此生动……

"怎么？不满意？"谢辕问。

"不……不是，满意，是非常满意！谢谢，谢谢你们！"徐丽娜看着屋子里的众人，心情竟意外地平静了下来。虽然除了谢辕和宋玲，另外两人她并不认得，但是她明白，这些人的好意足够支撑她走上演讲台，去完成她的使命！

"徐丽娜，徐小姐，还有5分钟轮到你上场，麻烦准备一下到后台等候上场。"门外，工作人员通知上场的声音传来。

"好的。"徐丽娜应了一声，回头再看了一眼众人，忽然深深地鞠了一躬，"谢谢！"说完，她拉开门，昂首迈步走了出去。

"她会成功的。"王昱枫说。

"嗯！"项珺点点头。

"走吧，我们去观众席看她演讲。"谢辕招呼。

一行人绕过幕布，悄悄回到观众席坐好。少时，徐丽娜走上台来，大屏幕上出现了她的特写头像，会场的一角似乎起了一阵微小的波澜。

"徐丽娜？"

"是徐丽娜没错……这是怎么整的？"

"不可能，她没时间整了，她化妆化的吧……"

"拜托，她化妆那水平怎么可能……"

"啊……我也好想化个这样的妆……"

"是啊，像明星一样！以前看她的脸总觉得别扭，这么画一下居然哪儿都顺眼了！"

"哼，你们都行了吧，这又不是比美大会，拿出有说服力的演讲才是实力。"

"王雄，你能不说风凉话吗？"

"哼！"

徐丽娜站在台上，看着台下的人们。她轻易地在观众席的一角找到了谢辕和项珺等人，于是朝他们微笑致意，然后看向另一角。那里坐的是她的上级、同事和下属们，曾几何时每一次合作完成工作之后的快乐变成了彼此争功的尔虞我诈，是他们的错，那自己是否就真的没有问题呢？也许两者皆有，而人在多数时候都忘记审视自身。

她向台下鞠了一躬，开始演讲。大荧幕上投射出一个最简陋的白底黑色标题：我们为谁美丽。

这种连最基础的模板都没有套用一下的PPT封面令场下的人都为之轻轻骚动。

有人窃窃私语："这是什么鬼？敷衍人吗？"

"就这也算是行业精英？"

"徐丽娜，这人我听说过，办的几次庆展口碑都不错啊，怎么……"

"这是故意抢眼球，搏出位吧？"

"抱歉，因为个人的一些原因，我临时修改了自己的演讲主题。时间

## 第三十五章 又要放我鸽子吗？！

有限，我来不及做出更精美的PPT来给大家欣赏，但是，既然是演讲，那大家正好可以无视这个PPT，专心听我讲一讲。"徐丽娜微笑着开口，语声优雅中带着些许俏皮，轻易令台下安静了下来，"其实这个封面是我五分钟前做的，特别简陋，我甚至来不及套上一个像样的模板，但是……我也觉得这正好是我想要表达的——至朴无敌。"

台上，徐丽娜开始侃侃而谈，她自信从容的演说令人渐渐开始接受她的理论，坐在第一排的几名行业巨头以及风投代表甚至频频点头，相互开始商讨着什么……

项珺眨眨眼，扭头问谢辕："这演讲……她真的是5分钟前临时改的吗？"

谢辕同样对她眨眨眼："我怎么知道？看她这样子好像准备了一万年，早就背得滚瓜烂熟了的样子，不像是临时改的啊……"

项珺咋舌："可是，她昨天不还说没有准备好吗？"

谢辕晃了晃头："只能说人的潜力是无穷的，毕竟昨天看她那样子，我还以为她会彻底崩溃呢！"

王昱枫看了一眼身旁说悄悄话的两人，皱了皱眉，但随即将不太快乐的小心思压了下去，低声说："小宋，我走开一下。"

项珺瞪了他一眼，似笑非笑："又是走开一下。"

王昱枫一噎，刚想找个说辞。谢辕隔着项珺朝他说："去洗手间吗？正好我也去，一起吧。"

项珺扭头看着谢辕："你们俩是小学生吗？上厕所都要结伴去？！"

一旁简玦悄悄地拉了拉项珺："让他们去啦，正好，你过来坐我边上。"

项珺哼了一声，看着谢辕和王昱枫离开座位，一同走出了会场，气哼哼地坐到了简玦身旁："真是的，男人靠得住，母猪能上树！又放我鸽子，当我傻啊！"

简玦说："别这么说啦，说不定真的是去洗手间，毕竟人有三急嘛！再说，理他们那些男人做什么，听听娜姐的演说也蛮好玩的，我喜欢她说的这些！"她开心地说着，"我还是第一次来到人这么多的场合呢！"

项珺听她这话，不由心疼。简玦被迫自闭了许多年，能重新回到社会

219

中,像普通人一样生活,参与各种活动是她一直向往的事,本来项珺请她来帮徐丽娜化妆是一节,让她感受大型活动的氛围也是一节,现在看到简玦开心得像孩子一样的神情,项珺心里无比满足。

而另一边的两个男人之间,气氛就不那么愉快了。

王昱枫走过两个拐角之后停下了脚步,回头看着身后的男人:"谢先生,这边不是去洗手间的路。"

## 第三十六章
**真香**

　　谢辕平静地看着他："我知道，我没打算去洗手间。"

　　"那你跟着我干吗？"王昱枫不耐烦地问。

　　"我想知道，你这样神神秘秘的，到底是在做什么？小宋不是你招之即来，挥之即去的玩物，如果你不懂得尊重她，那我会让她知道，你不值得她喜欢。"谢辕冷冷地说道。

　　"你在说什么？"王昱枫满脸莫名地看着谢辕，"谢先生，你怕是言情小说看多了吧？"

　　谢辕皱眉："你敢说你没有在追求她？那你每天接送她，无事献殷勤是什么意思？你以为谁的感情都能玩弄吗？"

　　王昱枫愣了半天，气笑了："我……我每天接送她就是无事献殷勤？就不兴我出门顺路送一下室友？她一个女的，还是我房客，我照顾一下还错了吗？谢先生，倒是你啊，你这么紧张兮兮地跑来质问我，是什么意思啊？宋玲是你什么人哪？这年头上司还负责管下属的情感问题了吗？老实说，你才喜欢她吧？"

　　谢辕脸色唰的一下就红了，但他却没有否认，反而直直地看着王昱枫说:"那是我的事。如果你对小宋没有意思,为什么不敢跟她说清楚?这么不明不白地吊着人家也太不负责任了吧?"

王昱枫好笑地看着面前的男人,失去了跟他抬杠的兴趣,摇了摇头:"随你怎么想吧,要是觉得你家小宋委屈了,不如你去好好安慰安慰,正好刷点好感度嘛。"说完转身挥手,"走了,别再跟来了,大人的事,小孩子不要管。"他大步走进电梯,随着电梯门的闭合,消失在谢辕的眼前。

谢辕瞪着紧闭的电梯门,默默握紧了拳头。

电梯下沉,王昱枫嘴角的笑意渐渐消散,眼中闪现锐利的锋芒。

再次来到地下车库,王昱枫走到之前缉拿毒贩的位置,左右看了看,车库里因为有活动,各式车停得满满当当,王昱枫皱眉,闭上眼,在脑海中回想当时的情况……

那名穿着工作服的人进入车库之后,去了哪儿?

那时候,因为邢涛的突袭,王昱枫没有能看到那穿工作服的男人去了哪里,做了什么,也就是说,这段时间很可能就是他们错过的关键。

西装男带的箱子里是用于交易的现金,而这个数目与警方截获的毒品价值并不对等,也就是说,对方事先是有防备的,并没有将所有货物都拿出来。那么剩下的毒品在哪里呢?

王昱枫睁开眼,扫视了一遍四周。这段时间,警方对这座车库进行了地毯式搜索,甚至出动了缉毒犬,依然没有找到毒品,这正是邢涛困惑的。但王昱枫却认为,毒品依然在这车库的某个角落,所以即便是目前,警方依然对车库全面布控中,几天下来也没有可疑人物进入车库,邢涛几乎要放弃了。

王昱枫再次回想当时,工作服男人提着蛇皮袋走出来……是从哪个方向?他看向一个方向,走了过去,那边是一个折角墙,墙后是洗手间……一些清扫时用的工具堆放在一旁,王昱枫仔细打量了这个空间的每一个角落,然而依然一无所获。

"没道理啊……监控里没有看到交接,东西应该还在……"王昱枫自

## 第三十六章 真香

语道。忽然他想到了什么，走到墙角，那墙上挂着冲洗厕所的蓄水斗，看上去，整个蓄水斗是与天花板连接在一起封闭式的，然而……这个天花板却是吊顶！

王昱枫四下看了一眼，翻身跳上洗手台，站在洗手台上，那里对着一个中央空调的排风口。他仔细盯着上面，果然发现了排风口的固定螺丝有移位的痕迹，顿时眼一亮，掏出手机拨通了邢涛的电话："老邢，马上叫人过来，找到了。"

那边邢涛意外又惊讶地问："你说什么？找到了？"

"对，找到了。"

"好，我马上派人……不，我马上过去！"邢涛兴奋地叫道。

王昱枫挂了电话，露出一丝笑来。这个老邢还是和当年一样，一高兴就跟个孩子一样。

会展内，徐丽娜面对着台下众人，停下了侃侃而谈，演讲结束了，台下轰鸣的掌声令她激动得几乎流下泪。掌声稍息，徐丽娜没有立刻下台，她深深地向台下再次鞠躬，再次开口："这次的演讲，我要感谢一些人，他们是我的同事们，谢谢你们一直以来容忍我的骄傲，给予我最好的配合；感谢你们的鞭策，让我不断地努力追求更高的成就；也感谢我的对手，让我有超越自我的机会，最后，要感谢……我的朋友们，谢谢你们让我看清自己。"

掌声再次雷动，而会场的一角却沉默了。一干同事们面面相觑，只有老板开心地奋力鼓着掌……

"切，装模作样……"

"可是……"

"至少我们的付出她记着，是吧？"

"嗯……"

而会场的另一角，项珺看着去而复返的谢辕，撇了撇嘴："老王掉进茅坑里了吗？"

谢辕看了她一眼，不知道应该说什么才好，张了张嘴又闭上。

项珺苦笑："看来是真的掉进去了。好吧，反正……我差不多快习惯了。"

谢辕看着她的脸，想安慰，却不知如何开口。简玦看了看两人，拍了拍项珺："好啦，王哥大概是真有什么事，随他去吧。一会儿咱们俩坐地铁回去，路上慢慢聊。"

项珺扭头看她："嗯！好！"王昱枫这个大傻瓜就让他去吧！活该做一辈子单身狗！！老娘要是再觉得自己喜欢你，就是……

内心的吐槽还没说完，就见王昱枫从会场通道走了进来。他大步流星地来到项珺面前，咧了一个大大的笑容："我事办完了，看，我这不是回来了吗？这次我可没再放你'鸽子'啊！"

简玦瞪了他一眼："一场演说会，你消失大半场，王哥你好意思说你没'鸽子'一页？你脸不红的吗？你说是不是啊，一页？"她扭头问项珺，却发现好友正两眼发直地看着王昱枫……

项珺脑海里那一堆吐槽的话在看到王昱枫大步走来的身姿时化作了无数五光十色的泡沫，在啪的一声脆响之后汇成一个词：真香……

"一页！"简玦的声音将她拉回现实。

项珺顿时感觉到自己的脸火辣辣地热，忍不住伸手捂了捂脸："哦，散会了啊，可以走了吗？"她看着王昱枫故作镇定地问道。

王昱枫笑道："好，走吧。"


项珺跟在王昱枫身后准备离开，忽然听到谢辕叫她："X……小宋。"

项珺回过头，疑惑："嗯？"

谢辕张了张口，最后只能叹一声，说："路上小心，到家给我发消息报个平安。"

项珺笑笑："放心，有老王呢！"

谢辕噎住，只好挥挥手："去吧去吧！"


走道里，简玦悄声地说："傻一页，我怎么跟你说的来着？你能不要这么花痴地看他吗？"

## 第三十六章 真香

"哪有，我什么都没说呀！"项珺委屈地嘟囔。

"你那还用得着说，脸上就差没写着'我喜欢你'几个字了！矜持！矜持啊姑娘！"

"哦……好啦！"

"亏我以前还以为你高冷，明明是个逗比！"简玦笑嘻嘻地吐槽。

"……你对我一定有什么误解。"

"嗯，我也这么觉得。"

"不是啊，小玦，我怎么觉得你这个意思跟我不一样啊……"

"你猜啊。"

"噫，你学坏了呀！"

"才没有！"

……

……

王昱枫走在前面，听着两个姑娘在自己身后嘀咕，声音虽小但却逃不过他的耳朵，于是听了一耳朵闺中密语的王先生心跳没来由地跳乱了节拍。

想到谢辕的那些话，王昱枫微微皱了眉头。他用力甩了甩头，把脑子里那些绮丽的念头甩了出去，现在不是想这些的时候！还有许多大事等着他去做，在一切没有结束之前，他不会，也不能接纳他人进入自己的人生。

王昱枫抬手，按在胸口，深深吸了一口气，走到自己的车前拉开车门，回头笑道："两位大小姐，请上车。"

周一，生活继续，工作继续……

"好无聊啊！"项珺趴在电脑前大呼道。

一墙之隔的谢辕皱眉，敲了敲隔板："哎哎，上班呢，你有点儿正形。"

项珺嘟囔："我也想有正形啊，可最近真的没事啊！连个有一点挑战性的手术都没有……好吧，有也轮不到我动手，我都快要生锈了！"

谢辕笑笑："天热了，本来就不太适合伤口痊愈，所以现在是淡季，也是正常。再说，有空闲你难道不应该觉得高兴吗？"

"有空闲又不代表我能回家睡大觉,吃好吃的。我为什么要觉得高兴?"项珺哼哼唧唧的吐槽道,"快点下班吧!"

谢辕挑了挑眉:"等不及想见老王了?"

现在整个科室都知道项珺在跟一个帅哥谈恋爱,大家都喜欢拿这个调侃她,项珺反驳了几次,然而并没有人听她的话,现在就连谢辕也开始拿这个来调侃她了。项珺嘟了嘴埋怨:"你们都是八卦精吗?为什么都这么关心我的私事啊!"

谢辕耸耸肩:"天天车接车送的,换谁都会这么想吧,"他停了一下,语气中掺杂着轻不可见的担心,"不过,再熟悉的人也要多留个心眼儿。"

"我都说了,我跟老王……没到那个地步,就是普通朋友啊!"

"呵呵。"

"你呵呵什么?不相信吗?"

"不,听你这么说,我舒服多了。"

"嗯?"

"这代表你跟我一样还是单身狗啊!"

"谢主任,说好的正形呢?"

"哈哈,我这不也闲着吗?"

两个人就这么斗着嘴,打发着这个闲极无聊的下午……

嘀嘀!医院的挂号系统发出了一声提示,项珺立刻扭头看向电脑,嘴上说:"哎!来事儿了!让我看看,是打针的还是漂唇的……咦?"

谢辕的电脑里是专家预约系统,他也懒得切到普通门诊看,直接问道:"怎么?"

"门诊挂号,丰胸手术……唔,这个竟然不预约不咨询直接就来挂号?怕是一时冲动的,估计谈三分钟就要被劝退了。"项珺撇撇嘴说。

"哦,那你做咨询吧,我继续扫雷。"谢辕说着,继续去跟一屏幕的地雷较劲。

少时,有人敲响了办公室的门。项珺开了门,第一眼看过去,项珺甚至有些怀疑对方真的是来做丰胸的吗?

## 第三十七章
### 一个有故事的女人

女人穿着价值不菲的一身米色小西装，头发梳得一丝不苟地盘在脑后，脸上化着淡妆，整个人看起来精致到极点，站在那儿仿佛一件艺术品。这样近乎完美的女人竟然还要丰胸？项珺下意识地看向对方的胸部。emmmmm，虽然并不算丰满到傲人，但也并不到完全平胸的地步……当然这是个人观感。

"宋小姐，这边请。"女人身后，跟着带她过来的护士杨柳，同时介绍说，"这位是我们整形科的主任助理宋玲，你可以向她先咨询一下。"

女人看着项珺，露出一个温柔得体的微笑，轻轻柔柔地说："好的，谢谢。"

项珺连忙也礼貌地一笑，指了指一旁的沙发示意她坐，杨柳笑着问："宋小姐，您喝咖啡还是绿茶？"

"绿茶，谢谢。"女人礼貌地回应道。

坐定下来后，项珺拿起杨柳提交过来的客户资料："宋……茹香小姐是吧，您好！您想做丰胸整形？"

"是的。"宋茹香保持着优雅的坐姿，微微颔首，忽然看到项珺胸口的名牌，笑容大了一些，"我们都姓宋，也算是本家，你可以叫我茹香，这样说话也方便些。"

项珺一愣，随即笑道："嗯，好的，茹香姐，以前做过整形吗？"

宋茹香摇了摇头："没有，身边倒是有不少朋友做，我听过，但没有做过。"

"那这次怎么想到要来丰胸呢？你对自己的身材不满意吗？恕我直言，我觉得你的身材相当不错呀！"项珺说。

宋茹香轻薄的粉底下透出一抹微红："谢谢夸奖。"然而说完这句之后，她又沉默了。

项珺有些奇怪地看着这位客户，感觉到她的与众不同。以往来做丰胸的女性，要么是真的平胸到心理自卑的，要么就是对自身曲线有特别的喜好的。前者怯懦，后者张扬，但共同点是对于手术本身是有急迫的需求的，他们通常会主动询问手术的价格、恢复周期、手术效果，等等。

可是宋茹香却并不是，她说想丰胸，但却好像并没有多么急迫的样子，好像并不是那么情愿，但她却还是坐在了这里。

这是个有故事的女人。

项珺确定。

"……茹香姐，丰胸不是个小手术，不是您来就能立刻做的，我们需要一个周详的检查和评估才能决定好最后的方案。"项珺在介绍完了几款丰胸产品之后发现完全是自说自话，只好对宋茹香说，"这样吧，您跟我来做一下胸形检查，然后是稍后我们做一个简单的心理测试……"

一直安静的宋茹香这时有了反应："心理测试？丰胸还需要做这个的吗？"

项珺微笑着解释："对啊，因为丰胸手术是对人体影响比较大的手术，用户通常可能对手术效果预估过度，以及对自身需求和接受度有一定的误解，所以为了避免用户在术后反悔或者给生活带来不便，所以术前要做一次简单的心理约谈。内容其实很简单，就像聊天一样，你可以说说自己为什么想丰胸啊，说说自己的生活家庭之类……"

"不……不用了，我没什么需要约谈的，我知道自己需要什么，我……

## 第三十七章 一个有故事的女人

"我只想让自己的……胸部看起来更好一些……"宋茹香打断项珺的话，语气里透露出一丝焦虑。

项珺看着宋茹香，慢慢合上了咨询记录本，温声说道："茹香姐，丰胸不是小事儿，你要确保家人支持、理解，同时你自己也要为接受一个全新的自己做好心理准备。这些都不是说说这么简单的事，我希望你能再考虑一下。"

宋茹香微微皱起了眉头，犹豫了一下之后说："那……好吧，我再考虑一下，抱歉，我先告辞了。"说完，她站起来，朝项珺微微欠了一下身，转身出了办公室。

项珺被她的这种过分讲究的礼数弄得一愣一愣的，目送她出了门都没反应过来。

半响，谢辕从办公室里屋出来，打量了一眼茶几上并没有动过的绿茶，问道："又一次成功劝退？"

项珺摇摇头："我已经在不遗余力地推销咱们的丰胸套餐产品了哦！可是，我看她心事重重的，好像根本没这心思。但如果是这样，她来干吗？"

谢辕顺手抄起放在茶几上的咨询记录看了一眼："宋茹香，32岁，已婚……嗯，十有八九是老公在外面有什么花头了。"

项珺一把抢过咨询记录："这你也能看出来？"

谢辕嗤笑一声："我在这医院好歹待了这么多年。做丰胸的里头，只要是已婚的，十个有八个是因为老公出轨，都是套路。"

"我不信，这位的言谈举止那叫一个名媛风范，什么样的男人会在有这样的老婆的情况下还要出去吃野食？"

"呵，你要不要跟我打赌？"

"赌就赌！赌什么你说。"

"一顿饭吧。"

"好，没问题。"项珺爽快地应战之后，皱眉，"不对啊，咱们在这儿赌什么？她还会不会再来都不知道呢！门诊来的散客，说不定出了这医院的门，就到下一家医院去问价格去了。"

谢辕耸耸肩："那就看咯，如果她还来的话……"

229

"行啊。"

然而宋茹香没有再来,这件事也就渐渐地淡出了项珺和谢辕的脑海。很快到了六月中旬,天气越来越热,整形科的淡季彻底到来。

手术少了,但谢辕却没有就此清闲下来。院长老师将参加全市上半年医疗及药品产业峰会的代表工作交给了他,美其名曰:"反正你闲着也是闲着,去跑跑腿,长长见识。"

这还不算,丁院长还特意替自己这位得意门生申请了学术演讲,于是谢辕在清闲了不到两天之后开始了埋头写演讲稿的苦逼人生。

项珺则抱着大麦茶看自家上司的热闹:"院长对你可真是器重!这么长脸的事,没给内科的齐教授,没给小儿科的李主任,就单单挑了你!恭喜恭喜!"

谢辕心里感激着老师对自己的器重之情,但看看电脑屏幕那一堆外文资料,再看看隔壁这位闲得发慌的整形大师,眼一亮说:"要不你帮我看看。这些是我在网上找的国外的整形技术发展资料,这个你比我熟,给我整理整理——不,指点指点。"

项珺斜眼看着他笑说:"我?不就是一个小护士吗?"当初是谁说这话的来着?她可记着仇呢!

"哎!你就别跟我计较了,以前是我不好,你就……大人不计小人过呗!"谢辕笑着讨好道。

项珺佯作傲娇地哼了一声说:"那你求我呀!"

谢辕眨巴眨巴眼,忽然就笑了,开口声音温柔地说:"求你。"

项珺没料他竟然还真求上了,反倒有不好意思起来:"行了,把资料给我吧。"

谢辕深深看过去,迎上项珺认真的目光,有些喜悦,又有些失落。只一转瞬他避开了对方的视线,低头笑说:"嗯,文件打包发送给你了,你……你皮这一下很开心?"

"很开心。"项珺笑着随口应道,同时在电脑里打开谢辕发送过来的文件,一边翻看一边说,"其实要说写演讲稿,你干吗不找徐丽娜?她做这个才是内行。"

## 第三十七章 一个有故事的女人

谢辕愣了一下,突然意识到什么似的,忙不迭地解释:"我们挺久没联系了。上次会展之后,她的案子被风投看中,直接投了两个亿的专项款,她就被升任了公司副总。现在忙得不可开交,我哪好意思去打扰人家。"

项珺想象了一下徐丽娜那志得意满的模样,笑了笑,又问:"那,那个偷她演讲稿的家伙呢?"

"这个她倒是跟我说了,那男的见她升了副总,怕她给自己穿小鞋,私底下向她赔礼道歉来着。"

"哦?那她就这么原谅那人了?"

"她是这样的人吗?"谢辕笑道,"总之,之后那男的业绩一直下滑,最后自己待不下去,辞职了。"说完摇摇头,"要说这当中没她什么事儿,我是不相信的,她这人哪,厉害着呢!"

"嗯,这样不是挺好吗?恶有恶报才公平合理呀!"

"那是!"谢辕附和道。

全市医疗及药品产业峰会,简称医药峰会,会址选在市中心最繁华地段的商务大厦。峰会周期为三天,谢辕的演讲被安排在峰会的第二天。

这天是个周日,当然医院本身并没有双休这一说,项珺还是照常上班。因为谢辕要去参加峰会,这三天的预约都减少了,演讲当天则完全取消了预约,因此项珺非常清闲。既然有空,项珺就掏出了一堆专业书籍开始啃,要考医师资格证得至少有大专学历,宋玲的学历只有中专,所以项珺打算先报一个自考。

项珺算了一下此刻已经是六月中旬,要赶七月份的自考已经来不及,而且她从小在 G 国读书长大,对国内的教材以及教学内容并不熟悉,所以项珺决定索性准备充分一些,参加十月的自考,拿个大专学历然后报考医师资格证。

有了医师资格证,就可以挂牌行医,这样至少能做回老本行,收入也会提升很多……

到时候再加上 G 国银行补发的银行卡,自己能支配的钱就更多了。存够了钱,再开一家私家诊所,就当是把爸爸的诊所搬回国,将来有机会回到 G 国再去处理那边的事……项珺暗暗打算着。

打定主意之后，项珺便认真地看起了书。这一天按理来说，是没有什么别的事了，可午后休息刚结束，项珺的手机响了起来。

是谢辕的电话，项珺接下来，就听谢辕焦急地说："项珺，不好意思，我这几天忙糊涂了，早上出来的时候光带了演讲稿的 U 盘，几个案例的 X 光片都放在我抽屉里的一个资料袋里，能不能麻烦你帮我送过来！"

项珺当然是一口答应，从谢辕的抽屉里拿出他说的资料袋，拿出来看了看，报了 X 光片上的患者信息确认无误之后，便说："行，我马上给你送过去。"

收了线，项珺马上换了衣服，拿着资料袋出了医院。

乘地铁到商务大厦，项珺想要直接进入峰会会场时却被保安拦住了。

## 第三十八章
### 血案残骨

"这位小姐,这里现在是专业峰会期间,没有邀请函不能入内。"保安冷冷地看着项珺说道。

"抱歉我没有邀请函,我是来给我们医院的专家送资料的,能不能让我进去,我把文件交给他就出来。"项珺说。

保安打量她一眼,摇头:"不行不行,来这里的推销员都这么说,我还能都给放行啊?这是我们这里的制度,不能放行,小姐你别为难我。"

项珺好说歹说这位就是不让进,实在没办法项珺只好掏出手机来准备给谢辕打电话让他自己出来拿,忽然听到一个声音从身后传来:"这不是宋助理吗?"

项珺一开始还没反应过来,但随后肩上被人轻轻拍了一下,回头一看,竟是宋茹香。她穿着一身紫色的精致礼服,从头到脚都精心打扮过一番的模样,右手挽着一名男子,正有些惊讶地微笑着。

"宋……小姐,是你啊!"项珺一见是熟人,连忙打招呼。

宋茹香看了看她,又看看一旁不耐烦的保安,轻轻一笑问道:"怎么了?有什么需要帮忙的吗?"

项珺有些尴尬地看了一眼保安说:"我替我们主任送演讲资料过来的。"她晃了晃手里的文件袋,"可是安保大哥不放行。"

宋茹香笑着说:"哦,这样……"她扭头对身旁的男人说,"申义,我们带她进去吧。这位是丁香医院整形科的主任助理,也姓宋,之前我在那里做咨询,她接待的,是个挺好的姑娘。"

宋茹香身旁的男人闻言露出一个笑容来:"既然是你的朋友,那当然可以。宋小姐是吧,跟我们一起进去吧。"说着,他从怀里取出一张名片递给保安,"这位小姐我们带进去了,出了什么问题,你打这上面的电话找我。"

保安接过名片,放了行。

项珺跟着宋茹香走进会场,听她介绍说:"这是我先生,郭申义,他是复康药业的销售总监。"

郭申义顺势递了一张名片给项珺:"你好,这是我的名片……"他还想说什么,宋茹香轻轻拉了拉他衣角,"宋小姐还有事,以后有机会再聊吧。"

项珺接了名片,看了宋茹香一眼,笑着道了谢,按谢辕给的房间号找了过去……

走了两步,项珺回头看,郭申义夫妇已经走向另一边了。项珺侧头想了想,郭申义事业有成,长得还挺帅,跟宋茹香站在一起倒还真称得上是郎才女貌。然而不知道是因为谢辕之前的猜测,还是什么其他原因,项珺总觉得这对夫妇看起来并不像他们表现的那样平静和谐……

宋茹香的态度过于戒备,而郭申义的表现又有点刻意……到底哪里不对呢?

项珺一边想一边找到谢辕所在的房间。敲了敲门,少时门从里面被打开,谢辕一见是她,笑说:"资料带来了?"

"嗯,给你。"项珺将手里的资料袋递了过去。

"真是太谢谢了,我还担心你路上会不会遇上堵车,这边经常堵。医院没什么事吧?"谢辕问。

项珺笑笑,说:"又不是上下班高峰,再说我乘地铁过来的怎么会堵?

## 第三十八章 血案残骨

这几天都没给你接预约,我一个人能忙到哪儿去?就是本来还想趁这机会好好看书复习的。"

谢辕一听,倒有些不好意思了:"这样啊,那要没什么事,你下午就直接回去吧,在家复习也安心点。"

项珺乐了:"真的?那我一会儿可真的回家去了哦,正好想好好复习的。"

"真的,我给你批外勤单。"谢辕认真地说。

"谢谢!回头请你喝奶茶!今天真是我的幸运日,遇上什么事都能逢凶化吉!"项珺一边开心地说,一边整理自己拿文件时翻乱了的包包。

谢辕好笑地说:"逢凶化吉不是这么用的。"

项珺虽然汉语说得跟普通人没什么区别,但是毕竟在国外生活的时间多,偶尔还是有几个成语用错的现象。这会儿听谢辕这么说,也不在意,只调皮地眨眨眼扯开话题:"不管怎么说吧,反正今天运气特别好,在门口被拦着的时候也能遇到熟人解围。"

谢辕好奇地问:"哦?遇上谁了?"

"就是之前来过的那个宋茹香。"项珺回答说。

"嗯?在这里?"谢辕有点小意外。

"对,她和她先生一起来的,她先生是复康药业的销售总监呢!刚刚我在门口被保安拦下来,是她带我进来的。"

"复康药业?"谢辕听到这个名字脸色却突然沉了下来。

谢家早年也是曾经风光过一阵子的。谢守良原本也曾是个体面的商人,事业做得很大,一直到谢辕跟谢辙兄弟俩都已经是半大小子的时候都还非常富裕。谢辕读高一那年,谢守良看中了一个市政规划中的医药企业项目,想投资扩大产业资本,于是准备了一整套的发展方案去竞标。医药项目向来是块香饽饽,竞争对手那是相当的多,谢守良凭着优秀的方案以及宽广的人脉,最终挤进了备选之一,而另一家竞标备选公司就是复康药业集团。

作为最后两家候选,谢氏集团虽然是半路出家搞医药,但胜在资金雄厚,换句话说:有钱。一切钱能解决的问题,对谢守良来说都不是问题;而复康药业虽然是刚刚入行的新药业公司,但是据说有一整套 M 国进口的药物分析研究设备，以及据说是所有研究员都是自国外聘请或海归的医药界精英，资金投入虽然略逊于谢氏集团，但也不算少，他们的亮点大约就是专业程度了。

所谓商场如战场，谢守良虽然叫守良但也不是什么纯善之人。于是花钱挖人这类事本来在业界也不算什么稀奇的事，很快复康药业的医药研究团队就被谢氏挖走了一小半。眼看竞标就要到手，谢守良带着下属提前庆功，吃喝之余，被拉到了牌桌上……从此就下不来了。

复康药业那边不动声色地等着谢守良一点一点把钱撒在牌桌上。谢氏不攻自破，别说竞标，最后连集团公司都支撑不下去，只能宣布破产解散，谢家从此一蹶不振。直到这时候，才有人悄悄地透露消息，拖谢守良上牌桌的人是早已被复康药业买通好的，那牌局也是做好了等着谢守良进套的，以谢守良这种热衷于风投的商人，豪赌当然合他性子，果然轻易就上了套……

谢辕对于父亲的堕落当然是痛心疾首，但他最恨的莫过于复康药业。

"怎么了？"发现谢辕不知怎么发起呆来的项珺轻轻拍了他一下问道。

谢辕被惊了一下，才发现自己竟然在回忆中走了神，连忙收敛了一下神色说："不，没什么，你不是要回去吗？我送你出去。"说着往门旁走去……

项珺有些莫名地看着谢辕，好像还从来没有见过他这样的神色，但此刻她知道自己问是问不出什么来的，于是点点头，跟着谢辕出了休息室。

两小时前，在城市的另一个角落，邢涛正愁眉不展，身旁的几个干警同事也都是一脸菜色……

"邢队……"一个小年轻实在忍不住叫了一声。

"去吐吧。"邢涛皱了皱眉，说。

"哦……"小年轻应了声，扭头奔出去，少时传来呕吐的声音。

几个年纪大些的羡慕地瞄了一眼门外，再看看邢涛，都是一脸哀求的表情。

## 第三十八章 血案残骨

邢涛喷了一声，嫌弃地瞪了他们一眼："看什么看，小纪年纪小，第一次见到这种场面，你们跟一孩子比啊？"

"老邢，我们也是第一次见……啊……"下属们七嘴八舌地辩解道。

"……"邢涛捏了捏眉心，队伍不好带啊！

"实在是……太残忍了……"

"就是！！杀人不过头点地，这样的碎尸……"

"好了，你不要说了！"邢涛捂着嘴，从牙缝里吐出这句话。

"刘法医来了！"在外面吐完休息的小纪叫了一声，带了一名年轻女人进来。

"小刘？"邢涛一见那年轻女人便立刻迎了上去，"怎么派你过来了？你师兄呢？"

刘婧板着脸打量了一屋子面有菜色的男人一眼，嗤笑一声："蒋诚被N市借调过去了，有个大案子……"她没有透露更多，而是淡淡地看了一眼被保护起来的案发现场，纵是见过无数惨死模样的她，也忍不住皱起了眉头。

"报案的是房主，这房子是他们买来装修后准备出租的，但是刚挂牌还没租出去，所以不知道这人是怎么进来的。"邢涛简单地介绍案情。

"啧啧，这是多大仇啊！都快砍成肉酱了……"刘婧叹了口气。

邢涛说："连骨头都敲碎了……目前受害人的身份无法确认……"

刘婧放下手中的箱子，取出塑胶手套，一边戴一边说："确实很棘手，我尽力吧。"蹲下身看了两眼，实在受不住，扭头对着身后的几名干警说，"能麻烦先把这些……嗯，肉酱弄回去吗？"

邢涛一愣，想想法医要在这样的环境里工作也确实……太难为人了，于是叫了几人一起帮着收集尸块碎骨带回了警局。

两小时后，刘婧回到邢涛面前，为难地摇摇头："尸体太细碎了，要复原太困难。目前除了受害人的血型之外，我们能得到的信息实在太少了，我们目前的DNA库也还不健全，暂时无法通过DNA比对查找受害人身份……"

邢涛叹气,这案子实在太血腥也太诡异,他本也做好了难办的准备,但没想到法医这边也找不到突破口。

"所有的碎骨我们都会继续进行比对和拼合,尽可能复原骨骼,但是……"刘婧举起手来比了一个长方形,"最大的一块骨骼也就只有这么大。"

"带我去看看吧。"邢涛无奈地说道。

"行,你跟我来。"刘婧转身带他回到检尸室。

一张巨大的平台上,所有的碎骨和尸块都堆放在上面。刘婧绕过这些,径直走到一旁的另一个平台上,端着一只不锈钢分拣盘递到邢涛面前:"你看。"

邢涛看了一眼,那是一块森白沾着血丝的骨头,邢涛想了想说:"就这么点?这是脸上的?"

刘婧点点头,把分拣盘放回桌上:"对,颧骨,这是我们目前找到的唯一比较大的骨骼,其他的还要慢慢拼。"

邢涛看了看台子上那一堆,叹了口气:"辛苦了。"

刘婧苦笑:"什么话,应该的,只可惜暂时帮不上你什么,我能力有限。"

邢涛摆摆手:"别这么说,你的水平我还能不知道吗?连你也搞不定的,我看也没谁能行了。"

"那倒不一定。"刘婧笑说,"你忘了我还有个能一眼定型的师兄呢!"

邢涛一愣,重重拍了一下大腿:"哎哟!我把这茬给忘了,谢辕!"

说罢,拿起手机就给发小打电话……

## 第三十九章
### 你要修仙吗？

谢辕将项珺送到会场门口，突然听到手机响，接通一听正是发小邢涛，笑着应声："邢哥，什么事啊？"

然而他的笑意随着电话里邢涛所说的内容渐渐消失……

"小辕儿，你能不能现在过来一下。这事儿，我觉得也就你能帮我了，刘婧也这么说。"邢涛说。

谢辕为难地说："这……我在市医药产业峰会，一会儿要代表医院上台演讲……"

邢涛一转念："那要不，我现在拍照片给你看？"

"照片不太好，你能等我一会儿……"说到这儿，谢辕一抬头发现项珺并没走，而是站在身边一脸好奇地看着自己，眼一亮，"邢哥，这样，你让刘婧现在把那块骨头用石膏倒个模给我，我让我的助手过去你们那儿拿，可以吗？"

"行，那好，我等着。"邢涛说完收了线。

谢辕看向项珺，说："能帮我个忙吗？"

项珺早在一旁听了个大概，料想是有什么重要的事要让自己跑腿，也不在意点着头说:"你有事急着办,我帮你就是了。"

谢辕看着项珺,内心一片柔软,她这么毫不犹豫的帮自己的态度将他心里的那池春水撩得直泛波澜,即便明知那或许只是项珺本能的乐于助人,却依然忍不住心动。

"那就,麻烦你了。"他说。

项珺见他这样,忍不住好笑:"行了,又不是什么大事,把地址给我。"

谢辕掏出手机来晃了晃:"我发定位地图给你,麻烦了!"

项珺朝他挥挥手走出会场大门:"客气,那我走了啊。祝你演讲顺利。"

"嗯,谢谢!"谢辕笑道。

项珺来到市局,见迎来的男人是上次在茶餐厅遇到过的那位谢辕的发小,倒也算是熟人,便迎上去打招呼:"邢先生。"

邢涛看到项珺愣了一下才一拍额头:"想起来了,我们见过!你……姓……"他歪头想着,但却怎么也想不起来的模样。

项珺笑着提醒他:"邢先生,我姓宋,是谢主任的助理。"

"哦对!你是小宋,上次在茶餐厅见过!"邢涛笑着接口,随即带着她往办公室走,边走边说,"怎么样,跟小辕儿工作还习惯吧?"

"嗯,挺好的,谢主任很照顾我。"

"呵呵,小辕儿这人哪,是个妇女之友,特别招妹子喜欢……哎哟,你看我这嘴,你别在意啊!"邢涛笑着寒暄。

"呵呵……不,不在意……"项珺有些尴尬。

两人进了办公室,邢涛拿出一个盒子递给项珺:"就是这个,麻烦你送过去,请他尽快给我答复。"

"好的!那我就先告辞了。"项珺接过盒子,准备离开。走到门口时,邢涛突然叫住她。

"小宋!"

"嗯?"项珺驻足回头看着邢涛。

"你……最近出过国吗?"

项珺有些惊讶,但依然立刻回答:"对呀,我入职之前去了一趟日本

## 第三十九章 你要修仙吗？

旅行。邢先生怎么知道？"

邢涛哈哈笑了一下："哦，我听小辕儿说的，我准备今年年假去日本旅行，到时候问你讨份旅行攻略成不？"

项珺心里暗暗一惊，面上还是笑着应承："没问题，当然可以啊！"

邢涛将项珺送出门之后，回到办公室，左右想想，拿起之前截获的传真……

"真像……"他嘀咕道，传真上正是项珺的照片，邢涛出门来到外间对资料科的同事交代："帮我查一下刚刚来的那个女的，叫宋玲，看看她最近两年内所有的行踪记录，尤其是在国外的。"

"是！"资料科的干警应道。

邢涛嘱咐完，再次看向手里的传真复印件："能这么巧？"

项珺带着盒子回了峰会现场，这样一来一回，时间也不算短。谢辕的演讲时间已经结束，项珺便在会场外面等着他出来。果然不一会儿，谢辕出来了，上来就说："拿来了？谢谢了啊！"

项珺将盒子递给他，好奇地问："这是什么呀？"

谢辕愣了一下，想到邢涛在电话中讲述的案情之惨，叹了口气说："发生命案了，这是一块人骨残块的石膏倒模。"

项珺万万没想到自己去拿的竟然是这种东西，顿时觉得毛骨悚然："我的天！幸亏你没提前说，不然我说不定真没胆量去拿。"

谢辕看她一眼，好笑地说："都是做医生的，还怕这个？"

项珺瞪了他一眼："我不是怕这个，我只是……"想了想，打了个冷战，"觉得很惊悚啊！"说完又问，"你要这东西干吗？"

谢辕挠了挠头说："一点……个人爱好。"

"……"项珺看看他，皱眉说，"你的爱好还真特别……"她没有追问。

谢辕笑笑，也不多说，看看天色，又有些过意不去："抱歉，说好提前放你下班的，结果让你帮忙跑腿到这时候，你快回去吧！"

项珺笑笑："没事，反正我明天轮休，可以全天在家看书……那我走啦!"说完挥挥手,走了。

谢辕目送项珺走远,脸上的笑容渐收,拦了一辆出租车,开往自己的私营诊所……

第二天,邢涛看着谢辕从电脑上发送过来的面部复原草图感叹:"多谢!唉,小辕儿啊,你当初要是继续修法医多好!"

谢辕看着电脑屏幕上邢涛发来的对话框,微微出神,半晌才回复:"没办法啊,做整形钱多呀……"

邢涛那边也沉默了好一会儿,之后发过来一句:"要不是知道你的性格和你家的情况,我真会以为你是掉进钱眼儿里了!"

谢辕笑笑,回复:"其实也没什么差别。"

邢涛又是一阵沉默,最终只发过来一个字:"唉——"

项珺这周的轮休恰在周日,难得清闲,在家看书复习。王昱枫也在家,大约是知道她最近在复习,也不打扰她,关着门不知道在里面捣鼓什么。

项珺自认不算是学霸,从小到大学习还算不错的原因不过是胜在勤奋,如今也是一样,业余时间抱着书本啃已经成了她最近的固定生活模式。有时候看得忘情,连饭也忘记吃。就这样从早上到黄昏,王昱枫躺在床上看着手机上那个小绿点始终待在自己一墙之隔的那间小房间里没挪过窝,皱起了眉头,这女的不会闷出病来吗?

过了晚上7点,依然不见项珺出房间。王昱枫待不住了,过去敲门,半晌没反应,他一愣,用力又敲了敲,还是没人应。王昱枫突然有点心慌,回房拿出备用钥匙把门打开了,就见项珺背对着门,耳朵上塞着耳机,头一点一点的背着古文……项珺长年在国外生活,英文完全不用担心,反而是语文成了她的短板。

王昱枫看到项珺背影的瞬间放松了下来,想想准备退出房间,但转念又一想,把备用钥匙放进口袋里,过去轻轻拍了拍项珺的肩。

项珺正背得投入,突然被一拍,吓了一跳,回头一看是王昱枫,摘下耳机来惊讶地说:"哎哟,吓死我了,你怎么进来的?我记得我锁了门的!"

## 第三十九章 你要修仙吗？

王昱枫一脸无辜地看了看门说："瞎说，你门明明没锁，我一推就开了。"

项珺看看门，再看看他，皱眉："难道我记错了？"

"你准是记错了，你这几天脑子里只有书，都要读成个书呆子了吧！"王昱枫指着桌上厚厚的复习资料说。

项珺眨眨眼，觉得王昱枫说得好像也没错，便也不纠结了，只是问说："来找我干吗？吃午饭了？"

王昱枫哭笑不得地指了指窗外已经渐暗的天空："午饭？大小姐，天都快黑啦！你这是要修仙辟谷了吗？"

项珺大惊，一看窗外："天，我完全没注意……感觉我也没背多长时间啊！"

王昱枫叹气："行了行了，休息会儿。你这么拼，到时候为了个文凭把身体搞垮了得不偿失。"

项珺想想也是，看着王昱枫一笑："我知道啦！你来找我做什么呀？不会是来叫我吃饭的吧？"王昱枫突然语塞，项珺看他神色，不由心里微微一动，笑说，"真的是来叫我吃饭的？"

王昱枫干咳一声："我想去吃烧烤，过来问你要不要一起去的……"

项珺笑吟吟地点头："去去去！"

"吃完烧烤之后，我要去健身房，你也一起吧。"王昱枫打量她一眼，"我看你都闷了一整天了，平时也不见你做什么运动，这可不行，你们这种经常不运动的人，会得职业病……"他唠唠叨叨说了半天，发现项珺也不说话，就笑嘻嘻地看着自己，忍不住闭了嘴。

项珺笑说："你以为做护士的就很轻闲啊？告诉你，做护士那可是体力活，不过……去锻炼一下也没什么不好，走吧。"

王昱枫于是退了一步到门口说："那我在大门口等你。"

项珺点点头："好。"

王昱枫是小区附近的一家健身房的 VIP 会员，吃饱喝足，慢慢散步消食走过去，正好锻炼。项珺倒是第一次来国内的健身房，正好奇地四下打量。突然听到有人叫宋玲的名字,她愣了愣,顺着声音看去,却是个陌生的青年。

"宋玲!宋小玲!是你没错吧?!"青年笑着同她打招呼。

项珺微微一愣,心里慌了一下,这人显然是宋玲的旧识,而她却并不认识……一旁王昱枫正用沉思的目光看着她,这目光令她更加不安起来……

# 第四十章
## 谢辕的"特异功能"

"你……你是……"她支吾着做出思索的模样。

来人是个与宋玲年纪差不多的青年男子，穿着一身不怎么合身的西装，笑得十分自来熟地走近她："宋玲？！真的是你啊！怎么？不记得我了？是我啊！赵祥，祥子！"

项珺听他自报姓名，立刻做出一脸"原来是你"的表情："祥子！是你啊……好久不见！"

"可不是吗，离开惠嘉院之后就再没见过你了。"赵祥说道。

听到对方提到惠嘉院，项珺倒是知道的。宋玲曾对她说起过自己是孤儿，从小在一家叫惠嘉的福利院长大。所以说，这个年轻人是她在福利院时一起长大的孩子吗？不过听他说离开福利院之后就再没见过，应该不是什么很亲近的朋友关系吧？

项珺想了想之后笑着说："是啊，护校毕业后我就来 SH 市工作了，我不知道你也在 SH。"打量了他一眼之后说，"你现在怎么样？"

赵祥听她这么问，顿时像是来了劲似的，声音都洪亮了起来："我呀，现在是源生保健品公司的区域产品销售代表，我们公司引进国外最先进的生物唤醒技术研发的休闲保健品巴瑞果茶是现在年轻人中非常流行的保健品,它可以消除疲劳、提神醒脑……这片区域的健身房都是我的经销客户……很多人喝过之后都向我订购……我们还……"他滔滔不绝地说着,项珺一时不知该怎么接口,有些尴尬地看着身旁的王昱枫苦笑。

"你的健身课快开始了,进去吧。"王昱枫突然开口,低沉的语声中带着一丝压抑的气势,硬生生让赵祥收了声。

"呃……"赵祥似乎这时才注意到项珺身旁的男人,正惊讶于这男人竟然是跟宋玲一起的,同时出于同性之间某种强弱对峙的危机感,令他浑身紧张得起了一层鸡皮疙瘩,赶紧对着项珺说:"宋玲啊,这……这是,你男朋友啊?哎呀怎么也不介绍一下!"

项珺一愣,扭头再看了一眼王昱枫,只见他对赵祥这个认知丝毫没有反驳或辩解的意思,不知为什么突然心安,看向赵祥笑了笑,也没有辩解,只说:"我们得进去啦,改天再聊吧。"说着拉着王昱枫转身往门内走。

赵祥挠了挠头,哎了一声又追了上去:"等一下啊,正好我这儿带了两盒巴瑞果茶的试饮装,你们一会儿锻炼累了的话喝点,消除疲劳很管用的!拿去拿去!要是好喝有效,记得帮我在朋友圈里推荐一下!"

赵祥从包里掏出两只包装精美的盒子硬是塞进了项珺手里。项珺来不及推辞,就看他笑眯眯地退了两步,朝她挥手:"不要客气,随便喝喝。要是觉得好,包装盒上有我的电话,随时找我,我给你内部批发价,很便宜的!"

"哎!"项珺刚想拒绝,然而对方已经一脸"不用谢我"的表情,欢快地跑走了。

"收着吧。"王昱枫说。

项珺看了看包装盒,上面除了生产日期和一个经销商地址,其他什么都没有,想了想说:"这种三无产品的东西,我可不敢喝。"看了王昱枫一眼,"你不是经常锻炼吗?给你吧。"说完,把盒子往王昱枫怀里一塞。

王昱枫接过盒子刚想说自己不需要,又听项珺说:"不想喝就丢了呗。"

王昱枫想了想,放进包里说:"人家一番好意,你不喝……嗯,好歹放几天等它过期了,就可以理直气壮地丢掉了。"

## 第四十章 谢辕的"特异功能"

项珺瞪眼看他:"看不出你这人还挺腹黑。"

"我不是,我没有……"

"反正我不要,你拿去放着呗,放到过期丢掉就好啦。"

跟着王昱枫跑了一小时跑步机,项珺觉得自己像是从水里捞出来的一样,浑身汗湿。到冲淋房洗了个澡,整个人走出来时,感觉果然清爽了许多。到大厅,看到王昱枫已经在等自己,项珺笑着迎了上去:"不好意思啊,久等了吧?"

王昱枫看着她半干的长发披了一肩,脸色被浴室里温热的蒸汽熏得微红,休闲短袖T恤加上热裤,整个人看起来和平时的模样完全不同。王昱枫眨了眨眼,忽然不知道为什么有点不好意思,目光避开了些说:"也没等多久,走吧,回去了。"说完率先转身出了门。

项珺被王昱枫的目光看得有些莫名,忍不住看了一下自己身上的打扮自问:"怎么了?"然而她并没有发现自己身上有什么不对劲,只好撇撇嘴,小跑着赶上王昱枫的步伐,一起回家。

隔天上班项珺发现谢辕桌上多了一张素描画像,那是一个人的面部素描,一张平平无奇的脸……她正看着,见谢辕走了进来,身上是已经换好的白大褂,看来是已经来了一会儿了。

"哟,今天来这么早?"项珺笑说。

谢辕看看她手里的素描,也不甚在意地笑笑:"嗯,今天有点事,就提前来了。"

项珺指了指桌上的画像:"你发展的新客户?"

谢辕看了一眼,表情微微有些扭曲,想到邢涛跟自己形容的案发现场,顿时有些反胃,连忙摆摆手:"不是……这人已经不用整形了……"

项珺侧头一脸疑惑地看他:"嗯?"

谢辕叹了口气:"就之前你帮我去拿的那块骨头记得吧?"

"记得啊,然后呢?你的特殊爱好?"项珺突然明白了什么,指着图片说,"你通过一块骨头推测这个人的完整容貌?"

谢辕有点得意，又有些不好意思地挠了挠头："嗯，也没什么大用……"

"这还叫没大用？！你这……太厉害了！不过你能确定吗？只是凭一块骨头？"项珺不可思议地翻看着画纸，"不行，我也想看看那块骨头！"

谢辕微微犹豫了一下，将倒模的石膏骨骼拿出来递给她："你看吧，其实也不是多难的事，主要是凭对骨骼和肌肉分布的了解……"他一边说，一边用手指在石膏骨骼上虚虚地做个手势，"当然，每个人的面部骨骼肌肉的生长分布与他的生活环境、饮食习惯等有着密不可分的联系的……比如我们都知道，一个人如果长期嚼口香糖，那么他的两腮肌肉会因为咀嚼而更发达，从而影响到下颌骨使之变大，最后形成国字脸，所以，我能推测出的只是这个人最基础的五官，真实的人很可能因为后天的影响而产生一定的变化，但是这种变化并不会影响辨识……"

项珺听着他的讲解，虽然并不能完全听懂但是却已经对谢辕的这种能力感到无比叹服："谢主任……我今天才发现你真是太了不起了！"

谢辕还是第一次听项珺这么诚心地夸自己，心里多少有些飘飘然，说："其实这也算我一个特长，但凡我见过一面的人，不管他日后变成什么模样，我都能一眼认出来。"他指了指自己的眼睛，"我能看着人脸在脑子里推算出他的骨骼，然后再反推。"

"可如果那人整过容呢？比如颌骨削除手术这类？"项珺问。

"做过颌骨削除手术的话，别人看不出，又怎么可能难得倒我们这种人？我可不相信一个人做没做过削骨手术你看不出来，毕竟那是影响全脸肌肉走向的，跟天然的肌肉分布不同，一看就看出来了嘛。既然能看出来，只要把它削除的部分补上就可以了。"谢辕解释道。

项珺苦笑："你这是说得容易，做起来可难了！"

"也是，当初我们整个系里也只有我一个人能做到这样。其实当初，我是想当法医的……"他忽然有些落寞地说，"可惜后来家里出了事，我学业都差点中断，再后来……"他抬头看了一眼项珺，忽然深吸了口气，"其实也挺好，当整形医生赚得多，而且还能遇上你。"

项珺眨眨眼："遇上我……算好事吗？"

"算。"谢辕轻笑着说。

## 第四十章 谢辕的"特异功能"

项珺被谢辕的笑容晃到了眼。这个男人太温柔了，笑容就像三月的阳光一样，暖得人浑身懒洋洋的……

"未……未来的事谁知道？说不定将来你还有机会成为法医呢！"项珺扬起大大的笑容来掩饰自己被美色诱惑到的心情，安慰谢辕道。

谢辕愣了一下，随后自嘲地笑了笑："也许……"

项珺看他这样，知道他又想到家里的那些债务，叹了一口气，她伸手拍了拍谢辕的肩："别难过，一切会好起来的。"

谢辕看了一眼肩上的手，有些意外，又有些窝心，忍不住伸手握住她的手："是的，一切都会好起来的，谢谢！"

项珺看着被握住的手，忽然觉得自己可能做了什么了不得的事……

"查到了！刘保山，F省FZ市人，大二学生。他舅舅在SH市开了家印刷公司，他暑假不回老家，在他舅舅的公司打工。"信息部的干警汇报着侦查结果，"平时喜欢健身和玩网络游戏，案发前他和几个在网吧结识的朋友一起在网吧开黑，之后就失踪了，他家人报了案……这是他的照片。"

邢涛看着同事递过来的照片，上面的年轻男孩长得与谢辕复原出来的素描画相有八成相似，叹了口气。大二，多年轻的一条生命啊！

"做过DNA比对了吗？"他问。

"正在做，比对结果再过十五分钟出来……邢队，一个大学生能招惹上什么样的麻烦，让人恨到要把他砍成……那样……"干警皱眉嘀咕道。

邢涛摇摇头："这不就是我们要查的吗？等结果出来，如果确定是这孩子……把他最近接触过的所有人际关系都筛查一下……"

"邢队，你怀疑是熟人作案？"

"一个大学生，家境也不错，你说他为什么会去一个空置的出租房？如果不是熟人带他去的，那他是怎么进去的？又为什么要去？问题很多啊！"邢涛揉了揉额头，"一步步来吧。"想了想之后又问，"这出租房的房东确定没问题吗？"

干警摇摇头："房东姓沈，是个快60岁的老太太。老伴去世多年了，儿女都在国外，手里有两套房，平时一套自己住，一套出租养老。老太太平日唯一的娱乐就是跳广场舞，实在查不出什么问题。"说完又补充了一句，"发生了这事，老太太现在还在医院躺着呢，吓得心脏病都犯了，而且这屋死过了人，将来出租也难了……"言辞间满是同情。

邢涛叹了口气："这老太太也是倒霉……等一下，她这房是在哪家房产中介公司挂牌的？去查查！谁办的代理！"

干警眼一亮："代理人有房子的钥匙！"

"对，房间门窗没有撬锁的痕迹，说明人是正常进入的，而这需要住房钥匙，房产代理商肯定有钥匙！"

"我这就去查！"

## 第四十一章
### 隆胸就能拯救婚姻吗？

医院里，项珺正忙得不可开交。由于谢辕参加会议期间推迟了好几个手术，所以接下来这几天都将会是连轴转的战场。谢辕的手术多，作为助手的项珺也跟着忙。

连续做了五台整形手术之后回到办公室，谢辕脸上也有些倦意。这时一股咖啡的清香入鼻，抬头看时，就见项珺正给他面前放下一杯咖啡。

"两勺咖啡，半颗糖，不加奶——喏，给你的。"项珺笑说。

"谢谢。"谢辕接过杯子，嘬了一口试温度，发现口感正好，看来是提前泡好了的，忍不住看了一眼项珺，悠悠笑道，"你这么细心体贴，谁要是娶到你，一定很幸福。"

项珺一愣："我自己想喝咖啡，顺手给你泡的。"她举了举手里自己的马克杯说。

谢辕噎了一下，苦笑道："我在夸你呢，你感动一下嘛，不然我很尴尬啊！"

项珺笑眯眯地看他："谢主任啊！"

"嗯？"

"你最近……是不是吃错药了呀?"

"啊?"

"真的,特别能撩!咨询科要是有你一半功力,咱们医院的销售额得翻好几番吧?"项珺笑着说。

"……"谢先生内心受到了创伤,然而他不说,只能微笑。

"唉,休息一下,一会儿还有两台手术!唔……一台割双眼皮的,一台吸脂的。"项珺看了看预约记录说,"我一会儿还要去前台,姚姐说他们前台咨询忙不过来,我得过去帮忙。"说完,忍不住吐槽,"说好的现在是淡季呢?天热不利于伤口愈合呀!为什么会有这么多人来做手术?!"

谢辕看看她,说:"因为是淡季,所以推广那边加大了力度吧,再加上暑假到了,大学生做整形有优惠……"

"好吧……"项珺说。

咨询台接待的大多是推广平台吸引来的以及主动前来挂号求医的病人,并不在预约的VIP用户人中,这些人在经过咨询后最终决定是否接受整形取决于他们自己的决定以及咨询护士的口才。项珺在这方面的业绩并不怎么好,姚淑梅因此也并不太乐意让她来接待咨询,但是现在是暑期活动期间,实在太忙,项珺还是要听从护士长调度的。

来到咨询台,刚坐下,就来了人,还是熟人。

"茹香姐!"项珺懒散的坐姿端正了起来,展开笑容来招呼她。

宋茹香没想到挂号咨询也会遇到项珺,吃了一惊:"这……真巧,我还以为你只做专业咨询呢……"

项珺笑笑:"这不是最近医院有优惠活动嘛,太忙了,我被调过来帮忙的!说起来,茹香姐,上次可真是多亏你帮忙啦,后来我也没好好谢你,真不好意思啊!"

宋茹香轻轻一笑:"没什么,举手之劳的事……"说完似乎不愿意再谈,闭了嘴。

项珺看着她,心想之前已经挂过一次整形咨询的宋茹香为什么又要来

## 第四十一章 隆胸就能拯救婚姻吗?

挂咨询号。

"茹香姐,你今天来是想咨询什么呀?还是隆胸吗?"项珺问道。

"我……我还是想……做隆胸,正好看到你们医院有优惠项目就……过来看看。"她低头轻轻地说着,手指不停地摆弄着自己手包上的流苏挂件。

项珺看在眼里,想到谢辕的话,微微皱眉:"茹香姐,这里有点吵,其实你之前已经咨询过我们的项目,完全可以直接预约我们主任的专家咨询,这样就不用排队了。来吧,我带你到里面休息室去聊聊,那里清静。"

宋茹香犹豫了一秒,沉默着点了点头,跟着项珺向贵宾休息室走去。

贵宾休息室

"坐,我去给你泡杯绿茶。"项珺说着,转身出去了。

留下宋茹香独自在休息室里。休息室的墙面用的是容易令人舒展放松的暖黄色,灯光不太明亮,在这样的环境里,人很容易放松下来,思维也会随之活跃。项珺端着茶水回来的时候,宋茹香正在微微发呆,但神色比之前要缓和许多。

"谢谢。"宋茹香接过项珺递来的茶杯,道谢。

"茹香姐,看来你已经考虑好了。"项珺没有问,而是直接给出了一句陈述句,这对宋茹香这样犹豫不决的人来说是一种直接的决定暗示。

果然,宋茹香再次微微犹豫了一下之后,轻轻叹了一口气说:"是的,我还是决定做隆胸。"停了一下之后,她似乎鼓起了勇气一般,说:"当然我有必须做手术的理由。"

项珺没有说话,只是看着面前的女人,这一刻她只需要当一个听众就好了。

"我……丈夫,他……有了外遇。"宋茹香有些艰难地说出这句话之后,似乎终于突破了心底一直拥堵的淤泥,将所有的话都吐了出来。

宋茹香和丈夫郭申义是大学同学,学的都是医药研发,之后一起读研,期间两人结婚。郭申义曾表示自己是丁克一族,所以不打算要孩子,而宋茹香也觉得自己有事业要打拼,不想在家相夫教子,也就同意了。

之后郭申义被公司派驻 F 国研修两年，回来之后直接从销售经理职成为销售总监，而宋茹香则专注于药品研发，长期在实验室埋头工作，并不怎么在意丈夫在外的生活。因此当她发现丈夫经常以工作为名，莫名消失数日，又时常接一些需要遮遮掩掩才能接听的电话时，便起了疑心……

"可是，您没有证据吧？"项珺轻轻插了一句话。

"不，我有证据！他甚至把那女人的照片放在钱夹里！"宋茹香痛苦地回忆着，"那女人比我年轻几岁，个子高挑，身材也……比我好，长得也比我漂亮……我……"

项珺沉默了片刻，认真地看着面前的女人说："茹香姐，您是受过高等教育的人，见识见解都应该比一般人要通达。你真的觉得，隆个胸就能改善你和你丈夫之间的关系吗？"

谢辕的手术还有 5 分钟即将开始前，项珺赶了回来，说起了宋茹香的事。

"你看，输我一顿饭。"谢辕一边洗手消毒，一边说道。

"啧！主任，你的关注点不对呀！"项珺皱眉说道。

谢辕呵呵了一声："有什么不对？她这样的高知女性，智商高于情商，以为结婚就跟做一道题一样简单，哪会考虑那些个弯弯道道？就像这个宋茹香，老公出轨了，她直觉考虑就是让自己比小三更漂亮，而根本不想男人为什么找小三。"

"你这话我可不乐意听，难道男人找小三还是她的错吗？"

"不，当然不是她的错，但你觉得他们的婚姻难道就正确吗？"谢辕说，"每个人的生活态度都不同，她既要男人不打扰自己的研究工作，又要男人对自己绝对忠心。我可以再跟你打赌，他们的夫妻生活可能已经几乎没有了。"

这次项珺没有接口，谢辕的猜测与宋茹香后来的陈述区别并不大。

"所以，你看，她要的只是一个借口。一个是这个男人瞎眼而不是自己不努力维系婚姻的借口来结束这场婚姻。"谢辕说。

"可那也不必非要靠……隆胸……"项珺挣扎着说。

## 第四十一章 隆胸就能拯救婚姻？

"你啊……你是在糖水里泡大的吗？难道你觉得这世界的一切都应该是 happy ending 吗？给她安排手术吧，这是在帮她，也是帮那个男人。"谢辕好笑地看着她摇了摇头，说完走进手术室。

项珺跟在他身后，思索着应该用怎样的语言证明谢辕的想法太偏激，但却一时也说不出什么来……

"专心，要开始了。"谢辕注意到她的分神，轻声提醒道。

"哦好！"项珺应声，投入手术中……

两台手术结束，天边已经遍是红霞，门诊已经下班，大厅里空荡荡的。项珺和谢辕一起下班出门，走道里两人的脚步声一致地有些回响，项珺想了想说："我还是觉得你的想法不对，既然已经知道她隆胸的目的不正确，那这场整形对她来说其实就是一场伤害，我们为什么要帮她用伤害自己的方式去认清婚姻的失败？"

谢辕看看她："那难道你准备亲自去告诉她这个事实吗？"

项珺张了张嘴，又闭上了。

走出医院正门，谢辕看了一眼左右："咦？老王今天没来接你？"

项珺左右看了看，确定王昱枫果然又没来，心中有些失落，但在谢辕面前又不愿意显得自己多在意似的，便只说："他最近神神道道的不知道在忙什么，其实本来也离得不远，我自己也能回去。"

谢辕挑了挑眉，柔声说："我送你吧。"

项珺看他一眼："嗯？"

谢辕笑道："其实，我想着你还我那顿赌债呢。"

"啧！亏我刚刚还感动了一秒！"项珺眉头一挑，"不就是一顿饭嘛，姐请得起，走！"行吧，一个若即若离，一个光想着讨债！都是大猪蹄子！

谢辕看着女人踩着高跟鞋，噔噔地走在前面那窈窕的背影，无声地苦笑了一下，跟了上去。

此时，神神道道的王先生正在某个网吧打着游戏。

"哎！兄弟，你一个肉，抢我红是几个意思啊！"

"能赢就行，计较个红 buff 干吗？"

"射手去中单支援一下！"

"法师呢？法师怎么还在挂机？"

……

网吧里充斥着这样的喧嚣，王昱枫沉默地戴着耳机在一款古风武侠网游里激战。屏幕里提着棒子拎着酒壶的男人正追着粉嫩的小人儿一顿狂揍，听到对面一声惨叫之后，男人转身就往一处屋檐下掩去。团队频道里四个已经成盒的小伙伴们在刷屏："大佬666！坚持住，你现在可是咱们全村人的希望！！！"

王昱枫没关注这个，看看自己安全了，抽空向服务台方向看了一眼。现在是饭点，服务台只剩下了一个瘦小男生在看着。王昱枫扭头再看了一眼游戏里的人物，犹豫了一下，在安全区找了个不起眼的位置伪装成了一丛草，起身往柜台走去。

"吃过饭了？"他拿出手机来往柜台上的二维码扫了一下，"来包大红。"

男服务生应声，递了包烟过去，嘴上说："还没呢，他们吃完了我再去。"

"最近怎么样？"

"还行，这不多谢王哥您给我介绍这工作嘛，我会珍惜的！"

"你自己好自为之，另外……也小心。"

"我知道！"男生点头，认真地说。

"听说最近这附近有人在卖'堂吉诃德'？"

"嗯？我没听说，真要有，应该也不是咱们网吧的，回头我去其他网吧'调研'的时候注意一下。现在管得紧，我们老板也识相，不敢随便让人进来兜售来历不明的东西。"

"老蒋这网吧开得还算正气，不然我也不会让你来这里打工。"

"我懂您的好意！对了，最近有个推荐什么健康饮品的人老来，吹得可邪乎了，什么提神醒脑、强身健体、持久那啥……"

王昱枫微微挑眉："听着有点耳熟……"

## 第四十二章
### 你加他等于完美男人

"蒋哥有点心动。你知道网吧里通宵的多，喝红牛什么的也多，他那个比红牛便宜，量还多，就算当饮料卖也合算……就我觉得他那东西吧，不太靠谱……"

"说重点。"

"他暗示过我，说他跟梅哥混的。梅哥那人……你知道的……"大男孩耸耸肩，一脸不屑地说，"才出来三个月，过了个年，又进去了。"

"唔……"王昱枫低头不语，不知在想些什么，半晌说，"那人什么时候再来？"

"他跟蒋哥约了明天上午来谈代理的事。"

"知道了，跟老蒋说，谈归谈，不许成，把人给我稳住了。"

"行！听您的！"男生一脸激动，"哥，这人是那什么吧？"

"不一定，但是跟过老梅的人，总是个线索。"

"万一要是……"

"你放心，我冤枉过好人？"

"不是不是，哥，我没有怀疑你的意思！"

王昱枫拍了拍男孩的肩:"你明白就好。"说完,拿了烟转身回座位,然后一怔,屏幕上显示着任务失败的画面,游戏已经结束了。

"靠!老子怎么死的?!"
"大佬,你被毒死了……55555555"
王昱枫不再说话,默默退出了游戏,结账出门。
回到家,项珺的房间还没亮灯,显然还没回。王昱枫心里一紧张,马上掏出手机来看定位,发现绿点停留在一家餐厅时微微松了一口气,走进自己屋,随手拨了项珺电话……

项珺点了一桌子菜,正气鼓鼓地化愤怒为食欲吃得凶猛。突然听得手机铃声,一看屏幕是王昱枫,哼哼冷笑,等铃声响足了七八秒才慢悠悠接起来,也不等对方开口直接说:"给你三秒钟,有事启奏,无事退朝。"
王昱枫一愣,脱口而出:"什么鬼?你在哪呢?下班不回家也不打声招呼……"
"我在哪儿,干什么,和谁在一起凭什么要跟你打招呼?"项珺冷笑道。
王先生语塞。
"三秒钟到了,我挂了。"项珺说着,然而手机却并没有离开耳朵。
"我……我这不是担心你来着吗?最近……公司事有点忙,我没空来接你,想着你这个点早该到家了……"王昱枫一急,没头没脑地开始解释道。
他紧张的语气泄露出在意的情绪,这令项珺那小小的虚荣心得到了一定的满足。她咬着唇,不让对方听出自己的笑意来:"哦,那还真是谢谢你担心啦?"
对面的谢大夫看着她的模样,一股落寞之意涌上心头……
王昱枫则说:"行行行,你吃着,回头要是晚了,给我个电话,我过去接你。"说完赶紧把电话掐了,生怕这女人继续兴师问罪下去。哎不对啊,怎么搞得好像我真犯了什么错似的?王先生觉得有点茫然……不过也只一瞬,他转身走到房间的角落,那里放着两个小盒子,里面有两瓶果茶。
王昱枫拿起果茶来,左右看了看,将它放进了自己包里,转身出门。

## 第四十二章 你加他等于完美男人

另一边项珺没想到王昱枫竟然说完就把电话掐了，顿时心里又冒出火苗来：为什么这么急着挂电话？口气还那么敷衍，这人到底还能不能要了？

"你们吵架了？"谢辕看着项珺愤愤的表情问道。

"没有啊。"项珺眨眨眼，回过神来摇头说。

谢辕微笑着伸出食指点了点自己的脸颊："你的表情可不是这么回答的哦。"

"这不叫吵架，只是他和我之间缺少坦诚相待的默契。"项珺闷闷不乐地说完，喝了一大口冰镇啤酒，透心凉。

"所以，还是吵架了。"谢辕肯定道。

"不是吵架！"项珺坚持不肯接受这个设定，她和他怎么会吵架呢？吵什么？明明两个人之间还什么都没有，不是吗？要有，恐怕也只是自己一厢情愿……

"……"

"你见过谁家房东因为租客下班没回家而吵架的吗？所以这不是吵架，这是他没有搞清楚我们之间的定位。"项珺一脸认真地解释道。

谢辕看着项珺，感觉到胸膛里不知何时擂起了战鼓，咚咚作响，他小心翼翼地问："他……之前那样，我以为他在追你。"

项珺有些意外地看看他，笑了："他那叫追吗？"她笑着突然伸手拍了拍谢辕的肩，就像在G国时跟朋友们聚餐聊天般地放松调笑道："你这样的状态才叫追，他……他那样不算。"

谢辕脑海里轰的一声炸成一锅粥。项珺知道了？！她知道自己的心思？！这个想法令他全身的血液都赶往头部疯狂跳舞，然而看着项珺又开了一罐啤酒，他突然觉得自己大概过于乐观。

但至少有个盼头不是吗？

"那如果我追你，你会给我机会吗？"他问。

项珺哈哈笑："不会，你不是我的菜。"她停了一下，又说，"你跟老王吧，两个人和在一起揉一揉，再分开，一人一半，就是两个完美男人……可惜！"

谢辕侧头："现在这样不好吗？"

酒精的作用下,项珺的眼神越发迷离,想了想,说:"也不是不好,只是不完美吧……不过,本来这世界上也没有完美这一说,所以你们这样都挺好。"

"行了,少喝点。"谢辕叹着气。

项珺看看他,再看看手里的啤酒易拉罐:"这才第三罐而已,我没醉。"

"不行,你别喝了……"谢辕摇摇头,看着项珺酡红的脸颊,扭头招呼路过的服务员,"服务员,埋单。"

"哎,怎么你埋单?说好我请……"项珺推开他,对着服务员叫:"我埋……"

谢辕拉住她,朝服务员抱歉地笑了笑:"我来。"

项珺喝得软手软脚的,其实也是争不过谢辕的,到底还是让谢辕结了账,扶着出了饭店。

"走吧,我送你回去。"谢辕说。

"我不!"项珺哼哼着,"老王说了,让我打电话让他来接的!"

"他就是说说……你醉了!"谢辕忍不住说。

"才不是!你不信,我打电话他肯定来!"项珺掏出手机来,在谢辕还没反应过来的瞬间按下了房东先生的电话……

而此时,王昱枫正在局里的化验中心。

"结果出来了。"从化验室出来的一位长者递给他一份化验报告。

王昱枫接过报告来看了一眼,发现满眼看不懂的字符之后,又合上,"胡老,您直接告诉我呗。"

胡国忠拿手里的笔敲了敲面前青年的额头:"就知道偷懒!"然后便正色道,"你猜得没错,这果茶中含有足以致人上瘾的兴奋成分以及致幻成分,具体是不是'堂吉诃德',还要进一步分析成分,但是,这两瓶……确实已经可以称得上是毒品了。"

王昱枫皱眉,想到那个赵祥,他知道自己在推销的果茶其实是毒品吗?送给项珺这两瓶东西到底是有意还是无意?他突然极度不安,项珺真的安全吗?最近因为实在太平静,他确实也放松了对项珺的保护,如果这时候

## 第四十二章 你加他等于完美男人

有人乘虚而入……王昱枫暗暗自责，掏出手机来正想给项珺打电话，就见手机上蹦出了铃声，来电人显示：宋大夫。

王昱枫一愣，甚至忘了接听，一旁的老化验师看不下去了，用笔帽戳戳他："哎，电话。"

王昱枫这才醒过神来接起："喂？"

电话那头传来的却是一个男人的声音："王先生？"

王昱枫眉头一皱："谢大夫？"

"是我，小……小宋她喝醉了。"谢辕的声音有些说不清道不明的不悦，王昱枫听着莫名地也有点不高兴。

"喝醉了？你们在一起？还喝酒了？"王昱枫说完，一想自己好像不该这么说，但也收不回，于是连忙转换话题，"你们在饭店等着，我去接她。"

谢辕刚要说什么，对面已经收了线，看着拨完电话就吐得不省人事的项珺，苦笑摇头："你赢了，他来接你。"一瞬间，思绪中有什么一闪而过，谢辕的眉头不自觉地蹙了起来。

王昱枫来得很快，走进饭店就看到坐在等候区的两人。谢辕一见他来，立即站起身迎上来："她睡着了。"

王昱枫看了他一眼，哦了一声，直接来到侧靠在椅子里睡熟了的女人身旁，确认她是安全的之后，这才松了一口气长叹了一声，弯腰将她横抱了起来。

走到自己车前，看了一眼跟出来的谢辕："麻烦帮我开一下门。"

谢辕如言拉开了后车门。

王昱枫让项珺躺在后座上之后，下来，关了车门，这才认真看了谢辕一眼："需要我送你回去？"

谢辕摇摇头："不用。"

王昱枫点点头，转身准备上车，又听谢辕在身后说："你在监视她？"

感受到谢辕语气中的肯定，王昱枫的表情冷冽了下来。

"这饭店是我们临时起意来吃的。事先，项珺没有通知过你，之后她也没跟你说过我们的具体位置。刚才在电话里，你也没有问我们的地址，你……到底是做什么的？"

王昱枫拉开车门的手顿了顿，转头直视谢辕，没有说话。

谢辕想到邢涛提到王昱枫时支吾回避的态度，如果是战友，为什么邢涛会从来没有提起过王昱枫，甚至在有人提起时会有那样的反应？邢涛为人正直，那么他讨厌的人……会是好人吗？

片刻沉默后，王昱枫笑道："我是做什么的，你没有必要知道。我说过了，大人的事，小孩子别瞎掺和。"

谢辕突然按住车门，质问："宋玲是我的下属，为了她的安全着想，我有必要知道你是什么人，是不是值得信任。"

王昱枫眯了眼，看他："你现在才想到她的安全？不嫌有点迟？至于我是做什么的……你为什么不问问你的发小呢？"他冷笑着说。

谢辕一呆。发小？邢涛？他一犹疑间，王昱枫拍开他的手，拉开了车门，转眼将车开远了。

## 第四十三章
### 老王和老邢的少年恩怨

邢涛忙活了一整天，才回到家。一进门，眼看着家里满地的狼藉，有种绝望得想要哀号的感觉。

"祖宗啊——"他叫着，把满地的卫生纸和海绵碎块扫进簸箕里，咬牙切齿道："邢小宝！你等着，爹今儿不打瘸你的腿，爹不姓邢！"

他身后，三岁的哈士奇"邢小宝"一脸傻笑着猛摇尾巴，还当它爹在夸自己呢……

邢涛又好气又好笑地看着这宝贝狗儿子，指指它，到底还是舍不得打。刚坐下来休息就听手机响了起来，还以为是局里来电话，他下意识按了接听，却听到发小谢辕的声音："邢哥。"

不是局里的电话，倒让邢涛再次松懈下来，靠着沙发问："哎，小辕儿！怎么想着给哥电话？"

谢辕犹豫了一下之后还是问道："那个……上次我问你那个王昱枫……他到底是干什么的……"

"嗯？"邢涛听发小再次提起王昱枫，心里不爽，"你怎么又问他？"

"是这样，我助手……就是那个小宋，她借了王昱枫家的房子住。小宋……的身份有些复杂，王昱枫好像在纠缠她，不，我觉得可能在监视她。就在刚才，他在我们都没有透露地址的情况下，准确找到了我和小宋吃饭的地方……"谢辕忍不住一股脑地说出了心里的疑虑。

邢涛一听，整个人坐了起来："你说什么？你等一下，慢慢说，我得捋一捋，这信息量有点大！"

谢辕怔了怔："你……是不是知道什么？"

邢涛眨眨眼："不，我本来觉得我什么都不知道，不过如果你说的是我猜的，那我差不多就要知道点什么了。"

"那我去你那儿说吧。"谢辕说。

"好，你……"邢涛刚想答应，扭头看了一眼乱七八糟的房间和正在摇着尾巴讨夸奖的傻狗儿子，"不，还是我去你那吧。你妈跟你弟还在你家吗？"

谢辕爽快答应："行，你去我家吧。小辙和我妈回店里那边了，最近店子要重新开张，他们回去张罗好几天了。"

"那好，我马上过来。"邢涛如蒙大赦，翻身起来，抓起外套和包逃也似的冲出了自己家……收拾什么的……啊，以后再说吧！

项珺睡得并不踏实，凌晨三点，口渴的感觉把她从睡梦中拉出来。睁眼却是一片漆黑，她一惊，意识里上一秒还在跟谢辕吃饭，下一秒怎么变成现在这光景？项珺猛地翻身坐起，借着窗外路灯的光看清这竟然是自己的房间，愣了一秒，记忆终于渐渐回笼……

嗯，所以是谁把自己带回来的呢？那通电话到底拨出去了没有？王昱枫接了没有？看到手机上的通话记录，项珺有些窃喜。

开了灯，项珺发现自己身上还穿着白天的衣服。叹了口气，说不清自己是该高兴还是沮丧——左右想想，还是高兴吧，毕竟好像还没有饥渴到完全不介意这种事的地步。

项珺下床，将身上已经睡皱了的衣服换下来，穿着居家睡衣出来，准备去洗手间洗漱一下，顺便到厨房倒杯水喝。走出房门，发现王昱枫的房间里还亮着灯，还没睡？项珺想了想，还是按自己的计划先洗漱了一下，

## 第四十三章 老王和老邢的少年恩怨

整理了一下睡得乱糟糟的头发，想了想，走过去轻叩门。

很快，王昱枫开门，探出头来有些不耐烦地问了句："什么事？"

项珺一愣，原本准备好想说的话，被他一脸的不虞闷了回去："我……"

王昱枫似乎这才看清面前的人，一醒神："哦，我熬夜，有点迷糊了。你醒啦？"

项珺揉了揉衣角，笑问："嗯……是你接我回来的啊？"

王昱枫点点头："是啊！"然后又说，"你酒量不行，以后在外面少喝点儿。"

项珺眨了眨眼："哦……其实我酒量还……"

"就我看见的，醉了两回了。你一个女的也不防备着点，这是遇上谢辕那样的老实人，要是遇上有坏心的，你怎么办？"

"……"项珺低头，听他唠叨，莫名地想起父亲还在世的时候，也总爱这样唠叨着关心自己，回忆很甜，她忍不住笑了起来。

"你还笑！"王昱枫一脸恨铁不成钢地瞪着眼前的女人。

项珺回过神来，连忙正色："是是是，你说得对，我以后一定注意。"说完又忍不住笑。

"你笑什么！"王昱枫皱眉，不太开心。

"我笑你跟我爸爸好像啊！"

"……"不知道为什么，王昱枫听到这个答案时，心里突然不开心，"我没那么老吧？"

"不不不，只是唠叨起来的劲头很像……"项珺笑着说完，有些怀念地叹道，"以前总嫌他烦，现在想听他唠叨，却再也听不到了。"

王昱枫一愣，半响才缓缓说："你……不是孤儿吗？"

项珺傻眼地看着他，心中慌乱。完了，说漏嘴了！

"是……是啊……可孤儿也是有父母的嘛！"她努力挣扎。

"哦……那你是父母双亡之后才成为孤儿的咯？"王昱枫似笑非笑地看着她说，宋玲是被放在医院门口的弃婴，这女人看来并不了解这些细节。

"对……对啊！"项珺梗着脖子硬撑，心里忐忑着，他总不会无聊到真的去查宋玲的资料吧？！

王昱枫似乎并没有追问的意思，哦了一声之后转移了话题："你不再睡会儿？明天还得上班吧？"

项珺如蒙大赦："啊！是啊！我再去睡一下，不然明天上班没精神！"说完逃也似的回了自己房间。

王昱枫看着她的背影，露出一丝戏谑的笑意，有种洞悉一切的自得。看着项珺关上门，王昱枫收敛起笑意，关上自己的房门，继续彻夜工作。

"王昱枫是跟我同期选拔进入特种部队的战友……"

对于谢辕来说，这同样是个不眠之夜。邢涛的话令谢辕心情异常复杂。

邢涛17岁参军，在一个地方步兵连服役一年之后，因为各方面的素质表现优异，被推荐参加某边防特种部队的新兵选拔。在选拔集训营里，邢涛遇上了王昱枫。相比邢涛的固执坚持，王昱枫参军时间长，有种老兵特有的油滑调子，邢涛看不惯他的作风，但却在各项素质检测时都以略微的差距，输他一筹，这就让邢涛更讨厌王昱枫了。

于是，两个人以集训营第一和第二名的成绩被选入了特种部队，在南方边防某部执行缉毒剿毒任务……

"虽然我们一向不对付，但是当时连长和指导员都觉得我跟他的技术配合最好，所以总把我们俩放一块布置任务。时间久了，没配合也打出配合来了……"邢涛苦笑着回忆道。

两人为连队立下了不少战功，清剿了多个投毒贩毒窝点，同时也被毒贩惦记上了。随后在一次大清洗行动中，他们负责夺取毒贩窝点内的交易数据，得手后不久不幸暴露了行踪，遭遇了针对性的火力猛攻。前来接应的连长为了掩护他们撤退，引开了一部分火力，而王昱枫也受了重伤。邢涛为了保护数据，连夜逃回部队……

"等大部队过来救援，连长已经牺牲，而王昱枫胸肺部连中三颗子弹，生命垂危……送到医院后抢救了很久，命虽然救回来了，但是……"邢涛语声干涩，"但是身体情况已经不能负荷高强度的任务，只能提前退役……之后我们再也没见过面，直到最近我才知道他在我们老指导员手下的部门工作，是个保密级别比较高的工作。具体是什么我就不说了，其实我知道

## 第四十三章 老王和老邢的少年恩怨

得也不多。反正，他这人不会无缘无故对谁好的，所以说你那小助手要是被他盯上了，要么是他想泡人家小姑娘，要么就是……那女的身上有案子。"邢涛缓缓说完，脑海中再次出现了那张来自境外贩毒组织的通缉传真，那上面的女人与宋玲有七八分相似，难道说……

一说到有案子，谢辕心里就是一紧。当初项珺可是被上级打过招呼的人，正是身上背着案子的知情人，所以说王昱枫其实是在调查这个案子吗？那他对项珺的了解肯定比自己还要多……谢辕心情复杂了起来，王昱枫对项珺的关注是因为案件吗？这么说来倒是说得通。项珺显然并不知道，要告诉她吗？谢辕心里翻腾着。不，如果王昱枫没有表明身份，那是不是说明他其实也在怀疑项珺？那么如果自己说了什么，是不是会对案件带来不好的后果？

一时间谢辕转了无数个念头，等回过神来，东方已经浮白。

邢涛离开谢辕家之后没回家，不想收拾房间是一方面，另一方面则是资料科的同事发来消息，关于受害人刘保山的人际关系以及宋玲的资料都已经收集完成，于是邢涛决定直接回了局里。

刘保山的人际关系非常简单，除了在舅舅的公司打工，平时的爱好就是在网吧和几个同学好友联机打游戏。因为要打工，刘保山基本上是不怎么熬夜的，只有双休的两天会比较放纵些，总体来说就是个正常的大男孩子的作息。他的游戏队友除了同学，还有几个是网吧认识的社会青年，这些人引起了邢涛的注意，资料室的同事想必有同感，在这几个人的资料中特意标注了出来，并附有案发当天与刘保山有过接触的所有人在监控中留下的身影截图。

最后与刘保山接触的一个人……确切说是两个人，都是与刘保山一起玩游戏的社会青年。监控里三人在网吧门口吸烟，其中一人还拿了瓶饮料，看起来并没有争吵的样子，只是三个打累了游戏出来抽个烟，休息一下的年轻人罢了。

邢涛翻看了一下几个人的笔录。陈述基本一致，因为第二天是周六，所以刘保山在网吧付了个包夜的机位费，然后一直玩到凌晨三点，和张宇、赵祥——也就是照片上的两人一起出去透气，之后只有赵祥一人回到网吧，说是张宇不舒服，刘保山送他回家了，之后两人就再也没出现过。

而张宇，正是一家房产公司的租赁经纪人，案件的突破口就此锁定！

几天后，谢辕接到了邢涛的电话："小辕儿！！案子破了！多谢你这次的帮忙！"

谢辕有些惊喜："破案了？恭喜你啊！邢哥！能帮到你就好，不用谢我……"说完，又有些好奇地问："这……这受害人是怎么会……"

"唉……也是冤，那孩子本来是好心，陪个不舒服的网友回家。结果那厮其实是吸毒犯瘾，把他骗到个空置房里想吸毒克制，谁知毒瘾犯起来把人给……"邢涛唏嘘地说道。

谢辕一愣，心情也沉重，沉默了一会儿之后，他吸了口气，平复了一下心情说："邢哥，你……"

"我知道，跟以前一样，把复原人脸原型照片发给你了，你一会儿去邮箱看。"邢涛接口说道，"小辕儿，你的复原技术真的是越来越好了，这次的复原图跟真人相似度有七八成！我们资料科的人都说你简直神了！"

谢辕笑了笑，又想到电话对面的人看不到，赶紧说："别这么说，我要谢谢你们给我这些累积经验的机会。"

项珺进办公室的时候正看到谢辕对着一张照片临摹里面的一个人，项珺一眼就看出照片里的人长得与谢辕之前还原出来的人像有几分相似，当下问道："这是你复原出来的那张脸的原型吗？"

谢辕抬头看了她一眼说："对啊，还是有些差异的。"

"非常相近了！怎么，邢哥那边已经破案了吗？"

"是啊，已经破了。"谢辕点头，将邢涛说的案情大致说了一遍。

项珺皱眉，她对毒品的痛恨早已因为自己人生的那场巨变而深恶痛绝。听说这起案件竟然也与毒品有关，更同情这好心却丢了性命的大学生，拿

## 第四十三章 老王和老邢的少年恩怨

起那张照片,看着照片里的大男孩,想到娜莎,想到宋玲,她默默握紧了拳头,此刻的自己能做些什么呢?

突然,项珺注意到照片中男孩身后的人,不由得咦了一声,谢辕问:"怎么?"

"巧了,这人,我认识。"项珺指着男孩身后的一个男人说道。

## 第四十四章
### 这个人我认识

这张照片并不是刘保山一个人的独照,照片是用手机自拍的,看场景是一家网吧的游戏宣传区,刘保山和三个男生一齐站在一款游戏展板前合影留念,大约都是这款游戏的粉丝玩家。而站成一排的男生最右边的,正是项珺见过一面的赵祥。

照片中的赵祥穿着休闲装,一手勾着身旁男生的脖子,十分哥俩好的感觉。

"你认识这个人?"谢辕有些意外。项珺一个从国外回来的人,国内的人际关系单纯得像张白纸。谢辕自认几乎知道她所有认识的人,突然听项珺说认识自己并不知道的人,而且还是与命案相关的人,再想到邢涛的推测不禁有些在意。

"嗯,这人……是宋玲在孤儿院一起长大的……算是同学吧,上次我和老王去健身房的时候遇上他,是个做保健饮料推销的,当时还送了两瓶饮料给我,只不过我不喜欢喝这种功能型饮料,就给了老王。"项珺说得耿直,完全没有任何隐瞒的意思。

"哦,原来是宋玲认识的人……那你没有露馅儿吧?"谢辕心里微微

## 第四十四章 这个人我认识

松了一口气,说道。

项珺笑道:"姐这么能干的人会露馅儿?"说完,莫名想到自己在王昱枫面前说漏了嘴的事,突然有点心虚,连忙转移话题,"喏,今天的预约表格,十一点有台激光美白手术,现在已经十点半了。"

谢辕点点头:"嗯,我马上准备。"

这事便揭过了。

傍晚,谢辕下班回到家。刚出电梯就见一条银灰色的闪电直扑自己,吓得他往后一缩,差点退回电梯里去。再一看这摇得晃眼的尾巴好眼熟……哎,这不是邢涛家的邢小宝吗?

"祖宗哎!"邢涛的声音在楼道里响起,听着特别凄惨,"你跑哪儿去……哎哟,小辕儿你回来啦!"

谢辕看了一眼发小,再打量了一眼正对着自己疯狂摇尾巴的大狗子,心里有种不妙的感觉:"邢哥,你怎么来了?怎么把小宝也带来了?"

"别提了,我家被这混账祖宗给拆光了,我琢磨着正好装修一下。"邢涛气哼哼地说。

"哦……所以?"谢辕觉得自己不妙的感觉越来越强烈了……

"这不是装修队来了吗,家里没法待人,我一个人住局里的临时宿舍还好,这祖宗死活不肯住宠物托儿所,所以我就……"邢涛笑容中多了一丝平时不多见的谄媚,"小辕儿,帮哥一个忙,就让它在你这儿待俩礼拜!行不?"

"不行。"谢辕飞快地回答,"别的都好商量,它,不行!"天知道,这邢小宝上辈子大概是混世魔王,不知道造了什么孽,从它被邢涛接回家那天起,狗崽的时候力气还不大,撕个卫生纸、小人书什么的还让人觉得蠢萌。可如今,三岁的大狗子一只,直立起来都快赶上人高了!那破坏力!谢辕不敢想象自己要是答应了的话,自己的家会变成什么样儿!

"小辕儿!"邢涛哀求,"哥最近顺着那个碎尸案查毒品来源,案子正有点儿眉目,这当口实在没空分心,算哥求你了!你好歹也是看着小宝长大的,算……算干爹了啊!对哦!就是干爹了嘛!你忍心看你干儿子居无定所吗？"

"别！我不给狗子当干爹。"谢辕面无表情地狠心拒绝。

邢涛一听，肩都塌下来了，蹲下去抱着儿子假哭："小宝啊！你爹是真找不着地方养你了啊！回头爹还是把你腿打折，你给我去宠物医院躺俩礼拜吧！反正你也欠打……"

谢辕听着这话怎么不是个味儿，眉头挑了挑，叹气："好了邢哥，你这出唱给谁看呢？这样吧，我这儿是真没法养狗，要不你把小宝送我妈那儿去，小辙跟我妈两个人，应该能罩得住它。"说完，在心里对自家亲妈说了声对不起。

邢涛想了想，反正只要这宝贝儿子有地方可去，他也就安心了，连忙点头答应。

"那我跟你一块儿回去吧，正好我也准备回家看看我妈。"谢辕说着，摸钥匙开门，"她那边新店刚开张，有的忙，小辙也不知道能不能帮上忙，我上班又没空……"

邢涛说："小宝肯定不会给阿姨添麻烦的！狗粮、笼子我都备好了！就每天遛一下就成，小辙肯定能搞定！"

谢辕看了他一眼，再看了一眼邢小宝，想象了一下自家兄弟那小身板儿……顺便替谢辙默哀了一秒："嗯，交给他吧。"抱歉了，兄弟！

进家门放了包，换了件休闲装束，谢辕搭邢涛的车，回到母亲的小五金店面。

店面上次被砸了之后重新装修收拾了一下，这才重新开张几天，店里还是崭新亮堂的。谢母袁文静经丈夫的事这番折腾之后，终于得了一个解脱，如今人虽然忙里忙外的又瘦了些许，但精神却比过去几年要好了许多。

看到大儿子回来，袁文静的神情有几分复杂。丈夫入狱这件事，大儿子在这当中扮演的角色虽说是大义灭亲，却也让她觉得有几分陌生甚至害怕，所以自从新店筹备，她就带着小儿子回了店里，而且也再没主动联系过长子。

"妈。"谢辕向袁文静招呼了一声，良久才得到一声尴尬的回应。看

## 第四十四章 这个人我认识

着母亲，谢辕内心有些疲惫，对于将父亲送入监狱这件事，他自认没有做错，然而即便身边所有的人都说他没有错，却抵不过母亲一个惊惧的眼神。他知道，自己可能永远也得不到母亲的理解，同时也惊诧于爱情的奇妙，到底是什么把一个女人的心牢牢地拴在一个只能带给她伤害的男人身上呢？当然，谢辕更愿意相信那是一种叫斯德哥尔摩综合征的病症。

"袁姨！"邢涛也跟进来向袁文静打招呼，"小辙在不在啊？"

相对于对儿子的复杂心态，袁文静对邢涛的感情就纯粹多了，她很直接地哼了一声说："我可当不起你叫我姨。"

"哎呀，袁姨，您怎么了这是？小辙惹您生气啦？来我帮你教训他！"邢涛恍如不觉地笑着说。

袁文静被噎着。世交家的孩子，也是从小看着长大的，商人家的孩子却偏偏跑去当兵，后来转业回来当了警察，以前还觉得是生意场上的一条门路，结果却是断送了丈夫自由的人……虽然邢家父母都来替儿子多少打了些圆场，也表达了关心，然而这心结却是没那么好解开的。邢涛这孩子的性子跟自家长子还不一样，谢辙是个只管做不管说的，通常说出来的时候，就代表他已经下决定了，就比如他举报了自己父亲……

而邢涛不是，这小子对长辈那是嘴上抹了蜜一样的，从小就懂得讨人喜欢，如今更是。袁文静实在绷不下来脸去面对他那满脸的笑，无奈地叹了口气，嘴努了努库房："在里面给我盘货呢。"

"哎好！我去帮您教训他……啊不，我去帮他一起给您盘货！"邢涛笑嘻嘻地就钻进库房去了，留下母子俩对峙。

袁文静低下头去清算账目，半响没吱声，直到谢辙以为要被母亲彻底无视的时候，才突然听到一句："愣着干什么，把门口的货给我搬进来。"

"哎！"谢辙挽起袖子，欢天喜地地跑了出去。

谢辙听说邢涛要把他家的狗寄养过来，不知人间险恶的小孩儿顿时开开心心地就答应了，忙不迭地跑出来到邢涛车里把邢小宝连狗带笼子一起拖了出来。

"妈——邢哥要把他家邢小宝寄养在咱们这儿两礼拜！"小孩儿冲着他妈嚷嚷，"你看！它可帅了！"

袁文静抬眼，看着一脸蠢相的哈士奇，皱眉："我可没时间照顾。"

"我有！"谢辙生怕母亲拒绝，连忙叫道。

袁文静看了一眼小儿子，又看了一眼长子，轻叹了口气："那你自己养。"

"好！耶！"谢辙推着狗笼子进了自己房间。

谢辕帮母亲搬完了货，从冰箱拿了两罐冰啤到库房休息，看着邢涛还在清点货物，递了一罐给他："行了，意思意思就成，让谢辙自己搞。"

邢涛接了冰啤在手里，猛灌了一口，摇摇手指："我这是替儿子讨好它干奶奶！袁姨一高兴，小宝说不定每天能多块排骨。"

"得了吧你！"谢辕嘘他，"你在长辈面前就没个正形，真该让你那帮下属看看你平时这狗腿样！"

"看看又怎么样？我向来公私分明，看到了我也不会对他们放松一分一毫。"邢涛说。

谢辕摇头："行行行，刚正不阿的邢队长，你高兴就行。"

"对了，上次那个案子，调查之后发现那个嫌疑人是喝了一种叫什么瑞果茶的饮料之后开始上瘾的。什么提神醒脑，其实就是毒品！据说都是小青年在网上订购的，回头提醒一下小辙，让他别在网上瞎买吃的喝的。"邢涛忽然想到这节，提醒道。

"饮料？"谢辕听着，莫名觉得有什么在脑海里一闪而过。

"对，一种进口功能型饮料，没有经过检疫检验，但是由于对方是在网络上留帖预订的，所以一直锁定不到具体的涉案人员。嫌疑人的精神状态已经彻底崩溃了，现在完全无法从他口中得到任何线索……唉！"邢涛苦恼地说，抓到嫌疑人……确切说是找到嫌疑人张宇时，他还处于癫狂状态，警方在将他制伏之后送到医院，经推断他是因吸毒犯瘾时将朋友看成了游戏中的怪物，错手杀死了朋友。在短暂的清醒之后，火速逃离了现场，但随后在自己家中再次犯瘾，将家中物什砸毁过程中，自己也受了伤……警方赶到时他已经完全陷入疯狂，正一刀一刀地砍着家里的衣柜镜子，嘴里竟还念叨着为什么这个怪不爆装备……显然是将镜子里的自己看成了怪物。

"等一下，我想我可能知道一点……"谢辕听着他的话，突然抓住了一点，"他和受害人有一个共同的朋友！记得吗？你给我看的那张照片！"

## 第四十五章
### 总有些病人令我们放心不下

邢涛一愣，放下手里的啤酒罐子，掏出手机来翻照片："这张？"

"对！"谢辕指着张宇身旁的男人，"这个人，我助理，就小宋说，这男的是个饮料推销员，我想这世上难有这么巧合的事，你不如从这人着手查一查。"

邢涛看了一眼他指的男人："这男的……叫赵祥，没有固定工作，平时就是做各种酒水推销兼职……"他凭着记忆说出查到的资料，眼睛却是越来越亮，"有门儿！好兄弟！哥就知道你有当侦探的料！"说完他用力拍了拍谢辕的肩，跳起来跑了出去，边跑边说，"替我谢谢阿姨照顾我儿子！"

谢辕望着他的背影，笑笑，再想到案件嫌疑人与宋玲之间的关系，可能会牵扯到项珺，谢辕却又笑不出来了。

宋茹香决定在一周后做隆胸手术，签了手术协议之后，她回到家。今天丈夫郭申义说好会回家，这还是这个月他第一次回家。

宋茹香亲手做了一桌子菜，等到深夜。听到钥匙开门声时，她有种想要落泪的冲动,他终于回来了!

郭申义推门进屋,发现房间里灯火通明似乎有些意外,看着坐在桌旁的女人,他扯了扯嘴角:"怎么还没睡?"

宋茹香在心中酝酿了许久的质问被这句话问得烟消云散,多可笑啊!就这么一句毫无诚意的关心,她竟然真的觉得自己不那么生气了……

"你说你今天会回来,我以为……你会回来吃晚饭。"她涩涩地开口。

"哦,不好意思,我忘记了跟你说……我已经吃过了,你……"他看了一眼桌上明显没有动过的菜,"你吃吧。"

宋茹香看了眼墙上的壁钟,低头苦笑,已近凌晨。吃?哪里还有心情和胃口?

郭申义没有继续这个话题,他放下包,脱下西装外套,扔在沙发上,随意地说:"今天开了一整天会,晚上又是应酬,累死了,我去洗澡,你吃完早点休息吧。"

宋茹香没有回答,而男人也没有等她答复的意思,径自进了洗手间,少时传来冲淋的水声。

宋茹香呆坐在餐桌旁,失神地看着洗手间的方向。半晌,忽然扭头看向丈夫扔在沙发上的外套和公文包,她站起来,慢慢走过去,从公文包里取出男人的皮夹,打开。果不其然,那个女人的照片还在皮夹里。宋茹香深吸了一口气,又从西装口袋里掏出丈夫的手机,点开通信软件,将最近的聊天记录一一翻出来看……

"你在做什么?"男人的声音突然闯入她耳中,"你竟然翻我的包?!"郭申义皱眉,"我们之间还能不能有一点信任?"

"如果我不翻,又怎么能知道你是个什么样的人?"宋茹香含着泪颤声说,"有什么班,能让你一加就是一周?有什么差,可以让你一出就是半年?是什么样的同事之间谈话,言必'亲爱的'?信任?你不是早就辜负了吗?"

郭申义沉默良久,说:"我不知道你在说些什么,你能不能不要再瞎想了?我的工作性质就是这样,你不是第一天才知道!"

"我到底哪里比不上她?"宋茹香流着泪问,"如果……如果我变得

比她更漂亮，你能回来吗？"

郭申义看着面前已经泪流满面的女人，毫无触动，感情似乎不知什么时候消失殆尽，她的一颦一笑再也牵动不了心弦……他退了一步，叹气："不要无理取闹了，好吧？我为我今天回来比较晚道歉，如果你看到我就这么难过，那我马上离开。"他说着走进卧室，少时换了一身衣服出来，提起公文包，从宋茹香手中抽出自己的手机，然后看见放在桌上的皮夹……他怔了怔，将皮夹放回包里，转身出门。

"呜——"宋茹香蹲在地上，呜咽出声，她的自尊不允许她开口挽留男人，她到底还是输给了外面的野花……

郭申义坐进车里，发了几秒钟的呆，突然暴躁地狠狠用力拍了一下方向盘。他从公文包里拿出皮夹，一张照片从中掉落，背面朝上，有字：项珺，女，28岁，中国籍，尽快清除。

郭申义将照片拾起，翻过来，看着那上面穿着白大褂的女人，头疼。中国有14亿人，上哪儿去找这么一个女人？！更头疼的是，宋茹香这个蠢女人，竟然被她看到了……

他皱眉，发动汽车，向城市的某个方向开去。夜风从敞开的车窗吹进来，他的头发被吹得翻飞，后颈裸露的皮肉上隐约现出一个半圆形的黑色文身……

深夜的网吧，泡面和咖啡的味道混合出一种诡异的热闹氛围，王昱枫坐在角落的包夜区里，默默地玩个那款被人戏称为"暖暖环游大唐"的游戏，身旁都是在玩"LOL"或是在"吃鸡"的热血男儿，只有他一个把游戏角色穿得如同一个花花公子一般站在古意盎然的主城广场上发着呆……

"先生，这是您点的咖啡。"服务小哥将一杯咖啡饮品放在他身旁，左右看了看，低声说，"哥，我去问过了，那个叫赵祥的是个酒水推销员，接了不少品牌的酒水饮料推销。最近好像接了个大单，周边的几家网吧他都去过，推销一个叫……巴瑞果茶的饮料，据说销量特别好……"

"我知道了，辛苦你了。"王昱枫拍了拍他的肩。

"我听说他平时喜欢去悦城网咖通宵。哥你要是想找他，这会儿去，应该可以逮着他！"小哥热血沸腾地说道。

王昱枫笑笑摇头："我现在拿什么逮他？这……悦城网咖离这儿近吗？怎么走？"

"不太远，出去走两站路就到，我一会儿把地址发给你！"

"行！谢啦！"

"跟我客气什么呀！"小哥眼里闪着崇拜的光，转身跑回柜台里去了。

几分钟后，王昱枫感觉到手机在裤子口袋里振动了一下，掏出来看了一眼，是一个地址。他笑了笑，退出了游戏，抓起咖啡来猛灌了一大口，转身出了网吧。


宋茹香的手术被安排在一个工作日的上午，当天的预约不多，谢辕有充足的时间和精力为她做这次胸部整形手术。

项珺忙完了手术前的准备工作之后，来到VIP等候室，宋茹香正在那里等待着。

项珺看着宋茹香略带忧愁的脸，忍不住问她："茹香姐，为了一个男人这么折腾自己，值得吗？"

宋茹香看了看她，低头，轻轻地说："我不知道。"

项珺叹了口气："隆胸是可以体现女性曲线美，帮助提升自信，但是……它本身对于感情问题并不会有什么实质的帮助，我希望你能理解这一点。"

"我懂，我只是……不甘心，那女孩只不过是……比我年轻……"她的声音不大，两只手却紧紧地抓着衣角，将那里平整的面料都揉捏得皱褶横生。

听她这么说，项珺只能点头，谢辕说得不错，她说服不了这个女人。

宋茹香的身体保养得不错，手术进行得非常顺利，从腋下入口，水滴形的硅胶假体在胸隔膜与乳腺之间撑起了一方天地。从宋茹香的身材比例考虑，选用的填充假体并不大，主要目的将胸型塑造得挺拔饱满，与其本身体型配合更协调美观。这样的手术难度并不大，而对宋茹香来说，术后的恢复和适应需要一定时间，而这段时间她会在医院接受观察和术后的保养服务。

## 第四十五章 总有些病人令我们放心不下

项珺每天都会去住院病房检查，宋茹香对手术效果挺满意，只是她的情绪似乎并没有因为隆胸而有所提升，始终是静静的话也不多的模样。

直到要出院前一天，她忽然对项珺说："我这样……好看吗？"

项珺看着她这些天在医院调理之后恢复良好的身形点点头，笑说："好看！我要是个男人，我也会心动！"

宋茹香听她这么说，便笑了。结账出院，项珺将她送到门口，说："不管怎样，祝你以后一切顺心。"

宋茹香点点头，出了医院大门。

项珺的心情有些复杂，回到办公室，见谢辕正在准备下一台手术，便也无暇纠结这些，立刻着手准备了起来。然而直到下了班，项珺还是满脑子想着宋茹香的事，谢辕看在眼里，说："你别想了，她自己的选择，好与坏，她总得接受。我们能帮她的，已经都帮到了。"

项珺叹了口气，点点头："我知道是我自己爱多想，可就是……"

谢辕笑笑："我懂，总有些病人让咱们放心不下的。"

"是啊……但愿她以后真的能好起来，各方面的……"

"但愿。"

两人说着话的工夫已经到了医院门口。项珺左右看了一眼，在路旁的汽车站台看到了王昱枫的大越野车，抿了抿唇，朝谢辕扬了扬手："我回去啦，拜拜！"

"哎！"谢辕其实早已看到了王昱枫的车，心里郁郁不乐的情绪暗暗滋生，突然不愿就这么看着她走到别人身旁。然而叫了一声之后，看着项珺停下脚步回过身，疑惑地看着自己的时候，他却发现自己什么都说不出来。说什么呢？说王昱枫可能不是单纯地想追求她吗？谢辕自问说不出口，只能苦笑着摇摇头："没事，你去吧。"

项珺没在意，来到车旁，熟门熟路地上了车。扣好安全带后，她朝王昱枫笑笑："久等了？"

## 第四十六章
**你竟然是这样对我的！**

王昱枫应说："没多久，刚到。"发动了车往家的方向开去。

虽然已经是下班高峰的末尾时分，但这条主干道上还是堵得厉害。再一次不得不停下来的时候，王昱枫才发现，今天项珺竟然异常地沉默。以往坐在车上总能听她说说接待的病人，又或者劝退了几个盲目整形的小屁孩子之类，而此刻，她却出神地看着窗外渐黑的天色，一言不发。

"怎么了？"王昱枫叫了一声没有得到回应之后，伸手轻轻拍了拍项珺的头。

"嗯？！哦……我在想一些事。"

"什么事？工作？"

"算是吧……我在想，那些为了挽回感情而来整形的人最后是不是都如愿以偿了？如果如愿了，那她挽回的到底是不是真爱？如果不能如愿，那她会不会后悔自己当初的决定？"项珺说着话，思绪却飞得更远。在G国的时候，最开始她在父亲的带领下做手术。同样也是整形手术，但她的病人都是由父亲约谈的，大部分时间她只专心于手术本身，而很少去与客户沟通。父亲会将客户的需求和手术需要注意的要点事先告诉她，这样的父女档合作，一直持续到她拿到博士学位，觉得自己羽翼丰满，而离开父亲的诊所去了休斯曼医疗中心……那之后她开始像父亲一样跟每一个病人

## 第四十六章　你竟然是这样对我的！

约谈，了解他们整形背后的喜怒哀乐。直到这时候她才发现，病人的故事会影响自己的情绪，有时候甚至会干扰自己手术时的心理……她才明白，父亲曾经为自己承担了这份压力，不论父亲这样做是好是坏，对项珺而言，那是她的傻爸爸表达爱的一种傻傻的方式。如今回想起来，自己经历的确实太少了。

在丁香医院的工作，令项珺打开了一扇从未探知过的大门，她试图用父亲的思维来告诉客户怎样理性整形。然而多数时候，不但得不到客户的理解，在医院同事的眼中，她也是个只会劝退病人，影响销售业绩的异类……

然而这样真的错了吗？项珺不知道，理性告诉她并没有，然而感性却在看到别的同事每个月多拿几百甚至上千提成的时候，摇晃不定……

归根结底还是钱不够多的原因吧，最后，项珺只能这样安慰自己。

"做整形的大多是成年人吧？"王昱枫随意地问道。

"大部分是成年人，未成年人需要监护人陪同签字。"项珺下意识地回答道。

"所以，成年人就要有对自己的行为负责的觉悟。做整形是他们自己的选择，只要整形手术本身没有出错，那后果如何，与你何干？"王昱枫说。

项珺苦笑："道理我都懂，但总难免会想，刚刚老谢也说我想太多。"

宋茹香不知道项珺的担心，她回到家，那幢别墅曾经是她和丈夫的爱巢，他们曾在这里畅想着一同白首，在门前的小花圃里种花养草的人生远景，然而如今，却只有她一个人面对空荡荡的房间。郭申义自那晚离开之后，一直没有再回来。

关上门，站在玄关的衣帽镜前，她看着镜子里曲线玲珑的自己，微微昂起头。看到这样的自己，这样总够好了吧？

脱下外套，露出里面特制的紧身整胸，她轻轻摸了摸绷得有些影响呼吸的布料，缓缓吸了口气，然后徐徐吐出，挺了挺胸，走进客厅。然后宋茹香便看到桌上放着的一个快递文件夹。

这别墅虽然不算大，但房间打扫还是很费力的，所以请了钟点工来打扫。钟点工会代收快递，宋茹香倒也不觉奇怪，然而当她拿起文件夹看着上面某律师事务所的来件时，心中还是冒出了一丝不祥的预感……

这是一个薄薄的文件夹，拆开，里面只有两张薄薄的纸。一张是离婚协议，一张是财产统计和分割协议，简单粗暴得像一柄未开刃的刀，硬生生捅进心窝里，血流如注，痛彻心扉。

宋茹香瘫坐在沙发里，悲伤撕扯着她的心，她弯下腰却停止不了发自内心深处的痛。

不知过了多久，宋茹香从崩溃的情绪里逐渐缓过神来。她抹了一把脸上纵横的泪水，慢慢站起来，走进洗手间，拧开龙头……冰冷的水扑在脸上，洗掉了泪涕，也使纷乱的头脑冷静下来。

她抹干脸上的水珠，回到客厅，再度拿起那两份协议反复看着，似乎想从中找到对方不情愿又或还存有丝毫情义的痕迹。然而结果却是令她绝望的，她掏出手机，拨打郭申义的电话，接电话的却是一个年轻女人的声音……

"喂？"

"你是谁？我找郭申义！我是他太太！让他听电话！"宋茹香再也保持不了平静泰然的声音，厉声说道。

那边的声音似乎顿了一下，而后朝一个相对比较远的方向说："老郭你太太的电话！"

时间似乎过得特别慢，良久，郭申义的声音才从听筒中传来，还带着与人谈判时的沉着感："茹香？哦，协议你已经收到了吧？"

"你是什么意思？"宋茹香听到丈夫的声音，压下泪意问道。

对面的声音沉默了片刻，郭申义说："我想离婚，就是这样。我们都是成年人，做事成熟一点。这几年我们之间早就没什么感情可言了，分了也好，彼此不耽误。"

"是啊，不耽误你跟那个女人在一起是吗？"宋茹香的声音尖锐起来，"我不会签字的！凭什么？我到底做错了什么？"

"你没做错什么，但是我们真的不合适……这么些年了，你难道没感

## 第四十六章 你竟然是这样对我的！

觉吗？"男人平静地说道。

"这是你背叛婚姻、出轨的理由吗？"宋茹香问道。

"你要说这都是我的错，那就是吧。现在我只想结束我们之间的关系。"

"如果我不同意呢？"

"……茹香，你不是这种死缠烂打的女人。"

"……"宋茹香沉默了半晌，她颤声说，"你知不知道为了挽回你，我去做了隆胸，我所做的一切都是为了你，可你竟然是这样对我的！"

丁香医院，四楼整形科

项珺忙完了两台手术的助理之后，坐回办公室写工作报告。月底了，她的笔头工作多了起来，整理病历、回访记录以及各种报告一堆，忙得有点头晕。抬头看了一眼隔壁坐在沙发椅上闭目养神的主任先生，项珺才算找回一点安慰。

谢辕最近比项珺还要忙，除了工作，他还被院长教授要求写学术论文，这位老院长对自己这个学生也是操碎了心，拼老命往上拉扯着，什么与学术相关的事都要带上他。

"小谢啊，整形科虽然赚得多，但以你的专业，我还是希望你回到心胸手术这块来，毕竟这才是做医生治病救人的本分。"

恩师丁院长的话在谢辕耳边又响起来。要转行吗，谢辕有些犹豫。当初进整形科是因为整形科赚钱快，而且多，家里背着债务需要钱……如今，债务当然还是有，但增加债务的人终于不在了。母亲的五金店面开起来之后，他的压力也会小许多。是不是还要在整形科待呢？谢辕是有犹豫的。然而他更不知道该怎么跟恩师说，自己原本的希望是想当法医，心胸外科并不是他的志向啊……

所以这段时间，除了工作和论文，关于未来，谢辕相当茫然。

两首音乐突然在安静的办公室响起，项珺和谢辕的手机竟同时响了，两人对看了一眼，各自接起了电话。

谢辕看着手机屏幕，是邢涛打来的电话，这令他有点奇怪。邢涛平时工作忙，这样的工作时间极少打电话来找他。谢辕接起电话来便问道："邢哥？有事吗？"

邢涛也不拐弯抹角的，直接说："那个赵祥跑了。"

谢辕一愣，随即想起赵祥是之前他们提起过的，与毒品案相关的嫌疑人。

"要我帮什么忙？"谢辕问道。

"这忙不是要你帮，是想麻烦你那个助理，小宋……"邢涛缓缓说道，"我们查到，宋玲跟赵祥是同一个福利院长大的，关系一直不错。宋玲去日本之前曾经在福利院的贴吧里说要来SH市工作，当时赵祥回帖想与她联系，不过她后来没有回帖。两周前，宋玲在健身房曾经遇到过赵祥，监控显示，赵祥给了宋玲两瓶饮料，我们不确定宋玲是不是知道赵祥在做什么，但是很显然，这个赵祥对宋玲十分关注，所以我想……请小宋帮忙，联系到赵祥劝他自首。"

"这……"谢辕看了一眼不远处的隔间里正在轻声讲着电话的女人。项珺并不是宋玲啊！然而这又不能对邢涛说……

"小辕儿？怎么不吱声了？"谢辕的沉默令邢涛有些急躁。

"哦，没什么。好的，我跟宋玲说一声，让她尽量配合你们……"停了一下，谢辕忽然问道，"邢哥，你说赵祥给过宋玲饮料？你是不是怀疑宋玲也在吸毒？"

## 第四十七章
**那个男人不值得**

邢涛似乎没想到谢辕会问这个问题，一怔之后才说："不……宋玲没有吸毒。咳，市局牵头查的案子，不会冤枉好人的！"

谢辕听到电话那端传来一声嗤笑，似乎是邢涛身边有人，愣了一下，没在意，只说："那行，我这就跟小宋说，但是，她答不答应，我可不保证。"

"行，就这样，我先挂了。"说完，邢涛好像被什么催促着挂掉了电话。

谢辕收起手机，扭头看了一眼隔墙的工作间，项珺还在讲电话，于是也没去打扰，继续闭目养神，脑子里转着论文和邢涛交代的事。

这边，项珺抱着电话一头雾水，电话里是一个女人呜咽的哭声，要不是看过手机上的来电显示，项珺根本听不出这是印象中温文儒雅、端庄稳重的宋茹香的声音……

"这……怎么了？茹香姐，你……你怎么了？！"项珺一脸莫名地问道。

"你是对的，整形也拉不回他的心！他要离婚……哈哈，竟然什么都准备好了，只等我签字……而我还在傻傻地为了他整形！"宋茹香崩溃的情绪从手机里传出来，令项珺心情复杂。

谢辕的猜测是对的，这个结果很大程度上他们都已经预见到了。然而听到宋茹香痛苦的哭泣声，项珺还是觉得内心沉重不堪，她无法说服自己：这只是一个普通的病人，对方的私事与自己无关。项珺不知道宋茹香为什么会找自己来哭诉，毕竟他们并不怎么熟……但或许正是因为不熟，所以才会这样放肆地吐露心声。

"茹香姐，你……"项珺不知道应该说什么，此时宋茹香需要的显然并不是安慰。

"我好恨啊！我恨他！我已经一无所有了！"宋茹香说着话，突然打了个嗝，这让项珺意识到宋茹香的状态可能并不清醒。

"茹香姐？你喝酒了？你冷静一下，别喝太多，你刚刚手术恢复，酒精对身体不好……"项珺温声劝着。

然而宋茹香并没有听她说的这些，只是开始絮絮叨叨地说起自己和郭申义之间的往事，曾经的美好……然而这些过往对于此时的她来说，却是加深痛苦的毒药。

项珺几次插不上话，感觉宋茹香的情绪越来越不稳定，项珺只好问："茹香姐，你在哪儿？我找你去？我陪你喝酒好不好？"

"好！"宋茹香咯咯笑着，说，"霞飞大街，梦中人酒吧！你来陪我！"

项珺愣了愣，霞飞大街可是有名的商业街，在市中心，丁香医院要去那里得坐地铁，还挺远的。可这时还没下班，项珺有点后悔自己一时口快，刚想改口，就听宋茹香说："你不来，我就随便找个男人陪我回家！你来……"

项珺此时几乎可以确信宋茹香是已经喝醉了，思来想去，只好答应了她一定去，扭头对谢辕说："老谢，宋茹香那边……找我有事，我能提前走吗？"

谢辕正等她电话结束想同她说给警方帮忙的事，不料她这一说，便看了一眼时钟："还有两小时才下班，你再等等呗，我有事……"

项珺想了想摇头："我担心宋茹香。她老公要跟她离婚，她现在情绪很糟。刚刚电话里听着是已经醉过头了，这事我不知道就算了，既然我知道了，那怎么也该去帮一把。"

## 第四十七章 那个男人不值得

谢辕张了张口，还是停下来，随手扯了一张病假单来填上，说："去吧，你拉肚子回去少吃荤腥，多喝水。"

项珺一愣，随即明白他是在替自己开假条，感激地笑道："知道啦！我就知道你这人哪！刀子嘴豆腐心。"说完，将桌上的东西收拾一下，转身出门。

谢辕看着项珺的背影，苦笑："什么话，我哪里刀子嘴过？"

项珺按着宋茹香所说的来到梦中人酒吧，走进去，在昏暗的角落里找到了一边哭一边还在喝酒的女人。

"茹香姐，你还好吗？"项珺轻轻拍了拍宋茹香，然而对方的反应却已经十分迟钝，半天才抬头。

看到项珺，宋茹香并没有表现出高兴，反而皱着眉头嘟囔着："你谁啊？走开，我在等我老公……"

项珺一愣，所以刚才在电话里宋茹香已经醉得以为是在跟自己丈夫说话的吗？顿时觉得尴尬无比。要走吗？她往后退了一步，宋茹香却突然抓住她的手腕哭道："是你对不对！我见过你的照片！在我老公的皮夹里！你勾引我老公，让他跟我离婚！"宋茹香的力气意外地大，项珺没防备，一下被她拉得倒在沙发里，手腕也被扭了一下。

"哎！"项珺疼得轻叫了一声，连忙说，"茹香姐，你认错人啦！"

"我才没认错，就长你这样！"宋茹香瞪着她，叫道。好在酒吧里人不多，音乐又开得响才没招来旁人的围观。

然而即便如此项珺也觉得脸上火烧火燎的，项珺不明白宋茹香为什么一口咬定是自己勾引了她丈夫，此刻她对自己一时的好心充满了懊悔。然而来也来了，手被宋茹香抓着，又不能动，项珺只好放柔了声音说："茹香姐，你看看我啊，我是……宋玲，丁香医院整形科的护士，你看看呀！"

宋茹香歪着头打量她，好像在回忆眼前的人到底是谁，半晌才想起来说："哦……小宋……是你啊！呜！小宋，我好难过！我老公不要我了！他要跟那个小三跑了……"认出了来的人是"宋玲"，宋茹香顿时大哭着开始了新一轮的回忆和控诉。

项珺当然明白"永远不要跟喝醉的人计较"这句话,所以宋茹香想要倾诉,她也就只是静静地听着,并适时地将宋茹香手中的酒杯挪开。

叫来了酒保,要了一大桶冰和矿泉水,给宋茹香喝,然后由着她说着、喝着,直到睡了过去。项珺开始犯愁,她要怎么把这个女人带走?虽然宋茹香的身量并不大,但是同为女人,项珺的力气也没大到能轻易拖动一个醉酒的成年女性,想了想之后,她只能等半小时之后把宋茹香叫醒。

等到宋茹香渐渐醒过来,虽然看起来精神萎靡不振,但至少神志清醒了。她似乎一时间还有些迷糊地打量了一眼身边的环境,然后注意到了项珺的存在:"小宋护士……你怎么……"话没说完,宋茹香忆起了自己之前做的事,一股难言的尴尬和羞辱之情涌上来,她低头捂住了自己的脸,"不……"她叹道。

"清醒了?"项珺倒了一杯蜂蜜水递给她,"你……还好吧?"

宋茹香喝了一小口蜂蜜水,早已哭得红肿的眼里已经流不出泪来,只能苦涩地说:"不好……"她看了项珺一眼,说,"抱歉,我喝醉了……打扰你了。"

项珺耸耸肩:"我只是爱多管闲事罢了……"停了一下,问她,"接下来,准备怎么办?离婚?"

"我不想离。"宋茹香低头,轻轻地说。

"为什么?出了轨的男人留着过年吗?"项珺不解地说。

宋茹香苦笑:"你……你还年轻,不知道婚姻其实是个多复杂的东西。你以为你只是嫁给了一个男人,其实你嫁的是一个家庭,甚至一个家族。我和郭申义结婚到现在,财产上不谈,生活圈子、人脉几乎都是共享的,如果我们离婚,我失去的不光是一个丈夫,而是这一切。"

项珺看着她,缓缓说:"你为什么会这么想呢?离开他就是失去一切?这是什么逻辑?离婚会令你失去什么呢?你依然可以做你的药品研制工作,你这么出色的女人为什么要为一个不值得的男人空守一生呢?"

宋茹香有些惊讶地看着她:"可是,我要怎么对我和他的家人交代?对我们共同的朋友说我们为什么离婚?"

"这都什么年代了?你还在意别人的眼光吗?"项珺摇摇头,叹气,

## 第四十七章 那个男人不值得

"想一想,如果你恢复单身之后会怎样?你的人生从被两个人、一个家庭甚至一个家族分享,又会变回由你自己全权掌握,不是吗?你想想,你对我说过的,你们结婚这些年里,你开心过吗?几次?多久?"

"你……别人都是劝合不劝分的……你怎么……"宋茹香有些无措地说道,"其实你说的我也知道……可是……我的父母也不见得有多恩爱,可他们也在一起许多年,他们让我懂得婚姻其实和感情并没有多大关系,维持一个家庭才是最重要的,我是对家庭负责才……"

"可是你想维护的这个家庭现在不需要你了呀!"项珺说,"他不尊重你,也不尊重婚姻。你为什么要维护这样一个男人和他的家庭?"

"那也是我的家庭。"

"我想,在他心里已经不是了。"

宋茹香如遭重击。良久,她低头,颓然:"小宋……你……你这孩子有时候说话真的太残酷了。"

项珺看着她:"残酷吗?我不过是在告诉你,你已经面临的事实。不要再盲目地用所谓的爱去逼自己支撑了,爱是给值得爱的人的,他不值得,那就不要给。"说完,她侧头看了一眼有些呆愣的女人,"你说是不是这个理?"

宋茹香没有回答,项珺说的似乎并不是她从小接受的理念,然而,又似乎并没有什么错。到底哪一边才是正确的呢?

"而且,现在选择权不在你手里,他想要跟你离婚,肯定已经做好了准备,你不愿意,他也是要离的。"项珺的这句话彻底击碎了宋茹香的挣扎。

是啊,那个男人明确说要离婚,他不要她了!

"我很难过。"

"我知道,遇上这种事,肯定会难过,但是勉强留住他,感情也回不去了,况且……"项珺微微笑了一下,"你现在要长相有长相,要身材有身材,还是个才女,还愁找不到好男人吗?"

"我……我没有想过……这么长远的事……"宋茹香似乎并不习惯被人这样调侃,脸瞬间便红了。

项珺便也不再调笑,看了一眼时间。已经过了九点,天色已经晚了,酒吧里客人越来越多,她们两个女人坐在角落里,偶尔有人路过难免打量两眼,这感觉可不太好。

"走得动吗?我送你回家。"项珺说着,伸手去扶宋茹香。

"可……可以的,我自己来。"宋茹香客气地挡了挡,却发现自己腿软了,之前醉酒时坐姿不好,昏睡了这些时间,血液不畅通,麻了。

项珺见状赶紧扶住她,叹气说:"我扶你吧,走,我去结账。"

……

走出酒吧,外面的新鲜空气驱散了酒吧里混浊压抑的感觉,夜空中还有几缕微风,白天的炽热已经消减下去。因为是商业街,行人熙熙攘攘,行色匆匆。项珺深吸了一口气,看了一眼宋茹香:"我来打车,我记得我们家的方向顺路。"

宋茹香点点头,项珺便掏出手机来,叫了一辆出租车。

她们没有注意到,不远处有一辆黑色的越野车缓缓跟进,更没有注意到,在越野车前面,还有一辆车正跟随着……

## 第四十八章
**英雄救美**

宋茹香报的地址并不是自家的别墅,而是另一处住所,那是她之前为了工作需要,买在市郊的一处公寓。出租车开出繁华路段之后,车辆渐渐少了些,司机忽然说了句:"有劲了,后面好像有个车子在跟着我哪,你们看,我变道,他也跟着我变道,搞笑伐?"

两个女人奇怪地对看一眼,回头看,果然看到一辆黄色的SUV(Sport Utility Vehide:运动型多用途汽车)跟在后面。出租车司机似乎觉得有趣,又变了一次道,而那辆SUV也跟着变了道……

"这车是怎么个意思啊?"司机还在奇怪地嘟囔。突然,那辆车超到了前面,随后将出租车逼停在路边!

"怎么回事啦!你这个怎么搞的啦!差点出事情了知道吗?!"出租车司机吓出一身冷汗,随即也生气了,下车去拍了拍SUV的车窗叫道。

SUV的车门突然打开,三个手持铁棍的黑衣人,戴着黑口罩下了车。其中一人,直接一棍子敲在出租车司机的头上,出租车司机连惨叫都来不及发出,便瘫倒在地上。

目睹这一切发生的项珺和宋茹香看着车窗外的一切都惊呆了,惊恐令她们坐在车里不敢动弹。当看到那些人朝车子走来时,项珺飞快地翻过椅背,坐到驾驶座上,万幸司机并没有拔下车钥匙,项珺发动汽车想要开车,然而那些人却已经发现了她的意图,冲上前来一个人怼着车头,另一人挥起铁棍来猛地砸向车窗!

几声巨响之后,车窗被砸开了,男人从窗外伸手进来打开了车门,揪着项珺的头发将她拉出车来。

"啊——"项珺觉得自己的头皮都要被扯下来了,痛得尖叫,只能被拖出车来。

"你们!你们要干什么?!"另一边,宋茹香也被硬拽出车,她慌乱地叫道。

然而没有人回应她,她们被推得靠在一起。宋茹香的酒劲刚过,身体协调性还不好,被推搡之下差点摔倒。

"你是什么人?我……我包里有钱的……你们拿去……"项珺首先想到抢劫,颤巍巍的手指着车里自己的皮包说道。

依然没有人回应,但这些人都开始逼近,虽然看不到脸,然而目光中透露出的杀意却令项珺意识到,对方是真的要下杀手了。忍不住汗毛倒竖,心思却在这时飞快地转动起来。对方是来杀自己的?还是杀宋茹香的?难道是骷髅组织找来了吗?自己什么时候暴露的?

眼看着对方举起了铁棍,项珺下意识地闭了眼,用力抱住已经缩成一团的宋茹香。然后她听到一声闷疼的响声,身上却并没有疼痛感,紧接着又传来几声凌乱的击打声。项珺睁开眼,正遇上一个黑衣人扑到眼前,吓得又立刻闭起眼来。

很快,项珺发现,那人好像并没有动静,睁眼一看,原来已经被打晕过去了。

项珺抬头,便看到王昱枫正挥舞着拳头,结结实实地砸在一个黑衣人头部。那人哼了一声,瘫倒在地,至此,战斗便结束了。王昱枫甩了甩手,赤手空拳打人还是有点不太舒服,他转头看向两个女人,皱起眉:"站得起来吗?"

项珺张了张口,却什么也说不出,只能点了点头,撑着地,扶着宋茹

## 第四十八章 英雄救美

香站起来。看着王昱枫，说不出是惊讶还是惊喜，此刻的她脑子里还是一片混乱。

王昱枫见她这样，也没追问，点了点头，转身打电话给邢涛："黄洋公路S1匝道口附近，有人劫持。嗯，有人受伤，叫救护车来……人我先带走了……"

邢涛没料到王昱枫突然来电话，还是报案，先没反应他为什么不直接打110，而是直接给自己，只听他说要把证人带走就急了："你怎么个意思？你带走了人，我拿什么来做笔录？"

"司机又没死，再说还有一个女的。"王昱枫皱眉说。

"不是，这不合规矩！"邢涛叫道。

"我合我这儿的规矩就行。走了，你快派人过来啊！"王昱枫懒得跟邢涛继续扯皮，挂了电话，走到项珺面前一搭她胳膊："走。"说着话，手里微微用力，把项珺拉进自己怀里，准备离开。

"小宋！"宋茹香惊叫道。

项珺一头撞在王昱枫胸膛上，微微的汗味和温热强韧的触感令她有一瞬间失神，但听到宋茹香关切的叫声又立刻清醒过来。她连忙伸手推开王昱枫，回头对宋茹香说："茹香姐，没事，他是我房东……"说完，突然反应过来，王昱枫为什么会这么巧地出现在这里？

宋茹香听到项珺这么说，稍稍放心了一些，但打量了一眼身形高大、眉目在昏暗的路灯下还有些凶恶的男人，心里还是发怵："他……你……"

项珺说："茹香姐，不怕，老王已经报警了，我们等警察来！马上就没事了！"她安慰道。

宋茹香点点头，就见那男人说："你在这里等警察来，见到什么如实告诉他们就好了。我们先走了，有问题找刑侦大队队长邢涛，他会安排。"

说完，就见他拖着项珺往道路后方的一处阴影里走，宋茹香才注意到，那里停着一辆黑色的车。

"哎……哎？不……老王，我们不能把茹香和司机师傅就这么放着！你不能走！不是，你不要拉我！"项珺挣扎着叫道。

王昱枫看看她："那几个人没两小时醒不过来，邢涛半小时内肯定能到,你不用替他们担心,你还是多担心担心自己吧!"

"什么?!你在说什么呀!"项珺急了,"不行,这里太不安全了,我不能就这样走!"她用力掰王昱枫紧紧扣着自己胳膊的手指,说道。

王昱枫皱眉,到底是有些火了……

今天突然接到线报,对方准备行动。而当他查看项珺的位置时,发现平时这个时间应该待在医院的女人竟然突然离开,他几乎立刻动身前往追踪,随后发现她在陪一个女人喝酒……好吧,确切说是劝那女人不再喝酒,王昱枫提起来的心这才稍稍放松。好不容易等到两人离开酒吧,天已经完全黑了。王昱枫本想直接上前装作偶遇把项珺带走,却在瞥到一辆朝她们靠近的形迹可疑的 SUV 时刹住了脚步。在暗处远远观望——没有车牌,也没有任何保险标贴……紧跟着项珺所在的出租车开了出去。王昱枫隐隐觉得不对劲,立刻踩油门追去。一路上,几次超车加塞,扰乱 SUV 的跟踪。眼看就要甩掉了,没想到 SUV 竟然无视红灯冲了出去,变灯后王昱枫加速追上来,却还是晚了一步。

看到受伤流血的司机时,王昱枫一颗心提到了嗓子眼儿,胸中的怒火也熊熊燃烧了起来。他不敢想象如果此时躺在地上的是项珺的话,他会做出什么事来……

"这里最不安全的只有你!"他强压怒意,将还在挣扎的女人拦腰一抱,直接扛了起来,拉开车门扔进后座,砰的一声关上门,自己上车,踩油门驶离了现场。

"你干什么?!王昱枫!"项珺从后座椅上挣扎着坐正,扭头看着越来越远的出租车和呆愣在原地的宋茹香,对王昱枫大吼着,试图去拉车门。

"我现在车速不算快,80 码,你现在开门跳车的话,死是不会死的,断胳膊还是断腿就不好说了,你可以试试。"王昱枫冷冷地说道。

项珺看了看车窗外飞速后退的景色,不敢再碰车门了,只能对着王昱枫吼道:"你怎么能就这样走了?!如果还有人来杀他们呢?"

"不可能,而且我报过警了。"

## 第四十八章 英雄救美

"报警？警察有什么用？！警察说不定还有坏人呢！"项珺冷笑道。

王昱枫从后视镜里看了她一眼，说："那是外国警察。"

"你……"项珺被噎住，气得胸口直疼，靠在后座上，拒绝再和他说话。

王昱枫也不理她，闷声不响地驱车狂飙。一路开回家，才发现项珺不知什么时候已经睡过去了，不是晕，是真的睡过去了……

王昱枫看了一眼手表，半夜十二点了，之前又惊又怕的一顿折腾，身体上不说，精神上肯定是累得不轻。他走过去，打算将睡着的项珺抱上楼……

项珺睡得并不沉，王昱枫一碰她就醒了。睡梦中依然强烈的危机感令她惊醒，用力一推叫道："你要做什么？！"

王昱枫被她推得往后一仰，后脑勺砰的一声撞在车门框上，疼得他直抽冷气嗞了一声。

项珺这才发现对方是王昱枫，想道歉说自己没看清，又想到他刚刚把宋茹香丢下的一幕，生气，不想跟他说话，于是一时尴尬不已地瞪着王昱枫。

"你这人！"王昱枫气不打一处来，瞪着项珺，张了张嘴，最终还是没把脾气往女人身上撒，退出去后说，"既然醒了就自己下来。"

项珺哼了一声，下了车，径自上楼。

回到房间便立刻关上门，掏出手机来拨打宋茹香的手机，没想到很快便被接了起来。

宋茹香惊心魂未定地坐在派出所里。就在刚刚，110警车赶到，三名被打晕的劫匪被捕，而之前追他们的SUV上的司机却不知去向，被打的出租车司机被送进了医院，正在住院观察……宋茹香被带回了派出所，她按王昱枫嘱咐的，将事情的经过如实地说了一遍，警方并没有为难她，甚至还安排了一位女警过来安抚她的情绪。

当她问起警方知不知道自己的同伴为什么被报警人带走了、目前是否安好时，却得不到回应。负责抚慰她的女警也只是含糊地说，这是其他部门的事，他们并不清楚……

因此，当宋茹香接到项珺主动打来的电话时又惊又喜，直问："小宋，你还好吗？你没事吧？！"

项珺也同样激动，回答说："我很好！茹香姐，你现在在哪里？"

"我在派出所！没事……我很好！"宋茹香说，"你也平安就好……"

"司机大叔呢？"项珺想起那位无辜的出租车司机来，赶紧又问了一句。

"司机受了伤，被送去医院观察了，没有生命危险。小宋，这是怎么回事啊？！带你走的那个人是……是什么人啊！派出所的人都说不知道他啊！你确定他是好人吗？"宋茹香担心地问道。

项珺噎了一下，想说王昱枫是个好人……可想到他把宋茹香和司机就那样往那儿一扔，带着自己离开现场的奇怪举动，又觉得诡异。

电话那边又传来宋茹香的声音："不过，他应该没有要伤你的意思吧……"

项珺纠结了一秒之后，嗯了一声，"他应该……不会伤害我吧……"说完，心中的迷雾却越来越浓厚，到底是哪里不对？

两人再三确定彼此平安无事之后，挂了电话。项珺在房间里来回踱了几圈之后，还是决定去找王昱枫问个明白……

她开门走出自己的房间，王昱枫的房间门照常关着。项珺似乎直到这时才意识到，住进这里之后，王昱枫的房间似乎就从来没有敞开过，他进出都会随手关门，以前只觉得是个人习惯，但此刻项珺心里却多出许多的疑问。

宋茹香的问题令她对王昱枫充满了怀疑。仔细想来，这个男人总是神神秘秘的，说是什么国营三产公司的销售员，却似乎从来没见他有过销售员的样子，陪他去参加什么展会，还被他放了鸽子；不，最重要的是，他是怎么会那么凑巧地出现在自己被劫持的地点的？项珺从来不相信巧合，她走到王昱枫的门前，叩了叩门，没有人应门。项珺皱起了眉，不在吗？回头看了一眼卫生间的方向，门缝里透出的微光显示有人在里面，她咬了咬下唇给自己鼓了鼓气……

项珺握住门把手，拧了一下，发现并没有锁，轻轻推开，眼前的画面，让项珺瞬间僵在原地，脸上的血色褪去了一半……

## 第四十九章
### 王昱枫的"真面目"

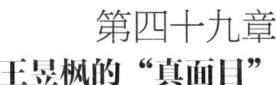

王昱枫的房间内除了一张单人床之外，放着一台电脑，屏幕上是一个定位地图，一个小绿点显示着正位于这个房间的位置，项珺惊恐地找了一圈，目光最终落在自己的手机上，她实在有些难以置信。墙角处的板子上贴着数不清的照片，其中大部分是项珺本人的，有在G国时拍的，也有回国后偷拍的……而在最显眼的位置，一张黑底白眼骷髅的文身照片将项珺的心直接提到了嗓子眼！

难怪他能那么凑巧地出现在那里……原来自己早就被跟踪了吗？！毒贩竟然一直就在自己的隔壁住着？！这太可怕了，要不是今天偶然发现这一切，怕是等他动手灭口的时候，自己连怎么死的都不知道吧……

她退了几步，几乎站不稳脚，竟然是……这样吗？王昱枫原来一开始就是有目的的接近！什么帅房东！什么正义感！统统是假的！

项珺突然有点想哭，却不知道应该哭自己愚蠢被骗，还是应该哭自己错付的感情……该死，自己竟然还对这个男人有了那么一点感情！

项珺啊项珺！你怎么没被自己蠢死呢？！

她不敢再久待，转身回到房中，胡乱拿了几件衣物。万幸的是之前补办的 G 国信用卡已经送到，她抓起钱包和背包，飞快地离开房间。在门口撞上正从浴室洗澡出来的王昱枫，后者一脸莫名地看着她，语气不快地问："这么晚了你要去哪里？"

项珺瞪了他一眼："你管不着！"

王昱枫皱眉："太晚了，你别瞎跑，这大半夜的，你干吗去？还想被人追杀吗？"

项珺冷笑："我待在这里才会被人追杀吧！"她说着，将背包朝王昱枫脸上猛地甩过去，"让开！"

"喂！"王昱枫往后退了一步，项珺趁机冲出了门……

王昱枫抬眼看了一下墙上挂钟的时间，心里骂了一句粗口："凌晨两点了，这女人能不能消停点？！让不让人睡觉了！"

然而要说这个节骨眼放着项珺一个人在外面晃，他是不放心的，无奈只能在后面追。两人一前一后跑出小区，按理说项珺怎么也是跑不过曾经当过特种兵的王昱枫，然而她先跑下楼不算，还故意把楼下的铁门给堵了一块砖头，王昱枫被卡在门里的工夫，她终于跑到了小区门口。

凌晨两点的街道已经少有车辆，项珺不死心的一边跑一边四处观望，好巧竟然有辆闪着运营中的牌子的出租车驶近。项珺挥手将车拦住的时候，王昱枫紧赶慢赶地追了上来，上前就拉住她说："大半夜的你去哪儿？"

项珺用力甩开他，拉开车门坐进去，对着司机说："师傅，麻烦开车！"

司机是个中年女性，一看这架势琢磨大概是小夫妻吵架，就有些犹豫。看看撑着车门的男人，又看看坐在车里的女人，好心劝了句："你们这是小两口吵架吧？大晚上的别折腾了……"

王昱枫还没反应过来呢，项珺大叫起来："阿姨你不知道，他打我！他打老婆！你看！"她伸手给司机看，手上是之前在被劫持中被人拉下车时蹭到的伤，看着又青又肿的还挺惨。

女性总是对女性充满同情的，女司机一看也就不说什么了，对王昱枫说："你这个男人怎么可以这样啦！打老婆算什么好汉？自己好好反省一下好伐？！"扭头对项珺嘱咐了一句："小姑娘你抓牢把手哦！"说完一踩油门，车子冲了出去。夜里道路空旷，这一下车就蹿出去老远，王昱枫

## 第四十九章 王昱枫的"真面目"

当然是拉不住车的，只能放手……

看着车子开远，王昱枫跺脚，走回家的路上气得不行，只能拿拳头怼树，又疼得自己咬牙切齿。

回到家，走到自己房间门前，他愣住。房间门半掩着……谁进去过？王昱枫喷了一声，心里暗叫不好，立刻进屋，仔细检查了一遍。房间里并没有被动过的痕迹，这令他稍稍松了一口气。坐到电脑前想通过监控看项珺的去向，然而，很快他便发现不对劲，项珺的绿点正始终停留在自己家中，再放大看，还是自己的房间！

王昱枫立刻站起来，在房间里四处翻找，无果。他不信邪，拿起手机来拨打项珺的电话，果不其然，从自己的床下传出了项珺的手机铃声……

王昱枫捡起项珺的手机，气得往墙上又挥了一拳，然后抱着拳头嗷了一嗓子……

项珺！！！你这个……

此时，出租车里的项珺正在发着呆。逃离了王昱枫的家，现在要去哪里？她脑海中一片茫然，出租车司机大姐看着她，大约也是看出她的茫然了，问道："小姑娘，你有地方去伐？"

项珺呆了呆，摇了摇头。突然间，再次无家可归的感觉令她觉得特别无助。

"那你要去哪里呀？这么一直开下去也不好啊！"司机大姐看了一眼计价器上正在往上翻的数字，好心提醒道。

项珺左右想想，最后报了丁香医院的地址……

凌晨三点，项珺来到医院，在门卫大叔睡眼蒙眬与惊讶中硬着头皮上了四楼。窝在更衣室，眯了一会儿天就亮了。看着陆续来上班的同事，大家对于她的早到倒也不惊奇，只是笑着打招呼。有一两个比较熟的注意到她脸色不好，关心一下，但也都很快换好制服做自己的事去了。

项珺头脑昏沉，换了衣服来到办公室，冲了杯浓咖啡灌下去，就着两块饼干算是打发了早餐。然而这丝毫减少不了她内心的恐慌，逃过了今天，明天呢？

"怎么了？你一大早的在发什么呆？"谢辕的声音突然冒出来，将项珺从纷乱的思绪中拉出来。

"呃……不，没……什么。"项珺支吾着说。想到娜莎和宋玲的结果，她并不打算把自己身上发生的事告诉谢辕。

谢辕当然想不到项珺的心事，他正琢磨着怎么替自己的发小邢涛向项珺开口……

"今天……今天的手术有几台？"犹豫了半天，谢辕开始没话找话。

项珺莫名地看了一眼面前的预约记录："不多，两台，上午一个耳郭修复手术，下午一个面部损伤修复手术……预约记录的单子我昨天发送给你了，你没看？"

"啊……不是，我就确认一下。"谢辕说，"那中午抽个时间，我有事跟你说。"

项珺愣了愣，但随后点了点头："哦……好……我……也有事想跟你说。"一想到王昱枫竟然是骷髅组织的人，而他对自己近期的行踪了如指掌，要逃离的话，看来只能离开了，医院的工作必须得辞职。之后……该怎么办？项珺其实是茫然的。

上午的手术做得非常顺利，受术的是个孩子，只有十六岁，因为先天性耳郭缺损有点影响外表，女孩子到了注重长相的年纪了，家长也就让她来做了这个手术。手术难度也不大，谢辕和项珺对于这样的合作也已经习以为常，操作起来默契十足，手术非常成功，女孩一家对医生感激一番之后回了病房……

谢辕看看项珺，感慨："我现在觉得咱们俩这搭档，简直是——无敌了！"

项珺正满腹心事，听他这么说，只能勉强笑了笑，开口说："你能这样觉得……是我的荣幸。不过我……"她有些遗憾，谢辕的医术和她所学所用因为某些关系有些不同，如果可以，她当然愿意留在这家医院，一边备考医师执业证，一边与谢辕交流学习这些临床经验，然而现在她却不得不离开……不过她的话还没说出口，却被谢辕抢先一步打断了。

"啊，事实上我有件事想拜托你……不，其实也不算是我的事，是我

## 第四十九章 王昱枫的"真面目"

发小，就是邢涛，那个警察，你见过的那位……他有事想拜托你帮忙。"谢辕一口气说完，

"嗯？"项珺眼一亮，不得不说，谢辕的这句话令她突然有了一个新的想法。

"具体情况……是这样……"谢辕将邢涛拜托的事前后说明了一下，而后有些忐忑地看着项珺。他有些担心项珺不会同意帮忙，毕竟让一个没有受过任何训练的女性去做这些事，即便是他都觉得十分为难。

"我可以帮忙！"项珺点头应允道，"不过我想知道，是不是在我答应帮忙的期间，警方会负责我的安全？"她答应完，又不放心地确认道。

"这是肯定的，不过细节方面的事，我觉得你可以跟邢哥……呃，就是邢涛详谈。如果你同意的话，我现在就联系他，下班后我带你去他那边。"谢辕说道。

"行，我同意！"项珺立即肯定地地点点头，心里稍稍有些安定。谢辕的发小，那位邢警官她是见过的，想来是可以信任的人，而且自己如果同意协助警方办案，警方肯定会优先照顾自己的安全，这样一来，即便不离开医院，也可以稍稍安心了……吧！

与此同时，国际刑警探员王昱枫同志正在接受上级领导卢尚瑜的严厉批评……

## 第五十章
### 警察叔叔，就是这个人！

"你说说你，保护个人，保护到人都没了！好在她是跑去医院了，她要是跑出去遇到了意外，咱们这脸可就丢到国际上去了！"卢尚瑜手指头敲着桌面，以示愤怒，毕竟他不能真的揍王昱枫两下。

王昱枫低头，不认错，也不辩解。项珺逃跑之后虽然一度失去追踪定位，但是出租车的车牌很容易就被查到。联系出租车公司之后，从司机那里得知项珺去了医院，他才稍稍放了心。但对于项珺为什么突然要离家，并且对自己的态度这么恶劣，王昱枫当然是明白的，但是当初是他自己要隐藏身份的，现在出事被训也只能憋着。

"怎么，看你这样子你还不服气？！"卢尚瑜看着他一脸臭相说道。

"报告指导员，我没有！"王昱枫站了个军姿，回答。

"你就有！还有我早不是指导员了，你这卖萌给谁看呢？"卢尚瑜鄙视道。

"哦……那我能走了吗？"王昱枫瞬间垮得没了形象地问道。

"走？走哪去？写检讨去！"卢队心很累，揉揉胸口，不断地安慰自己：这小子是自己提拔上来的，自己能带好……

## 第五十章 警察叔叔，就是这个人！

"指导员……"王昱枫又要站军姿……

"行了，这案子之后我们跟市局合作，他们那边已经有了突破口，所以眼下由他们主导案件的侦破进程，你去协助吧。你跟小邢也是多年的老搭档了，你们俩合作我是放心的。至于项珺那边，市局有新的指示，你先放一下吧。"卢尚瑜叹着气，把后续工作布置了下去。

"什么？跟邢涛合作？不是，之前不是说只是我们配合他们调查吗？"想到之前自己在邢涛面前摆的那个谱，这要是回头说合作了，那可真是脸都打肿的节奏啊！王昱枫心里一万个不乐意。

"怎么？跟小邢合作不是挺好？再说现在是市局的情报比我们多，都是为了破案，谁和谁配合不是一样吗？"卢尚瑜拍拍他的肩，"好了，没事了，你走吧。"

王昱枫一脸不快地转身要走，就听身后上司追加了一句："检讨还是得写啊！一千字！少一个字都不行！"

王昱枫回过头，冲着前指导员先生举起了右手，中指蠢蠢欲动，在对方的眉毛即将挑起来的时候，乖巧地握了个猫爪拳做了个萌萌的动作："知道了……"

"快滚！"被恶心到了的卢队操起桌上的一包面纸盒扔了过去。

嬉皮笑脸出了上司办公室的王昱枫，在关上门的瞬间垮下了脸。他不愿意对卢尚瑜说自己到底有多沮丧，那或许会换来上司无情的嘲笑吧！然而此刻，王昱枫不知道该怎么形容自己的心情，不久前才被单方面喜欢上的感觉，瞬间变成了单方面厌恶甚至恐惧，对王昱枫来说无疑是种打击。不得不承认，和项珺相处的这段时间，其实是他离开部队之后最放松也最平静的一段时间，然而，这一切却止于项珺对自己的误解……这令王昱枫相当不甘。

有误解就去解释啊！电视里那种男女主角发生误会死都不解释的局面在王昱枫看来根本就是脑残，所以他决定要去找项珺解释……然而，当他来到医院门口准备等项珺下班跟她好好解释一下的时候，却被已经对他眼熟的门卫大叔告知，项珺早和谢主任一起下班走了……

在门卫大叔略带八卦和同情的目光中，王昱枫有些失落，甚至有些难过,但他并没有因此气馁。今天找不到人,明天一定可以找到吧,想要解释明白能有多难?

于是王昱枫转身回了"红旗公关公司",准备跟市局方面交接的案情资料……虽然不甘心,但是既然要合作,他还是会做好工作的——如果交接人不是邢涛就更好了!

然而……世事不如意十之八九。

"所以说,只要我想办法跟赵祥联系上,然后约他交易,然后你们进行抓捕就可以了?"项珺在听完邢涛对案情的介绍后确认性地问了一遍流程。

当得知赵祥在销售的饮品竟然是毒品时,她心里有几分后怕,幸好自己当时没有喝!随后心情又有些说不出的复杂,如果说赵祥是境外层层渗透进来的毒品贩卖终端人员,那么……王昱枫和赵祥岂不是同一伙人?可是看那天两人的交流完全不像是彼此相识啊……难道是王昱枫的级别跟赵祥不同?那直接让警方关注王昱枫不是更好?

想到这里,项珺有些犹豫……

"宋小姐?你在听吗?"邢涛的声音打断了她的思路。

"嗯?啊……我……刚刚在想别的事,对不起。你刚才说什么?"

邢涛说:"我的意思是,你可以自然地接近他,不必急于和他见面,先订购一些饮品,让他以为你上瘾,之后再约见更好。"

项珺点点头,表示自己明白。随后张了张口,又闭嘴,思量着该怎样说出王昱枫的事。如果说出来,自己冒充他人身份的事就露馅儿了,万一抓捕失败,自己难道要再换一张脸、继续逃命吗?可若是不说,很有可能耽误抓捕贩毒组织的最佳时机。骷髅集团一天不落网,自己心里就一天没法踏实下来……

"宋小姐,你有什么疑虑只管说,我们会尽力配合你。"邢涛看出项珺的犹疑,只当她对任务心怀忐忑,便安抚道。

"哦……不是……"项珺有些尴尬地摇摇头,"是这样,我……我最近发现我的房东,他十分可疑……"

邢涛一愣,随后才反应过来宋玲的房东是谁,于是他眉头一挑:"他?

## 第五十章 警察叔叔，就是这个人！

可疑？"

"对啊！他在我的手机里装定位软件，还有很多……"她突然住嘴，王昱枫的房间里多的是"项珺"的照片，而自己现在是宋玲……于是她又迷茫了，王昱枫到底知不知道自己是谁？！如果不知道，那自己说的这些岂不是自曝身份？！

邢涛想到谢辕跟自己提到的关于王昱枫似乎在追宋玲的话，再看这宋玲的反应，不禁有些玩味。看来，王昱枫比自己更早一步发现宋玲与毒贩间的复杂关系。不过现在主导权可是在自己手里了，邢涛此时不由得有些得意，最近一直被王昱枫压着一筹的不爽，此刻消散得一干二净。不过既然宋玲提出了自己的疑虑，邢涛觉得自己还是有义务安抚一下妹子的情绪……于是他说——

"哦？还有很多什么？"

"呃……"项珺犹豫了一秒，说，"有骷髅的照片！就像这样的！"她指着邢涛桌上之前给她看的资料中的一张黑底白骷髅的照片说道。

邢涛撇撇嘴，这张照片正是之前王昱枫给自己的……

"嗯……他确实跟这个案子有很大的联系，但是你放心，他不会伤害你的，这个我可以保证。"邢队长意味深长地说道。

项珺将之理解为对自己安全的保证，于是稍微安心了一些。

为了确保项珺的安全，市局给她安排了一个宾馆套房，里面布置了全套监听系统。项珺入住之后，便开始进入状态，给赵祥打去了电话。

事实上赵祥最近心情复杂，源生保健品公司发给他的代理产品销售情况虽然一直非常好，好到他拿提成拿到不想接别的推销业务，并且直接开起了匿名代售，客户的需求也是越来越大，这对赵祥来说似乎是件好事，但是却有人出了事，刘保山是他在网吧结识的一个大学生，被在同一个网吧结识的张宇给杀了，而且是那么可怕的碎尸……赵祥是害怕的，警方找他讯问的时候，他心神不宁，但却怎么也不肯相信自己销售的饮料有毒。这怎么可能？有毒的饮料怎么会被那么多人喜欢？然而，无证无验的三无饮料本身也足够他喝一壶的了，于是他跑了。

逃跑之后,赵祥联系了源生保健品公司的总经销。那边的代理商对他保证产品肯定没问题,并且为了褒奖他的销售业绩,给了他一级网店的代理权,这对赵祥来说当然是天大的喜讯。于是在消停了几天后,他竟然又壮着胆子在自己常驻的微商贴吧里发帖代售。

邢涛对于赵祥的这种行为有两种看法:一是法盲;二是愚蠢。

但对于破案来说,犯罪者的愚蠢当然就是警方的机会。项珺在这时与赵祥取得了联系……

项珺用警方为她专门配置的手机给赵祥打去了电话——

"祥子,我是宋玲。"项珺直接说道。

赵祥对于项珺的来电并不意外,巴瑞果茶就是这么神奇,喝过的人都会回头向他买,并且大多坦言喝过之后感觉特别爽……

当然,赵祥也不是没有嘴馋过,不过一想到喝掉一瓶就是二三十块钱,他就忍住了。这令事后了解情况的警方都忍不住感叹,竟然是抠门让他躲过了一劫……

对于找上门来的用户,赵祥一向是有点端着的,毕竟现在是人家上门求着买东西嘛!不过因为对面的人是宋玲,赵祥显得更亲热一些。

"宋玲,你好你好!最近怎么样?"如此寒暄了几句之后,他才问道,"怎么,找我什么事啊?"

"哦,上次你介绍我喝的那个果茶,我觉得挺好喝的……找了好多超市还有卖场都没有卖。"项珺按着警方事先提供的对白稿说道。

赵祥得意地笑笑:"卖场没有就对了!我们的果茶啊都是直销的,没有中间商,更便宜!你想想进口古巴水多少钱一瓶,那一瓶不就是苏打水嘛,往经销商手里转一转价钱就上去了。我们的产品就不同了,我们把利益让给消费者,你看,同样是进口饮品,纯天然果茶,比同类产品要合算得多呢!怎么样?你打算要多少?"

项珺听他夸夸其谈的早已不耐烦,但也只能耐着性子听他说完,然后,看着一旁监听的邢涛向自己打手势,回答道:"先……买一箱吧,你告诉我地址,我自己去拿。"

赵祥一愣,笑道:"玲子,别说这年头快递这么发达,就冲你我的关系,

## 第五十章 警察叔叔，就是这个人！

我也不会让你自己来拿啊！放心，我回头就给你发货，包你明早就能喝到！包邮哟！"

项珺于是报了一个地址："那发送到这里就好了，谢谢啊！至于价格……"

赵祥笑说："哥给你打八折！再凑个小整，一箱你就给我 550 吧！"

第一通电话就这样结束了。

"这有什么作用吗？"项珺不太明白。

"通过快递订单和快递员取货的途径可以查知货品的来源走向，我们的目的不是抓他，而是找出他背后的整个集团，然后一锅端。"邢涛解释道。

项珺点点头，表示明白，邢涛又说："我们已经向各大快递公司发出保密公函，让他们配合清理这类货物，如果遇到，第一时间截取，防止毒品继续传播，所以你放心，我们不会让这种害人的东西继续销售的。"

"那……"项珺犹豫了一会儿，鼓了鼓勇气问，"我什么时候能回医院上班？还有……我再过两个月要参加自考了……"

邢涛一笑："放心，虽然回医院上班要等到案件彻底破获结束，不过应该是不会影响你参加自考的。而且如果这次案件破获顺利，你作为协助有功的优秀市民，我们可以向有关部门提出对你进行加分奖励啊！不用担心！"

项珺笑了笑，却还是有些心神不宁，却又说不上来是为什么。

项珺担心着自己的生活节奏被打乱，而王昱枫则头疼着与邢涛的交接……

## 第五十一章
### 金蝉脱壳

事实上王昱枫自己也明白交接工作是两个部门合作的必要工作，其实也是信息互通，并不是谁全权接管此案的意思，但王昱枫对于自己努力了近一年收集的情报就要这样拱手让人，还是有些……闹心。

邢涛则显得心情愉悦得很，看到王昱枫不开心，他就舒坦多了。如果说有些人天生犯冲是真的，那他和王昱枫大概就是这样的存在吧。

所有的资料都汇总是件繁杂的工作，邢涛和王昱枫离开部队多年后还是第一次共处这么长时间，然而，两人的默契却似乎并没有因此减少。当邢涛不知道第几次报出所需要的信息资料，而王昱枫迅速地递交归类过去的时候，两个人互相看了一眼，然后不约而同地发出了彼此嫌弃的声音……喊！

王昱枫是知道项珺被市局方面保护起来了的，可即便如此，他还是忍不住担心项珺的安全。这想法让王昱枫有些无所适从，思来想去，他决定还是问一问，毕竟……这也算是交接工作中的一项嘛！王先生这样想着，然后理直气壮地问邢涛："项珺现在怎么样？"

邢涛一时还没反应过来"项珺"是谁，愣了一秒，想起来了，哦了一

## 第五十一章 金蝉脱壳

声："她啊，市局给安排了个四星级宾馆待着，全天候保护。"

看着王昱枫不知道是松了一口气还是有些沮丧地垮下去的肩，邢涛觉得自己发现了新大陆："哟，怎么着，喜欢上证人这种老梗，让你给撞上了？"

王昱枫横了他一眼，怼他："总比某人老光棍到如今的好。"

邢涛不服："我至少有邢小宝！你有啥？"

"醒醒啊老弟，邢小宝是条狗！"王昱枫嗤笑。

邢涛哼了一声，不与他争辩，看着对方交接过来的资料，咋舌："听说这女的可厉害了，被毒贩绑着定时炸弹做手术，居然还能全身而退，了不得啊。"

王昱枫扬了扬眉，莫名地得意："胆子大，心细，就是太心软。"

邢涛点点头，难得地表示了赞同："我发小跟她一个单位的，说她可圣母了……"

"人家那叫善良，会不会用词？"王先生表示不开心。

邢涛晃晃头，一脸吃不消的表情："啧啧，你这种单方面秀是没用的，人家答应你没啊？"

王昱枫沉下脸去，不再理他了。邢涛真的是个很讨厌的家伙！


赵祥销售的巴瑞果茶在12小时后寄到了警方提供的地址，然而，警方顺着快递公司提供的地址找过去时却扑了个空，赵祥不知是得到了消息还是本身反侦查能力强，用的竟然是个假地址。

邢涛得到消息后，气得牙痒痒："12小时内送到，没有空运，说明发货地点就在包邮区，远不到哪去，把布控范围再扩大。"

"是！"一旁的干警应声道。

项珺主动请缨："我再和他联系一下，探探他的口风。"

邢涛看看她，点头："麻烦了，现在只有你这一个突破口，一定要尽可能让他透底。"

项珺微微吸气，不论是从医学世家的家教还是从不久前她遭遇到的那一系列惨祸来看，毒品早已是她绝对不能容忍的死敌。如果说当初答应邢涛帮忙是为了寻求自身的安全，此刻她更倾向于帮助警方直接"干掉"毒贩，因为只有这样才算是真正的一劳永逸。

因此，项珺对接下来的"沟通"表现出了相当的积极性。

她主动给赵祥发消息："祥子，货收到啦！多谢啊！"

过不久，赵祥就回了消息："不谢，你喜欢就好。"

项珺回道："刚收到就被同事分去了一半，真是没办法，我能不能再跟你预订两箱啊？"

赵祥那边静了片刻才回复过来说："不瞒你说，我这边是代售。最近公司的产品升级，初代产品已经断货啦。等新产品上市的时候，我保证第一个给你预留！"

项珺一愣，回头看了一眼一旁的邢涛，就见他紧锁着眉头，低声说了一句："他们想跑，你跟他说，急要！"

项珺点了点头，在屏幕上输入："祥子，我这边同事之间的关系对我的工作提升挺重要的，我都答应了帮她们订货了。要是泡了汤，以后我不好在同事间做人，你就当帮我个忙嘛！"

赵祥那边没有动静，项珺有点吃不准，又加了一句："要是实在没货了，先给我一箱也好哦！"

又过了数十秒，赵祥回复说："我刚刚回断了一笔单子，把货划给你了！怎么样，够义气吧？"

项珺扯了扯嘴角，回道："还是你对我最好！回头我请你吃饭！"

那边飞快地回了一句："行！"然后又跟了一句，"不过我这几天要出差，等我回来。"

项珺皱着眉，对于赵祥对宋玲的非分之想深感滑稽，也不知道这位是哪里来的自信……犹豫了一下，就见一旁的监控探员，一个小姑娘直朝自己眨眼，项珺叹了口气，回复说："好，我等你。"

这条消息发出去后，监控小姑娘忍不住笑着说："小宋还是太老实。这种美人计，要是放咱们邢队出马，什么肉麻的话都说得出来！"

一旁的邢涛瞪眼："瞎说什么呢！那是为了工作！"

项珺看看眼前这五大三粗的彪形大汉，想象了一下他说肉麻的话，不由得也笑出来。笑过之后，不知怎么忽然想起王昱枫来，不知是为什么，

## 第五十一章 金蝉脱壳

项珺觉得邢涛与王昱枫在某种气质上竟是有些许相似的……

项珺赶紧摇了摇头，一个是警察，一个是……骷髅党！怎么可能会有相似之处……等一下，项珺你不能因为自己对这男人有了好感就连善恶都分不清了！她别开头，不再看邢涛，盯着屏幕上的对话框，试图将那个男人的身影从自己的脑袋里赶出去。

屏幕的另一端，赵祥有些忐忑地切换对话框，输入一行字："老大，货已经全清了，接下来怎么做？"

对面隔了许久才回复了一句："等我们的消息，新产品上线之后会再联系你。"

赵祥一愣，他并不傻，公司的货是三无产品，他旁敲侧击地试探了几回，没有得到任何可能"转正"的动向。来路不正就算了，还惹到官非，赵祥并不觉得这样的钱好赚，所以他其实早想将货出清，换一家靠谱点的代理公司，凭他的能力和客源还怕找不到新主顾吗？所以，公司现在明显不像是要继续合作的态度，赵祥反而求之不得，因此他只是顺势说了几句期待的话，便关了屏幕。躺在地下小旅馆的床上，赵祥看了一眼墙角的最后一箱果茶，扯了扯嘴角，用这个去讨好宋玲，还能最后赚一点钱，之后嘛……

他头脑中浮现出宋玲的模样，有些心猿意马。在赵祥看来，宋玲虽然工作稳定，但赚的没有自己多，又跟自己一样无父无母，可谓"同类"，是自己最理想不过的"老婆"人选。一想到讨得宋玲好感，两人结婚过小日子，赵祥不禁有些飘飘然。

拨电话叫了快递，报了地址，然后带着那箱果茶饮品前往自己随口报的附近小区的住房楼下，做出一副等待的样子——这当然是公司的"上司"教他的方法，用来规避警察是个不错的法子。

几乎同时，某宾馆的临时办案区监控干警惊喜地叫了起来："邢队有情况！速达快递公司长阳分部刚刚接到一单快递送往地址是咱们的监控点。"

邢涛一听，大喜："立刻通知长阳派出所出警！把那片区域洗一遍，我就不信找不着他！"

大约40分钟之后，警方通过小区监控录像找到了赵祥的落脚处将其抓获，从他临时租住的小旅馆里找到了销售巴瑞果茶的交易记录以及收款证明。

赵祥落网之后，将他对源生保健品公司的了解全部交代了。

邢涛心情非常好，这个案子破得如此顺利。随着赵祥落网，经他交代，销售巴瑞果茶的源生保健品公司也被查封，相关嫌疑人也都被拘捕正在进一步审理中。上级对这一系列案件非常重视，现在案件告破，而且是在这么短的时间内，自然会受到极大的表扬……

王昱枫却并不那么乐观，赵祥交代的情报中，缺少他最想要的信息：骷髅。

赵祥似乎对于骷髅组织一无所知，然而巴瑞果茶中所含的毒品明显就是骷髅组织研制的新型毒品"堂吉诃德"，如果说两者没有关系，那是绝对说不过去的。

"你怀疑他们断臂求生？"合作多年，邢涛对搭档的心思还是相当了解的，原本愉悦的心情也随之一沉。

王昱枫敲了敲厚厚的卷宗资料："不是怀疑，是肯定。你想，他们的货源如果真如他们所说是走的国外代购，代购多少？走集装箱的量吗？那么大的量，海关就不可能进得来。但是他们卖出了多少？不得而知，这说明他们是拿着配方在国内加工的。"

邢涛看了一眼王昱枫手下的档案袋，说："可是他们有代购的往返机票。"

"我觉得这机票有问题，想办法查查这几次机票上的所有乘客信息。"王昱枫说。

邢涛皱眉："这……"

王昱枫看他一眼："怎么？嫌麻烦啊？"

邢涛眉头顿时竖起来："我可没有，查就查。"

王昱枫收拢案件袋，挟在腋下说："那我就等你消息，先走了。"

案件告一段落，王昱枫作为协助人员，也要回部门去写工作总结了。

## 第五十一章 金蝉脱壳

邢涛摆了摆手："回见。"

王昱枫走到门口，突然又想起什么来，回头问："项珺呢？"

邢涛喷了一声："你还真惦记上了啊？回去了，他们医院给安排了宿舍。下个月自考，局里给打了招呼，她要考的那个什么资格证书基本上是包过了。"

王昱枫挑了挑眉："哦……"应了声，转身走了出去。

项珺正在忙着搬家，呃，搬进医院安排的单身宿舍。没错，医院听说她帮助警方破获大案，在全院大会上对她进行了表扬。作为表彰，给她优先安排了单身宿舍，这对项珺来说简直就是瞌睡时候有人给递枕头！最重要的还是单身宿舍。这意味着生活的完全私密性，正是项珺所期望的。

"把这个放哪儿？"推着行李箱进来的谢辕问道。

## 第五十二章
### 这个女人不能留了

"哦,这边!"项珺回过神来,指着房间的一角说,"一会儿我自己来整理。"

单身宿舍并不大,去掉卫浴连体区域,整个单间大概只有不过十个平方米的大小。房间内只有一张单人床,不过项珺觉得这已经足够了,至少安心……然而这么想的时候,项珺心里莫名的有些难过,当然,她是不会表露出来的。

"哥,宋姐,这些东西放哪里?"抱着一只大纸箱站在门口的大男孩叫道。

谢辙心里不爽,被哥哥拉来当苦力讨好妹子什么的,真当他不懂吗?

项珺接过纸箱,手里一沉,差点托不住。谢辙赶紧又抱住:"我来吧,这个太沉了!"

项珺有些不好意思,这只箱子里放的是她备考的各种学习资料。原本一直放在医院,现在有了单身宿舍,终于可以带回家里慢慢看了!不过这么多也确实很沉,其中还有不少是她买的原文书籍。厚厚的医学典籍,那分量可不是一般的重,项珺原本做好了分几次搬回宿舍的准备,幸好谢辕

## 第五十二章 这个女人不能留了

主动提出帮忙，这才决定一次性搬回来。谢辕还把自己弟弟叫来帮忙，这阵仗让项珺觉得有点大……不过谢辕一番好意，她也不好拒绝。

谢辙今年读大三，长得与谢辕有七分相似，脸上稚气未脱，阳光大男孩一个。一口一个宋姐，叫得项珺有点发慌，谢辕在一旁听着，似乎觉得理所当然，两人帮着项珺把东西放好……

事实上项珺当初出来得匆忙，除了必要的衣物和钱，其他的东西并不多，所以要搬的东西，除了那箱书之外倒也没有更多了。兄弟俩把东西放好，帮着打扫了卫生。好在房间不大，收拾起来也特别快，打扫完时间还早，项珺便请两人吃饭当谢礼。

"宋姐，你有空来我家玩呀！我哥老不爱回家，要是有你陪着，他肯定听你的！"谢辙凭着兄弟间的直觉，拼老命给兄长助攻。

然而换来谢辕一巴掌拍头上："瞎说什么呢！我哪里不爱回家？"

项珺正觉得尴尬，这孩子把自己当谢辕的女朋友了，这误会有点大……

"我不是……"

"你别理他。"谢辕打断她的话头，"小孩子在学校看言情小说太多。"

"我没有！我才不看言情小说的！我看的都是玄幻武侠！"大孩子叫道。

"你还有空看玄幻武侠？嗯？"谢辕看着一脸呆相的兄弟，"你不是说你学业忙得连上厕所的时间都没有了吗？"

"呃……"谢辙闭上嘴，低头猛吃菜。

谢辕也没打算追问，转头对项珺说："自考之后，准备参加十一月的执业证书考试？"

项珺点点头："嗯！到时候就能正式做回老本行了！"她舒心地吸了口气，"俗话说车到山前必有路，我现在算是彻底信了老祖宗的智慧了。现在宿舍就在医院边上，早上上班不用赶时间了，又安全。"

谢辕挑挑眉，他一直没有问项珺和王昱枫之间发生了什么，以至于项珺那么决然地要住到宿舍来。现在又听项珺提到安全问题，更有些莫名。跟王昱枫在一起难道不安全吗？听邢涛的口气，王昱枫应该也是警察之类的……想归想，谢辕自然是不会主动跟项珺提王昱枫的。吃着菜，随口扯了些工作上的事聊了几句之后,项珺觉得有点冷落谢辙,便主动找了个话题:"谢辙大学学的什么专业啊?"

谢辙回答说:"我学酒店管理的,本来我爸手里有好几家酒店的……不过现在……"他声音渐渐低落。

原本兄长学了医,他按父亲的意见学了酒店管理,准备接手家里的事业,结果,他还没学成,家道败落。现在早没了酒店,谢辙其实对自己的未来挺迷茫。

谢辕看了一眼兄弟,叹了口气:"你明年毕业先帮妈妈把店子打理起来,店里稳定之后,你想做什么,哥给你想办法。"

谢辙摇头:"帮妈妈打理店子我肯定会,但是,将来我想做什么,我自己决定。"

"你能决定什么呀?小鬼头一个。"谢辕瞪他。

"我就能!"兄弟俩在饭桌上开始了幼稚的争论。

项珺没有插嘴,看着兄弟俩争来争去的,忍不住嘴角挂起一丝微笑。这大概就是手足吧,明明是为了对方好,却偏偏要用吵架的方式来表达……

这边三人坐在茶餐厅的一处雅座吃喝谈笑,不远处王昱枫远远地看着,心里满满的不是滋味。按说保护证人的工作基本上告一段落,但王昱枫却总有种这事还没完全结束的感觉。这种第六感曾经救过他无数次,因此,他无法说服自己不去管项珺,至于这当中究竟有多少是出于另一种感情,王昱枫不愿去思量。

那边谈笑到此时,项珺忽然听到手机在包里响起,掏出来一看,却是宋茹香。

"嗯?"注意到项珺的愣神,谢辕问,"怎么?"

"是宋茹香。"项珺说完接起了电话,"喂,茹香姐?"

宋茹香的声音有些沙哑,但却多了几分解脱:"我决定离婚了……谢谢你之前的开解,小宋。"

项珺轻轻舒了一口气,笑了,轻声说:"你能做这个决定,是你自己想开了。以后好好生活,加油!"

## 第五十二章 这个女人不能留了

宋茹香点点头，随后忽然问了一句："小宋，你有姐妹吗？"

"没有啊……"项珺奇怪宋茹香为什么突然问她这个问题。

"不，没什么……"宋茹香没有继续说下去，挂断了电话。

宋茹香坐在自己的车里发着呆，手机还握在手中，她心中充满了疑惑。

40分钟前，她和郭申义在法院正式签字离婚。冷静下来的宋茹香请了私家侦探，证实了郭申义婚内出轨的事实，并且查证后发现小三已经怀孕，这让宋茹香有几分明白郭申义想要离婚的原因。可笑的是，当年说要丁克的是郭申义，如今反悔的也是他。在得到各方面的取证之后，宋茹香向法院提出了诉讼，要求郭申义承担责任，在两人婚姻财产分割方面宋茹香得到了大半，郭申义虽然不愿意，但在法院也只能签字。

离开法院时，宋茹香见到了小三本人。令她意外的是，这个女人并不是郭申义钱包里照片上的女人。

小三年纪不大，看起来十分小鸟依人，缩在郭申义怀里，一副好像提防着宋茹香会打她一样的可怜模样。宋茹香皱着眉头，犹豫了片刻后说："什么时候换了一个女人？之前我在你钱包里看到的可不是她。"

这句话如她所愿地在小三的脸上划出一道尴尬的裂痕，郭申义则冷淡地说："什么女人？你看错了。"

宋茹香扯了扯嘴角，不与他纠缠，转身上车。从后视镜看着男人搂着小三，看着自己的眼神，不知为什么令宋茹香感到一阵胆寒。女人敏锐的第六感让她感到危机，那个钱包里的照片是一定存在的，但如果那不是小三……又是谁呢？

宋茹香给私家侦探打了电话，问道："郭申义到底在外面找了多少个女人？"

对方似乎对主顾的问题并不感到意外："和他同居的女人有一个，就是查到怀孕的那个。此外，他偶尔也找些楼凤之类的玩。哦对了，我们查到他最近好像在找人，也是个女人。大约两个月前，他让人在机场附近打听过一个叫项珺的女人。"

"项珺？"宋茹香在脑海中反复转了转，并没有对这个名字的任何记忆，想了想之后她问，"有这个女人的资料吗？"

"有，找那女人的人拿着照片，我们可以转印……不过……"对面很技巧地停下了话头。

"发给我，价格加在这次的费用里，一并转账给你。"宋茹香说道。

很快，对面发来了一张照片，果然就是当初她在郭申义钱包里看到的那张。因为是转印，照片上的人五官并不十分清晰，宋茹香乍一看，竟觉得有几分熟悉，仔细一想，发觉原来竟是有些像宋玲。

然而宋茹香和宋玲相处下来，以她的为人阅历自然看得出来宋玲单身一人的情况。可是，如果这个女人不是宋玲，那么会不会是与宋玲有关系的人？宋玲会不会是知情人？否则为什么这么巧合的，正好长得与宋玲如此相似？

带着有些阴暗的心情，宋茹香给宋玲打去了电话，却在得知宋玲没有姐妹之后失去了继续问下去的勇气。她握紧方向盘，低头，半晌苦笑一声："像谁很重要吗？反正从今天起，这个男人与你没有任何关系了啊！傻瓜！"她这样对自己说道。


郭申义目送着宋茹香的车渐渐开远，眼色深沉。

"申义……"小三弱弱地唤他，凭孩子得来的这个男人并不能令她安心，尤其是在对方的前妻提到男人还有别的女人时，但吵闹显然不是聪明之举，所以她一脸委屈地想博取男人的注意力。

郭申义看了怀里的女人一眼，笑了笑："走吧，我叫车送你回去。"

"你不和我一起回去吗？"女人小心翼翼地问。

"我工作还有事要做，晚点回去。你先回家休息，要注意身体……"郭申义柔声轻哄，展现出极尽温柔的好男人的模样。

女人被这般呵护着，终于放下了一点心防，乖乖等车来，上车离去。她没有看到郭申义在车子离开后瞬间变得冷漠甚至有些狂躁的表情。

他狠狠地跺了一下脚，然后快步离开。

对郭申义来说最近真是诸事不顺。组织给他的配方在再次研发的过程中遇到问题，新型药物在市场上引起的动静过大，这让生意很难再继续下

## 第五十二章 这个女人不能留了

去。他不得不丢卒保车,把苦心经营了数年的公司推出去做了替罪羊。幸好公司法人并不是他,他这才得以逃过一劫。但现在组织一边催促新药的上市,一边让他找那个叫"项珺"的女人;同时,明面上,他作为销售总监的工作业绩也不能太糟,这让他感觉压力巨大。

偏偏这个时候妻子似乎察觉到了什么,而他一直偷偷养在外面的小三也在这时告诉他自己怀孕了……

当初结婚时说要丁克的是郭申义自己,用他自己的话来说就是年少轻狂。然而年纪渐渐大了,难免考虑到后代的问题,家里长辈也话里话外地催逼,郭申义心思到底还是松动了。然而看看妻子,宋茹香是彻底贯彻了丁克的思想,从来没有考虑过要孩子的事。婚后几年来,宋茹香一心扑在工作上,两人之间的沟通有时还不如个陌生人多,这令郭申义觉得相当无力,于是转而找了个与妻子截然相反的女人做外室。

郭申义一度对自己在两个女人之间游刃有余的状态还有些得意。然而当小三怀孕时,他知道自己必须选择了,于是,他很自然地选择了自己的后代。

宋茹香是个喜欢钻研的人,对任何事都是如此。郭申义不敢想象,如果宋茹香去追究那张项珺的照片之后,最终会给自己带来多大的麻烦……这女人不能留了!郭申义握紧拳头,然后松开,掏出手机拨打了一个电话……

## 第五十三章
### 失而复得的旅行箱

项珺被宋茹香的电话说得有些莫名,但很快便又跟谢家兄弟俩聊起来。一顿饭吃完,谢家兄弟告辞回家,项珺则回到了自己的单身宿舍。看着墙角的小书架上放满的专业书,折叠桌上放着的她新买的电脑,项珺轻叹了一口气,就当是一个新的开始吧!把王昱枫那个混蛋忘了吧!不,连想都不该想到他!

幸运的是她补回了当初的G国银行卡,发现里面除了几笔扣税单之外,还有一笔她在G国投保的意外险的赔偿金,这可能是休斯曼医疗中心为她办理的,这笔钱加上之前的存款以及父亲生前留下的遗产,项珺此刻其实完全可以直接买一套房子来住,然而她并没有。重新开办诊所才是她的志向,因此这笔钱她小心地使用着,能省则省,只等未来将自己的诊所再次开起来。

不管怎样,项珺在花钱上终于不再需要束手束脚了。趁着时间还早,项珺又到附近的一家家居超市买回了一堆生活软装,组装的衣帽架啦,适于整理的收纳箱啦,等等。结账时直接随便拿出卡来一刷了事,实在方便快捷不过。

## 第五十三章 失而复得的旅行箱

项珺并没注意到自己使用的是G国的信用卡，然而在异国的某个角落，一个男人盯着一条追踪消息，露出了毒蛇般的笑意："找到了……"

数分钟后，郭申义接到了新的指令。这一次，他不再需要像没头苍蝇一样地到处找人了，只不过，自己和要找的人竟然还有一面之缘，倒还真是相当奇妙！郭申义轻轻叩着桌面，对面前的几个打扮得相当非主流的小青年说道："丁香医院，门诊下午五点半结束，照片在这里，这个女的，有人要她永远消失。"

项珺这段日子是过得非常顺利的。自考合格之后，正好赶上年末的医师职业资格证书考核，或许是因为之前与警方合作破案博得了相关部门的好感，加之她近来勤恳复习的努力，年底时成绩公布，项珺以"宋玲"的名义获得了国内认可的行医资格证书。医院非常乐意直接从本院医务人员中提拔骨干，于是项珺便直接被转岗调配为整形科的门诊主治医师。

不过，这么一来，谢辕的助理一职就又悬空了，人事在调配了几个护士都无法令谢辕满意之后，委婉地向项珺提出，让她暂时兼任一下主任助理的工作，等人事招到合适的人选再完全转岗。

项珺对此倒没有犹豫，一口答应了，一来谢辕这人相处起来并不难，两人工作搭档这大半年来一直合作愉快；二来即便是转岗做了主治医师，她项珺还是在整形科，还是谢主任的下属，搞好关系总是没错的；三来就更直接了，毕竟谢辕在之前帮过她许多次，这些人情项珺觉得自己有必要清偿。

所以，元旦前医院最后一次的人事调动通知里，项珺正式被划为整形科主治医师，这一调动通报全院，综合科室方面自然是事不关己地表示祝贺，整形科内部和护士组却有了些小小的波澜。

护士组当然主要是觉得面上有光，姚护士长深感欣慰地表示自己当初没看错人，提议节前组织大家为了庆祝"宋玲"的高升搞一次集体活动。护士组包括护工们当然是十分乐意的，姚护士长想借此鼓励大家勤奋努力的目的多少也起了些作用。于是放假前一天晚上，元旦当天轮班休息的同事订了个歌厅唱卡拉OK，还有吃自助餐……至于要上班的同事则得到了护士长分发的红包,这样倒也没什么遗憾了。

其实当天项珺是当班的,不过因为是门诊医师,倒也是能准时下班,因此并没怎么影响聚会。项珺作为这次聚会的主角,姚护士长还特意跟谢辕打招呼,让他别安排项珺加班,搞得谢辕忍不住对项珺开玩笑说:"怎么感觉你是从护士组嫁到整形科来了似的,我现在整天被你娘家人追着嘱咐,生怕我欺负你一样。"

项珺啐了他一口:"看你说的!姚姐是热心!"

谢辕打着哈哈说道:"是是是,你现在是全院明星,我估计接下来宣发科的人就要拿你当咱们医院的形象大使了!"

项珺连忙摇头:"可别!"

谢辕也想起项珺的身份问题,也就没继续拿这话题调侃,只说:"去玩玩也好,你也紧张忙活了好几个月了,该好好放松一下。"

项珺微微愣了一下,想到自己从年初逃回国,到帮警方破案,这将近一年的时间里,还真是紧张又刺激,想着便也笑了,点头说:"嗯,是该放松一下。"

因为参加聚会的都是第二天直接放假的同事,所以姚护士长直接订了个通宵包房,自助流水,大家随意地吃喝说唱。项珺不擅长唱歌,但作为主角还是被推上去要她唱两首,项珺对国内的流行歌曲不熟悉,便点了两首欧美流行曲,看着她轻松地在全英文的歌单里搜索歌曲,姚护士长笑说:"看不出小宋英文还这么好!"

项珺一愣,笑着说:"我……也就只会这两首而已……"说完飞快关掉了英文界面。

对于英文歌,大家都不太熟悉,听了个热闹之后,倒也都捧场地鼓掌喝彩,随后便由各方麦霸大显神通,项珺则退到一旁吃点心去了。

姚淑梅走过来,认真打量了她一眼之后,对项珺说:"当初院长把你交给我的时候,我就知道你这孩子不简单。"

"丁院长?"项珺一愣。丁院长跟谢辕是师生关系她是知道的,但是丁院长跟自己好像没什么交集吧。确切说,平时除了开全院大会之外,她根本没有机会见到院长本人,怎么听姚淑梅的口气,一直以来院长似乎都

## 第五十三章 失而复得的旅行箱

很关注自己的样子？

姚淑梅笑笑："院长什么都知道，要不是她，你以为你能在咱们医院太太平平地待了这么久？"

这个信息来得太突然，项珺惊诧地说："这……院长怎么会知道……"

姚淑梅早从丁院长那里知道项珺是警方藏在医院的证人，因此对于项珺并不专业的护士行为以及顶替主刀这类事都默默接受了，她是懂得保守秘密的，一直到这次项珺协助警方抓住了贩毒的企业，案件显然已经有了结果，项珺也如她所料从护士变成了正式的医生，姚淑梅觉得对于眼前的女孩来说风波已经过去，她应该让女孩知道是谁给了她最大的帮助和支持。

"你刚来我们医院的时候，就有警方来人跟院长打过招呼，要我们全力掩护你。"姚淑梅说着话，笑得慈祥。

项珺怔住，回想起来，也确实，自己的护士专业能力其实真的不怎么样，并且在接待客户的业务能力上更是糟糕透顶。这样的自己，不但过了试用期，还一直工作到了如今……以前她只觉得是谢辕罩着自己，但现在想来，谢辕也不过是个科室主任，并没有人事权限，所以真正掩护着她的人显然是比谢辕级别更高的……比如丁院长。

原来自己的身份从一开始就不是秘密啊！项珺恍然。

"不过，知道你身份的人其实也只有院长、我，还有谢主任而已。"姚淑梅说道。

项珺低头感激道："院长和姚姐对我这么关照，我真是不知道该怎么感激你们……"

姚淑梅挑了挑眉头佯怒："哎！别对我来这种假客气，你考上医师执照难道还是我帮你的啊？自己上进才有机会。"她说着看向厅中间那几个抱着话筒唱得开心的年轻女孩，"不过啊……要是个个都像你这么上进，我也头疼。"

项珺哈哈一笑，当然知道姚淑梅是说笑，平日里看她严肃正经的模样，难得见她说这种话，倒也觉得新鲜，便说："哎呀，姚姐，走了我这个专业劝退，您应该开心才对呀！"

姚淑梅横了她一眼，忍不住伸手戳了戳她额角："你呀！当了医生了，病人也好，客户也好，都是咱们咨询护士费很大力气拉进来的，你可别再随便劝退了啊！好歹体谅一下我们的辛苦。"

项珺乖巧地点头："是是是！我一定尽最大努力满足病人和客户的要求！绝对不让你们的努力白费！"

姚淑梅看着眼前的小姑娘，拍了拍她的肩："小姑娘，好好加油！给咱们护士组争口气！"

项珺再次点头，这次心情却再没有调笑的意味。老上司对自己的期望，自然也是一种激励，这燃起了她心头更积极的斗志，未来当然会更好！

聚会包房虽然包了通宵，但项珺从来严格控制自己的作息，所以到了九点多，她便起身告辞了。几个同事还唱得投入，并不在意地挥挥手，关系好点的几个送她到歌厅门口，也接着继续玩乐去了。

项珺站在路边招了辆出租车，回到宿舍大楼下。刚下出租车，就听到大楼一旁的阴暗角落里有人撕扯打斗的声音。项珺一惊，细听又没了动静，犹豫了一下，到底是没胆子过去看个究竟，快步走到门卫，刷卡准备上楼。

门卫是认得项珺的，见她来连忙叫住她："小宋啊！有你的快递！"

项珺一愣，自己最近并没有买东西呀……就见门卫大叔从门卫室里拖出一只大大的旅行箱："喏，就这个，今天刚送来。"

项珺一见这只旅行箱，整个人的汗毛都竖了起来，一种无比惊悚的恐惧感笼罩了她。这只旅行箱正是她从G国带回来的，属于她项珺的旅行箱，当初她与宋玲遭遇车祸，宋玲当场死亡，而她情急之下拿错了旅行箱，这才有了之后的这一切……这只旅行箱成为证明"项珺"已死的证据，理应被当成项珺的遗物被处理掉！然而现在却出现在这里！这意味着什么？项珺不敢想。

## 第五十四章
### 落跑的单眼皮女孩

"小宋？小宋！怎么了这是？这是你的吧？"门卫大叔有些奇怪地叫她。

"呃……这……这是……谁送来的？"项珺努力让自己平静下来，问道。

门卫大叔答道："谁？就是快递公司的快递员呀，我又记不得是哪个。这上面是写的你的名字呀。怎么？不是你的呀？哎？咱们医院没有和你重名的啊……"大叔挠挠头，一脸奇怪地说道。

"不，这是我的，谢谢啊！我本来以为会再过几天到呢！没想到现在就到了。"项珺不想为难门卫，只得先应了，拉着旅行箱刷卡上楼。

大楼阴影里，王昱枫看着拖着旅行箱进门的项珺，叹了口气。项珺的行李他找了快递送还，那行李箱里有项珺在G国生活的所有证件，以及她过往行医生涯中获得过的各种奖项，这些对于现在终于得到医师资格的她来说，应该会有些帮助吧……王昱枫想着，再看了一眼被自己打趴下的两个小混混。项珺的身份显然已经暴露，那些人已经沉不住气了，她的身份恢复也是迟早的事，不如等一切尘埃落定，再好好跟她解释吧。

王昱枫拿出手机来，拨了个电话号码。不一会儿传来邢涛不耐烦的声音:"说。"

"丁香医院宿舍楼下,两个人,昏迷。一个肋骨大概断了两根,一个脑震荡,叫人过来接走,审一下。"

"我说你大半夜的跑那去干吗?而且你要报警,打110啊!"

"效率。"

"你大爷!"

"废话少说,快点派人过来。"

"……"邢涛当然知道王昱枫给他打电话,通常都是有重要的事需要合作。可他就是忍不住想跟王昱枫贫,不损对方两句不舒服的感觉。然而通常这样的嘴仗,他都没什么胜算,比如现在,邢队长还想再说点什么的时候,王昱枫已经挂断了电话,把他憋得差点原地爆炸。

楼道里,项珺紧张得连握钥匙的手都在颤抖,几次钥匙都戳不进锁眼,好不容易打开了门,项珺飞快地进屋,反身把门锁上还加了保险。

背靠着门,喘息了半天,项珺终于稍稍平静下来。看着手里的旅行箱,心里涌上一股别样的感情。这个旅行箱里装着她身为项珺的一切,她曾无比珍惜的前半生,现在却好像魔鬼的礼物一样摆在眼前。

这是那些人给自己的警告吗?项珺的脑海里飞快地转动着。这只旅行箱的出现是否意味着,那些人已经找到了自己,识破了自己的整容?她忍不住摸了摸自己的脸,她的脸除了已经代谢掉的注射物,一些假体垫入的部位还保持着宋玲的面部轮廓,这让她现在的容貌介于"项珺"与"宋玲"之间。熟悉宋玲的人看到她,顶多也只会觉得她瘦了些,这可以解释为她最近拼命工作学习的结果,但如果对方已经知道自己的身份,那么,这些伪装就起不了作用了……

接下来该怎么办?项珺有些不知所措。她咬着嘴唇,直到觉得嘴唇痛得发麻才松开,定了定神之后,项珺深吸了一口气:"该来的躲不掉,项珺,上吧!怕个蛋!"她给自己打气。

伸手打开了旅行箱。

有些意外,旅行箱里的一切似乎都定格在当初离开时的样子,甚至连

## 第五十四章 落跑的单眼皮女孩

当初随手放在箱子里的一册来不及看的杂志都在它原本的位置，好像完全没有人翻动过……

项珺呆了呆，没有人翻动过这只箱子，说明什么？

这是不是意味着，箱子里那些关于她的私人信息并没有被发现？可是如果是这样，这箱子又是怎么回到自己手里的呢？是谁？

项珺一边犹疑一边缓缓翻开行李……

她喜欢的衣服、她的G国绿卡、她的G国医师协会证书、行医执照，父亲名下诊所的注册证件以及作为遗产转让的相关文件，还有自己从小到大的学历证明、论文比赛拿到的奖项证书……这一切都属于她项珺！

然而……

项珺坐在床边，看着这些东西，笑着笑着，却又哭了起来，她刚刚以宋玲的名字得到中国的行医资格，属于项珺的这一切似乎离自己那么遥远，遥远得几乎像是上辈子的事了一样，突然觉得委屈，这数月的努力到底是为了什么呢？！

项珺疲惫地躺在床上，满心忧虑地望着天花板等待着东方浮白，而给她带来这巨大纠结的王先生则看着旅行箱中追踪器的绿点停留在丁香医院宿舍大楼的某个房间，轻轻舒了一口气："等把这次的事彻底解决了，再好好跟她解释一下，嗯，请她吃烤串吧！如果一顿不能解气，那就请两顿！"

元旦放假一天，项珺在极度忧虑、困惑和紧张中度过。然而什么都没有发生，这让她觉得不太真实。到底这只旅行箱是谁送来的？出于什么目的？她猜不透，想不明白，结果更郁结。

就这样熬过了假期，开始上班，项珺以主治医师的身份走马上任。

由于她还兼着主任助理的工作，所以她的办公室还在谢辕旁边，只是新开了一道门，病人或客户现在可以直接进到她的办公室了。

节后的事情总是特别多，身兼助理的项珺不但要接诊，还要替谢辕整理节前的预约、做节后的工作安排。一旦忙起来，项珺便忘记了焦虑，工作一桩桩一件件地堆过来，哪里有心思去想其他！

到了午后，几乎两天没睡好没吃好的项珺终于顶不住了，在接诊完一名病人之后，直接倒头趴在桌上睡过去……

谢辕走进项珺的办公室，就看到项珺趴在桌上。皱皱眉，上前拍醒她："哎哎！这还上着班呢！注意点形象，你现在是医生了！"

项珺被惊醒，连忙坐起来，心虚地道歉："不好意思，我……我……没缓过来……"

她抬起头，眼底浓浓的黑晕和水肿的样子把谢辕吓了一跳，猜她大概是放假玩得太嗨，忍不住开口调侃："我去，这眼睛是怎么回事？眯缝成这样？这怕是拉双眼皮都救不回来了吧……"

项珺还没说话，就听门口啪嗒一声，什么东西掉在地上。随后就见一个女孩低头捡起掉在地上的病历，走进来，低声说了句："抱歉，我……我不治了！"说完，转身就冲了出去……

项珺和谢辕面面相觑了半晌，谢辕才张了张嘴："发生了什么？"

项珺拿起女孩放在自己桌上的病历看了一眼："唐笑薇，先天性眼睑下垂……大哥，你怕是把这姑娘给说伤心了。"

"天地良心我说的又不是她！我怎么知道……"谢辕叫屈道。

项珺无奈地耸耸肩："这孩子是来咨询双眼皮手术的，刚刚聊的时候就觉得她特别敏感……好了，现在大概是误会了……"她有些幸灾乐祸地看着谢辕，"这次可不赖我。"

"我真的说的不是她。"

"我知道啊！可人家就是被你说跑的，我有什么办法。你还我一个门诊名额哦！"

谢辕哼唧着："还你就还你，正好下午我有个吸脂塑形的手术，你来主刀，算你的。"说完又停了一下，有些担心地说，"不过你这状态，行不行啊？"

项珺看了一眼桌上的镜子，叹了口气说："一会儿我去医务室拿点冰块来敷一下，再喝杯咖啡就没事了。"

谢辕不太放心地看她："真没事了？我怎么觉得你整个人状态都不太好。"

项珺眨眨眼问："很明显？"

"有眼睛的人应该都看得出来吧！姚姐刚刚还私下问我是不是训你了

## 第五十四章 落跑的单眼皮女孩

呢！我就说怎么回事，原来你这模样……"谢辕叹气。

项珺苦笑："好吧，其实……确实发生了些不太好的事，不过……我尽量不让这事影响到工作。"

"需要帮忙就跟我说。"谢辕见她似乎并不愿意多说，也识趣地没有追问。

项珺点点头，看了一眼快要到午餐时间的钟，说："趁有空，让我再眯一下……后面没有门诊了……我就眯一下下……"说完一头埋进胳膊里，睡了过去。

谢辕看着她毫无防备的睡脸，内心里再次荡起一丝涟漪。他凑近到她的脸边，近到几乎能闻到对方身上微微的幽香……他停住，用最后一分理智让自己退到了一个安全的距离，轻叹了声，转身从门后拿外套给她披上。医院的空调温度一向开得比较低，着凉就不好了。

另一边，S大综合院响起了下课铃，学生们三三两两地结伴离开教室，唐笑薇默默收拾了书本也准备离开。

"唐笑薇。"讲台上的老教授叫住她。

"刘教授。"唐笑薇停下脚步，应道。

"小唐啊，我注意到你上课一直没精打采的，是不是没休息好？"老教授委婉地问道，"虽然我是这学期刚接你们的课，但是，这门课的学分还是不那么好拿的，打起精神来啊！"

"是，我知道的，谢谢教授关心，我……我会打起精神来的！"唐笑薇努力露出一丝笑来，但眯缝着的眼皮，显得慵懒无比，丝毫显示不出她的诚意。

这令老教授觉得不甚开心，但到底端着教授的身份，没有发作，只是无奈地挥挥手示意她离开，看着这女孩的背影直叹气。

唐笑薇当然听到了教授的叹息，难过的心情更加沉重。天生的眯缝眼，从小就让她受到各种质疑，不管她多努力，老师总觉得她上课不够认真，严重时甚至怀疑她成绩的真实性。而身边的人也不愿同她深交，偶尔听人提起她，都说看她一脸不屑的模样，怕是不好相处……

这令她无比委屈，自己只是天生眯缝眼，怎么就难相处了呢？你们明明根本没有与我相处过呀！然而，这毕竟是个看脸的世界……

唐笑薇抱着课本回到宿舍，同舍的两个室友都没有理会她，一个埋头打着游戏，一个戴着耳机听着音乐。唐笑薇对这样的无视早已习以为常，放下书本，拿起厚厚的一沓笔记，唇角微微扬起来些，转身出了门。

虽然眼睛的问题让唐笑薇深受困扰，但是，似乎并没有挡住被人追求的脚步。唐笑薇有男友，而且还是企业管理系的系草。两人确定关系一年来，感情稳定，这个名叫张毅的男孩是唐笑薇人生中最大的安慰，只有他似乎丝毫不嫌弃她的眼睛，赞美她的温柔和勤奋，张毅总是说笑薇，外表都是虚幻，我喜欢的是你的内在，别人看不到你内里的美好是别人没有福气！

这让唐笑薇对男友的感情无比牢固，两人除了专业课各自分开上之外，其他时间几乎都黏在一起，学习上唐笑薇甚至自学了企业管理的课程，不时地帮着张毅提升专业……

被教授误会的事，唐笑薇决定找男友小小地倾诉一下，虽然也并不是什么大事，她早也习惯，但是……偶尔借题发挥撒个娇提升一下感情没什么不好。

这样想着，唐笑薇径自往企业管理系的教学楼走去。

张毅今天有英语课，唐笑薇特意为他带了自己从图书馆查资料写下来的笔记心得，想着能给男友一点帮助，毕竟张毅对外语一向不太敏感。

走到教学楼不远的小径，果然见张毅和几个同学一齐走过来。

# 第五十五章
## 这毕竟是个看脸的世界

唐笑薇刚想迎上前，却听其中一人笑着说："哎哎！张毅你昨天给折枝女神打赏了多少？六千？"

"去！哪有那么多。"张毅随意地笑着反驳，"不就是几朵花吗，也不是很贵，两三千而已。"

"嘿！你对笑薇都没花过这么多钱吧！"一个同学笑道。

这话一出，一干好友都莫名地安静了下来，有个人往那多嘴的脑袋上敲了一下。倒是张毅似乎并不在意地笑笑："笑薇？她是需要这么多钱伺候的人吗？就她那样儿，给她那么多钱，她能变成白雪公主？我跟你们说，漂亮妞花钱宠，但是老婆，得找笑薇那样的。你们看啊，学习好，又贤惠，长得还难看，这种女人没人看得上。你只要说一句我看中的是你的内在，她能把你宠上天。明白不哥们儿？这才是大智慧！"

唐笑薇看着不远处的男人，他离得那么近，却不知道为什么怎么都看不清那张自己深爱的脸，不应该啊！明明……自己那么用心地爱着他，为什么得到的却只是这么……这么阴暗的算计？明明自己那么努力地学习，还是会被怀疑？难道自己的存在真的是个错误吗？

她往后退了几步,转身跑开,然而校园里到处都是人,似乎每个人都在审视她,嘲笑她,提防她……

唐笑薇慌乱地跑出了校园,走了几步抬头看见了学校旁边的网吧,她定了定神,走了进去,开了台机器,在网页上搜索张毅等人口中的折枝女神到底是何方神圣!

页面跳转出现了一个百科。

折枝女神,又称"北折枝",著名的二次元COSer(角色扮演),曾经COS(模仿)过著名网络游戏中全民女神一角因此成名。

北折枝有个直播间,偶尔会直播她的化妆过程,妆师则是著名的半面妆师——三次元明星妆容设计师简块,也因此给北折枝带来更多的人气。每每有直播时,两方粉丝会聚集一起给自己的大大刷礼物,网络上甚至还有一些腐女们兴起了所谓"北半球"的百合CP(配对)……

北折枝的固定粉丝中有一位出手特别大方的,这在打赏榜上一眼就能看到。唐笑薇一眼就认出了这个ID,正是张毅常用的校园ID,如此明目张胆地打赏网红女神,当然是因为张毅认定唐笑薇专心学业,根本不会与这些事物沾上关系,事实上也确实如此。

唐笑薇看着直播间里北折枝并不在线,播放的是之前化妆视频的重播,镜头里素颜的北折枝有种雌雄莫辨的清雅,在半面妆师的装扮下,幻化成各种影视明星,或搞怪的社会名人,等等。弹幕上是各种表白。

唐笑薇发现北折枝从来不说话,对于妆容的讲解一直都是简块在说,北折枝只是偶尔面带羞涩的笑容,一副安静美好的模样,从来不会求观众打赏或者关注。然而正是这仿佛清高的表现,反而令男人们为之疯狂……

看着看着,她低头抽泣起来。能怪谁呢?对方只是一个网络红人,甚至可能连张毅是谁都不知道。而张毅为了这样一个只能看,却根本不现实的人一掷千金……到底是谁的错?是自己不够优秀吗?可是她明明已经那么努力……那么努力地去讨好他,然而却抵不过屏幕上美人的轻轻一笑。

是啊,这是个看脸的世界,长得丑,该死啊!

唐笑薇就这样静静地将北折枝的妆容视频看了个遍。离开网吧时,天已经暗了下来。

## 第五十五章 这毕竟是个看脸的世界

如果自己能有北折枝那样的容貌，是不是张毅就会回来？

这么想着的她，不知不觉再次来到了离学校不远的丁香医院。天已经黑了，门诊已经结束，唐笑薇暗暗思量，要不要明天再来看一下……

恰在这时，医院门前的公交车站旁，两个中年大妈扯着嗓门聊得火热：

"哎呦，李家妈妈！你今天是来做啥呀？"

"哎呀，王阿姨呀！这么巧！我是来给我家老头开药……"

"哦，你来丁香医院开药啊？"

"是的呀！这边开药不用排队，又能刷医保，方便！"

"是吗？那我下次也来这边开药，我一直以为这边就是整形医院而已！"

"不是的！整形只不过是他家的一个项目，他家是综合医院呀！"

"哦哦，那好的！哦哟，我和你说，整容的这些人，什么样的妖魔鬼怪都有！我是老了，接受不了！"

"是的！整容下来，人不像人，鬼不像鬼。我和你说，这些都是不正经的小鬼头！上次我在家里小区看到一个女，整过的！胸哦！特——大！"

"要死了，弄那么大做啥啊！"

"卖咯！后来被捉了！不然我哪能知道的！"

"唉哟！啧啧啧……"

"这种啊，要是我家孩子整容哦，我肯定叫他去死掉算了，给家里省事情！"

唐笑薇听着那边热火朝天的议论，抬头看了看天。无风无云，好天气，适合去死，希望死得不要太难看……啊，其实也并不那么重要吧，反正活着也不好看……

她这样想着，慢慢继续往前走，SH市中间横贯着一条江，城市中间还纵横着几脉河流，桥梁众多，唐笑薇记得离这里最近的河流并不是很远……

项珺这天下班比较晚，走出医院的时候天都已经黑透了，最近忙碌得不得了，似乎把之前的恐惧都给忙得消散了许多。回宿舍的路并不远，项珺背着包，慢慢往回走，思量着晚上吃点什么来果腹。正想着，忽然看到前边有个眼熟的身影，借着路灯一看，竟是前几天被谢辕气跑了的小姑娘。回想一下，好像是叫唐笑薇的，是个 S 大的大学生。说起来 S 大在附近有个校区，大概就是那里的学生吧……不过大晚上的，这孩子一个人在外面逛什么呢？

　　项珺看了一下，这姑娘走的这方向倒是与她回宿舍顺路，只不过那里已经离开闹市区了，一个女孩子晚上去那边做什么呢？过了桥，就差不多算郊区了呀！

　　项珺这么想着，也没贸然上前和人打招呼，只是保持着一前一后的距离往前走着。

　　走到桥头，丁香医院的宿舍便在河边，项珺转弯走向宿舍楼。到门口准备刷卡进门，忍不住回头再看一眼时，吓了一大跳。那女孩不知什么时候上了桥，翻坐在桥旁的栏杆上……这怕不是想自杀？！

　　项珺看着坐在桥栏杆上的女孩，心提了起来，连忙扭身出了宿舍楼，直奔上桥。

　　唐笑薇坐在栏杆上，望着平静的河水……对于死亡的恐惧其实还是有的，然而比起内心的绝望，那似乎显得微不足道。人生过往似乎在即将到达终点的时候开始清算，她想起父母，想起不怎么快乐但还顺遂的童年，想起自己努力学习拿着全年级第一的成绩单，却被老师叫到办公室谈心，话里话外想要套出她作弊的证据……想到家长怀疑的目光、同学的猜忌，好不容易考进了大学，本以为一切都将过去……谁知回头看来，全是别人眼里的笑话。

　　算了，还是死了吧！

　　唐笑薇抓着栏杆的手松了开来，身体慢慢向前倾……

　　然而下一秒，她的手腕被一个微凉但却有力的手抓住，唐笑薇还来不及反应，就被那手用力地往里一拽，整个人往后翻倒，摔下了栏杆。

　　"啊！"屁股和后背摔在结实的水泥地上，疼得她忍不住叫起来，"你干吗？"

　　项珺低头看着坐在地上的女孩，竖起眉头来冷声训道："我干吗？你

## 第五十五章 这毕竟是个看脸的世界

想干吗？死很好玩吗？有什么大事非得死不可？"

唐笑薇抬头看了她一眼，惊讶地发现竟然是不久前给自己看诊的丁香医院的医生，顿时觉得人生更加灰暗，又丢人了……

"我……我这样的人活着还有什么意义？不管我怎么努力，拿到怎样的成绩，永远都只会换来质疑，或者是利用！我能怎么办？"她缩成一团，呜咽着说。

项珺看着她："你是在为谁而活？你爸妈生你出来是为了让你活在别人的目光里的吗？"

唐笑薇语塞了一瞬，但立刻反驳道："像你这种长得好看，又事业有成的人生赢家根本不懂！那天你的同事不也说了吗？我这样的……整形都救不回来了……你知道被人当傻子是什么感受吗？！"

"我不知道。"项珺冷冷地说道。

或者是她回答得太干脆，也太决绝。唐笑薇一时愣住了，这个医生说话怎么不按常理出牌啊……

正常情况下，劝人的不都会一脸圣母地说自己能理解对方的苦楚吗？！

"你……"

"我才没空去理会别人的看法，那关我什么事？我努力了，拿到奖学金了，事业有成了，我的成就证明我的一切，其他人爱说什么让他们说去，语言能伤害到你一分一毫吗？"项珺看着她说道。

"可这毕竟是个看脸的世界，不是吗？"唐笑薇苦笑道，"长得好看，总能少许多波折。我……我男朋友，不，现在应该算是前男友了……他和我在一起，只是因为我成绩好，长得还够难看……可以当他称职的保姆，而他在网上迷恋网红美女……我的老师，怀疑我学习不努力，成绩全靠作弊……我没有朋友……冰冻三尺非一日之寒，就算改了，又能怎样？整过容还会被人怀疑行为不检点，不正经……"唐笑薇一口气将闷在胸口的话都吐了出来，最后甚至愤怒地瞪向项珺，"我能有什么办法？改变？改变得了什么？！"

"整形改变不了人生，人生得靠你自己去改变。但是，整形可以改变你在他人眼中的形象，毕竟就像你说的，这是个看脸的世界。有人瞧不起你、嘲笑你，最好的反击难道不是过得比这些人更精彩，看他们气得要死，却又拿你毫无办法的模样吗？"项珺指着波光粼粼的河水，"如果你今天从这里跳下去了，那些人只会说：看，她怕了，心虚了，羞愧得活不下去，只好去死了。"

"我没有！"唐笑薇叫道。

项珺看着她："回去吧，洗个热水澡，好好睡一觉。如果明天没有课，到医院来一趟，双眼皮手术时间不长。"

唐笑薇再次看了一眼河水，黑夜里河水静默得令她不寒而栗。突然间，她对于死亡充满了更深的恐惧……差一点！就差那么一点点，自己就要死了呀！太可怕了！

唐笑薇看向项珺还想说什么，却又说不出来，她纠结地呆立着，直到项珺轻轻推了她一把："走吧，我送你回去。"

项珺掏出手机，叫了一辆出租车，将唐笑薇送到了Ｓ大学校门口。下车后，看着还在发愣的女孩，拍了拍她的脸："来，姐姐再教你一招，人家的眼光，人家的议论，只要两句话就能解决，一句是：关你屁事；另一句是：关我屁事，记住了。"说完，她将女孩往校门内轻轻一推，摆了摆手，转身离开。

走了两步，背后传来女孩轻轻地一声："谢谢。"

项珺没回头，忍不住笑了起来。

Ｓ大离医院不远，但离宿舍还是有些距离的，项珺走到街边准备再打一辆车回宿舍，站在路口等车的当口，突然听到一个熟悉的声音招呼自己……

"一页！！"

## 第五十六章
**转角会有惊喜**

会这么叫她的人,当然只有熟悉她网名的半面妆师简玦。

项珺回头,果然就见简玦抱着一个大大的袋子站在自己身后,正开心地朝自己招手,她连忙迎上去,顺手帮她托了一把快要掉了的纸袋,笑着问道:"玦玦!好巧啊!怎么在这里遇到你?"

简玦佯怒嗔道:"呀!你这个大忙人还好意思说我呢!当初说好做人家的脸模的,结果一考试就人间蒸发了四个月!害得人家只好另寻新欢!"

项珺看着简玦,如今这性格活泼俏皮的大美人儿哪里还有当初阴沉自卑的样子,心里甚是欣慰。对于好友的嗔怪,她有些不好意思:"抱歉啦!我前段时间是真的太忙……"她与警方合作的事,并没有被公开,自然也没有告诉简玦。突然消失了许久,难免朋友责怪。

简玦见她真的道起歉来,反而不好意思了,连忙说:"哎呀,我开玩笑的,你怎么还真的道歉啊!说起来一页你不是说要考医师什么执照吗?考上了吗?"

"考出来啦!我现在是主治医师了呢!"项珺笑道。

"恭喜啊!太好了!我就知道你一定能行!对了,你怎么会来S大啊？"简玦再次问道。

"哦……我送一位病人过来的。"项珺随意地回答道。

"哦？是这学校的学生？"

"嗯，那你怎么在这儿啊，这些又是什么？"项珺好奇地打量着简玦抱着的一大包东西，里面似乎杂七杂八的有许多，似乎是假发什么的。

简玦笑道："这个呀！是COS用的服装和道具。"

"COS？角色扮演？你什么时候玩起这个来了？"项珺有些惊讶地问道。

"我工作上经常跟COSer打交道啊，除了明星妆容，也会跟各大游戏公司合作，完善出资方资助的COS人物造型设计。我跟你说，我现在可是著名的'折枝女神'的专属妆师哟！她啊也是这个学校的学生，这不，这些都是她的行头。"简玦神秘地一笑，很得意的样子让项珺一头雾水。

"折枝女神又是什么人？"

"你考试都要考成山顶洞人了吗？！折枝女神，北折枝！你都不知道！"

"呃……还真不知道，回头我搜来瞧瞧。"项珺苦笑，似乎太久不上网，跟不上简玦的节奏了呀……

不过这完全不影响简玦爽朗的兴致："没事没事，你有空看看就当消遣好了，我直播间里有我给她的造型视频。你呀，工作也别太累啦！劳逸结合知道不？"

"知道啦！"项珺笑道。

"你回家吗？顺路一起？"简玦仍记得项珺住在离自己家挺近的一个小区，便问道。

项珺一愣，连忙摇头："哦，不了，医院给安排了宿舍，我不住那边了。"

"哦……那好吧，我先走啦，拜。"简玦摆摆手，招了一辆出租车离开，项珺预约的车却还没到，站在路口目送简玦离开。

简玦不经意地提起之前的小区，令项珺不可避免地再次想起了王昱枫。恍然想起，四个月了，从她离开那处居所，到被警方保护再到住进医院宿舍，

## 第五十六章 转角会有惊喜

考出医师执照……这一百二十多天里，项珺不是没有期待过。

至今，项珺也不知道王昱枫这个人到底是个什么身份，但是，从一些零星得来的信息看，这个人或许并不是毒贩那边的人。邢警官虽语焉不详，但却坚持王昱枫的无害，更令她坚持了这个认知，她在等，等他来给自己一个解释，然而并没有，他就这样突然从她的生活中消失了。

这令项珺感到难过，并且失望，她本以为自己在这个男人心里多少是有一些特殊的，可是目前看来，似乎并没有。

唐笑薇的双眼睑手术花费的时间并不长，对项珺来说这不过是个小手术。

术后眼睑还有些充血，但眼睛已经看起来比先前张开了许多，仅仅是这样的变化，就已经令唐笑薇激动不已。

"我……会变漂亮的是吗？"女孩惊喜，又有些不确定地问道。

项珺笑道："你本来就很漂亮，现在只是更漂亮些罢了。"

"谢谢你！宋医生！"唐笑薇由衷地说道。

"你做的是切开术，伤口要注意保养，防止发炎。好在现在天气比较冷，饮食上也注意一下，不要吃发物或过分刺激的食物。等消了肿，瘀血完全散掉恢复正常，大约需要一到两周时间，这要看个人体质，总之最久也就是再等两周了。到时候，你会满意的。"项珺自信地说道。

"嗯！"

唐笑薇回到宿舍，动过手术的眼睛把一向当她隐形人的室友们吓了一跳，纷纷好奇地凑上来问东问西。

"你的眼睛怎么了？"

"什么你去割了双眼皮？！怎么样怎么样？疼吗？"

"怎么肿得这么厉害啊！会不会有问题啊……"

唐笑薇看着这些女孩，想了想，笑着一一回答："嗯，去做了个双眼皮手术。挺快的，医生人好技术也好，疼是有些疼的啦，不过还能忍受……现在肿是很正常的，医生说一两周后消了肿了就好了……"被同学主动搭话的感觉真好啊……

"天哪！没想到笑薇你胆子这么大！不过，这样看起来你眼睛好看了好多哟！"

"是呀是呀！消肿以后应该更好看了！"

"对了，手术之后是不是要多休息呀？你赶紧躺着去！小季去食堂打饭了，我发消息让她帮你也带一份回来！有忌口吗？！"

原来，室友们也可以是这么温暖的啊……

"笑薇？你怎么啦？"

"你们……突然对我这么好……我有点……"

几个室友面面相觑："平时你健健康康，成绩好，又有男朋友陪着，简直就是人生赢家的模样。我们想对你好，还怕你瞧不上呢！"

"那现在……"

"你现在不是刚手术过，需要照顾嘛。"

"是……是这样吗？"

原来在她们眼里，高高在上的人是我吗？！所以，一直以来都是我误会了吗……

……

人生如常，只是偶尔在转角会遇到惊喜。

项珺遇到的不是惊喜，而是惊吓。

下班走出医院，就看到那辆熟悉的Jeep牌黑色越野车趴在医院的正门口。项珺的心顿时提到了嗓子眼，她下意识地往后退了一步，却靠进了一个温热的胸膛里。

"我们谈谈。"王昱枫的声音里有些无奈和祈求。项珺不再注视着他的日子里，似乎过得也并无不同，顺风顺水，反而王昱枫自己却莫名地开始悲春伤秋起来，搞得办公室里人人都笑话他失恋了……老子恋都没恋上！失个鬼啊！王昱枫同志的内心是崩溃的，于是他最终还是决定找项珺好好谈一谈。

项珺此刻却没这个心情，这男人突然出现在自己的生命里，给她原本已经混乱的人生搅得更加暧昧不清。他有那么多的秘密，自己却一无所知。

## 第五十六章 转角会有惊喜

凭什么呢？凭什么自己非要在这样一个人身上倾注那么多的关注和情感？他说谈谈就谈谈？怎么能自负到这种地步？

"放开我！"项珺在王昱枫握住自己手腕的时候用力挣扎着叫道，"你不放手，我要叫了！"

王昱枫下意识地松开了手，看着她飞奔出医院。可是医院门口就是车站，下班高峰车站旁站满了人，项珺挤在人群里，速度快不到哪里去……王昱枫迈开长腿，几步赶上她，伸手将她搂进怀里，隔开了行人："行了，别跑了，上车去，我不会对你怎么样的。"

项珺觉得自己全身的汗毛都竖了起来，在这种全身都被"控制"的状态下，她深藏在心底对男性的恐惧感顿时满溢。项珺一直知道自己在那场劫持后留下的心理阴影，却没想到在此刻被激发了出来，紧张得全身僵硬的她只能遵从了"劫持者"的命令，乖乖地上了车，任由王昱枫踩下油门，开上高速。

王昱枫闷声不响地开着车，车开上高速之后，提到了120码，飞快地往前冲着……

项珺坐在副驾座上，努力深呼吸了十几次，拼命让自己从紧张僵硬中渐渐缓了过来。看了一眼窗外疯狂倒退的路灯，再一次被吓到："你要去哪儿？你疯了吗？放我下车！王昱枫你这样违法！犯法你知道吗？！"

"超速驾驶吗？回头我会交罚单。"王昱枫闷闷地回答。

找项珺之前他想好好谈谈，找到之后，他突然不知道该说什么了……于是只能使劲踩着油门狂奔……眼角偷看了一眼坐在身旁的女人，只见她已经吓得面如土色，才意识到自己貌似车开得有点离谱，赶紧松了松油门，放慢了速度。

"我说的不是这个！"项珺叫道，"你监视我，从一开始就是，对不对？你为谁做事？毒贩吗？你知不知道这些人做了什么？！你还有没有一点良知？！"她再也不想憋着，一句句地逼问着，并紧紧地盯着紧握着方向盘的男人。

解释啊！说你跟那些人一点关系也没有！说你有苦衷……或者……别

的什么都可以……

"闭嘴！"王昱枫沉声喝道。一股闷火烧上心头，搞了半天自己一心想要保护的人居然以为自己是毒贩那边的？！我长得像坏人吗？

然后……竟然对方就真的这样闭了嘴，车子里陷入一阵尴尬的沉默。

王昱枫突然有些不安，侧头看了一眼身旁的女人，发现项珺正用一种莫名热切和难以置信的目光直勾勾地盯着自己，看得他甚至有些——不好意思起来。

"怎……怎么了？"他问。

"是你。"项珺盯着他，心中涌上一股说不清的情感，是欣喜，是爱慕，甚至是感恩，"我们见过，在休斯曼医疗中心。"她肯定地说道。

## 第五十七章
**当惊吓变成惊喜**

第一次见面,她被迫替毒贩整形,这个神秘男人的闯入给了她一线求生的希望;第二次见面,她身上被绑着定时炸弹,在绝望中,这个男人为她拆除了炸弹。彼时他们,一个戴着手术口罩,一个满脸野战油彩,看不清彼此的真面目,但是项珺永远记得男人坚定地打断她悲观的话语,他只是简短地用汉语说了两个字:"闭嘴。"就好像把所有的不安和绝望都拦截,并最终拯救了她。

"所以,你是警察?"
"如假包换。"
"证件。"
王昱枫递上了自己的警官证。
项珺仔细打量了两眼,嘟囔了一句:"什么红旗公关公司,什么销售员都是假的。你从一开始就是被派来保护我的,是吗?"
"是。"王警官不知道为什么回答得有点虚。
"所以,所以你有我的资料,有马尔夫·蔻森的资料,还有……我的行李,也一直在你那里,对吗?"一切都解释得通了。

"是……是啊……"王昱枫觉得跟太聪明的女人说话真的有点慌。

突然,项珺举起两手握着拳头猛捶在他身上,一边砸一边带着哭腔叫道:"你是不是有病!你是警察早点说会死吗?!你知道我吓得几天吃不下睡不着,这样会短命的,你知不知道啊!呜——"捶着捶着,她彻底哭起来,一直以来压抑着的恐惧和紧张终于释放出来。

王昱枫左手控制着方向盘,右手放下来任由拳头雨点般地落在手臂、肩上。不怎么疼,甚至有些享受的感觉……惬意得让他有点怀疑自己是不是有受虐倾向,然后,看着哭得毫无形象的女医生,忍不住说了句:"好了,别哭了,丑……"

然后他被捶成了饼……当然是在项珺的意念中。

等到项珺的情绪终于平静下来,才发现王昱枫不知道什么时候将车开到了医院宿舍楼下——在环城高速上猛飙了一整圈之后。

"一开始,我发现你坐的出租车发生了车祸,赶到医院时他们告诉我你已经死了,我当时还以为这任务就此中断了。但是我发现尸体上,这里……"他比了比脖子的一处,"你有一个疤痕,宋玲没有,所以我确定,你没死。当我再次找到你的时候,你已经以'宋玲'自居,顶替她进了丁香医院。我琢磨着,这样也不失为一个隐藏身份的好办法,也就没有说明身份,只以房东的身份跟你往来,这样也不会让人关注到我们之间的关联。"

"可是……为什么后来……"

"信用卡。"

"嗯?"

"你补办了你的G国信用卡,并且还用它在国内消费过了。"

"呃……所以呢?"

"对方追踪到了你的位置,你的伪装对他们来说已经毫无意义了。"

项珺倒抽了一口冷气,想了想说:"这里可是中国。"

王昱枫呵呵了一声:"三次。从你离开我家,到巴瑞果茶事件结束后住进你们医院宿舍到现在,四个月里,试图绑架甚至暗杀你的人,光我一人就已经解决了三拨。损失了这么多人还不死心,看来你的命他们是要定

## 第五十七章 当惊吓变成惊喜

了。你该庆幸这里是中国，枪支管制严格，否则，人家只需要一把远程狙击枪，在你上班的时候给你来上一发，砰！就结束了。"

"为……为什么……"

"马尔夫·寇森在G国被捕了。确切说，是他们破了个大案，被捕的嫌疑人中据说有他，但是，他整容之后的模样，没有人知道。你现在是唯一的证人，公诉方需要你出面指证，否则……无法给他实质性定罪。"王昱枫说完之后，补充道，"从我们这边来说，打击国际贩毒有必要性，更何况，骷髅现在已经把手伸进国内，巴瑞果茶就是他们的手笔。给他们一个重创，对我们有益无害。"

项珺震惊着，她终于意识到自己的存在竟然这么重要。

"我现在应该回去，指证他！"她说。

"我们在着手准备与G国的交接。春节之后，他们那边会派人过来接你回去。"王昱枫说。

"我会配合的！"项珺说道，"现在我应该做什么？"

"回家，安心睡觉，安心上班，等我们把一切都安排好。"王昱枫平静地说道。

"你呢？会继续保护我吗？"项珺下了车，忽然又回过头来看着他问。

"会。"王昱枫下意识地回答。

"谢谢。"项珺低下头去，轻轻地说，"我……我其实……"

"不早了，回去吧，好好休息。"王昱枫突然打断她，摇上了车窗。

项珺张着嘴，将到了唇边的话硬生生咽了回去，从未有过的失落感涌上心头。在他心里，自己只是个被保护的证人吗？

手术后半个月。

唐笑薇抱着书本准备离开教室，被教授叫住："小唐啊，刚刚的回答很精彩，你最近也精神多了。我就说，只要你提起精神来上课，学业肯定会有所进步……"

"是呀！谢谢教授！"唐笑薇笑着应声，巧妙地截断了老教授欣慰的唠叨。就让这个误会保留下去吧，往日已矣。

教室的走廊上，三两好友在朝她招手："笑薇！走，一起去图书馆！"

"好，一起！"

"笑薇，你的双眼皮看起来好自然啊！"

"是呀，要不是见过你以前的样子，乍看根本看不出来呢！"

"嗯，那个医生的技术是真的很好呀！"

"我也想整……我妈总嫌我鼻子塌不好看！"

"我也想……"

"我……我想减肥……"

突然发现，其实每个人都对自己有着这样那样的不满意，原来谁都不完美，只是当初的自己执念太深。

图书馆里，早有关系好的同学帮忙占了座。几个姑娘们正准备坐下，就见一个男生从旁插入，拦住了去路。

"笑薇！"张毅温柔地唤着她的名字，满面忏悔，"我知道我错了，我不该在网红身上花那么多钱……你别生我气了，我保证以后再也不看别的妹子了，一心一意对你好！"

场面一度尴尬，周遭的目光凝聚过来，所有人都屏息等着唐笑薇的反应。

"笑薇，别理他！吃着碗里的，看着锅里的，典型的渣男，要来何用？"

"就是！男人都是大猪蹄子！根本不能信！他今天能往网红身上砸那么多钱，改天就能往别的女人身上砸更多钱！你还等着替他守护青青大草原吗？"

女孩子们聚在一起，七嘴八舌说着的话句句令张毅心惊肉跳。这年头的女人真是不能惹啊！再看一眼唐笑薇，双眼皮将她那仿佛永远睡眼蒙眬的眼睛提起来，不夸张但却明媚的弧度恰恰好地将那眼星眸含在其中。有人说眼睛是心灵的窗户，唐笑薇似乎就是这样敞开了一扇门窗，将自己清纯干净地展露出来。他终于看清这个女孩，却已经离她如隔万重山。

"笑薇，我真的知道错了，再给我一次机会吧！"张毅说道。

沉默良久，唐笑薇动了，她慢慢走向张毅。这让同伴们有些紧张，莫非要原谅这个渣男吗？

## 第五十七章 当惊吓变成惊喜

唐笑薇在张毅面前站定,看着他,忽然笑了起来。以前为什么会觉得这个男人帅?其实也不过如此嘛!她低头,从文件夹里拿出一页纸来递给对方。

"喏。"

张毅下意识地接过来,却发现那不过是一张成绩单,上面是唐笑薇上半学年专业考试的所有成绩,作为学霸姑娘,唐笑薇的成绩自然全部都是优秀的。

"这是……"张毅犹疑地开口想问个究竟,唐笑薇先开口了……

"这是你喜欢我的理由,我现在把它给你了,祝你们幸福。"唐笑薇淡淡地笑着说,"哦,或许你还需要请一个保姆,才算圆满,当然那是你的事了,再见。"说完,看了一眼同伴们:"不如我们换个地方吧。"

"好!"

"好呀好呀!"

于是,一群妹子们叽叽喳喳地跑开,留下拿着成绩单的男人在旁人戏谑的目光中悔不当初。


项珺本着最后的谨慎,还真没有轻易地完全相信王昱枫,她专程给邢涛打电话确认了王昱枫的身份后,得到了肯定的答复之后,一颗心终于落回肚子里。

对于邢涛难得的没有在这件事上给自己使绊子,王昱枫表示这人情他记下了。但很快,得知G国派人交接一事由邢涛全权负责后,王先生表示人情什么的,跟自己有关系吗?没有!

"人还没来呢,你紧张个屁啊!你是不是没事可做了?这儿有个新线索,你拿去琢磨琢磨。"卢尚瑜揉着额角骂道,随手甩给王昱枫一沓厚厚的资料。

王昱枫一边接过来翻看,一边还在吱哇:"我这不是替人证安全着想吗?这段时间要不是我在一旁盯着,项珺都不知道死几回了。他们市局的人啥都不知道!老邢这几年也跟着没血性了,这种事,也不派个人看着点。万一要是临到要紧关头出点什么事怎么办,卢队你说是不是……"

"关你屁事啊！市局怎么安排是市局的事，咱们先管手里的案子！你给我认真看资料！"卢尚瑜气得抡起餐巾纸盒砸了过去。

王昱枫轻巧躲开，接住纸盒，放回原处，赔上笑脸："我看，我看着呢……"翻了几页之后，皱眉，"又是网红毒饮？能不能换点新花样啊！这些人也太没新意了。"

卢尚瑜摇头："看来这次巴瑞果茶的事只是个试探，他们憋着大招在后头，咱们得做好准备了。"

"嗯，我会好好调查的。"王昱枫正色说道。带着案件，他也不再嬉皮笑脸。

"下个月，小娟要回来了，到时候这案子你带着她一起，给她增加些实调经验。"

"不是，卢队……这……不太好吧……"

"有什么不好？小娟怎么就不好了？"

"没有……没哪儿不好……卢队我先走了啊……"

"去吧去吧。"

谢辕时隔数月，再次看到王昱枫的车出现在医院门口时，内心是无比的崩溃。

## 第五十八章
### 我喜欢你

当看到项珺大大方方地上车，扬长而去，谢先生觉得自己的人生无比灰暗，于是他去找发小一诉衷肠。

邢涛从来是个不嫌事大的，一听发小喜欢的是王昱枫喜欢的妹子，便不遗余力地游说发小去表白。

"你说你，别老是自卑。你家是没以前那么风光了，也还欠着些钱，可是，你想啊，以你赚钱的能力，还有你妈那铺子，将来小辙毕业了一起努力，还钱不是迟早的事吗？你担心什么？你再看看王昱枫那货，就一光棍，除了他奶奶留给他那套房，其他要啥没啥，跟你不能比。再说了，你别说你这样的自卑，你看看人老王，他是干什么的？你知道不？没准哪天人就没了，连尸首都见不着的那种！他都敢追人妹子，你顾忌啥？"

谢辕琢磨了半天，大概唯一弄明白的就是王昱枫的工作危险性相当高，高到随时可能死得尸骨无存的那种……

说什么"真正的喜欢是成全"这种神经病才会做的事，谢辕是做不到的，再加上知道了王昱枫这样性质的身份，谢辕更耐不住了，于是他去找项珺表白了。

那是一个很普通的午后，吃完饭，休息着。两个人坐在隔着一堵薄墙的两个隔间里，谢辕叩了叩墙板，说了句："哎，项珺。"

"嗯？"

"那什么，我有个事想跟你说。"

"说。"

"那我可真说了啊？"

"说啊。"

"我喜欢你。"

"啊？"项珺以为自己幻听，下意识不确定地问了一句，"你说什么？"

谢辕回答说："我说，我喜欢你。"

这个回答令项珺一时措手不及，她看了看窗外，阳光明媚……不是晚上，自己没做梦吧？不是，就算做梦也不应该是梦到谢辕跟自己表白呀！难道……难道不应该是王昱枫吗？

她脑袋里胡乱转着各种念头。隔着墙板，谢辕看不到她的反应，只是这么久没有得到回应让他对结果有了些不好的预感，他叹了口气，苦笑："这话让你这么为难吗？"

"呃，不是……就……就是太突然了，我完全没想到……你……你怎么会……"项珺不知该怎么说，"我是说，我们……你什么时候……"

"什么时候喜欢上你的？"谢辕替她问出来。

项珺没说话，谢辕自管自地回答道："我也说不上来具体什么时候，我不是那种会一见钟情的人，况且我们俩……当时以及后来的那些事情，说一见钟情也不太可能。大概是简块那事的时候，我觉得你这人挺善良的，拿自己当救世主似的，不管人家乐不乐意，也不管能不能成功就找上门去……很傻很天真。后来，你用技术证明，你有天真的本钱……你是个出色的整形医生，也一直保持着医者的本心。也许就是这些吸引了我……我……我不会说话，我的意思……你能明白吗？"

项珺眨眨眼，半晌说："我怎么觉得，这些话说得，跟我的教授给我的毕业致辞一样啊……哦，去掉关于感情的部分的话。"

谢辕叹了口气："所以说，我是不是要收到好人卡了？"

## 第五十八章 我喜欢你

项珺低头，想了想然后说："抱歉，我有喜欢的人了。我想你也知道的，我以为我们只是好朋友。"

谢辕苦笑："明明是我先遇到你的。"

"可是，我先喜欢上的是他。"项珺抬头望着天花板上的花纹。回想起那个人，或许每个女人内心都期盼自己的生命中会出现一个英雄，能拯救自己于生死之间。虽然中间误会重重，甚至险些错过，但幸好出现在自己生命中的那个英雄一直是他……轻声说道，"老谢，我们太相似了，只适合做朋友，做搭档。但是他，他和我们不一样，可能是因为太不一样了，所以才吸引我。"

"他回应你了吗？"

"没有……"突然被问到这个，项珺不禁有些失落，"我还没表白呢。"

"……"谢辕呆了呆，苦笑，"看来这一点上，我们也挺相似。"

"唉！"

"那，还是朋友吧。"

"嗯！"

"下午的手术，你来主刀吧。"

"哎？那不是你的手术吗？"

"你不是擅长颌面吗？"

"老谢……"

"能者多劳，再说手术奖金算你的啊，我又不占你便宜。"

"那你干吗去？"

"请允许我找个安静的角落，安慰一下刚刚失恋的自己。"

"喂！"

"好吧，其实是因为下午有个最新医学器材推广会议临时要开，院长让我陪她去参加。"

"老谢。"

"嗯？"

"皮这一下你很开心吗？"

"我正伤心着呢。"

"呵呵。"

对于谢辕的表白,项珺虽然没有接受,但内心却莫名地有些开心。这和从小在 G 国遇到的男孩们的表白不同,西方男孩对神秘东方女孩的兴趣往往只来自于好奇心,又或许是因为年少轻狂,新鲜感过去后便开始寻找新的目标,感情是及时行乐的……然而项珺想要的,却还是大多数东方女子所憧憬的一生一世一对人的厮守,所以,谢辕这样笨拙却真心的表白,极大地取悦了她的虚荣心。

同时,也令她有些不安。王昱枫至今没有向她表白的意向,即便他表现出来的维护与关心已然与男友没多大区别,但却一直恪守原则,再没有更进一步的亲昵举动。这男人到底在想什么呢?

项珺猜不透。

或许是事先心理上已经有所准备,谢辕虽有些失落,但更多的是庆幸,项珺至少还愿意和自己做朋友,做搭档。

与导师一同去开会的路上,低落的情绪还是被细心的导师发现了:"怎么啦?有心事?"

"啊……不……嗯,是有点儿。"他在导师面前还是很坦率的。

"整形科最近业绩稳定上升,你应该不会是为了这个烦心。你家里那些事,听说也解决了,也不会是为了这个吧……那就只有……恋爱了?还是失恋了呢?"丁院长饶有兴味地猜道。

"老师……"谢辕苦笑着,有些无奈。自家导师有点像半个妈妈一样,拿他当儿子似的,关心起他的终身大事来,丝毫不比亲妈少,不,是比亲妈还积极。

丁院长再打量他一眼,笑道:"啧啧!看你这样子,是失恋了吗?谁家的姑娘这么没眼光啊!"

"不是,她……有喜欢的人了。"谢辕叹气。

"宋玲?"丁院长有些惊讶地叫道。

"您怎么这么敏锐啊?!"

"你跟宋玲,还有那个 Jeep 哥……不是全院都知道的三角关系了吗?"丁院长再次发出啧啧声,"想不到啊想不到,我猜你肯定近水楼台

## 第五十八章 我喜欢你

先得月，没想到你竟然输给了空降兵。"

"老师……您怎么也这么八卦起来了！"

"哎呀，你不懂，这是老年人的乐趣。"

"……您开心就好。"

最新医疗器材推广会议其实相对来说更像是个销售会议，产品厂商向客户近距离推销自己的产品。当然，医疗器材推广，请的客户当然也就是各大医院或是医药研究公司的负责人。

丁院长作为丁香医院的负责人被邀请，原本对这样的会议没多大兴趣的，不过因为知道有几位同行的老友会参加，为了给爱徒铺垫些人脉，丁院长还是带着谢辕来参加了。

丁院长在圈内也算是老一辈的女强人，人脉宽广，带着爱徒一路介绍过来。谢辕一个一个老师前辈的叫过来，赔笑赔到脸抽筋，心里暗暗叫苦，还不如留在医院做手术。

"谢主任！"一个男人突然从旁插入，叫住他。

谢辕有些惊讶在这里怎么会遇到熟人，回头看时却发现叫他的这个男人，他并不认识。

"你是……"

"您好您好！我太太之前在您这里做过整形手术，我们对手术都相当满意，真是非常感谢您！"男人似乎并不意外他的惊讶，笑着解释道。

谢辕犹疑地应着，谦虚道："哦……这个，没什么，都是我们应该做的。"又问道，"尊夫人是？"他打量着这个男人，风度翩翩，举止谈吐间都有种精心算计好的尺度，有些刻意和不真实。

"哦，鄙姓郭，复康药业的医药销售总监。"男人微笑着说道，"郭申义。"

谢辕眉头微微一挑，看了一眼男人伸在自己面前的手，犹豫了一秒后轻轻握了上去，随即很快松开，不着痕迹地往后退了一步说："复康药业吗……我听说过，近几年出了不少新药，还接了市保健工程项目。"

郭申义似乎没想到谢辕对复康药业的情况如此了解，愣了一下后笑说："哪里，公司还在发展阶段，我们也是尽力。"

"尊夫人是叫宋茹香？"

"对，看来茹香跟主任提起过我？"郭申义笑说。

谢辕打量了他一眼，缓缓说："提过一些。"

郭申义叹气说："我工作比较忙，平时不太能陪她，所以她……女人嘛，总喜欢胡思乱想。不过整形之后我们之间的关系改善了许多，她一直跟我提起你们医院的那位叫宋玲的护士，说想找机会专程向她道谢。"

谢辕淡淡地说："不用了，她已经不在护士组了。"

郭申义一愣，追问道："是吗？怎么……"

谢辕笑笑："人往高处走，她那么有能力的人，天高海阔，到哪儿都能过得很好的。"

"是啊是啊……可惜，我还想和茹香好好谢谢她的……"

"那恐怕是难了。"谢辕说。

郭申义点点头，转而找了个由头离开了。

谢辕看着男人的背影，深深皱眉。抽了个空当退到会场外，给发小打电话："邢哥，你要有空，查一下复康药业一个叫郭申义的，这人有问题。"

## 第五十九章
### 得陇望蜀

谢辕打完电话,再度看了一眼不远处正与人相谈甚欢的男人,目色微凉。

谢家的基业毁于谢父的嗜赌成性,而据谢辕所知,引诱谢父上赌桌沾染赌瘾的,正是当年与谢氏竞争的复康医药的董事长。谢辕曾经托人多方打听过复康医药这名神秘的董事长是谁,什么来路,然而竟然查不到。至今他知道的也只是公众所知道的,复康药业是一家国外投资的药业公司,董事长是货真价实的老外,并且非常低调,公司的一切事务都交由中方管理层打理……

谢辕不是没想过复仇之类的事,然而,现实到底不是小说,凭他一个私立医院的医生想要去搞一家在业界小有名气的企业,简直是螳臂当车。所以,谢辕一直压着这念头不去想,但现在,看着复康药业的人在自己眼前晃,露出这明显的破绽,他不下点绊子,那是绝对说不过去的。

郭申义与人谈了一会儿话,转身走出了会场,掏出手机拨了一个号码。

"茹香,我们约个地方谈谈好吗?"他柔声说。

宋茹香与郭申义并不在同一家公司工作,虽然同是从事医药行业的工作,宋茹香更偏向药品开发,因此毕业后加入了一家国企医药公司。离婚后,她将划分给她的别墅变卖,重新买了房独自居住,彻底从郭申义以及两家人的生活中消失了一段时间,但到底两家关系走得近,郭申义还是知道了她的联系方式。

郭申义是有些后悔的,小三固然年轻漂亮,还怀着他的孩子,然而,年纪轻轻不思进取,只想以色侍人换取优渥生活的女人又能有几分内涵?郭申义每每忙完回家,发现小三不是窝在沙发里看肥皂剧,就是抱着电话跟她那些小姐妹们煲着电话粥,炫耀自己成功上位的经验。家里虽然是有保洁阿姨来打扫,饭菜也请了厨艺家政上门来做,小三是从来不会像宋茹香那般耐心地等他回家的。面对一桌残羹剩饭,郭申义也只能说服自己,孕妇要注意饮食什么的,毕竟孩子在她肚子里,她没病没痛,孩子才能平安落地。

至于所谓共同语言,那是更没有了。以前觉得宋茹香乏味的郭申义,如今又觉得,即便乏味,但宋茹香懂他远比这小三多……

人就是这么不知足,得陇望蜀。

然而宋茹香却不是个蠢人,爱情早已消磨殆尽,回头再看自己当初的执着,俨然是一出笑话。自从离了婚,她卖了别墅,换了房,埋头工作,也不知是不是真有所谓的"情场失意,'战场'得意",短短数月间,她所在的研究小组研发的两款新药,顺利通过临床数据监控,得到了上市销售的许可,正是事业得意之时。

可是,这样的她在某些亲友的眼中却是莫名的凄凉,久而久之,家人们便听到了她因情伤难解,不得不投入工作来麻痹自己的消息。于是父母心疼之余,也委婉地劝她原谅这种"是个男人都难免会犯"的错误。她苦笑之余,无奈地解释却只被当成是打肿脸充胖子,几次之后,她连家人的电话都不想接了。

谁料,郭申义本人竟然打来电话要求见面,宋茹香冷笑,回答道:"还是算了吧,我研究室的事挺忙的,一直在加班,实在抽不出时间。"

"茹香,我只是想诚心诚意地向你道歉。夫妻一场,是我没有顾好这

## 第五十九章 得陇望蜀

个家，对你我心有愧，你至少给我个机会……"他说得情真意切，甚至没有要求复合，卑微得如同泥里的蚯蚓求高岭之花倾颜一顾。

宋茹香愣了愣，还是硬起心肠来回绝："早知今日，何必当初？"停了一下，又有些心软，说，"你知道错了，就更不该来找我了，好好跟你那位过吧。毕竟，我只是一个人，她还有孩子要你照顾。"

"茹香！"郭申义还要再说什么，对面已经挂断了电话。瞪着暗下去的手机屏幕，郭申义锁紧了眉头，忍无可忍地将那价值不菲的手机狠狠掼在地上，砸了个粉碎，牙缝里迸出阴狠的话语："给脸不要脸！"

宋茹香并不知道自己的拒绝真的激怒了某人，她正和研究室里的同事们兴奋地庆祝，几年来的辛苦终于结出了硕果。

"这次的奖金发下来之后，你们打算干什么呀？"同组的小姑娘笑着问她。

"去旅行吧，我攒了快一个月的假期，正好一次玩个痛快！"一个同事笑道。

"我也要请假！不过我要宅在家里躺足一个月！！！哦对了，还有玩游戏！！"另一个"宅"同事则这样说话。

"噫！那下次看到你的时候，岂不是会变成一个球！"

"呸！别瞎说！"

"还是我最老实，我要在家陪老婆孩子好好聚聚，我家那小子都快不认得我这个爹了。"

"猝不及防一口狗粮！还是三人份的！好讨厌哦！"

"我也是旅游，带我爸妈一起！"

"……"

"……"

"对了，宋姐，你呢？"有个同事问道。

"我？"宋茹香愣了一下，想了想，"大概也会出去散散心吧。"她这么说道，然而内心里，却并没有多少闲情逸致。

同事们都是知道宋茹香的事的，见她对这话题兴致缺缺，也知道她刚刚婚变，确实不太适合聊这个话题，便识趣的不再问她什么。

庆功宴是自助式的，大家边吃边聊，不知怎么又扯回了行业内的话题。

"话说，你们知道复康药业最近也申报了一款新药吧？"

"嗯？有吗？"

"我偶然听BOSS跟总监聊天说起的，说是他们的新药被打回去了，没报成功。"

"哈哈！活该！这几年他们挖人家的技术，偷人家的配方，抢注人家的品牌，什么事没干过，这算是终于踢到铁板了吗？"

"不是，听说复康摊上事了！哎，之前网上传得沸沸扬扬的那个大学生碎尸案，记得吧……"

"我去！别说了，想到那个碎尸，我就恶心！"

"什么什么？求科普！"

"求别说！我当初不该手贱点开了案发现场的照片……到现在我看到肉糜都有阴影！"

"哎哟，你要死了！还说出来！"

"说重点行吗？"

"好好，我说。就是，那凶手其实是吸毒致幻，把好心送他回家的孩子当怪兽砍了……"

"啧啧啧！太可怜了，好好的一个孩子……"

众人唏嘘了一会儿之后，想起来问："这跟复康有什么关系啊？难道这凶手是复康的？"

"你们这些人啊，想象力能不能再丰富一点！凶手要是复康的，新闻里会不报道吗？现在网络多发达，公众会不知道？"爆料小能手自然还有包袱没抖完，接着说，"这凶手服用的毒品是一种进口饮料，代理商是一家保健品公司，然后这公司现在当然是被查封了，人都被抓进去了。但是，圈子里有这么个说法，其实啊，这保健公司是复康名下的三产！然后现在复康的新药被打回……你们不觉得很微妙吗？"

"喂，你这只是传说吧，又没有证据啊！虽然是竞争对手，但是……要说复康搞毒品……我不太相信哎！"

## 第五十九章 得陇望蜀

"对啊……这……"

聊到这个话题,大家的声音都不由自主的小了许多,毕竟太多禁忌不足为外人道。

宋茹香轻抿着唇,没有加入这拨聊天。前夫正是复康的销售总监,但是这些私事,她不说,同事们也大多不是好奇这类隐私的人,所以并没有人知道,否则大约也不会如此毫无顾忌地谈论复康的事。不过,宋茹香听在耳中,却不免有些别的想法。

想到郭申义一次次地否认有外遇,却又一次次彻夜不归,想到私家侦探所说的,郭申义出轨时间是在两年到三年期间,然而,说不清道不明的出差、加班、数日甚至数月不回家的情况却早在两三年之前就开始了!那么,那时还没有出轨的他在做什么呢?

郭申义约不到前妻,回到家又见情妇抱着一堆垃圾食品边吃边看肥皂剧,说她两句却被她挺着肚子指责不关心自己云云,接着又追问他何时结婚,搞得他心烦意乱。

郭申义打心里就没想娶这女人,等孩子生下来后,就让这女人消失,用钱或者用其他手段都可以。他并不想让自己的下一代有这样一个母亲,如果有,那也应该是宋茹香那样……

然而,想到前妻的决绝,郭申义更恼火。想要复合,除了旧情难却,还有一些原因却是不足为外人道的,宋茹香太聪明,如果不掌握在自己手中,难免会生事端。郭申义想过除掉宋茹香,但却不知为什么竟然下不去手,他不得不承认,自己对前妻确实是有感情的,然而等到明白过来,早已为时太晚。

"你什么时候和我去扯证啊?我肚子都这么大了,再拖下去穿婚纱就不好看了呀!"情妇还在不依不饶地纠缠着。

"不好看就不办,等孩子生下来再说吧。"他淡淡地说道。

"这……这怎么行!没有结婚证,孩子生下来怎么报户口!"原本只是想撒娇催一下的女人有些慌神。没名没分地给这男人生儿育女,怎么想都叫人不踏实。

"这个不用你操心,你现在就安心养胎就好,少吃这些垃圾食品,多吃点蔬菜,今天又没好好吃饭吧?"他压着火,尽量柔声说道。

女人还想说什么,抬头看着男人冷漠的脸色,不敢再开口,任由男人关掉了电视,将一桌子还没吃完的垃圾食品扫进了垃圾桶,然后转身出了门。女人撇撇嘴,坐在沙发上拍着自己隆起的肚子,她知道今天男人又不会回来过夜了,正好,好吃的她可以重新点,电视关了再开就是,男人嘛,有了孩子怎么也得妥协的!何况,她已经偷偷做过检查,肚子里的是个男孩,她就不信,男人舍得让自己儿子没有娘!

郭申义离开这个实在称不上家的居所,来到了另一处房产。这里是他很早以前悄悄用父母名字购置的,甚至连宋茹香都不知道的一处房产,因此离婚时并没有算在婚内财产中。

他推门进去,屋子里几个正在吞云吐雾的人瞬间将歪七扭八的身体摆正,向他哈腰:"郭哥。"

郭申义皱眉,走进屋,骂道:"不许再让我发现你们在屋子里吸烟。"

几个男人互相看了一眼,点头,讨好道:"是,以后不敢了!"停了一会儿,又说,"郭哥,我们把货带来了,您验验?"

## 第六十章
### 不是还有你吗？

"拿来。"

为首的男人提起一旁的箱子放在桌上："这儿。"

郭申义打开箱子，箱中尚未来得及挥发的干冰散发出一阵雾气，防震格里，并排放着两排药剂，密封的玻璃注射瓶，一共十支。

郭申义检查了注射瓶的完好之后，满意地点点头，说："可以了，十分钟后款会划到你们账上。"说完看了一眼为首的男人，微微笑了一下，"果然还是老刘你办事我放心。"说完，从钱包里抽出一张卡来塞进男人手中，"这是我私人给的，不多，就当是给兄弟们的辛苦钱。"

男人并不客气，收下了卡，笑道："郭哥你这就太客气了，咱们兄弟合作这么多年了，你还不知道我！"说完，指了指箱子，"说起来，这次就这么点儿？是不是有点少啊？下半年，看样子还得哥们儿再跑一次？"

郭申义笑笑："这可是最新型的，别看这么点儿，这里头一滴，能兑400升有效剂量，你明白是什么意思吗？"

男人显然没有足够的脑子去计算这些，茫然地摇了摇头。

"意思就是说，如果现在有个大型集会，墙角放着一架自助饮水机，算它一桶20升,咱们一滴可以造20桶,这20桶下去,整个会场里的人就都会是我们的刚需用户。"他得意地伸出一根手指,"只需要一滴。"

男人听得瞪大了眼,想象了一下,不知为何感到一阵毛骨悚然,打了个冷战:"我艹!牛逼!"

郭申义淡淡说道:"不过这也是最后一批了,如果我们这边的事不解决好,那边可能会中断我们的供货,所以说,为了大家继续有钱可赚,那女人的事,你可得上心了呀!"

老刘一怔,脸色苦着耷拉下来:"郭哥,你不是不知道,那女人被人包了,每天车送来,车接去的,我们没机会下手啊!而且之前几次,都被人给……折了我好几个弟兄了。"

"我不管你们用什么手段,这女人必须尽快除掉。你应该知道,对面那人不是个有耐心的,如果他们丢卒保车,咱们可是一条绳上的蚂蚱啊!"郭申义慢慢地说道。

老刘脸色一白,低头道:"我明白,这事我会继续想办法的!"

"嗯,那就好。"说完,他往屋子里走了两步,回头看了一眼站在客厅中央发愣的几人,皱眉,"还有事?"

"郭哥……这屋……"老刘指了指脚下,"你不是让咱们兄弟歇脚的吗?"

郭申义瞪眼,微怒:"我今天想在这儿休息,你们出去自己找地方,我给你们的钱还不够你们找个地方睡觉吗?"

"是是是,那我们走了!"老刘古怪地看他一眼,带着人出了门。

郭申义看着他们离开,将门窗大敞散了许久的烟味,才倒头睡去。直到被噩梦惊醒,他从床上弹坐起来,喘着粗气。

看了一眼窗外,东方浮白,他索性起床,随便用冷水抹了一把脸,再次打开那只皮箱。

白雾缭绕中,几支注射瓶显得莫名地有些诡异,郭申义轻轻用戴着手套的手抚过它们,这些能带来的都是暴利!是数不清的钱!有了钱,这世上没有什么解决不了的事,他的孩子能得到最好的教育,等他把宋茹香重

## 第六十章 不是还有你吗？

新追回来，一家三口，好好生活，这简直就是完美人生！

宋茹香此刻满头冷汗，私家侦探按她的要求查了关于"项珺"这个女人的信息，发现仅有的信息来自大约一年之前，G国休斯曼医疗中心的炸弹劫持人质案，被劫持的人质之一，中文名即为项珺，而后，这个人就莫名地消失了。网络上有关于案件的梳理视频、被捕的嫌疑人照片曝光后，宋茹香盯着那些人身上不同部分但形状一致的骷髅文身感到浑身的汗毛都竖了起来，想到前夫在研究生即将毕业前收到了复康药业的录用信，随后不久便去文了这么一个骷髅文身，说是为了庆祝进入外企，迎合外企文化……

然而，网络上的内容却告诉她，这个骷髅文身竟然是某个贩毒组织的内部成员标识，虽然只是猜想，但宋茹香还是惊得说不出话来。

如果……郭申义真的早就与那些毒贩有联系……

她想到婚前两人都不怎么丰厚的收入，却在结婚后立刻买下了别墅，郭申义说是父母的资助，但随后他们的生活便一直保持着富足得有些离谱的程度。她原本以为是丈夫倚仗父母吃老本，并不很在意，只是心中有一股傲气不愿被亲友说成啃老，所以越发努力地工作……可如今看来，真的是啃老吗？她是不是一直忽略了什么……

心中有了怀疑，便更急于求证，宋茹香一口气从复康药业的成立到其发家史，再到郭申义加入公司后的私人资金动向一点点详查，查到最后连私家侦探都心惊肉跳起来，联系她说："大姐，你这查得太深了。我们做这行的走的可是擦边球的路子，你这事儿……建议你还是尽快报警吧！"

项珺发现最近接到的诈骗电话特别多，什么冒充她家人病了说要钱的，又有什么说自己是上司有急事要转账的，还有什么法院传票的……烦不胜烦，她恨不得换电话号码，但又嫌换号码之后的各种通知，所以只能一次次地掐掉各种电话和无视各种短信。

"怎么了？"听到项珺再一次把手机摔在桌上的声响时，谢辕还是忍不住问道。

"诈骗短信，烦死了！"项珺皱着眉头说。

谢辕叹了口气："唉，无视吧，这种东西躲都躲不掉。"

项珺笑说："也太无脑了吧，你看看，这个上面说我在 B 市消费了 8 万，让我确认……还有上次有个消息，自称是我妈妈，说我爸病危！"她自嘲地苦笑一声，"我倒是乐意我爸爸妈妈还在啊……"

谢辕张了张嘴，最终也只是说："这些骗子没有底线的，你不要理会了。"

"是啊！懒得理会，但是很烦。"

项珺说着，手机里又蹦出了一个陌生的号码发来的短信，她皱眉："你看看，又来了！"说着直接伸手准备删除，却在短信预览里看到了"G 国骷髅党在追杀你……"的字样。

项珺手一抖，几乎握不住手机，心脏都随之提了起来。她颤抖着点开那条短信，短信的内容并不长："G 国骷髅党在追杀你，我是国际刑警 Z，请尽快与我联络！"

这一回，手机是彻底掉在地上了，谢辕听着声响不对劲，过去看，就见项珺脸色苍白地正准备弯腰捡手机，连忙问："怎么了？！"

项珺看了他一眼，不说话。谢辕从她手边捡起手机来，看了一眼，惊讶："这……应该也是诈骗吧……"

"让我冷静一下。"项珺坐回椅子上，平复着激烈跳动的心脏，说道。

谢辕看了看她的脸色，柔声说："你先平静一下，这事我们好商量，你不要怕！"

项珺点了点头，闭眼平静了数秒后说："这，肯定是假的。"

王昱枫是中方派来保护她的国际刑警，这已经是明白无误的事实，这时候再突然出现一个国际刑警，并且只有代号没有姓名，显然不合理。但是，这则短信却是有针对性的，因为对方明确知道她项珺的身份，以及骷髅党的事。

"他们不了解我目前的情况，这个短信是试探，也是威胁。"项珺说着，看了谢辕一眼，"你跟邢队长联系一下，我给老王打电话。"

## 第六十章 不是还有你吗？

于是很快，邢涛和王昱枫都赶到医院，谢辕借了小会议室关门密谈。

"将计就计，跟他们联系，最好把他们在国内的势力都挖出来！"邢涛说道，"小宋，又得麻烦你出马了！"

王昱枫皱眉："我来和他们联系。"

"关你什么事？你只要保护好她就行了。"邢涛说。

"马尔夫·寇森被捕，他们等不住了，要杀她灭口，现在既然对方主动出击了，显然已经是孤注一掷，我不能让她暴露在危险中。"王昱枫强硬地说道。

"这种时候，小宋……好吧，项珺不出面，怎么把这些人引出来？你去联系？你算老几啊？"

"电信联系不需要验证身份。"

"如果对方要求见面呢？"邢涛看着他，"他们能找到她，说明肯定已经掌握了她的容貌信息。"

"我的任务是保证她的安全，直到将她平安送回G国参加公开指证。"

"我的任务是把这票骷髅从这片国土上连根拔除！"

两人大眼瞪小眼，几乎要碰出火来，一旁插不上嘴的谢辕和项珺都有些发怵。

"等一下！等一下！"谢辕拉住发小，把他拖开一些。

项珺说："你们俩的任务本质上并没有什么相悖的地方啊，你们吵架的点是？"

王昱枫皱眉："还不是为了你？！"

项珺奇怪地看着他："为了我？你要保护我的安全，所以我就不能帮助邢队了吗？"

邢涛挑眉："你看看，人一妹子觉悟都比你高！"

王昱枫狠狠瞪了他一眼，转而对项珺说："你知道这是多危险的事吗？"

项珺理所当然地回了一句："不是还有你吗？"

王昱枫语塞，气得甩手："行行，你们有理，你们聊！"他跑到一旁的沙发上生闷气去了。

邢涛难得能让王昱枫吃瘪，心中暗爽。不过眼下有正经事要办，他倒也没再去火上浇油,与项珺讨论起之后的诱敌工作。

很快,项珺回复了那个号码:"你是谁,怎样证明你说的是真的?"并不能一开始就表现出对对方的完全信任,那反而让对方起疑。

果然,过了一会儿,那人发来了一组照片:"这是你在 G 国休斯曼医疗中心被绑架,我们的人给你拆弹时拍摄的照片,我有你个人完整的信息。马尔夫·寇森已经被捕,我是负责接你回 G 国指证他的国际刑警。为你的安全着想,我们的行踪必须保密,你按我稍后发给你的地址来跟我会合,我会带你回 G 国指证嫌疑人。"

"呵!这人还知道得挺全啊!"邢涛冷笑。

谢辕有些犹疑:"会不会是真的……来接应的 G 国方面的人?"

"不可能,国际案件要从我们国家带证人去 G 国,怎么可能不通过我们官方而私自跟证人联系?"王昱枫否决了这个猜测。

项珺看着手机上新发来的一个地址,问道:"现在怎么办?去吗?"

邢涛点头:"去,不过也不能让你就这么去,我得安排一下。"

## 第六十一章
### 诱敌

邢涛回局里布置工作，王昱枫看着项珺满脸的不快："我不知道你这么想当孤胆英雄。"

项珺皱眉："这不叫孤胆英雄，这是协助民警，铲除邪恶！"说完她似乎也觉得自己这话太中二，叹了口气，放柔了声音说，"老王，我知道在你眼里，我只是个手无缚鸡之力的女医生，我也知道在大多数人看来，自保比强出头要好。可是，他们杀了我最好的朋友和她的未婚夫，还害死了宋玲……这一切告诉我，如果我不作为，迟早有一天，我会和他们是一样的下场。"

王昱枫沉默了良久之后，只说了一句："我跟你去。"

项珺展颜一笑："当然，你的任务不就是保护我吗？"

而另一边，宋茹香却在无比后悔自己的一时糊涂，她本应该第一时间报警，然而在拿起电话的瞬间，她犹豫了一下。随后她做了一件令自己后悔万分的事，她给郭申义打去了电话，虽然没有直白到问对方到底有没有参与贩毒，但当她问出："你为什么要找项珺？你和G国炸弹绑架案有什么关系？"后，郭申义就明白，不能再放任宋茹香离开自己的视线。于是，郭申义一边无辜地表示对前妻的问题一无所知，一边迅速派人找到宋茹香的住处，将她带到了郭申义面前。

"茹香，你就是太聪明。"郭申义看着前妻惊恐又愤怒的眼神，有些无奈地轻叹道。

"郭申义！你疯了吗？你知不知道自己在做什么？这是犯法的！"宋茹香怒斥。

"犯法？呵呵，这世上想做大事的人哪个不得犯点法？"郭申义看着她，声音放软了些，"而且，别人都有资格说我，唯独你不可以。"

宋茹香瞪着他，不说话，她知道对方想要说什么，因此脸上直接泛起一抹轻蔑的冷笑。

郭申义看着她的神色，突然感到无比愤怒："你笑什么？你有什么资格笑我？我不这样哪来那么多钱供你住别墅，请人打理家务，让你有足够的时间搞你的研究？我做这一切不都是为了你吗？"

宋茹香冷冷地看着他："你忘记我们是因为什么而离的婚了吗？不要说漂亮话，这种道德绑架我可不接受，我从来没有让你去用这种手段赚钱，更何况，这样的生活也不是我所求。反倒是你，整天花天酒地，养小三，不贩毒倒还真没办法支撑，你还有脸把这肮脏罪名往我身上挂？"

项珺拿着那自称国际刑警Z发来的地址，寻到一处新开发的工业区厂房办公楼，时间约在傍晚，项珺走到空旷得能听到脚步回声的水泥路上，心底还是相当紧张的。

"往前走，目前你身边50米范围内都是安全的。"内嵌式的耳麦里传来邢涛冷静的声音。

项珺脚步没有停滞，嘴里则低低地轻声问："老王？"

耳麦里传来一声极轻的声响，频道切换了过来，王昱枫的声音传来："我在你身后40米左右，不要回头。"

"嗯。"

"注意周边。"频道被邢涛切了过去。

## 第六十一章 诱敌

王昱枫哼了一声，没有接话。项珺唇角忍不住微微翘了翘，先前紧张的心情略有缓和。

项珺在一座新建好的办公楼前站定，就是这里了。

她左右看了看，进入楼厅。门卫室虽然有监控，但并没有保安，项珺注意到进来的人只有自己，心又悬了起来，而耳机里适时地响起了王昱枫的声音："我从外墙上去，不用担心。"

不知为什么，项珺因为这句话便松了一口气，平复了一下心情后，迈步向电梯走去。

8楼，012室，不大的玻璃门前挂着"复康药业集团中方办事处"字样的金字招牌。项珺皱了皱眉头，感觉这单位名字有几分眼熟，下意识往后退了一步。恰在这时，手机响了起来，空荡荡的楼道里，铃响变得异常诡异刺耳，项珺吓了一跳。

掏出手机来看，竟发现是宋茹香打来的电话，项珺迟疑了一下，突然想起了复康药业是宋茹香前夫工作的企业，顿时心里一紧，接起了电话。

"喂，茹香姐？"

"小宋！快跑！他们要杀你！！！快跑！"宋茹香的声音慌乱又急切，"郭申义！他带人去找你了！他们是G国的毒贩！要杀你灭……啊！"她的声音在一声痛叫之后中断。一阵杂乱的噪声之后，一个陌生男人的声音远远地闯入，"妈的，臭女人！郭哥就说你会搞事，果然料对了！"然后则是一声闷响，声源切断了。

项珺大惊，连连叫道："喂！喂！茹香姐！宋茹香！！"

手机里已经只剩下断线后的嘟嘟声。

项珺内心一片惊慌。宋茹香的丈夫竟然就是骷髅党的人？！她是怎么知道的？她现在还安全吗？听刚刚的声音明显是出事了！如果因为自己再连累到宋茹香……项珺闭了眼，不敢再往下想。

"项珺！项珺！有人向你靠近，注意情绪！"邢涛的声音此时闯入，他强硬地命令道。

项珺一惊，抬头看见玻璃门内有人走了出来……

邢涛皱眉，切换了频道，对随队监控的探员说："刚刚的电话来源查到没有？"

"查到了，在市区近郊的一处老式小区里，已经就近调派民警上门查探了。"

"告诉他们，可能有人质被劫持，务必保证人质生命安全。"邢涛吩咐道，停了一下又补充了一句，"叫辆救护车。"

"是！"探员应声，飞快地将任务布置了下去。

"老王！你到哪了？"邢涛再次切换频道与王昱枫联络。

"七楼半。"王昱枫平静的声音里带着点风声。

邢涛看了一眼手腕上的表，扯了扯嘴角："两分半，你行啊。"

王昱枫哼了一声，不说话，扣着八楼边沿的手猛一用力，两脚往上蹬，整个人以一种极惊险的姿势，无声无息地攀上了八楼的外墙上的清洁隔层。

万幸这类新式楼层为了外墙清洁方便，每层楼外都有一截小小的隔层，平时给保洁人员清洁时使用，当然，保洁人员都带有保险带等防护装置，王昱枫这样不带任何防护攀墙而上，普通人是不太可能实现的。

有了落脚点，王昱枫轻轻吐了一口气，胸口有种要爆炸的闷胀感，他努力深呼吸几次之后，这感觉稍稍平复了些，他才开始慢慢往项珺所在的办公区域挪动。

"你行不行啊？"邢涛看着监控视频里男人的身影，皱眉，话语虽带着调侃，却仍忍不住有些关切。

"就这，小意思。"王昱枫淡淡地回了一句，猫下腰，从一组窗下潜过。

邢涛被怼了一句，也不在意，回头切换频道："一队，跟着老王的路线上楼。二队从正门潜入，留一个人守着门卫，保持警惕，有异动随时汇报。"

耳机里两个小队的探员各自应声，昏暗中，数个身影飞快地往各自的任务方向移动过去。

玻璃门打开，项珺强作镇定地站在门口，看着门内微笑着的男人。

"项珺，项小姐。"郭申义向她点了点头，"请进。"

项珺脑子里飞快地转着念头，最终决定装傻："你……是国际刑警Z？"

## 第六十一章 诱敌

郭申义笑道:"当然——不是。"他轻轻晃了一下头,原本空荡的走廊里突然蹿出两个人影,将项珺一左一右控制住,推进玻璃门内。

"项小姐,让我们好找。"郭申义关了门,看着此时已被押在凌乱办公区的电脑椅上的女人,走近她,掏出怀里的照片仔细看了看,"或者说,宋小姐?"

照片上的白大褂女医生与此刻略有些狼狈的女人,长相上有些许相似,但在郭申义眼里,眼前的项珺与照片里的人,可谓相差极大了。

郭申义在眯眼打量项珺的同时,项珺却在打量着身边的环境,别在她耳朵里的摄像头实时将此间的环境影像传输到警方的监控车上。

"项小姐好像一点也不担心自己的安全?"郭申义挑眉,这女人太镇定了,镇定得令他心里生出不安。

项珺则皱眉:"你骗我来,想做什么?你到底是谁?怎么会知道我……和骷髅党的事……"

郭申义笑了:"对,这才像个被绑架的样子。不过项小姐,我们都是看肥皂剧长大的,应该都深知一个定理:反派死于话多。现在你看,我,是反派,但是我不想死,所以,我不会给你解释这些的。你死了以后,自己去问阎王爷吧。"说完,他笑容一收,朝押着项珺的两个男人扬手,"动手。"

项珺眼睛因为惊恐瞪得极圆,两个男人用白色的毛巾捂住项珺的嘴,另一个男人将一根粗麻绳绕在她的脖子上,准备将她勒死……项珺从来没有距离死亡如此之近,她疯狂地挣扎着,然而脖子上的麻绳却丝毫没有松开的意思,窒息的感觉令她两眼发黑,感觉脖颈要生生被勒断了,眼睛也开始不自觉地流泪,眼前的景象渐渐变得模糊难辨……

王昱枫,不是说好会保护我的吗,你在哪儿呀!!

## 第六十二章
### 你好，我是项珺

意识渐渐从身体中抽离，仿佛一切都要就此结束了。突然，随着一声巨响，在剧烈的震动下，项珺被翻倒在地上。摔在水泥地上的疼痛却似乎远没有突然松快的呼吸感更强烈，项珺顾不得身上的痛感，本能地张大口拼命吸入空气。直到视觉逐渐恢复，而脖子上和身上的痛感也渐渐盖过了消退下去的窒息感，她才终于有暇抬头看。

其实也不过就是数秒的时间，那边王昱枫已经一脚踹倒一个，紧接着一拳将另一个直接打得撞在墙上然后抱着肚子蜷成一团。郭申义几乎在王昱枫破窗而入的瞬间朝门口奔逃，但此时埋伏在门口的一小队干警立刻扑上去，将他牢牢按在地上。

郭申义被捕，复康药业被彻查，国际贩毒集团在国内的一个重要据点被剿除，但收队时邢涛却开心不起来，线报中提到的最后一批毒品的下落不明。十支5毫升装的浓缩"堂吉诃德"，足以给这个社会带来巨大的不安定因素。

王昱枫则心事稍安，至少项珺有惊无险，他将项珺半抱起来，看着她颈间被勒得瘀青泛紫的痕迹，一时竟想用手指抹平它，然而，只是轻轻触碰，

## 第六十二章 你好，我是项珺

项珺就疼得发出咝咝的抽气声。

项珺张口，声带也被勒得受了伤，声音沙哑："疼……"她眼里蓄着泪，再次从鬼门关前走了一遭。上一次，她谁都不能依靠，她没有哭，因为知道哭没有用，但是这一次，她却抑制不住地哭起来，因为她知道，有人会心疼。

王昱枫是真的心疼，看着她的泪水手足无措，最后只能撸起外套，就着里面的衬衫给她抹泪，嘴里安慰道："好了，一会儿去医院，这伤……不严重，能好。"

项珺嗯了一声，余光里，向外撤离的众干警中，有一人突然转身，逆着人流，朝他们走来。

项珺刚想说什么，突然见那人直接掏出了枪，指向这边……

砰！砰！

一声巨响在楼道里回荡，紧接着，又是一声……

持枪射击的人被击毙，经辨认并不是两队干警中的任何一人，竟然是混在其中的自杀式杀手！

他差一点就成功了。

王昱枫感觉到胸口一震，疼痛的感觉来得有些迟钝，又或者他根本意识不到自己身上的痛，他只看到在那瞬间，项珺突然紧紧抱着他，整个人挡在自己身前……

然而射击距离实在太近，子弹穿过她的身体，依然钻入王昱枫的胸膛，只是堪堪停在心脏边缘……

她到底救了他一命。

鲜血瞬间将两人的衣衫染透，同样的红，分不出究竟是谁的。

王昱枫觉得眼前一片模糊，项珺在他怀里微微动了动，声音里是掩饰不了的虚弱："老王，你……你……到底喜不喜欢……我啊？"说罢便没了声息。

喜欢啊！一直很喜欢你啊！可是我不敢说，我怕说了就要多一份负担，更怕说了耽误你……可是现在不说，以后还有没有机会说？王昱枫突然前所未有地心慌，他紧紧搂着项珺，在她耳边说："我喜欢你的啊！你……

你不要死，我喜欢你啊！"

也许是出血过多，恍惚间人影憧憧，有人大叫着："救护车到了！快担架！这边！"

"老王！你放手！快放开手！她需要抢救！"

"不行，邢队，他不放手！"

"打晕他！"

"已……已经晕了。"

"不管他，用力掰也给我掰开！要人命的事，搞什么儿女情长！"

救护车扯着鸣响声疾驰而去，邢涛望着远去的车灯，狠狠跺了跺脚骂了句："蠢货！秀恩爱，死得快……啊呸呸呸！"


王昱枫的枪伤并没伤及脏器，取出弹头后数日便渐渐恢复，而他醒来后迎来的是谢辕的一记耳光。

"你说过你会保护她！那为什么现在躺在重症病房里的人是她，而不是你？！"向来儒雅温文的男人此刻看起来憔悴至极，红着眼眶质问道。

王昱枫显然是没打算躲开那个耳光，不然以他的身手，三个谢辕也不一定能碰得了他，然而谢辕的话却让他几乎在瞬间清醒了过来。

"重症病房？她还活着？！"没有什么比这更好的消息了。

"子弹穿过肺部，她差一点就没命了！"谢辕恨恨地说道。

"她还活着！"王昱枫下意识起身，被谢辕一巴掌拍回床上。

"你干什么？！"

"我去看她！"

"看什么看！你自己一个大病号，看她干什么？"

"她……怎么样？"

"……"发现对方完全不跟着自己节奏走的谢主任心情复杂，纠结了半天之后只能叹着气，不情不愿地回答，"抢救过来了，目前还没醒，不过已经没有生命危险了。"

王昱枫听了这句话，整个人才终于放松下来，躺回床上，眼望着天。半响，笑起来。

## 第六十二章 你好,我是项珺

两个月后。

飞机场,海关入口。

王昱枫看着跟在 G 国大使馆成员身后的项珺,心情有些激动。

出院后他被卢队拉着做各种案件总结报告,忙到飞起,项珺伤势好转、痊愈、出院,他都没赶上。等一切尘埃落定,G 国委派的中方大使馆工作人员也到了,项珺将随大使馆工作人员前往 G 国进行嫌疑人的指证,G 国也承诺将对项珺进行额外的补偿,以表彰她在这起案件中的贡献。

王昱枫不敢问她还会不会回来,只是专程前来送行。

项珺走到海关关口,回头看了一眼从碰面后就几乎没说过什么话的男人,微微叹了一口气说:"好了,就送到这里吧,再见。"

王昱枫张了张口,终于也只能回答一句:"再……见。"

项珺看着他,沉默了数秒后,终于确定这男人是不会再说什么了,失望之余只能苦笑,摆了摆手,转身往过关检验口走去。

"项珺!"王昱枫的声音在身后响起时,项珺眯起了眼,嘴角忍不住扬了起来。

她回头,看着他:"嗯?"

王昱枫一看到项珺的眼睛,顿时又张口结舌:"唔……我说……我说过的话,你要记着!"

项珺眨了眨眼,回想了一下忍不住问:"你……说过什么?"

王昱枫也眨了眨眼:"你不记得了?"

"我应该记得什么?"项珺一脸莫名。

王昱枫深吸了一口气,苦笑:"不,其实……也没什么。你记得照顾好自己,少喝酒,别走夜路……"

项珺没想到等来的就是这些有的没的,一脸嫌弃地挥了挥手:"知道了,我真的走了!拜。"她转身,气冲冲地朝检验口走去,再没回头。

中秋节后天气转凉,丁香医院的门诊变得格外繁忙,谢辕也被导师从整形科临时调到内科门诊来救急。

对于这样的临时救场，谢辕早已不陌生，毕竟本来他也算是个全科医生，普通的内科门诊还是可以应付的，只是在整形科闲惯了的人突然面临高强度的门诊工作，谢辕虽然谈不上有多累，但还是有些不太适应。

　　一上午看了四十多个病人之后，谢辕有些头昏脑涨，正想着是不是自己也有些感冒的前兆，就听姚淑梅迎面走来叫住他："谢主任！院长让我带新专家过来跟你报到。"

　　谢辕哦了一声。导师前几天就神秘兮兮地告诉过他，从国外挖了一个特别厉害的整形医生过来挂牌行医，让他到时候好生伺候……对，没错，是伺候……真是亲老师！

　　说不嫉妒是不可能的，但总不能现在就表现出来。谢辕挂上职业笑容，抬头朝姚淑梅身后那个一身白色大褂的女人看去，瞬间愣住。

　　项珺朝他笑笑，伸出手："你好，我是项珺，整形外科医生，刚从 G 国回来，以后还请多多关照。"